接骨师之女

# 接骨师之女

The Bonesetter's Daughter

[美] 谭恩美 著 Amy Tan

张坤 译

外语教学与研究出版社

北京

我将无穷无尽的谢意致以我亲爱的朋友和编辑，了不起的已故的菲丝·赛尔。她总能觉察我正在尝试写的东西跟我想要表达的内容之间的差距，令我惊叹不已。她曾许诺会陪我坚持到这本书完成，尽管我还没写完她就去世了，但我仍然相信她还是信守了当初的诺言。

我长期以来的良师益友，莫莉·盖尔斯，接手做了我的编辑，在最困难的日子里，在我对自己写出的东西都读不下去的时候，是她令这本书重新焕发了生机。谢谢你，莫莉，谢谢你敏锐的眼睛和耳朵，还有那些总能切中我心的建议，以及在那些我不得不承认是最糟糕的日子里，你的乐观和坚持。

我很幸运，能够得到娄和格雷戈的关爱，以及桑德拉·迪金斯卓、安娜·嘉尔丁、爱米·陶博的引导。还有美国在线“关心者扶助老人”专栏的深夜发帖者，他们也给了我很大的精神支持。

冥冥之中，在我写最后一稿的时候，有两位影子作家给了我很大的帮助。这个故事的核心来自我的外婆，讲故事的声音属于我的母亲。一切的精华都归功于她们，并且，我已向她们承诺，下一次我会更努力。

母亲在世的最后一天，

我终于知道了她还有我外婆的真实姓名。

谨以此书献给她们二位。

李冰姿　谷静梅

# 目录

Contents

# 真

这些事情我知道都是真的：

我的名字叫刘杨茹灵。我结过两次婚，先夫一位叫潘开京，另一位叫艾德温·杨，他们都已辞世，我们的秘密也随他们而去。我的女儿叫杨如意，英文名字叫露丝。我们母女都是龙年出生，但她属水龙，而我属火龙，属相相同，性格却截然相反。

我知道这一切，但有一个姓氏我却记不起来了。它藏在我记忆里最深的一层，我怎么也找不到。我曾成百上千次地记起，宝姨把那个字写给我看的那个早上。那时我才六岁，聪颖过人。我能写会读，知书识数，也懂得记事了。以下就是我记得的那天早上的事。

我睡意蒙眬，赖在炕上不肯起床。我跟宝姨一起睡，我们住的小屋离堂屋的炉子最远，我身子下面的砖头早就凉了。我感到有人在摇我的肩膀。宝姨见我睁开眼睛，在纸上写了个字，然后拿给我看。“我看不见，”我发牢骚地说，“太黑了。”

她嘶嘶地喘着气，把那张纸放到矮柜上，示意我该起床了。她点着茶炉，炉子开始冒烟，她拿一块围巾系在脸上，蒙住鼻子和嘴，然后将水倒进茶壶里，把水烧开。就这样，我们的一天开始了。她给我擦脸和耳朵，给我把头发解开，梳理刘海。我的头发很碎，一撮一撮像蜘蛛脚一样扎煞着，她帮我把头发都打湿压平，然后把后面的长头发分成两股，编成辫子。辫子顶上扎红丝带，底下扎绿丝带。我摇头晃脑，把两条小辫甩得好像贵宾犬快乐的耳朵。宝姨自己也学着小狗的样子吸气。什么味儿这么好闻？她这么吸气是在叫我的小名，小狗儿。她只能这么讲话。

她不能说话，只能发出喘息和吁气的声音，犹如寒风的啸声。她通过做鬼脸，呜呜的声音，以及眉飞色舞的神情向我讲述。我随身携带着一块石板，她用石板把这世上的一切都写给我看。她还用乌黑的手给我画画。手语、表情语言、笔谈，这些就是伴随我成长的语言，无声却有力。

她梳起自己的头发，紧紧扎在脑后。这时候，我在旁边翻弄她的百宝盒。我取出一把漂亮的象牙梳子，梳子两头各雕着一只公鸡。宝姨是属鸡的。“戴上这个，”我举着梳子要她戴，“漂亮。”我还太小，相信美来自装扮和饰物，我想让宝姨更讨喜，让母亲喜欢她。但是宝姨摇了摇头。她把围巾掀起来，指着自己的脸，皱紧了眉头。*我要漂亮东西干吗用？*她在说。

她的刘海跟我的一样，一直垂到眉毛上。其余的头发扎成一束，用银簪子绾在一起。她生着蜜桃般水润光洁的额头，大大的眼睛，丰满的脸颊，中间嵌着小巧而丰盈的鼻子。这是她脸的上半部分。下半部分就不一般了。

她摇晃着焦黑的手指尖，模仿吞噬一切的熊熊火焰。*看看火灾的下场。*

我不觉得她丑，不是我们家其他人认为的那种丑。“哎呀，看她一眼啊，就连鬼怪都要吓一跳！”我曾听母亲这么说。我小的时候，喜欢用手指摸宝姨的嘴巴。那简直是个谜。半边嘴巴正常完好，另外半边却仿佛熔化成一片，紧闭着。她右边脸颊里面硬邦邦的有如皮革，左边却湿润柔软。部分牙龈也烧坏了，牙齿都掉了。她的舌头好像一段烧焦的树根。她无法品尝生活的滋味：酸甜苦辣，肉的香味，她全都尝不出。

除了我，没有人能明白宝姨想说什么，因此我得做她的传声筒。也不是什么都说，我们也有我们的秘密。她常常说起她的父亲，周口店著名的接骨大夫，还说起他们找到龙骨的那个山洞，以及龙骨的神力，足以治疗除了心碎以外的一切病痛。“再讲一遍吧。”那天早上，我说，希望她讲讲她是怎么烧伤了脸，又是如何当了我的保姆的。

我是个表演食火的艺人，她用手语和眼神告诉我，成百上千的人到市场上来看我表演。我的嘴巴就是火盆，我扔进去生猪肉，加上辣椒和豆瓣酱，拌一拌，然后请人们品尝。若是他们说“好吃！”我就张开嘴，接住他们抛来的铜板。不料有一天，我把火吞了下去，大火回蹿 ，烧伤了我。从那以后，我决定不再当烧菜的火盆了，就改行给你当了保姆。

我听了鼓掌大笑，非常喜欢她编的这个故事。前一天，她曾告诉我说她眼看着一颗倒霉的扫把星从天空划落，掉到她嘴里，烧坏了她的脸。再前一天，她说她吃了火辣辣的东西，以为是一道辣味的湖南菜，其实是烧菜用的火炭。

没有故事了，宝姨告诉我，手势打得飞快，马上就是早饭时间了，我们得趁吃饭之前，空腹去拜神。她从柜子上把纸片拿起来，折成两半，塞进鞋子的夹层里。我们穿上冬天的棉衣，来到寒冷的走廊上。空气中有从别的厢房传出来的炭火的气味。我看到老厨子在奋力转动辘轳从井里打水，听到一个房客大声叫骂她的懒媳妇。我从母亲和妹妹高灵的门外经过，她们两个还没起床。我们匆匆经过一个朝南的小房间，去往我们的祠堂。宝姨在门口瞪了我一眼，警告我：要举止庄重，脱掉鞋子。我单穿着长袜踩在冰冷的灰色砖地上。双脚顿时感到刺骨的寒冷，那寒气向上一直蔓延到腿，乃至贯穿全身，最后从鼻尖上滴落下来。我不禁瑟瑟发抖。

我面前的那面墙上，挂满了对联和卷轴，那是过去两百多年来，用过我家制的墨的文人墨客为我家题写的。我会念其中一幅字画上的题字："鱼影跃激流。"意思是说我们的墨色泽浓黑优美，下笔流畅。长长的供桌上有两尊塑像，一尊是白胡子的寿星，另一尊是慈眉善目、一脸平静的观音菩萨。她黑色的双目直视着我的眼睛。只有她会聆听女人的幽怨和心意。宝姨说。塑像的周围摆放着刘家祖先的灵位，木头牌位上刻着他们的名讳。并非所有的先人都摆在那里，宝姨告诉我，只有家族认为最重要的祖先才有灵位。那些不重要的人，还有女人的牌位都堆在箱子里，或是干脆被遗忘了。

宝姨点燃几炷香。她吹了几口气，烟雾缓缓升起。烟气越来越浓，夹杂着我们呼出的气息、供品香烛的烟火气，还有薄薄的晨雾，我总以为那雾气是鬼魂的形体，他们企图将我一把拽到阴曹地府，同他们一起在阴间飘游。宝姨曾告诉我，人死后身子就会变冷。那天早晨我觉得冰冻彻骨，心里很是害怕。

"好冷啊。"我呜咽着，泪水涌了上来。

宝姨坐到凳子上，把我抱在腿上。别哭，小狗儿，她轻轻斥责，不然眼泪会冻成冰柱，会把你的眼珠子挖出来。她飞快地揉捏着我的脚丫子，就像揉包饺子的面团。好点了吗？现在怎么样？觉得好点了吗？

我渐渐不再哭泣，宝姨又点上更多的香。她回到门口，拿起一只鞋。一切仿佛历历在目——灰蓝的布鞋面，滚着黑边，上面还多绣了一片叶子，遮挡一个破洞。我还以为她要把鞋子也当供品烧给祖先呢。不料她却从鞋子的夹层里取出一张纸，正是刚才她拿给我看的那张纸。她向我点头示意，用手语告诉我：这是我的姓，所有的接骨大夫都姓这个姓。她重新把纸片放到我面前，说道：永远不要忘记这个姓氏。随后，她小心翼翼地将纸片摆到供桌上。我们行礼，起身，再次行礼，起身。每次一抬头，我就看到那个姓氏。那个姓是——

为什么现在我却看不到了？我念完了《百家姓》，却没有一个能勾起我的回忆。那个姓氏很不寻常吗？难道是因为我把这秘密藏得太久，竟不知不觉中将它失落了？也许，所有那些我心爱的东西，也都是这么丢失的——我离家去育婴堂上学时高灵送我的外衣，我第二任老公说我穿起来像个电影明星的那条裙子，如意穿不下的第一件婴儿服。每一次，当我爱什么东西爱到心疼，我就把它收藏到放宝贝的箱子里。这些东西我收藏了那么久，几乎遗忘了我曾经拥有它们。

今天早上，我记起了我的百宝箱，想把如意送给我的生日礼物收藏起来。那是一串产自夏威夷的黑珍珠，美得不可思议。我打开箱盖，成群的蛾子扑面而来，里面还有大片的蠹虫。我的宝贝变成了纠结成团的网，上面一个连一个全是破洞。那些刺绣的花朵，光艳的色彩，全都消失不见了。我毕生的珍藏全都付诸流水，最糟糕的是，宝姨的姓氏也不见了。

宝姨，我们到底姓什么？我一直想找回这个姓氏。快来帮帮我吧。我已不再是个小孩，不再害怕鬼魂了。你还生我的气吗？你不认得我了吗？我是茹灵，你的女儿。

# 第一部

# 第一章

八年以来，每年八月十二日起，露丝·杨就会开始失声，说不出话来。

这种情况第一次出现的时候，露丝刚搬到旧金山亚特的公寓里。接连几天，露丝只能像个沸腾的茶壶一样发出嘶嘶的声音。她觉得那一定是什么病毒引起的，或者是对房里的某种霉菌过敏所致。

她第二次失声的时候，正是他们同居一周年的纪念日，亚特开玩笑说，她这喉咙的毛病一定是心理作用作祟。露丝也疑心是这么回事。小的时候，她有一次摔伤了胳膊，也有段时间失声说不出话。为什么会这样呢？他们同居两周年庆的时候，她和亚特到大提顿国家公园观星。公园的一本宣传册上说："每年八月十二日左右是英仙座流星雨的高潮时期，每个小时都会有成百上千的流星划过天空。实际上它们是穿过大气层的陨石，一边下坠，一边燃烧发光。"露丝和亚特躺在天鹅绒般黝黑的夜色里，欣赏这流星的奇景。她并非真的相信自己的喉炎是因为厄运来袭，也不觉得自己不能说话跟流星雨之间有什么关联。但是打从童年开始，妈妈就常跟她说，流星是"鬼形所化"，看到流星会倒大霉。要是你看到流星，那就意味着有个鬼想跟你说话。

在她妈妈看来，一切都跟鬼魂扯得上关系：打碎了碗，狗叫个不停，电话接起来没有声音，或者听筒里传来沉重的呼吸声，都是鬼魂作祟。

第三年的八月，露丝决定不再被动地等待失声发作，而是事先跟朋友和客户解释说，她计划进行为期一周的沉默冥修。“我每年进行一次这种静修仪式，”她说，“为了使自己对语言和词句的感觉更加敏锐。”她的客户中有一个崇尚新时代哲学的心理医生认为，这种主动的沉默冥修“简直绝妙”，并且决定自己也身体力行，然后把亲身体验的发现写到他们合作的新书里，作为一种沉默疗法，或者用以辅导在家庭互动交流中出现问题的人。

打那以后，露丝的毛病竟然变成了每年一度的法定安排。早在自然失声之前两天，她就不再言语，并且客气地拒绝了亚特主动提出要跟她用手语交谈的请求。她决定暂时不讲话，这并非疾病，也不是什么解不开的谜题。实际上，她很喜欢这种无须言语的状态。整整一周，她不用安抚客户，也不用提醒亚特该做什么，不用跟他女儿叨念小心这个，小心那个，也无须因为没打电话给妈妈而感到愧疚。

今年已经是第九年了。露丝、亚特和两个女儿开车长途跋涉两百公里，到塔霍湖来共度他们所谓的“沉默周”。露丝本来设想他们一家四口可以手牵着手走在特拉基河边，怀着对自然的敬畏之情静静观赏每天夜晚的流星雨。但谁知蚊虫肆虐，多丽还呜咽着说她看见了一只蝙蝠，菲雅听了逗她说：“森林里到处都是举着斧头的杀人狂，你还惦记着怕蝙蝠传染你狂犬病？”他们逃回木屋后，孩子们都说无聊。她们抱怨道：“没有有线电视？”因此亚特开车带他们到塔霍城里去租了好几部恐怖片录像带。亚特和女儿们看着看着都睡着了，露丝却忍不住一直看完，结果梦到疯保姆还有奇形怪状的外星生物。

星期天，当他们一身臭汗、怨气冲天地回到旧金山家里，却发现家里没有热水。水箱漏了，因为缺水，加热管温度过高烧坏了。他们只得用水壶烧水，凑合着洗澡。临时找工人来急修费用太高，亚特不想这么做。露丝很高兴，因为她说不出话，无法表示异议。跟亚特争执就意味着她得主动提出负担急修的费用，他们在一起这么多年，露丝主动付费的次数太多了，几乎成了自然而然的事。但是这次露丝因为没有主动提出来，所以觉得自己挺小气的，接下来又因为亚特没有进一步解决问题的表示而感到挺恼火。临睡前，亚特轻轻挨到她身后，用鼻子爱抚她的脖颈，可她却不由自主开始浑身紧张起来，亚特说："随你便吧。"随后就转过身去，这令她觉得遭到了拒绝。她想要解释一下是什么不对劲——随即意识到自己也不知道哪里不对劲。她只不过是情绪不佳，仅此而已。很快，亚特的鼾声响起，她却仍然心怀挫折，睁着眼躺在黑暗里，毫无睡意。

快到午夜了，还有几个钟头露丝就能开口讲话了，她走进她的小书房，这里从前是食品储藏间，如今成了她的小工作室。她站到一张凳子上，推开一扇小窗户。眼前是一片绝佳的美景：金门大桥红色的钢塔映入眼帘，桥这边是海湾，那边就是广阔的太平洋。湿润、冰冷的空气扑面而来，仿佛可以荡涤尘埃。她仰望天空，但天色太亮，雾气太重，根本看不见什么"鬼影"憧憧。雾角声开始响起。随后，露丝看到雾气汹涌而至，仿佛轻柔的羽绒被一般覆盖在海面上，缓缓向大桥推进。她母亲常常说，雾其实是两条巨龙相斗掀起的水汽，一条是火龙，一条是水龙。"水火相遇而生蒸汽。"茹灵会这么说[1]，她讲英

---

1 茹灵讲的英语自始至终都语法混乱，错误层出，既不分时态，也不分人称和单复数。

文时带着一股怪异的英国腔调，那是她待在香港的时候学来的。“你知道，就像烧开水一样，碰到蒸汽会把你的手指头烫掉的。”

浓雾渐渐弥漫到大桥上的防波堤，吞没了桥上的车灯。这个时间，百分之九十的司机都喝醉了酒——露丝仿佛在哪里读到过，又或者是她曾经帮客户写过这句话？她从凳子上下来，依然让窗户开着。

雾角仍在低鸣，听起来很像肖斯塔科维奇某部歌剧里的低音号，悲怆之余略显滑稽。但是，悲剧怎会滑稽可笑呢？又或者，笑的只是观众，因为他们早就知道剧中人将身陷诡计？

露丝仍然睡意全无，转回到书桌前。一阵突如其来的忧虑感涌上心头，她似乎忘了件什么事。什么事呢？钱的问题？某个客户？还是她答应了两个女孩什么事情？她不应该忘记的呀。她开始整理书桌，把参考书排整齐，传真文件和草稿都理清楚，根据不同的客户和撰稿内容做上不同颜色的标记。明天她就得重新开始惯常的工作，再度面对截稿的压力。整洁的书桌给她一种崭新开端的感觉，头脑也更清晰。一切井然有序。若有什么并非急用的文件资料，她就扔到书桌右下角的抽屉里，可现在这个抽屉里塞满了东西——没回的信件，废弃的手稿，她想将来可能用得着、随手记下的灵感，等等。她从抽屉底部抽出一沓文稿，心想，不管这是什么东西，放在一边这么久了，想必可以扔掉了。

文稿上写满了中文，是她母亲的字迹。这是茹灵五六年前交给她的。“不过是些关于我家人的旧事。”她说，语气显得轻描淡写，其实却透露出稿子的重要性。“是我小时候的故事。我写给自己看的，不过也许你可以看看我是怎么长起来的，又是怎么来到这个国家的。”多年来，露丝曾听过些许母亲生平的片段。从这份文稿来看，母亲的确是花费了不少工夫，却又不好意思要求露丝特意去读自己一番心血的结晶，这让露丝觉得于心不忍。手稿上一行行字迹整齐清晰，没有涂改的痕迹，露丝可以想见，母亲是把早先写过的稿子重新誊写了一遍。

露丝曾经试着解开这份文稿的秘密。母亲曾经向她灌输关于中国书法和文字的知识，她却学得很不情愿，如今她还能认得其中几个字：“事”“我”“真”。但是要让她把全部内容都读出来，那就得要她把茹灵写的那些弯弯曲曲的字迹都对照汉英字典一一辨认出来。第一句话是：“我知道这些都是真的。”翻译这一句话露丝就费了一个小时的工夫。她计划每天破解一句话。第二天，她依照计划又翻译了一句话：“我的名字叫刘杨茹灵。”这句话很容易，只费了五分钟。接下来就是茹灵丈夫的名字，其中一任丈夫就是露丝的父亲。两个丈夫？露丝惊讶地发现母亲还结过一次婚。还有，母亲那句“我们的秘密也随他们而去”又是什么意思？露丝想立刻就弄明白，但却不能去向母亲询问。根据以往的经验，她很清楚，每次要母亲帮她把汉字翻译成英文时，准没什么好事。首先，茹灵会责怪她小时候没用功学好中文，而后，为了逐字解释，母亲会一路说到自己的往事，说到中文词语那些无穷无尽的含义，枝节之繁令人不胜其烦：“秘密不单是指那些不能说出口的事。秘密可能会伤人，可能带着恶咒，可能会害你一辈子，永远也无法弥补……”接下来又会东拉西扯到某某人泄露了秘密，死得如何如何骇人，为何会发生这种事，若不是当初如何如何，若不是千把年前发生了什么事，本来不至于如此，等等等等，却不说那秘密是什么。若是露丝听她讲这些的时候流露出一点不耐烦的神情，茹灵就会大发雷霆，随即赌咒发誓地说，这些也没什么要紧，反正她也没几天好活了，或者是走霉运意外死掉，或者干脆自杀算了。接下来就是沉默处置，母女冷战，这种惩罚会持续几天甚至好几个礼拜，一直到露丝撑不下去了跟她道歉为止。

所以露丝不肯向妈妈询问。她决定拿出几天时间来专心翻译这份文稿。她把这话说给母亲听，茹灵警告似的说："别耽搁太久。"从那以后，每当母亲问她看完了没有，露丝总是回答说："就快看完了，可是客户那边有事，只好搁下了。"还有其他种种干扰：亚特的事，孩子的事，房子出问题，还有休假。

"没时间管你妈的事，"茹灵抱怨说，"却有时间看电影，出去玩，看朋友。"

去年以来，母亲却不再问起文稿的事情。露丝疑心，难道她放弃了？不可能。一定是她忘记了。从那时候起，这几页文稿就一直放在书桌抽屉的最底层。

如今，母亲的手稿又被拿了出来，露丝心里十分愧疚。也许她应该找个中文很好的人来帮忙。亚特可能会认识这样的人——某个语言学专业的学生，或是退休的老教授，还得不单能阅读简体中文，也能认识老式的繁体字。等一有时间，她就让亚特去帮她打听。她把手稿放到文件的最上层，关上了抽屉，不禁觉得愧疚感似乎减轻了几分。

早上她醒来的时候，亚特已经起床了，在隔壁房间里练瑜伽。"你好，"她自言自语地说，"有人吗？"尽管因为久不讲话，声音显得有些刺耳，但她总算又能发声了。

她在浴室里刷牙的时候，听到多丽大吵大嚷。"我要看那个台。

转回去！电视机也有我的一份！”菲雅嘲弄道：“那种节目小屎娃娃才看呢，你就是小屎娃娃，整天就知道哇啦哇啦乱叫！”

亚特离婚以后，两个女儿一半时间跟母亲和继父在索萨利托居住，另外一半时间住在亚特那套位于旧金山市区瓦列乔大街上的爱德华式公寓里。每隔一个礼拜，他们四个人——亚特、露丝、菲雅和多丽就得挤在五个极小的房间里，其中一间小得几乎放不下一张双层床。卫生间只有一个，露丝恨透了那些陈旧设施造成的不便。铁制浴缸装着四只爪型的脚架，活像个棺材，面盆上面有两个水龙头，喷出的水不是冰冷的就是烫得要命。露丝伸手去拿牙线，却碰到窗台上的其他杂物：抗皱面霜，对付青春痘的药，剪鼻毛的小剪子，还有一个塞了九只牙刷的塑料口杯，既不知道是谁用的，也不知道是何年何月的遗物。收拾这些零碎的时候，她听到有人急迫地敲门。

“等一下。”她声音嘶哑地回答。敲门声并没有停下来。她抬头看了一眼门上贴的八月份浴室使用时间安排，每一刻钟轮到谁用卫生间，上面写得清清楚楚。这份时间表浴室门内外各贴了一份。她把自己排在最后一位，但是由于每个人都会拖延那么几分钟，到头来她的时间总是不够用。两个女孩在时间表下面添了些条款和修正意见，以及违反规定使用面盆、厕所和淋浴时该如何处罚，还有一则声明，明确界定在哪些紧急情况下，可以暂时侵犯使用者的隐私权（紧急情况下面加了三道线，以强调事态确实严重）。

敲门声又响了起来。“露——丝！听到没有，你的电话！”多丽把卫生间的门打开一道缝，把无线电话听筒递进来。谁会这么一大早在七点二十分打电话来？一定是她妈妈，毫无疑问。只要露丝有几天没给她打电话，茹灵似乎就会出大状况。

“露丝，你的声音恢复了吗？你能讲话吗？”是温迪，她最好的朋友。她们几乎每天通话。她听到温迪擤鼻涕的声音。温迪哭了吗？

“出什么事了？”露丝轻声说。别跟我说，别跟我说，她紧张得心脏怦怦乱跳，嘴上也跟着飞快地默念着。温迪一定是要说她患上绝症了，露丝几乎能肯定是这么回事，昨夜那种不安的感觉重又袭上心来。

“我还没缓过劲来呢，”温迪说，“我刚要……等一下，我有个电话打进来。”

不可能是癌症，露丝心想。或许是她碰到劫匪了，或者有贼破门而入，现在是警察打电话来做记录。不管是什么，总之一定很严重，不然温迪不会哭。她要告诉她什么呢？露丝把话筒夹在脖子上，伸手理理自己那一头短发。她留意到镜子上的水银有些剥落。或者那不是镜面不清，而是自己新生了白头发？她很快就年满四十六岁了。脸上的婴儿肥是从什么时候开始褪去的呢？想想看，她过去还曾经讨厌自己圆润的脸型和光洁的皮肤，那让她看起来永远像个长不大的孩子。如今，她的嘴角已经生出两道法令纹，使她看上去一副不开心的样子，活像她母亲。露丝涂上唇膏，好让自己显得精神些。当然，其他方面她并不像母亲，谢天谢地。母亲永远都不开心，看什么都不顺眼。露丝的整个童年都沉浸在母亲这种无以名状的绝望情绪中，以至于每当和亚特起争执时，露丝都对此深恶痛绝。每当这时候，她总要努力克制着不发火。但有的时候她忍不住爆发出来，之后却后悔当初怎么会情绪失控。

温迪又回到线上。“你还在吗？对不起，我们在给一部地震灾难片招募饰演遇难者的演员，好多人同时打电话进来应征。”温迪开了家经纪公司，专招富有旧金山特色的临时演员，什么蓄八字胡的警察啦，身材高大的异装癖男人啊，滑稽古怪而不自觉的社交名流啊，等等。“别提了，我感觉糟透了，”温迪说，“别挂，我先接个电话。”

露丝很讨厌这么拿着电话空等。什么事情这么可怕，让温迪非得一大早就跟她说？难道是温迪的老公有外遇了？老乔那么个好人，不可能。那会是什么事呢？

亚特探头进来，敲了敲表盘。七点二十五分了，他以口型表示。露丝刚要说温迪有急事找她，亚特却已经大踏步地走开了。“多丽！菲雅！快点！露丝马上送你们去滑冰场。快行动起来。”两个女儿尖声大叫，露丝觉得自己简直像被困在起跑线上的赛马。

“我马上就好！”她朝外面大嚷，“姑娘们，你们不吃早饭的话至少得喝一大杯牛奶，我可不想你们低血糖突然发作倒地身亡。”

“别动不动死啊死的，”多丽低声抱怨道，“我讨厌你说这种话。”

“天哪，出什么事了？”温迪又回到线上了。

“一周开始时的正常状况，”露丝说，“这些乱七八糟是度假的代价。”

“这话是谁说的？”

“我说的。对了，刚才说到哪儿了……”

“你得先发誓谁也不告诉。”温迪又开始抽鼻子了。

“当然。”

“也不告诉亚特，尤其是不能告诉‘吉蒂小姐’。”

“吉蒂恩？哎呀，他我可不能保证。”

“昨天晚上，”温迪说，“我妈打电话过来，高兴得不得了的样子。”露丝一边听温迪讲，一边飞速跑回卧室穿好衣服。若不是眼下这么急急忙忙的，平常她还是挺喜欢听朋友唠叨这些事的。温迪就好像一支魔杖，随手一挥就能引起地球上各种奇幻纷乱的事件。她见识过各色各样的怪事：三个无家可归的白化病人住在金门大桥公园里，一辆宝马车突然莫名其妙被卷进古旧的化粪池里，还有无人看管的水牛在大街上闲逛，诸如此类的怪异现象。她举办的派对上，专有人老爱出洋相，或是大搞婚外情，或者传出其他各色各样的消息，闹得满城风雨。露丝相信，有了温迪这个朋友，她的生活更加丰富多彩了，但是今天可不是个出彩的好时候。

“露丝！”亚特大叫，语气颇不耐烦，“姑娘们要迟到了。”

“实在是对不起，温迪。我得带俩姑娘去上滑冰课——”

温迪不等她说完，立刻说：“我妈跟她的健身教练结婚了！她打电话告诉我的。他才三十八，我妈都六十四了。你能相信吗？”

“噢……天哪。”露丝大吃一惊。她脑海中浮现出司格特太太和她那花式领结配紧身运动短裤的新郎官在跑步机上交换结婚誓言的情景。温迪很恼火吗？她该说什么呢？露丝可不想说错话。大约五年前，她自己的母亲也谈了场恋爱，可对方都八十岁了。露丝本来指望那位老先生能跟茹灵结婚，让茹灵也有点事做。不料老先生心脏病发作死掉了。

“听我说，温迪，我知道这事很重要，我把姑娘们放下后马上给你打电话好吗？”

一挂上电话，露丝就开始一一清数当天要处理的事情。一共十件事，她先从大拇指数起。一，送孩子们上滑冰课。二，去干洗店给亚特取西装。三，买晚饭吃的菜。四，去滑冰场接孩子，然后送她们去杰克逊大街的朋友家。五和六是分别给两个客户打电话，先联络傲慢无礼的泰德，再跟她喜欢的雅嘉琵·雅格诺斯聊聊。七，写完跟雅嘉琵·雅格诺斯合著新书中一章的提纲。八，给她自己的经纪人吉蒂恩打电话，温迪很讨厌这人。九，见鬼了——九是什么来着？她记得十是一天中要处理的最后一件事，就是给亚特的前妻米莉安打电话，问她能不能让两个女儿跟自己和亚特过周末，这个周末是中秋节，他们杨家每年中秋都要聚餐，今年的宴会轮到露丝做东。

九到底是什么来着？她一向扳着手指头计划一天的日程。每天不是五件事，就是十件事。她并非死板教条：事情再多了就动用脚趾头，十个脚趾还可以对付十件意外的安排。九,九……她可以把打电话给温迪挪到第一位，其他事情往后挪。可是她很清楚，回电话给温迪属于突发事件，是临时加进来的，该算第十一，得归到脚趾头。那九到底是什么呢？九通常是个很重要的数字，母亲常说，九象征圆满，也代表不要忘记，不然后果无可挽回。第九件事会不会跟母亲有关？母亲总是让她操心。也不是说具体什么事让她惦记着，就是那么种感觉。

从小，茹灵就教她扳着手指帮助记事。茹灵用这种方法，什么事也忘不掉，尤其是那些谎言、背叛，还有露丝打从出生起犯的所有错误，她都记得清清楚楚。露丝时常想起母亲数数的样子：先把大拇指扳倒，然后一个指头一个指头地朝手掌心弯下去，在露丝看来，这个动作意味着定数在握，别无出路。露丝数数的时候手指竖直张开，是美国式的手势。九到底是什么来着？她一边穿凉鞋，一边还在想。

亚特站在门口。“亲爱的，别忘了打电话给管子工，叫他们来修热水箱。”

第九件绝对不是管子工的事，露丝心说，绝对不是。“亲爱的，对不起，你自己打电话给他们好吗？我今天很忙。”

“我今天要开会，还有三个上诉的案子要办。”亚特是语言专家，在咨询公司任职。有几个涉案聋人在没有任何手语翻译协助的情况下被捕，遭到审讯，被送进了监狱。亚特是手语专家，今年负责处理这几桩案件。

这可是你的房子！露丝差点脱口而出，但终于压下火气，尽量像亚特一样，心平气和地讲道理。“你开会的空当不能从办公室打个电话吗？”

“那样的话我还得给你打电话，问你什么时候能在家等管子工上门。”

“我不知道我到底什么时候能到家。那些工人你也知道，他们说是一点钟到，结果总是要到五点钟才露面。我在家工作并不等于我就没有正式工作。我今天真的很忙。首先，我得……”她开始一件一件细数她今天要处理的工作。

亚特耸耸肩膀，长叹一口气。“你为什么要把每件事都搞得那么复杂呢？我无非是想如果可能的话，如果你有时间——唉，算了。”他转身走开了。

“好吧，好吧，我来处理这事。不过要是你会议结束得早，你能回家来吗？”

“没问题。”亚特吻了一下她的额头，“多谢你。要不是我今天实在忙得不可开交，我也不会求你帮忙。”他又吻她一下，“爱你。”

她没有答话，待他走了以后，她抓起外衣和钥匙，看到两个孩子正站在过道尽头，一脸不耐烦地瞪着她。她动动大脚趾，提醒自己：

第十二件事，热水。

露丝启动引擎，踩了踩刹车，检查过没有问题才上路。开车送多丽和菲雅去滑冰场的路上，她还在绞尽脑汁地想第九件事可能会是什么。她把字母表顺着默念一遍，看有没有哪个字母能唤起她的记忆，但还是一无所获。昨天晚上她好不容易睡着以后，到底梦到了什么？卧室的窗户，海湾里的一个黑影。窗帘，她终于想起来了，她梦到窗帘是透明的，而她却赤身裸体。在梦里，她抬头朝外看，看到附近公寓里的邻居在咧嘴笑她。他们看到了她最私密的时刻，她身体最私密的部分。随即收音机里开始传出嗡——嗡——的巨响。“这是美国广播系统灾难应急警报测试。”然后又出现了一个声音，是她妈妈：“不，不，这不是测试，是真的出事了！”再后来，海湾里的黑影升了起来，变成了大海啸。

海啸象征着热水管破裂，这么说来，第九件事也许就是联系管道工。谜团就算是解开了。可是透明的窗帘又象征着什么呢？那意味着什么？忧虑又一次浮上心头。

“你见过新来的女孩妲丽恩吗？”她听见菲雅对妹妹说，“她的头发真漂亮。我简直想杀了她。”

“不要说‘杀’！”多丽拿腔作调地说，“你忘了去年大会上他们说的了，最好不要随便说这个字，不然会进监牢的。”

姐妹两个都坐在后排。露丝曾建议她们中的一个到前面来坐在她身边，不然她一个人坐前边就好像是她们俩的司机。可是多丽却说：“只开一扇车门比较方便。”露丝听了无言以对。她经常疑心这两个女孩是在试探她，看谁能惹她发火。露丝绝对相信，她们两个小的时候都曾经很爱她。她们对她的那种感情弄得她心里热乎乎的。两个人曾经争着要牵她的手，或者坐在她旁边。她们经常会假装是受了惊吓，像两只孤助无援的小猫咪一样蜷缩在一起，挤在她身边叽叽喳喳个不停。可如今，她们仿佛是在比赛看谁更能惹她发火，她不得不经常提醒自己，青少年也是有良心的，只不过平时表现得太像恶魔。

多丽十三岁，体形比较粗壮，比十五岁的姐姐个头还要大。两人都是栗色长发，都扎成马尾辫高高束在脑后，像瀑布一样直垂下来。露丝注意到，她们的朋友也都留着同样的发型。露丝跟她们这么大的时候，也曾经想跟别的姑娘一样，留直直的长发，但妈妈一定要她剪短。“长头发看上去像自杀的女鬼。”茹灵说。露丝知道妈妈说的是她小时候自杀身亡的一个保姆——宝姨。露丝做噩梦的时候曾经梦到过她，一个披头散发的女鬼，一路滴着鲜血，厉声叫着说要报仇索命。

露丝把车停在溜冰场门前。两个女孩把背包往身后一甩，下了车，回头对她嚷：“回头见！”

露丝突然注意到菲雅穿的衣服——低腰牛仔裤配了件裁短的衬衫，足足露出六英寸的肚皮。刚才出门的时候她一定是把外衣拉链拉上的，所以露丝当时没看见。露丝把车窗玻璃摇下来，冲她喊：“菲雅，亲爱的，过来一下……是我看错了，还是说你的衬衫十分钟里缩短了这么多？”

菲雅慢慢转过身，眼睛朝上翻了翻。

多丽咧开嘴笑了。“跟你说她会这么干的。”

露丝眼睛盯着菲雅的肚脐。“你妈妈知不知道你穿成这样？”

菲雅张大了嘴巴，装出一副难以置信的神情：“哦，这衣服就是她给我买的，行了吧？”跟她说任何事，她多半也是以这副神情做出反应。

“就算如此，我想你父亲也不会赞同你这身打扮。我要求你一直穿着外衣，滑冰的时候也不例外。多丽，她要是不听话你要跟我汇报。”

“我才不打小报告呢！”

菲雅转身走开。

“菲雅，菲雅！回来。你马上给我保证听话，不然我这就带你回家换衣服。”

菲雅停住脚步，但没有转身。“好吧。”她不情愿地嘟囔了一句。随后一边猛地把外衣拉链拉上，一边对多丽说话，声音大得足以让露丝听见：“爸爸说得对。她就是喜欢没事找事，把事情搞得很复杂。”

露丝听了这话，心里既恼火，又羞愧。为什么亚特要这么说呢，尤其还当着孩子的面这么说她？他明知道自己这么说会让露丝很伤心。露丝从前交往过的一个男朋友曾说，她这个人就是喜欢无事生非，把生活搞得很复杂。他们分手以后，露丝生怕自己被他言中，特地提醒自己凡事要摆事实，讲道理，不要总是抱怨。亚特了解她的心结，还曾经特地向露丝保证说那不是她的错，先前那个男朋友才是个混蛋。可时不时地，亚特也逗她说，她就像只一个劲儿追着自己尾巴咬的小狗，丝毫意识不到她是在自寻烦恼，自己跟自己过不去。

露丝想起几年前自己参与编写的一本书《人性物理学》。作者将物理学的基本定律改写成人生警句，旨在提醒读者，人们的某些行为模式经常会对自己造成伤害。“相对论”一章教读者要放轻松，问题大小是相对的，你认为事态严重，事情就会变得棘手。“多普勒沟通效应”一章说，人际沟通的过程中，讲话者所送出的信息跟听话的人接收的信息之间，必定有所误差。“争吵离心力”一章说，争执的内容距离问题核心偏差越大，情况就越容易失控。

当时露丝觉得这些比喻和格言太过简单化。你不可能把真实的生活浓缩成几句警句了事。人们远比这些要复杂得多。她自己的生活就是如此。难道不是这么回事？还是说她想得太多？生活复杂还是想得太多，这两者有什么区别呢？亚特非常善解人意。她的朋友们经常这么说她："你真是太幸运了。"刚听到他们说这种话的时候，她觉得很有面子，深信自己找到了个绝好的人生伴侣。可是最近她却想，他们赞扬亚特其实是对他能忍受露丝的无理取闹表示同情。但温迪提醒她说："是你自己先这么说的，说亚特简直是个圣人。"虽然露丝绝对不会这么说，但她知道自己给人的感觉的确如此。她记得自己还没爱上亚特之前，便已对他的冷静自持钦佩不已。现在仍然如此吗？若非如此，那是亚特变了呢，还是她自己变了？开车去干洗店的路上，这些问题一直萦绕在露丝心头。

露丝和亚特认识快十年了。当时她正跟温迪一起上晚间的瑜伽课，在课上认识了亚特。那是她多年以来第一次尝试健身运动。露丝生来苗条，不需要减肥，因此没想过要参加健身俱乐部。"一年一千块呢，"她惊叹道，"就为了跳到个机器上，像轮子上的小仓鼠一样跑个不停？"她跟温迪说，应对生活压力就是最好的锻炼方式。"全身肌肉紧绷，持续十二小时，放松，数到五，再绷紧。"可是温迪不同，她高中的时候是体操健将，毕业以来体重却已经增加了三十五磅，因此她急着恢复从前的窈窕身段。"起码做个免费的体能测试吧，"她说，"又不是非入会不可。"

体能测试的过程中，露丝比温迪多做了几个仰卧起坐，不由心中窃喜，温迪则大声炫耀自己比露丝多做了几个俯卧撑。露丝身体的脂肪比例为百分之二十四，算是相当健康，而温迪则是百分之三十七。“托我中国祖先的福，他们世代务农，吃的又不好，所以天生胖不起来。”露丝好心地安慰温迪。但是露丝在柔韧性测试这一项上的得分是“极差”。“天哪，”温迪惊叹说，“根据这张表格上的标准，你只比僵尸略强一点。”

“看哪，他们有瑜伽课。”后来，在查看健身房的课程表时，温迪说。“我听人家说瑜伽会改变你的人生。再说他们还有晚间课呢。”她轻轻推了露丝一下，“说不定还可以帮你快点忘记保罗。”

来上课的第一天晚上，她们在更衣室里听到两个女人在谈话。“我旁边那个男的问我愿不愿意跟他一起来上午夜瑜伽课，他说，你知道的，就是裸体瑜伽。”

“裸体？真是变态！……他长得有那么好看吗？”

“长得还行。不过你能想象二十个人都光着屁股做倒立吗？”等那两个女人出了更衣室，露丝转身对温迪说：“究竟什么样的人才会去上裸体瑜伽课呢？”

“我啊，”温迪说，“别用那种眼光看我，大惊小怪小姐。起码上这种课绝不会无聊。”

“跟一群陌生人赤裸相见？”

“不是陌生人，里面有我的会计师，我的牙医，还有我老板。你以为会是谁？”

瑜伽教室里挤了三十名学员，大多数是女人，大家各据一方，偶尔有人进来时，便各自挪动一下垫子，腾出个位置给新来的人。有个男人把垫子铺在露丝旁边，露丝怕他是个居心不良的变态，特地不拿正眼看他。她环顾四周，见大多数女学员的脚趾甲都修剪得非常整齐，涂着漂亮的指甲油。露丝一双宽脚板，光秃秃的脚趾头就像童谣里唱的小猪脚。就连她旁边那个男人的脚都比她的漂亮，他的脚细腻光滑，脚趾细长，保养得很好。这时她突然惊觉——这人没准就是个变态狂，她怎么会赞赏一个变态狂的脚?

开始上课后，大家先是诵读一段像是邪教咒语的东西，然后就摆出各种姿势，好像在朝拜什么异教的神明。大家齐声颂念："Urdhv Muka Svanasana! Adho Muka Svanasana!"似乎除了露丝和温迪两个，别人都很熟悉每个步骤。露丝就像小朋友玩"跟我学"游戏一样跟着做各种动作。每隔一会儿，那个身体柔若无骨的女瑜伽老师就溜达到露丝身边，不经意地帮露丝这里那里弯一下，压一下，或者抬一下什么的。露丝心想，我看起来大概活像在受酷刑折磨，再不然就像我妈妈当年在中国见过的那些无骨怪胎一样，当众扭曲身体娱乐大家，借此乞讨。不一会儿她已经满头大汗，并且把旁边那个男人观察了个仔细，万一需要的话，她可以跟警察详细描述他的样子。"裸体瑜伽强奸犯身高大约五英尺十一英寸[1]，体重约一百六十磅[2]。头发为黑色，眼睛很大，棕色，浓眉，留络腮胡和唇髭，修剪整齐。手指甲非常干净整洁。"

而且他的身体柔软得简直不可思议。他能把脚踝绕到脖子上，还能保持很好的平衡，动作优美就像芭蕾舞明星巴里什尼科夫。相形之下，露丝自己简直像个在做妇科检查的女人，还是个穷女人。她身穿

1 英尺、英寸是英美的长度单位，1 英尺合 0.3048 米，1 英寸是 1 英尺的 1/12。

2 磅是英美制质量或重量单位，1 磅合 0.4536 千克。

一件旧T恤衫和褪色的紧身裤，裤子一边的膝盖部位还破了个洞。不过好在她一看就不像那些一心想出来钓个如意郎君的女人。那些女人都身穿名牌运动服，脸上的妆容十分精致。

随后她注意到那个男人手上的戒指，他右手戴了个手工打造的金戒指，左手什么都没戴。当然不是每个已婚男子都戴着婚戒，但是至少在旧金山，右手戴结婚戒指绝对能证明他是个同性恋。这么一想，她立刻清楚了：整洁的胡须，良好的身材，还有他优雅的动作，无不说明他的同性恋身份。她终于可以松一口气。于是她观察那男人朝前弯身，伸手抓住自己的脚底板，随即用前额去碰自己的膝盖。异性恋的男人可不会有这番本领。露丝弯下身，手只能垂到小腿中间。

课程结束前的最后一个动作是倒立。新人都靠到墙边上，而那些争强好胜的高手则立刻原地立了起来，活像正午阳光下的向日葵。墙边上没有多余的位置了，因此露丝只是坐在自己的垫子上。过了一会，她听见那个留胡子的男人说："需要帮忙吗？我可以帮你抓住脚踝，直到你能自己维持平衡，保持倒立为止。"

"谢谢你，不过我还是算了。我怕我一倒立就会突发脑溢血。"

他笑了。"你总是生活得这么危险吗？"

"没错。这样生活更刺激。"

"但是倒立是瑜伽最重要的姿势之一。身体倒立能让你的生活变个样。能让你开心。"

"真的吗？"

"你瞧，你已经开始笑了。"

"听你的，"她说着，把脑袋戳到一张叠起来的毯子上，"举我起来吧。"

不出一星期，温迪就放弃瑜伽，去买了一套健身器械，自己在家做运动。那器械看上去就像是黄包车上装了两只桨。但露丝继续坚持每星期上三次瑜伽课。她终于找到了一种能让自己真正放松的锻炼方式。她尤其喜欢那种集中精神专注呼吸，把一切心事抛诸脑后的状态。而且她也喜欢亚特，就是那个留胡子的男人。他友善风趣，不久后，他们开始在课后去街角的咖啡馆，坐下来聊天。

一天晚上，两人喝着低咖啡因的卡布奇诺，亚特告诉露丝说，自己在纽约长大，在加州大学伯克利分校拿的语言学博士学位。"你能讲几门外语？"露丝问道。

"我不会多种外语，"他说，"我认识的那些语言学家大多也不行。我在伯克利真正主修的是美国手语。我现在在加州大学旧金山分校的聋人中心工作。"

"那你岂不是个沉默专家？"露丝开玩笑说。

"我算不上什么专家。但是我喜欢一切形式的语言——声音、文字、表情、手势、肢体语言及其韵律。人们无须言语，也可以表情达意。词句言语一直令我着迷，它们的力量真是太巨大了。"

"那么你最喜欢的词语是什么？"

"嗬，这问题问得好。"他默不作声，抚摩着自己的胡须，陷入沉思。

露丝一下子觉得很兴奋，心想他一定在绞尽脑汁找个极其晦涩难懂的大词，就像玩填字游戏的时候，只有查牛津英语大词典才能拿得准的那种词。

"蒸汽。"他终于开口了。

"蒸汽？"露丝马上联想到了寒冷的雾气，缥缈的烟雾，以及自杀的鬼魂。换了她就绝不会选这么个词。

“所有感官都能觉察蒸汽的存在，”他解释说，“蒸汽可以有形有色，但绝不能成为实体。你能感受到它，但它没有固定的形状。它可冷可热。有些蒸汽气味难闻，有些闻起来很美妙。有些很危险，还有些安全无害。它们汽化的时候亮度也不同，比如水银蒸发的时候就比钠蒸发时明亮。你鼻子一吸气，蒸汽就进入你的身体，充满你的肺叶。这个词本身的发音也很有意思，嘴唇微张，透过唇齿吐出‘蒸汽——伊——’的声音，发音一开始很响亮，然后余音袅袅，慢慢消失，这个词的发音跟意义搭配得很完美。”

“的确如此，”露丝赞同道，她也试着像他那样发音，“蒸汽——伊——”尽量体会余音在舌间萦绕的感觉。

“别忘了还有气压，”亚特接着说，“摄氏一百度是水和水蒸气的平衡点。”露丝边听边点头，希望自己看他的眼光能显得聪明专注。可她觉得自己像个没念过多少书的笨蛋。“这一刻你面前摆的是水，”亚特一边说，一边做出水流的手势，“但是在高温带来的压力下，水就会变成蒸汽。”他的手指缓缓上升，表示蒸汽上扬。

露丝拼命点头表示赞同。水跟水蒸气两者的关系，她差不多能明白。她妈妈总说水火相交产生水汽，而水汽看似无害，却可以一下子把人烫得皮开肉绽。“就像阴阳交汇？”她大胆提出自己的看法。

“大自然的二元性，完全正确。”

露丝耸了耸肩膀。她觉得自己纯粹是不懂装懂。

“那么你呢？”他说，“你最喜欢的字眼是什么？”

她摆出一副傻相。“噢，天哪，太多了。让我想想。‘休假’‘中大奖’，还有‘免费’‘打折’‘大减价’。你知道的，女人都喜欢这些字眼。”

亚特听了大笑，露丝也觉得很开心。“说真的，”亚特说，“你最喜欢的到底是哪个词？”

说真的？她飞快浏览一遍脑海中浮上的词语：和平，爱情，幸福。这些陈词滥调会让亚特怎么想她呢？他会认为她缺乏这些东西？或者觉得她缺乏想象力？她想说“拟声学”（onomatopoeia），她五年级的时候拼对了这个词，得了个拼写奖。但是“拟声学”这个词只是一堆音节的组合，跟它所代表的那些简单声响毫不相干。咔嚓。砰。乓。

“我还没有什么喜欢的字眼呢，”她终于承认，“我想大概是因为我一直靠文字吃饭，所以只想到它们的实用性。”

“你是做什么工作的？”

“我以前做过公司内部沟通的工作，后来开始当自由撰稿人，几年前我开始跟别人合作写书，主要是励志和自我完善方面的书籍，就是那种教人如何活得更健康，性生活更和谐，过得更自在之类的书。”

“你是个书本大夫。”

露丝很喜欢他这么说。书本大夫。在此之前，无论是她自己，还是别的人，都不曾这么称呼她的职业。大多数人管她叫“鬼写手”（ghost writer）——她非常不喜欢这个称谓。她母亲以为这称呼是说她能给鬼魂写信沟通。“是啊，”她对亚特说，“我想你可以说我是个书本大夫。但我更倾向于把自己看成一个译者，帮助人们把脑子里的东西转化成书本上的文字。有些人需要更多的帮助，有些则不用。”

“你有没有想过自己写本书？”

她犹豫了一下。她当然想过。她想写一本像简·奥斯丁作品那种风格的书，描写上流社会的人情风尚，跟自己的生活毫不相干。几年前，她曾经梦想通过小说创作来逃离自己的生活。她可以在小说中重新塑造全新的生活，改头换面，变成一个完全不同的人。在虚构的世界里，她可以改变一切：她本人，她的母亲，她的过去。但是改变一切的念头又让她感到害怕，仿佛她这么想象一番，就等于是在谴责和否定自己现在的生活。随心所欲地写作是一种非常危险的痴心妄想。

“我想大多数人都希望能够自己写书，”她回答说，“可我想我更擅长的是转述别人的思想。”

“你喜欢这种工作吗？工作让你感到满足吗？”

“是的。我很满意现在的工作。我有充分的自由可以选择自己想做的事。”

“你真幸运。”

“是啊，”她承认，“我的确很幸运。”

跟亚特讨论这些问题让露丝觉得很高兴。她跟温迪在一起的时候，谈的多半是些让人烦心的事情，很少提到开心的事。她们两人坐在一起大倒苦水：社会对女性越来越不公平了，不讲礼貌的人，妈妈们情绪不佳，诸如此类的事。而她跟亚特的谈话却令他们对于自己和对方都有了新的发现。他想知道她的灵感和动力何来，她如何区分心愿与目标，信念与动机。

“区别？”她问道。

“有些事你是为自己而做，”他回答说，“有些事是为了别人而做的。也许这两者是统一的。”

通过这样的对话，她立刻认识到自己能成为一个自由编辑，一个书本大夫，是件多么幸运的事。这种新发现让她觉得很振奋。

在他们认识大约三个星期以后的一个晚上，他们开始谈些私人的话题。“说句实话，我喜欢一个人生活。”她听到自己这么说。多年来她已经说服自己，一个人生活也不错。

“如果碰到理想的伴侣呢？”

“我们可以保留各自的住所，待在自己家里，这样两人都能保持最理想的形象。也用不着为了是谁的阴毛阻塞下水管这种蠢事争执不休。”

亚特笑出声来。“天哪！跟你同居的人真的抱怨过这种事吗？”

露丝不自然地笑了笑，眼睛盯着自己的咖啡杯。发出此等怨言的不是别人，正是她自己。“我们对清洁的要求截然不同，”她回答说，“感谢上帝我们俩没有结婚。”说这话的时候，她感到自己终于是真心这么认为，而不是为了掩饰心中的忧伤才故意这么说的。

“就是说你们原本打算结婚来着？”

她从来没有从头至尾地向任何人讲过她跟保罗·辛之间究竟出了什么事。她讲不出，就算对温迪也不行。她曾跟温迪讲过许多保罗的可恶之处，讲到自己真想跟他分手算了。当她跟温迪说他们俩真的分手了的时候，温迪兴高采烈地说：“你终于做到了，太好了！”跟亚特则不同，或许是因为他跟露丝的过去毫无关联，所以露丝比较容易跟他谈论往事。他是露丝瑜伽课的伙伴，只是她生活的边缘人物。他不了解她过去的梦想和忧虑。跟他在一起，露丝可以不带感情地坦然地说起自己的过去。

“我们的确考虑过结婚的事，”她说，“两个人一起生活了四年之久，怎么能没考虑过结婚呢？可你知道吗？时间一长，激情冷却了，差异却凸显出来。有一天他跟我说他曾经申请调到纽约去工作，现在申请得到了批准。”露丝不禁想起自己当时如何吃惊，又如何跟保罗抱怨，问他为什么不早点告诉她。“当然，我在哪儿工作差不多都一样，”她说，当时她一方面很恼火，另一方面又对搬到曼哈顿去住的想法感到很兴奋，“可是这样一来生活就完全变了，何况还得把我母亲抛在脑后，在一个谁都不认识的城市里重新安家。为什么你要到最后一刻才告诉我呢？”她这么说只是口头上发发牢骚而已，不料保罗却显得有些尴尬，沉默以对。

“我没有要求跟他去，他也没要我跟他走，”她避开亚特的目光，轻描淡写地说，“我们是和平分手。两个人都认为日子还是得往下过，只不过是各过各的罢了。他很有风度地把责任往自己身上揽，说他不够成熟，而我更有责任心。”她冲亚特无可奈何地一笑，仿佛这话用在她头上，最是荒谬不过。“最糟糕的是，他对分手表现得那么大方——仿佛他跟我分手是对不起我，感到很不好意思。结果去年我花了整整一年的时间，分析我们两人之间到底出了什么问题，我自身有什么问题。我反复思考我们两人每一次的争吵。我总是说他粗心大意，他却说我小题大做，无事生非。我说他不懂未雨绸缪，他说我死板教条，不知变通，容不得半点率性。我觉得他自私，他说我逼得他喘不过气来，倘若他没有对我所做的一切感恩戴德，我又会自怜自伤，可怜自己白费心思。也许我们两人都没错。正是因为这些，我们俩才不合适对方。”

亚特摸摸她的手，说：“可我觉得他失去了一个非常好的女人。”

听了这话，露丝感到一阵难为情，又很感激他这么说。

“你的确是个好女人。你很实在，又风趣，又聪明，又热情。”

“还有责任心。”

“有责任心有什么不对？我希望多些有责任心的人才好。还有，你知道吗？你有一点特别可爱，你不怕流露出自己脆弱的一面。”

“噢，是吗。”

“我是说真的。”

“嗯，你人真好。下次我请你喝咖啡。”她笑起来，并且把手轻轻盖在他的手上。“说说你的生活吧。你的感情经历，爱情生活中最可怕的灾难。你现在的伴侣是谁？”

“我现在没有伴儿。我一半的时间一个人生活，另外一半时间忙着给两个女儿收拾玩具，做果冻三明治。”

这倒是叫人吃惊。“你领养的孩子？”

他一脸惊讶。“是我自己的孩子。当然，是我跟前妻生的。”

前妻？算上他露丝就认识三个结过婚的同性恋了。“那你是结婚以后多久出柜的？”

“出柜？[1]”他的神情十分怪异，“等等，你以为我是同性恋？”

露丝马上知道自己一直都弄错了。“当然不是！”她尽力给自己打圆场，“我是说你从纽约出来是什么时候。”

亚特捧腹大笑。“这么长时间以来你一直以为我是同性恋？”

露丝闹了个大红脸。瞧她都说了些什么啊！“是因为你的戒指，”她指着亚特手上的指环，坦白说，“我认识的同性恋伴侣，大都把戒指戴在这个手上。”

他摘下戒指，迎着灯光左右转动它。“我最要好的朋友帮我打的这枚结婚戒指，”亚特严肃地说，“他叫欧内斯托，非常不同凡响的一个人。他是个诗人，靠开豪华礼车为生，打造金饰是他的业余爱好。

1　come out：出柜，专指同性恋者公开自己的性取向。

看到这些锯齿状的纹路了吗？他说这是为了提醒我，生活中总会碰到各种挫折，应该记取的是挫折之外的种种收获，比如爱情、友谊，还有希望。和米莉安离婚以后，我就不再戴这枚戒指了。后来欧内斯托生脑瘤去世了。我决定重新戴上这枚戒指，提醒自己要记得他和他说过的话。他是我的好朋友——但不是情人。”

他把戒指推到露丝面前，让她看个仔细。露丝拿起戒指，戒指比她想象中的要重一些。她把戒指举到眼睛前面，透过那圆圈看着亚特。他是那么温柔，那么宽容。露丝心头一阵收紧，她感到有些痛楚，可又想大叫大笑。她怎么能不爱上他呢？

到干洗店拿亚特的衣服时，露丝动动大脚趾，提醒自己要给温迪回电话。司格特太太要跟一个年轻小伙子结婚，真是让人惊讶。可她还是决定等到了超市边上的停车场再给温迪打电话。一边开车一边打电话谈这么刺激的话题着实太危险了，稍不留心就会一头撞上别的车。

露丝跟温迪一样大，两人小学六年级就相识，但后来有很长一段时间没有联络。许多年后两人几次偶然相聚，多亏了温迪的热络，两人才越走越近。虽说要让露丝选的话，她不会选温迪做好朋友，但是两人最终竟如此要好，她也很开心。她生性拘谨，正需要温迪这么个整天嘻嘻哈哈的朋友。温迪的直爽正好跟她的矜持互补。温迪经常会教训她说：“不用杞人忧天。”再不然就是：“你他妈的不用总是这么客气。跟你一比我简直狗屁不是。”

电话铃一响，温迪就接了起来。“你能相信吗？”她张口就说，听起来就好像自从她们早上通电话以来她一直在不停地重复这句话似的。“当初她去做拉皮我觉得就够过分的了。昨天晚上她竟然跟我说她跟帕特里克一晚上搞两次。她竟然会跟女儿说这种事——我小时候只不过问了一句孩子是哪里来的，她就送我去教堂忏悔。”

露丝想象着司格特太太脱下香奈尔套装，摘下三焦距的眼镜和名家设计的镶钻十字架，拥抱她的沙滩男孩。

“她的性生活比我的还丰富呢，”温迪大叹，“我和乔一上床就只想睡觉。我都记不起上回我有其他念头是什么时候了。”

温迪经常拿自己越来越低的“性趣”开玩笑。但露丝认为这并不是说她根本没有性生活。这种情况也会发生在她身上吗？她和亚特也不像早些年那样热情如火，他们不会刻意营造浪漫的气氛，这方面一有问题就认为是疲倦作祟。她又晃晃脚趾头：要去医院测量一下雌激素。也许是因为激素失调，所以她最近易怒又情绪化，不然她不会这么焦躁。她的生活虽说不上完美，但即便是有些问题，也都是些小问题。她应该多这么想。她还暗自发誓要对亚特好一点。

“我知道你为什么这么生气。”露丝安慰她说。

“老实说，我是担心我妈，生气倒是其次，”温迪说，“说来奇怪，我觉得她好像年纪越大，行动就越幼稚，像个小孩。一方面我想说，好样的，妈妈，放手去干吧。另一方面，我又觉得，哇，我妈莫不是疯了？我是不是应该看住她？现在轮到我来给她当妈妈，管束她，不让她惹上麻烦。你知道我的意思吧？”

“我完全了解。我一辈子都是这么对待我妈的。”露丝回答。她突然记起了那件想了半天的事情。她妈妈今天下午四点钟要去看医生。过去一年来，露丝一直隐约对母亲的身体状况有些担忧。茹灵也不是有什么大毛病，就是偶尔有点犯糊涂，脑筋似乎不大清楚。有一阵子，露丝把这归因于妈妈累了，听力不大好了，或是她的英语越来越不灵光了。露丝也曾设想过最坏的可能——脑瘤，老年痴呆症——似乎这样一想就能担保妈妈不出这些问题。根据以往的经验，她的担忧最后被证明都是多余的。但是几个星期前，妈妈提起自己约了医生要做个检查，露丝当时就提出要开车送她过去。

和温迪通完电话以后，露丝下车朝超市走去，一边还想着：九，带妈妈去看医生。随后她又开始扳着指头列数她打算跟医生咨询的几个问题。感谢上帝她终于又能开口讲话了。

# 第二章

在超市的生鲜蔬菜区，露丝探身往前，观看一篮漂亮的萝卜。每个萝卜都有苹果那么大，形状匀称，擦洗得干干净净，带点青紫色。露丝一面从里面挑出五个萝卜，一面心想，很少有人像她那样，懂得欣赏萝卜蕴含的美感，她喜欢萝卜的脆爽口感，搭配什么东西做都很入味——烧汤也好，腌渍也好，萝卜都能把味道吸收进去。她喜欢好搭配、懂合作的蔬菜。她最爱吃腌萝卜——就是把萝卜切成块，用醋、盐、糖和辣椒一起腌起来。

每年九月全家聚餐之前，露丝的母亲都要腌两罐辣萝卜条，其中一罐给露丝。露丝小的时候，管辣萝卜条叫“辣辣”。她喜欢把辣萝卜含在嘴里，又吸又嚼，直到嘴唇和舌头都火辣辣地疼，才咽下去。她现在还时不时大嚼上一阵。究竟是她喜欢吃盐，还是为那种辣得发麻的快感而着迷呢？一罐辣萝卜条快吃完的时候，露丝就再切些萝卜条倒进去，再加一勺盐，腌几天再拿出来吃。亚特觉得这东西少吃点还无妨，可那两个女儿却非说萝卜条闻起来像是“什么东西在冰箱里放的屁”。露丝有时候会一早起来偷吃辣萝卜条，借此振奋精神，迎接一天的挑战。连她妈妈都觉得她这种习惯很是怪异。

想到妈妈，露丝敲了敲无名指，再次提醒自己不要忘了四点钟送妈妈去医院。时间不多了，她还有好多事要办。她匆忙拿了菲雅要的红富士苹果，多丽要的“史密斯奶奶”苹果，以及亚特爱吃的布瑞保苹果。

露丝来到肉类柜台，考虑该买些什么。凡是长眼睛的多丽都不肯吃，而自从看了那部《小猪快跑》电影以后，菲雅就一直说要吃素。但两个人都不介意吃鱼，因为海鲜不“可爱”。听到她们这么说，露丝回答道：“难道就因为它们不可爱，它们的生命价值就减少了不成？要是一个女孩参加选美得了冠军，难道她就比别人强些不成？”菲雅马上做了个鬼脸，回敬她说：“这都哪跟哪儿啊，鱼又不参加选美。”

露丝又推着购物车来到鱼柜台。她非常喜欢吃带壳的大虾，要有的选她总是最想吃大虾。可亚特一点虾也不肯吃，他说所有带壳的或者软体的海鲜，你所能尝出来的都是它们消化道的味道。她决定买条智利产的黑鲈鱼。“给我那条，”她对柜台上的人说，随后又改了主意，“还是给我那条大些的吧。”也许她还可以叫妈妈一起来吃晚饭，反正她们已经要一起去看医生了。茹灵总是抱怨说不喜欢一个人做饭吃。

结账出门的时候，露丝看到她前面的一个女人抱了一大把象牙白和桃色相间的郁金香，这一把花至少值五十美元。每当看到有人随随便便地往家买大把的花，仿佛花跟厕纸一样是生活必需品的时候，露丝总是很惊讶。何况还是郁金香。买什么不好，偏偏要选郁金香！郁金香几天之后就会枯萎，花瓣一片一片往下掉。难道工作日这女人也要在家里举办个重要餐会什么的？露丝要是买花的话，定然要考虑再三，仔细衡量这花是不是物有所值。雏菊生气勃勃，价钱又便宜，但是有股难闻的味道。满天星更便宜，但是诚如吉蒂恩所说的，满天星是最没品位、最不像花的花，只有同性恋老头儿才买满天星，跟家传的蕾丝小餐巾摆在一块儿。晚香玉气味芬芳，又气派，但是这家超市卖的晚香玉价格太高了，差不多要四美元一支呢。在花市上顶多卖一美元。她喜欢盆栽的绣球花。绣球花最近重新开始流行起来，这种花价格虽然昂贵，但若是能记得给花浇水的话，花期能维持一两个月之久。而且，在花最后凋谢之前，把花头剪下来放到陶罐里阴干，还可以做成干燥花长期保存。但是亚特或者别的什么人总会把她的干花扔出去，还说花早就死了。

从小露丝家里就很少插花。她甚至不记得母亲曾经买过花。她先前不以为意，直到有一天她跟高灵姨妈还有几个表兄弟一起去萨拉托加的一家超市，当时露丝只有十岁，她十分惊讶地看着姨妈他们把看到的所有中意的东西都往购物车上扔：巧克力牛奶、甜甜圈、冰淇淋三明治、夹心饼干、电视餐等等，都是露丝没机会吃到的好东西。后来一家人还在超市的鲜花柜台买了一束粉色的小玫瑰，而当时既没人去世，也没人过生日。

露丝想到这里，决定奢侈一下，买棵开象牙色花朵的小兰花。兰花精致漂亮，而且很容易养活，只要记着十天半个月浇次水就行了。兰花虽不便宜，但花期足有六个月之久，然后经过一段时间的休眠，它又会缓缓醒过来，开出花来给你个意外之喜。兰花永远不会死，保证一直存活。长期保值。

露丝回到家，把买来的菜放进冰箱，将兰花摆到餐桌上，随即进了自己的小书房，准备开始工作。书房地方很小，露丝倒不介意，她认为有限的空间才能激发无穷的想象。墙面漆成红色，还有金色的斑痕，这都是温迪的主意。桌上的台灯透过琥珀色的灯罩散出柔光，让整个房间的光线都显得十分温润。漆黑的架子上摆的不是果酱而是一排排的参考书。她的笔记本电脑放在一个推拉式的切菜板上，板子下面原来有个面粉缸，现在拆掉了，留出地方好伸展腿脚。

她开了电脑，没等开始写就觉得才思枯竭。十年前她在做什么？无非是跟现在一样。十年之后的她又会做什么呢？也是一样。甚至连她参与写作的书都大同小异，只不过书里的时髦术语不大一样罢了。她做个深呼吸，给她的新客户泰德打电话。泰德的书《网络性灵》讲的是网络时代催生的行为准则。泰德一口咬定说这个题目当下顶顶热门，要是出版商不尽快让书面市，就赶不上时髦了。上周末露丝在塔霍湖休假期间，泰德就已经留了好几通紧急的电话留言。

“安排出版日期这种事我说了不算。”露丝试图跟他解释。

“别光考虑你管不了什么，”他回答说，“你要是想跟我合作写这本书，就得相信我提出的原则。只要是为了造福世界，什么事都可能办成。别墨守成规，要活得精彩。要是你做不到，也许我们应该重新考虑，你未必是这个工作的最佳人选。好好想想，我们明天再谈。”

露丝挂断了电话。她考虑了一番，心里说，造福世界是她那位客户的工作，与她何干？她要警告吉蒂恩，说客户催得太紧，可能还想改出版日期。这次她一定要立场坚定，决不妥协。要是按客户的要求做，还得处理其他事务，她得没日没夜地工作才行。十五年前她也许还会那么干——那时候她还吸烟，觉得忙碌就等于有人赏识。今非昔比了。她提醒自己要放松肌肉，随后又深吸一口气，一边吐纳，一边盯着书架上自己参与或代笔的书。

《个人自由至上》《同情至上》《嫉妒至上》

《魅力生物学》《人性物理学》《灵魂地理》

《单身生活之阴阳平衡》《婚姻生活之阴阳平衡》《离婚生活之阴阳平衡》

其中最受欢迎的作品是《狗狗伴你克服沮丧》《善用拖延，助你成功》，还有《不必内疚》。最后这本书备受争议，销售得极好，还被翻译成了德语和希伯来语。

在跟人合作的这些书上，"露丝·杨"这个名字总是用小号字印在主要作者后面，有时甚至根本不出现她的名字。从事这一行十五年来，露丝名下共有差不多三十五本书。早期的作品大多是关于公司内部沟通的，后来范围渐渐扩大到广泛意义上的沟通和交流，再后来就具体到交流中的障碍、行为模式、情绪问题、身心和谐，以及心灵领悟等诸多内容。她在这一行里做得实在太久，眼看着流行术语从"心灵中心"变成了"气"，又变成"生命能量""生命力""生物磁力""生命能量场"，最后又变回"心灵中心"。在书店里，她客户的那些真知灼见一般都摆在轻松读物或者流行书的架子上——心理励志、精神健康、自我激励、新时代作品等等。

她提醒自己，总的来说，她帮忙写成的这些作品还算有趣，倘若作品无趣，那么想方设法让它变得有趣正是她的职责所在。尽管有时候出于谦虚她会表现出对自己的工作不以为然的样子，但倘若别人不拿她的工作当回事，她还是会很恼火。甚至连亚特也不了解她的工作有多困难。也难怪别人会那么看她的工作，她自己常把工作说得很容易。她希望别人能自己发现她工作的价值，赞赏她妙笔生花、沙里淘金的本事。当然，这种事从来没发生过。没有人知道，要非常有技巧地把散乱的思绪转化成清新流畅的散文是件多么困难的事。她得跟客户保证，她简明扼要地重述他们的话，仍然能保留原话的睿智、明晰，以及重要性。她得留心，作者总会把作品看作自己不朽的象征，相信书页上印的字句会比他们的肉身更加长久。等书出版以后，庆功宴上，露丝只能静静地坐在后面，看着客户享受大家的赞扬。她经常说自己不需认可便能满足，但这不全是实话。她需要某种认可，但绝不是像两个星期前在母亲七十七岁生日的寿宴上，她所得到的那种认可。

那天，高灵姨妈和艾德蒙姨父带了个波特兰来的朋友一起赴宴，那是个戴厚眼镜的老太太，她问露丝是做什么工作的，露丝回答说：“我替人捉刀，跟别人合作写书。”

“你怎么这么说话？”茹灵斥责道，“什么捉刀不捉刀的，真难听，好像做了什么坏事似的。”

高灵姨妈用十分权威的口气说：“她是个鬼写手，是这个行当里数一数二的高手。你有没有看到有些书的封面上印着‘某某人记录’？露丝就是那个记录的人——别人讲故事，露丝逐字逐句地写下来。”露丝根本来不及纠正姨妈的说法。

就听那老太太说：“就像法庭上的记录员一样。我听说做这一行必须又快又准。你受过专业培训吗？”

不等露丝答话，高灵姨妈提高了嗓门说：“露丝，你真该讲讲我的故事！我这一辈子丰富多彩，而且全都是我的真实经历。不过我不知道你能不能跟得上我说话的速度。我讲话很快的！”

这时候茹灵插话了：“她可不光是要打字。要做的事情多着呢！”母亲这么突如其来地为她辩护，露丝心里觉得很感激，可是茹灵接着说："她还改错别字呢！"

露丝把思绪拉回来，看看她和《网络性灵》的作者通电话时做的笔记，她抬起头，提醒自己从好多方面来说，她都算是幸运的。她在家工作，收入不菲，至少出版商很赞赏她的工作，宣传人员也一样，跟书的作者约广播专访的时候会特地打电话向她请教访谈的要点。与那些整日苦于没什么工作可做的自由撰稿人不同，露丝总是很忙。

"这么忙，这么成功，"最近露丝跟母亲说自己没有空闲时间，没办法来看她时，母亲说，"就是没有空！"茹灵又说，"因为每分钟都要收费的。我给你多少钱？一分钟五块钱，还是十块钱，你就肯来看我了？"事实上，在露丝看来，自己的确没有多少空余时间。空余时间最是宝贵，应该用来做自己喜欢的事，即便不能，至少要让生活的节奏慢下来，想想生活中那些美好幸福、值得感恩的事情。通常露丝的空闲时间都消磨在一些当时看来非常急迫，事后却证明根本没必要的事情上。温迪也说过同样的话："空闲时间已不复存在。你必须提前规划出时间来放松和休闲，而且每分钟都要附带一块钱的花费。不论是休闲还是到很难订位子的饭店去吃饭，总得忙不迭地拼命享受，非得觉得钱花得值才行。"听了这番话，露丝不再总是为时间不够而苦恼了。没时间做该做的事并不是她的错。人人都是如此。但是这番道理跟她母亲可是无论如何讲不通的。

她又取出为雅嘉琵·雅格诺斯的新书《引导孩子走出误区》第七章做的笔记。随后，露丝拨通了雅嘉琵的电话。除了露丝之外，很少有人知道雅嘉琵的真名叫多丽丝·德马蒂奥，她选雅嘉琵·雅格诺斯这个笔名是因为雅嘉琵意味着"爱"而雅格诺斯的意思是"无知"，她又将这层意义重新诠释，认为无知是纯真无邪的一种表现。所以在作品上签名的时候，她总是写“爱与纯真，雅嘉琵·雅格诺斯”。露丝很喜欢跟她合作。雅嘉琵虽说是个心理学家，但却不会动不动摆出专家的架势来吓唬人。她很清楚，她的魅力多半在于自己那种莎莎·嘉宝[1]式的调调，回答广播和电视采访的问题时呈现出来的独特口音，还有那种有点卖弄风情却又不失睿智的个性。

露丝跟雅嘉琵在电话中重温了第七章的要点，在这一章里，她们列出了十要五不要，教父母更加关心自己的孩子。

“亲爱的，”雅嘉琵说，“为什么我们一定得列成五条或者十条呢？我没办法把思路限定在这么固定的数字里。”

“用五和十更容易记，”露丝回答说，“我在哪儿读到的一个研究说的。这大概跟人类习惯于扳着手指数数有关系。”其实她也不记得是不是真有其事。

“太有道理了，亲爱的！我就知道这里头一定有原因。”

挂断电话以后，露丝开始撰写书中的一章，题目叫“孩子并非孤岛”。她开始播放自己跟雅嘉琵谈话的一卷录音带。

“……为人父母，不管有心还是无意，我们都会把自己的“小宇宙”强加到小孩身上——”雅嘉琵停了下来，“你有话要说吗？”露丝不知道自己给了雅嘉琵什么提示，让她觉得自己有话要说。一般来说露丝很少打断别人讲话。

“我们应该在这里解释一下‘小宇宙’的概念，”她听见录音机里自己的声音说，“也许可以加个注释。我们不希望读者以为我们谈的

---

1 演员，以古怪、性感而著称。1936 年当选匈牙利小姐，结过九次婚，喜欢大谈自己对性的种种渴求，以及对珠宝和皮毛的热爱。出演过 1951 年版的《红磨坊》等电影。

是星象或者天文学什么的。”

“没错，没错，亲爱的，你的意见太好了。小宇宙，让我想想……就是说我们在潜意识中，或者不自觉地，相信整个宇宙运转的规律——你有什么要补充的吗？”

“读者们可能会以为我们说的是行星或者大爆炸理论什么的。”

“你可真是太挑剔了！好吧，你来写这个宇宙的定义，可是别忘了里面要包含每个人在家庭、社会，以及每天接触的团体中的地位。讲讲那些不同的社会角色，还有我们自以为如何得到这些角色的——到底是注定、俗名、运气、机会，还是决心，等等等等。哦，还有，亲爱的露丝，写得性感些，还要让人一看就能懂。”

“没问题。”

“好吧，现在假设人人都了解这个‘小宇宙’的概念了。我们接下来说说父母是如何通过自己的行为，对日常事件——通常是些世俗琐事——的反应，把小宇宙传递给孩子的。怎么了？你看起来好像很迷惑。”

“举例说明是哪些世俗琐事。”

“比如吃饭的时间。有些家庭晚上总是六点钟开饭，妈妈会特地准备，把晚饭搞得很隆重，像个庆祝仪式一样，但实际上什么事都没有，饭桌上也不讲话，除非是争吵起来。而有的家庭里，吃饭总是有什么就吃什么，想什么时候吃就什么时候吃。有了这样的鲜明对比，孩子长大后可能会觉得每天的生活虽说不一定令人愉快，但却都是预料之中的；他们也可能会认为这个世界混乱不堪，或者世事难料，变化无穷。有些孩子无论早年受到什么样的影响，都能健康成长，变得非常出色；但还有些孩子，长大后身心失衡，终生都需要接受非常非常昂贵的心理治疗。”

露丝听着电话里两人的笑声。她从来没有像温迪那样求助于心理治疗，接受心理辅导。而露丝曾经跟许多心理治疗师合作过，深知他们也是凡人，他们也有诸多心理问题，需要帮助。每星期花钱请一位专业人士全心全意为自己服务两次，每次一个小时，温迪认为这钱花得很值；但露丝却认为每小时花上一百五十块钱，就为了找人听自己说话，无论如何说不过去。温迪经常建议露丝去找个心理医生，看看她扳着指头数数的强迫症。但是在露丝看来，这种数数的方式很实用，不算是一种病态——这样可以帮助你记住事情，而不是什么迷信勾当。

"亲爱的露丝，"录音机里雅嘉琵的声音还在继续，"你可不可以翻一下那个标注着'独特案例研究'的文件夹，从里面找几个适合这一章的案例？"

"OK。我还在想，我们是不是可以增加一个部分，讲讲看电视长大的孩子会从电视中获得什么样的宇宙观？我就是提个建议，因为将来在电视和广播专访的时候可以从这个角度来讨论问题。"

"太对了，太好了！你觉得我们应该上哪些节目呢？"

"可以从五十年代说起，《Howdy Doody》[1]《米老鼠俱乐部》，一直说到《辛普森一家》还有《南方四贱客》——"

"不，亲爱的，我是说我可以上哪些访谈节目。《六十分钟》《今日》《查理·罗斯》——哦，我太想上那个节目了，那个主持人查理真帅……"

1 Howdy Doody，五十年代美国流行的儿童电视节目。Howdy Doody 是一个木偶男孩。他的名字来自对"How do you do?"这句人们初次见面时说的问候语的缩略说法。

露丝做了笔记，开始写提纲。当天晚上雅嘉琵肯定会打电话来问她进展如何。露丝觉得，在所有作家之中，可能只有雅嘉琵一个人会把截稿日期当真，严肃看待。

十一点钟，她的手表闹钟响了。她敲了敲手指头，八，给吉蒂恩打电话。电话接通以后，她先跟他讲《网络性灵》作者的要求。“泰德想让我把别的事都推到一边去，把他的书摆在第一位，而且要提前截稿。我很坚决地说我做不到，而他却强烈暗示说他会换人跟他合作。坦白说，他要是不用我我反而会如释重负。”露丝说道，一边说，她一边做好准备，等着自己被辞退的消息。

“他才不会呢，”吉蒂恩回答说，“你总归会让步的，你一向如此。不到周末，你说不定就会给旧金山哈泼出版社打电话，说服他们改变出版日程，提前出书。”

“你怎么会这么说？”

“面对现实吧，亲爱的，你太容易妥协了。别人一说，你就拼命做。你还有项天赋，即便是最笨的大笨蛋，你也能让他觉得自己做得顶顶棒。”

“说话当心啊，”露丝说，“你说得我好像妓女一样。”

“我说的全是实话。你简直是合作的最佳人选，”吉蒂恩接着说，“客户傻话连篇你也乖乖听着，不管他们如何自大，怎样丝毫不把你放在眼里，你都会照单全收。你太容易对付了。”

为什么亚特不来听听这些话？露丝很想得意一番：你瞧，别人并不觉得我难缠。随后她又明白过来，吉蒂恩是说她好欺负。其实不是这么回事，她心想。露丝有自己的心理底线，但她不想为了些说到底没什么要紧的小事与人争执。她本不是那种人。她不能理解那些整日争斗不休，坚持自己样样正确的人。她母亲便是如此，可这样都给她带来了什么好处呢？除了不开心、不满意以及愤怒以外，一无所有。根据母亲的宇宙观，整个世界都在跟她对着干，谁也改变不了这种状况，因为这是一道毒咒。

而在露丝看来，茹灵动辄卷入争斗纯粹是因为她英语不好。她搞不清楚别人的意思，或者是别人搞不懂她什么意思。露丝曾经觉得到头来，真正遭罪的不是妈妈，而是她自己。可笑的是，妈妈不觉得自己英语不好，反而很骄傲自己的英语是自学成才，她在中国大陆和香港学了一口洋泾浜英语。移民美国这五十年来，她的英语无论是发音还是词汇量都毫无长进。相反她的亲妹妹高灵姨妈，跟她差不多同时来到美国，英语却说得极好。高灵能讲清硬里衬裙和透明硬纱有何不同，还能叫出她喜欢的各种树的名字：橡树、枫树、银杏树、松树。而对茹灵来说，布料的区别无非只是“太贵”“太滑”“贴着皮肤会痒”，再不然就是“耐穿”。说到树，要么是“挡光线”，要么就是“老掉叶子”。甚至连露丝的名字母亲也念不利索。从前茹灵总在大街上“露缇！露缇！”地叫女儿，露丝总是窘得要死。为什么母亲会给女儿取个自己都念不出来的名字呢？

但是最可怕的还在于，茹灵寡居，露丝作为唯一的女儿，总是被迫当母亲的传声筒。露丝十岁的时候，已经在电话上充当讲英语的“杨茹灵太太”，替妈妈跟医生约定看病的时间，还有给银行写信，这也是她的活。有一次露丝甚至替母亲写了封羞辱自己的信给牧师。

“露缇给我惹了好多麻烦，”茹灵信口念道，完全无视露丝的存在，“或者我送她到台湾，去上专门教育坏孩子的学校。您觉得怎样？”

露丝把这话改成了：“也许露丝应该到台湾去读书，在那里学习一个年轻淑女所应该具备的礼仪和风度。对此您意下如何？”

露丝有时想，从某种奇怪的角度来看，正是母亲教会她成为一个书本医师，令她选择了现在的职业。要想生活变得美好，她必须对之加以润饰。

三点十分，露丝终于付了钱，打发走了管道工。期间亚特既没回家，也没打电话回来。热水器不只需要换某个部件，而是整个都得换掉。而且因为水槽漏水，管道工把整个房子里的供电暂时切断，然后才吸干水槽里的水，把它拆下来换掉。其间露丝一直没办法工作。

她要迟到了。露丝将那一章的提纲传真给了雅嘉琵，然后匆忙收拾好笔记本、手机、电话本。一上车，她马上驶往普利西蒂奥大门，然后穿过桉树林，上了加州大街。母亲住在她的住处往西五十个街区的日落区，紧挨着号称天涯海角的 Land's End。

很显然，母亲去看医生纯粹是例行公事。过去几年来，母亲虽然有医疗保险，却一直没去做一年一次的免费常规体检。茹灵从来不生病。露丝甚至不记得母亲几时得过流感或是伤风。尽管已经七十七岁高龄，茹灵却一直十分硬朗，没有关节炎、胆固醇过高或是骨质疏松这些老年病。她最大的毛病就是便秘，她常常绘声绘色地跟露丝描述便秘的种种痛苦细节。

但是最近露丝开始感到有点担心，妈妈不单是越来越健忘，还经常神思恍惚。她嘴里说“丝带”，其实真正想要的是“包装纸”，说“信封”，其实是要“邮票”。露丝在脑子里列举了许多详细的事例打算告诉医生。还有去年三月那场车祸，也得说给医生听。茹灵开着车撞到前面的一辆小卡车。幸好她只是头撞到方向盘，也没有导致其他伤亡，但她的车全毁了。

“吓死我了，”茹灵说，“吓得我魂飞魄散。”她声称是因为有只鸽子飞到她面前的挡风玻璃上，所以才出的车祸。露丝心想，也许当时并非是鸽翼翻飞，而是母亲大脑里一阵悸动——脑中风，而且脑袋撞到方向盘其实伤得比想象中更严重，也许是脑震荡，或者颅骨骨折。总之不论真实情况如何，警方和保险公司一致认定事故责任在茹灵本人，而不是什么鸽子。茹灵因此暴怒，不再缴汽车保险费，回头却又抱怨保险公司不肯再为她承保。

露丝曾经把母亲的事情说给雅嘉琵·雅格诺斯听，雅嘉琵解释说老年人表现出神思恍惚和愤怒，可能是因为心情沮丧。

“我妈妈一辈子都很沮丧，满腹怨气。”露丝告诉雅嘉琵说。她还没提妈妈多次威胁要自杀，说的次数多了，露丝就尽量不把它当回事。

“我认识几个很棒的心理医生，都曾经辅导过中国病人，”雅嘉琵说，“他们很擅长处理文化差异——能了解东方人天马行空的思维方式，旧社会的压力，精气运行等等。”

“相信我，雅嘉琵，我妈妈跟别的中国人不一样。”露丝经常希望母亲能更像高灵姨妈一些。高灵从不把鬼魂、厄运、如何自杀这些话挂在嘴边上。

“不管怎么说，亲爱的，你应该让医生帮你妈妈作个全面彻底的健康检查。然后替我好好拥抱她一下。”这么想想是不错，可是露丝几乎从不跟母亲拥抱。她曾经试过要拥抱妈妈，但是妈妈肩膀总是突然变得僵硬，好像遭到袭击一样。

露丝慢慢开车前往母亲的住处，周围弥漫着夏天常见的薄雾。烟雾中隐约可见一个个街区相连，都是二十年代造的平房，三十年代开始出现的小木屋，再就是六十年代以来盖的那些毫无特色的公寓楼。从电线杆到房屋，再从房屋到电线杆，拉出一条条电线，划断了海天相连的美丽景观。在海雾多年的侵蚀下，好多房子镶的彩色玻璃结上了斑斑点点的盐垢，图案模糊不清。排水管上都生满了锈，活像旧汽车的保险杠。随后露丝转上一条街，这条街上的房屋比较高级，建筑风格试图模仿包豪斯的流畅线条，家家户户的小草坪上都种着修剪成各种怪异形状的灌木，好像棉花糖形的贵宾犬腿。

露丝把车停在母亲家门口，这是一幢地中海式的两层建筑，正面是杏黄色的弧形外墙，墙上有个仿凸窗阳台，装着锻铁栅栏。茹灵曾经很热衷于打理庭院，亲自下手给树篱剪枝浇水，整理铺着白石子的园中小径。露丝在家住的时候，定期修剪那片七英尺见方的草坪是她的差事。一有草长到走道上茹灵就开始抱怨。她还抱怨街对面邻居家的狗留下的尿迹。“露缇，你去跟那人说叫他的狗别这么干。”露丝老大不情愿地穿过马路，敲开邻居家的门，问他有没有看到过一只黑白花的猫咪，随即回来告诉妈妈说那人答应试试看。露丝离家上大学以后，偶尔回家探望，每次几乎刚进门，妈妈就又会叫她去向马路对面的邻居抱怨此事。老一套丢猫咪的借口也不能每次都用，她又想不出什么新借口去敲邻居的门，因此露丝通常是能拖就拖。于是茹灵就啰啰唆唆地抱怨说黄色尿迹越来越多，露丝又懒又没记性，不顾家，等等等等。露丝只得埋头看书或者看电视，尽量不去理会母亲的唠叨。

有一天露丝鼓足勇气对妈妈说，她应该去请个律师告邻居一状，或者请个园丁来把草坪好好整整。是露丝大学里的一个室友建议她这么跟妈妈说的，她说露丝简直是疯了才会容忍母亲像对付六岁小孩一样，逼得她团团转。

“她给你多少钱让你当受气包？”她的室友说，替她出谋划策。

“可她确实出钱让我上大学啊。”露丝承认。

“没错，可是父母都供孩子读书啊。这是他们分内的事。也不是说这么一来他们就有权把你当奴隶使唤。”

有了朋友撑腰，露丝鼓起勇气顶撞妈妈说：“既然这事弄得你这么烦，你就该自己处理。”

茹灵直瞪着她，足足五分钟一言不发，随后就像火山爆发一样发作起来：“你想我死吗？我早点死了，就不用叫你做这做那了是不是？好吧，我还是趁早死了干净！”此言一出，露丝顿时方寸大乱。茹灵要死要活的威胁就像是随时可能爆发的地震一样，露丝觉得她可能真干得出来。虽然早知如此，但每次母亲真的发作起来，露丝还是惊慌失措，一心只想尽快跑得远远地躲起来。

奇怪的是，打那次以后，茹灵再也不跟露丝提狗在草坪上撒尿的事了。但是每次露丝回家的时候，茹灵总要特地拿个铲子趴到草坪上去，四肢着地，很吃力地挖出枯黄的草根，然后撒上新种子，每次弄个两英寸见方。露丝心里很清楚，母亲这是特地做给她看，让她觉得痛苦内疚。虽然露丝尽量装出一副满不在乎的样子，但她心里却非常痛苦。最后茹灵终于自己解决了这个问题。她请了个泥瓦匠来，把门前全都铺上了红白相间的砖块，过道也铺成了红色的。多年以来，红砖块渐渐褪色，白砖也变灰了，有些区域像是被微型火山爆发顶了起来，裂缝丛生，凹凸不平。砖缝里生出一簇簇长刺的杂草。我应该找人来把这房子修缮一下，露丝一边往里走一边想。看到母亲根本不再理会房屋的外观，任由它破败下来，露丝心里感到很难过，也很内疚，觉得自己没能多在家帮忙。也许她应该找自己熟识的工人来这里收拾一下。

露丝走到上楼的楼梯口时，楼下的房客弗兰馨走了出来，招呼她过去说话。弗兰馨三十多岁，瘦得皮包骨。她经常跟露丝抱怨说房子破败失修：电线动不动短路；烟雾探测器老化了，该换个新的；后门口的楼梯不平，很可能闹出事故，甚至吃上官司。

“贪得无厌！”茹灵对露丝说。

露丝很清楚自己绝对不能跟房客站在一边反对妈妈，但她真的很担心有一天会出事情，比如火灾什么的，她特别害怕报纸上会出现这样的大标题——“陋巷失火，房东违反消防规定，引发火灾被捕”。因此露丝偷偷帮妈妈处理了几处小问题。茹灵得知女儿帮弗兰馨买了个新的烟雾探测器，顿时勃然大怒。“你觉得她说的都对，我说的都错？”跟露丝童年时惯常的情形一样，茹灵的怒火一发而不可收拾，越说越火大，最后只剩下老掉牙的威胁：“我趁早死了的好！”

“你得跟你妈妈谈谈，”弗兰馨满腹怨言，“她说我不按时交房租。可我总是每个月头一天就按时交给她。我根本不明白她都嘟囔些什么，可她还是嘟嘟囔囔没个完，像是坏了的旧唱片一样，不停重复。”

露丝心里一沉。她真不愿意听到这种情况。

“我特地把兑现过的支票拿给她看。可她说：‘这不是支票还在你手上嘛！’她太奇怪了，好像老糊涂了。”

“这事我会处理。”露丝平心静气地说。

“可她恨不得一天骚扰我一百遍。简直要把我逼疯了。”

“我会跟她讲清楚的。”

“这样最好。不然我就要打电话找警察，申请限制令。”

限制令？不知道是谁神经有问题。“真的很抱歉。”露丝想起她曾帮人写的一本书，内容是关于如何帮孩子排解愤怒。“你没做错事，却受到这种对待，难怪你这么生气。”

这一招的确有效。“那好吧。”弗兰馨一边说，一边退回自己家里，活像报时挂钟里的布谷鸟。

露丝有母亲家的钥匙，刚开门进去，就听见茹灵冲她嚷：“怎么这么晚？”

茹灵坐在棕色塑料摇椅上，神情像个任性的小孩。露丝上下打量母亲一番，看能否察觉出什么不对劲的地方——眼睛没有抽搐，侧脸也没有麻痹的迹象，妈妈还是老样子。茹灵身穿她最喜欢的紫色开衫，上面镶着金色的扣子，配黑色的宽松裤，脚上是小号的低跟黑色船鞋。她的头发顺直往后梳，跟菲雅和多丽一样，只是母亲把应该是马尾的部分卷成发髻，还卷进一股假发，让头发显得丰厚些，再用发网固定。母亲发色乌黑，只有后脑上发根的部位略显灰白，因为这个部位她看不到，也染不到。远远看去，茹灵比真实年龄年轻得多，像是只有六十岁，而不是七十七岁。她肤色均匀皮肤光滑，无须上粉底或是散粉。站到离她一英尺这么近才能看清楚她脸颊上的皱纹。嘴角的纹路最深，似乎是时常生气噘嘴形成的，此刻她就摆出这么一副神情盯着女儿。

“是你说跟医生约的一点钟。”茹灵抱怨说。

“我说的是四点。”

“不对！一点！你说让我准备好。我准备好了，你却不来！”

露丝觉得气结，决定换一招试试。“那我给医生打个电话问问看，我们四点钟去可不可以。”她继续往里走，里面是妈妈练习书法的房间，很久以前那曾是她的房间。妈妈的书桌上摆着一张水彩画纸。母亲在写一首诗，中途却停了下来。毛笔就摆在纸上，笔尖已经干硬。茹灵并非粗心大意，她对毛笔非常小心爱护，有一套很严谨的护理步骤，连清洗毛笔都必须用矿泉水，以免自来水中的漂白剂损坏笔尖。也许她写到一半时听到水壶开了，匆忙跑去照看。也许随后电话又开始响，总之一件接一件的事，她忙起来就忘了练字的事情。但露丝仔细一看，妈妈满纸写的都是同一个字，每次都是写到同一笔就停下来。到底是个什么字呢？为什么她写到一半就停下来了呢？

露丝小的时候，茹灵做助教和其他差事来补贴家用，差事之一就是写英汉书法。她给奥克兰和旧金山的超级市场、珠宝店写价格招贴，还有饭店开张的喜联，红白喜事用的各种挽联，喜幛等等。许多年来，人们总是对露丝说，茹灵的书法够得上大师的水平，是第一流的。就是这门差事给她赢得了相当可靠的声誉。露丝在这其中也尽上了一份力量：她帮妈妈检查其中的英文单词拼写。

“葡萄柚应该是 grapefruit，”有一次，八岁的露丝大惊小怪地说，“不是 grapefoot。葡萄柚是种 fruit（水果）不是 foot（脚）。”

从那天晚上起，茹灵开始教露丝练字。露丝知道这是惩罚她白天说错了话，得罪了妈妈。

“看着。”茹灵用中文命令道。她在砚台上磨墨，然后小心翼翼地拿医用滴管滴了几滴盐水在上面。“看着。”她一面说，一面从笔架上笔尖朝下悬着的好几十支笔中选了一支。露丝睡眼惺忪，尽量集中精力看着妈妈把笔尖蘸饱墨水，她的手腕和肘部悬在空中，而笔尖几乎跟纸垂直，最后她终于落笔，轻运手腕，手起落之间，动作轻盈得好像一只蛾子迎着白纸的光亮在飞舞，很快纸上就出现了“半价优惠！”“特别折扣！”“清仓大甩卖”的字样。

母亲说：“写中国书法跟写英语单词完全不是一回事。思路不同，感觉也不同。”的确如此：茹灵在创作中文书画的时候，就像是换了个人。那时候的她很平静、果断，有条不紊。

“是宝保姆教我写字的，”一天晚上茹灵说，“她教我该如何思考。她说，你写字的时候，必须把心头思绪都收拢起来。”茹灵写了汉字“心”来做示范。“看到没有？每个笔画都各有节奏，各有位置，达到平衡。宝保姆说人生也应如此。”

“宝保姆到底是谁啊？”露丝问道。

“我小的时候是她照顾我。她非常爱我，就像亲妈一样。‘宝’的意思是‘宝贵的’，再加上保姆，意思就是‘宝姨’。”哦，就是那个宝保姆，那个疯子鬼。茹灵下笔写了一横。可动作并不简单。她先把笔尖停在纸上，像是踮着脚尖站立的芭蕾舞演员，笔尖稍微向下一弯，像行了个屈膝礼，随后，犹如风骤起，将笔端往右一扫，暂停，再往左收回来一点，然后提起笔。露丝长叹一声。根本不用费心思去试，反正她总是学不好，惹妈妈恼火。

有些晚上，茹灵会想办法教露丝认识汉字。“每个偏旁部首都是远古时候的一幅画。”她写了一横，问露丝那画的像什么。露丝歪着脑袋看了半天，摇了摇头。茹灵又写了一横。她不停地写，每次都问露丝看不看得出来那是什么。最后，妈妈不屑地哼了一声，强压着失望与嫌恶。

“这条线就像是一道光。看，看出来没有？”

可在露丝看来，那一横活像是根剔了肉的骨头。

茹灵接着说；“每个汉字都包含一种思想，一种感觉，各种意义和历史，这些全都融合在这一个字里。”她又画了好多不同的笔画——点、撇、竖、提、弯、钩。“看到没有？”她说了一遍又一遍，絮絮不已，“这条线，还有这条，这条——它们一起形成寺庙的形状。”露丝看不出个所以然，耸耸肩算是答案，茹灵又说：“是老式的庙。”就仿佛说“老式的”她女儿就能启动脑子里的中文引擎，让她一下子恍然大悟。砰砰！哦，我明白了。

后来，茹灵又让露丝自己写同一个字试试看，同时还硬给女儿灌输中国式的逻辑。“手腕要这样，要有力，还得放松，像细柳条一样——哎呀，这样可不行，像趴在路边的乞丐一样……下笔要轻柔，就像鸟儿落在树梢上，可不能像刽子手，一刀下去人头落地。看看你写的——整个字都塌下去了。要这样，先是一道光，然后是庙。看到了吗？这些笔画连在一起，意思是‘天意’。这不正表示凡事都是上天注定的吗？你瞧，汉字是不是都很有逻辑？”

母亲讲中文的时候的确很有逻辑。露丝心里想。可她又不懂中文，怎么能知道呢？

她给医生打电话，找到了护士。“我是杨茹灵的女儿露丝·杨。我们约了四点钟去请许医生做个检查，我有几件小事想先跟您说一下……”她感觉自己就像是背着妈妈在搞什么阴谋，像个叛徒，或者间谍。

露丝回到起居室，见妈妈正在到处找钱包。

“我们不用带钱，”露丝说，“就算用到钱，也由我来付好了。”

“不，不用付钱！谁都不用！”茹灵大声说，“我的健康卡在钱包里。我不给他们卡，医生就多收费。本来样样都应该免费的。”

“他们肯定有记录的。不用非看你的卡片不可。”

茹灵还在四处搜寻。她突然站起身说道：“我知道了。我把钱包落在高灵家了。一定是她忘记告诉我了。”

“你哪天去她家的？”

“三天前。星期一。”

“今天是星期一。”

“今天怎么会是星期一？我三天前去的，今天没去！”

“你是坐轻轨去的？”自从那次车祸以来，露丝没办法开车送妈妈的时候，茹灵出门就乘坐公交工具。

“是啊，高灵去接我还晚了！我等了两个小时。最后她总算来了。然后她还怪我，说你为什么早到了，你应该十一点才到的。我对她说，不对，我没说要十一点到。我早知道自己九点就能到干吗要她十一点才来接我呢？她故意说我发神经，气死我了。”

“你会不会把东西落在轻轨上了？”

“什么东西？”

“你的钱包啊。”

“你干吗老帮她说话？”

“我没帮谁说话啊……”

“可能她拿了我的钱包，故意不告诉我。她老想要我的东西，老嫉妒我。小的时候，她就抢我的旗袍，抢我的瓜果，非要大家都注意她。”

多年以来，母亲与姨妈之间的关系非常戏剧化，两人像演一出外百老汇[1]话剧，两个演员包办所有角色：好朋友和死对头，既是对手又是合伙作案的搭档。两人年龄只差一岁，茹灵七十七，高灵七十六，年龄相仿却似乎助长了两人之间的竞争。

两姐妹分别来到美国，嫁给了兄弟两个，婆家是开杂货店的。茹灵的丈夫艾德温·杨当时在读医学院，是大哥，照茹灵的说法，“注定”要比弟弟更聪明、更成功。全家人都偏向他，注意力都集中在他身上。而高灵的丈夫艾德蒙是小弟，在学牙医。家里认为他比较懒，粗心大意，总需要大哥在旁边监督照看。但是有一天晚上，大哥艾德温从加州大学旧金山分校的图书馆回家的时候，被车撞倒，肇事司机逃逸无踪，当时露丝只有两岁。叔叔艾德蒙变成了家里的顶梁柱，成了受人尊敬的牙医，后来投资廉价租住公寓，又赚了不少钱。

20 世纪 60 年代，杂货店老掌柜和老板娘去世以后，大多数遗产——现金、房产、商店、金银珠宝、合影照片——都留给了艾德蒙，只有一小笔现金给了茹灵，算是体恤她跟艾德温之间曾有一段短暂的婚姻。“只给我这么一点点，”茹灵经常捻着指尖比画，好像捏着一只跳蚤，“就因为你不是个男孩。”

茹灵用这点钱和自己多年的积蓄，在加布利罗大街和第四十七大街交口买了幢两层小楼，一楼出租，她跟露丝住在二楼。高灵和艾德蒙搬到了萨拉托加镇的富人区，那边的房子都是深宅大院，家家有大草坪和游泳池。他们偶尔会问茹灵要不要接收他们换下来不要的家具。“我干吗要？”茹灵多次怒道，“好让他们可怜我？他们自我感觉

1 外百老汇（off-Broadway）指纽约的小型专业剧院，座位数一般低于 500。此外还有更加小型的“外外百老汇”（off-off-Broadway），座位数通常在 100 以下。

太好了，自己不要的东西给我？”

多少年来，茹灵常常用中文哀叹：“哎呀，要是你父亲还活着，他肯定比你叔叔混得好！我们再有钱也不会像他们那样乱花！”她还一一历数原本应该属于露丝的财产：杨老太太的玉戒指，教育基金里上大学的钱。就算露丝是女孩，就算艾德温去世了，这些也应该是她的。都怪他们杨家那套中国式的封建思想！茹灵经常这么说，因此露丝不禁幻想，要是父亲还活着的话生活会是个什么样子。她就能买名牌皮鞋、镶着人造水晶的发卡，还有漂亮的玫瑰花。有时候她会盯着父亲的遗像，愤怒地责怪父亲为什么弃他们母女而去。随后露丝又觉得这么想很罪恶，心里很害怕。她试着让自己相信，自己其实深深爱着这个几乎记不起长什么样子的父亲。她还从走道的石头缝里采摘样子像花的野草，献到父亲的遗像前面。

露丝看着茹灵在柜子里搜寻钱包，听着茹灵抱怨高灵的不是。“长大了以后，她还要抢我的东西。她想让你爸爸娶她。没错，这你就不知道了。她想要的是艾德温，不是艾德蒙，因为艾德温是大哥，有出息。天天对着他笑，咧着嘴，像只猴子。”茹灵转身给露丝示范。“可他对高灵没兴趣，只喜欢我一个人。她气坏了。后来她嫁给了艾德蒙，你父亲去世以后，她居然说：‘哎呀，多亏我没嫁给艾德温！’真是愚蠢之极。当着我的面就这么说！一点都不考虑我的感受，一心只想着她自己。我什么也没说。我从来不抱怨。我可曾抱怨过吗？”

露丝把手伸到椅子软垫下面，帮妈妈一起找。

茹灵挺直了身子，也才只有不到一百五十厘米，她愤慨地说：“你瞧瞧！如今高灵为什么还想要我的钱？她脑子有毛病，你知道的。她总是觉得我很有钱，都藏在什么地方呢。所以我才觉得她拿了我的钱包。”

餐厅的桌子上面一团糟，因为茹灵从来不在上面吃饭，桌上堆满了垃圾邮件。露丝把一堆中文报纸和杂志推到一边。茹灵一直很强调卫生，却不重视整齐。她痛恨油污，却不介意东西乱放。她保留着许多垃圾邮件和折价券，把这些当成单给她一个人的贺卡保存下来。

“我找到了！”露丝叫道，总算松了一口气。她从一大堆杂志下面抽出一个绿色小包，茹灵在一旁检查自己的现金和信用卡是不是都在，露丝却留心到了刚才掩埋钱包的那堆东西：新一期的《今日木匠》《十七岁》《家庭视听》《跑步世界》《狗迷》《滑雪》《时尚》《乡村生活》——都是妈妈八辈子也想不到要去读的杂志。

“你为什么要买这么多杂志？”

茹灵不好意思地笑了。“我本来想，得了钱再告诉你。现在你既然问了，我也就不瞒你了。”她从厨房抽屉里拽出来一个大信封，那抽屉里收藏了好多过期多年的折价券。

“都是天意啊！”茹灵嘟囔着说，“我赢了一千万美元！你自己打开来看看吧。”

不出所料，里面是一张抽奖促销广告券，印得好像支票一样，还有一张印着微型杂志封面的贴纸。其中一半的杂志封面都不见了。茹灵一定订购了三十多本杂志。露丝脑海中浮现出邮车每天拖着一大袋杂志开过来，把杂志都抛在门口走道上的情景，母亲发财致富的梦想就埋在这堆东西里。

“你惊喜吧？”茹灵一脸单纯的喜悦，问女儿。

“你该把这个好消息告诉给医生。”

茹灵喜笑开颜，又说：“我都是为你赢的呀。”

露丝感到心口一紧，随即一阵心痛袭上胸口。她很想拥抱妈妈，保护妈妈不受任何伤害，可同时她又希望妈妈抱着她，向她保证说一切都好，她没有中风，也没有更糟的事发生。妈妈历来如此，难缠，个性压抑，举止怪异。而妈妈就是用这种方式一直爱着露丝。露丝知道，也能感受到，再没有人爱她这么深，也许别人爱的方式比妈妈好，但没人爱她比妈妈更深。

“谢谢妈。这真是太好了。我们晚一点再聊这笔钱该怎么花。现在我们得走了。医生说我们可以四点钟去，我们可不能迟到。”

茹灵一下子又恼了。“你来晚了还怪我不好？”

露丝只得提醒她带上刚找到的钱包，穿上外衣，记得带钥匙。露丝感到自己仿佛又变成了当年那个十岁大的小姑娘，要帮母亲应付大小各种事情，告诉妈妈能做什么，不能做什么，免费退货的期限到什么时候为止。当时的她满心的不情愿。如今她却心怀恐慌。

# 第三章

在医院的候诊室里，露丝发现除了一个谢顶的白种男子外，其他人都是亚洲人。黑板上写着医生的姓：方、汪、王、汤、秦、潘、郭、顾。前台接待小姐和护士们看上去也像是中国人。

露丝想到，六十年代的时候，大家都反对为不同种族设立各种服务设施，认为那是一种种族隔离的做法。但是现在大家却要求设立这样的服务设施，认为这是尊重不同民族文化的表现。况且旧金山的人口大约有三分之一是亚洲人，因此建设专门针对中国客户的医疗设施也不失为一种市场策略。那个谢顶男人在四处张望，仿佛想夺路而逃，离开这个陌生的环境。会不会是因为他姓扬，被分不清种族的电脑系统错当成了中国人，给安排到这家医院就医？他是不是也曾接到过讲中文的销售人员打来的电话，向他推销打香港、台湾的专用长途电话服务？露丝深知被当成局外人的那种尴尬感受，她从小就经常遭人排挤。打小搬过八次家的经历使她非常清楚那种格格不入的感受。

“菲雅该上六年级了吧？”茹灵突然问她。

“你说的是多丽。”露丝回答。多丽因为多动症，注意力难以集中而留了一级，如今正在接受特殊辅导。

“怎么会是多丽呢？”

“菲雅是大的那个，她该上十年级了。多丽十三岁了，该上七年级了。”

“我分得清她们俩！”茹灵有点恼了。她一个一个扳下指头来数：“多丽，菲雅，老大是福福，十七岁了。”露丝曾经开玩笑说福福是自己的女儿，茹灵一直想要个外孙，露丝就拿自己养的一只生来脾气暴躁的小野猫福福给妈妈充数。“福福怎么样了？”茹灵又问。

难道她没告诉妈妈说福福已经死掉了吗？她肯定是说过了。不然就是亚特说过。大家都知道那件不幸的事情发生后好几个星期露丝都很沉郁，缓不过来。

“福福死了。”她提醒妈妈。

“哎呀！”茹灵脸色大变。“怎么会呢？出了什么事？”

“我告诉过你——”

“你没说过！”

“哦……那是几个月以前的事了，她跳到篱笆外面去。一只狗追她。她想爬回来，但是动作不够快。”

“你家怎么会有狗的？”

“是邻居家的狗。”

“那你干吗让邻居家的狗跑到你家院子里去？你看看！哎呀，好端端的就死了！”

茹灵讲话的声音太大，候诊室里那些看书的，织毛线的，甚至那个谢顶男人，都抬头看她。露丝又被妈妈勾起了伤心事。小猫福福就像她的孩子一样。她一出生露丝就把她从温迪家的车库里抱了回来，她那么小，就像个小毛球。兽医最后给她安乐死的时候，也是露丝把她抱在怀里。一想到这些露丝就心痛得难以自制，她可不想当着候诊室一屋子陌生人的面哭出声来。

幸好这时候接待小姐叫到“杨茹灵”的名字。露丝匆忙帮妈妈收拾钱包、外衣等，只见那个谢顶男人快速起身，快步朝一个中国老太太迎过去。“嗨，妈妈，”露丝听见他说，“检查结果怎么样？我们回家去吧？”老太太板着脸，递给他一张处方笺。这人想必是她女婿，露丝心里琢磨。亚特肯送她妈妈去看医生吗？她疑心不会。万一是紧急情况呢？比如心脏病发作，或者中风。

护士上前来，跟茹灵讲粤语，而茹灵却用普通话作答，最终两人还是决定用带口音的英语交流。茹灵遵照护士的命令，默默地接受例行检查。先量体重，八十五磅；再测血压，高压一百，低压七十；然后抽血，卷起袖子，手握拳。茹灵毫不畏缩地照做了，当年正是她教露丝打针的时候要勇敢，眼睛直视针头，坚持不哭。之后进了检查室里，茹灵脱掉贴身的棉布小衣，单穿一条印花底裤，直挺挺地站着，露丝移开了视线。

茹灵换上一次性的纸袍，爬到检查台上，两只脚垂在下面晃啊晃的。她看起来就像个脆弱的孩子。露丝在旁边椅子上坐了下来。医生一进门，母女两人都立刻挺身坐直。茹灵一直对医生非常尊重。

“杨太太！”医生愉快地招呼她，“我是许大夫。”他看了一眼露丝。

“我是她女儿。早些时候我给您办公室打过电话。”

他心领神会地点头。许医生比露丝年轻些，看起来很顺眼。他先是用粤语向茹灵提问，茹灵只是做出一副听懂的样子，最后露丝忍不住了，解释说：“她讲普通话，不讲粤语。”

医生看着茹灵，说：“国语？”

茹灵点点头，许医生抱歉地耸耸肩。“我国语讲得很糟糕。您英语怎么样？”

“很好。我没问题。”

检查结束的时候，许医生面带微笑地宣布说：“太太，您身体非常棒。心肺功能都不错。血压不高不低正好——尤其是对您这么大的年纪来说。差点忘了，您是哪年出生的来着？”他扫了一眼手中的表格，又抬头看着茹灵。“可以告诉我吗？”

“哪年？”茹灵眼睛往上翻，仿佛答案就写在天花板上。“这可不好说。”

“我现在要知道真实年份，”医生开玩笑说，“可不是你跟朋友说的年份。”

“真实年份是 1916 年。”茹灵说。

露丝忍不住插话：“她意思是说——”她刚想说应该是 1921 年，可医生却举手示意她不要说。他又看了一眼医疗表格，随后对茹灵说：“这么说来您有——多大年纪了？”

“这个月就满八十二了！”她回答。

露丝咬着嘴唇，眼睛盯着医生。

“八十二。”医生把这个抄录下来。“那么跟我说说，您是生在哪儿的？中国对吗？哪个城市？”

“哎，这也很难讲，”茹灵有点不好意思地开口，“算不上什么城市，倒像是个小地方，有好多别名。我家乡距离通往北京的大桥有四十六里。”

“啊，北京，”医生说，“几年前我旅游的时候去过。我跟太太一起去看过紫禁城。”

茹灵来了点兴致。“过去的时候，这个禁止，那个禁止，都不能看。如今人人都掏钱去看这些个禁止的东西。你说这个禁止，那个禁止，就是多要钱呗。”

露丝差一点忍不住要发作。许医生一定会觉得妈妈是在胡言乱语。她的确担忧母亲的状况，但她可不想让自己的担忧变成现实。她的担忧本该是杞人忧天，无事生非才对，一向都是这样的嘛。

“你也是在北京上学的吗？”许医生接着问。

茹灵点头。“还有我的保姆也教给我好多东西。画画，识字，写字——”

“很好。你可不可以帮我做道算术题？从一百倒着往回数数，每次减七。”

茹灵呆住了。

“从一百开始数。”

“一百！”茹灵信心十足地说。可是下面就什么都没有了。

许医生耐心地等着，最后又说：“现在减去七。”

茹灵犹豫了一下。“九十二，不对，九十三。九十三！”

这不公平，露丝很想大声说，她得先把数字变成中文来计算，记住答案，然后再把答案翻译成英语。露丝心里开始飞快地计算。她真希望能用心电感应把答案传给妈妈。八十六！七十九！

“八十……八十……”茹灵又卡壳了。

“别着急，杨太太。”

“八十，”最后，她说，“然后是八十七。”

“好的。”许医生面不改色地说，“现在我要你倒数过去五个总统的名字。”

露丝不禁想抗议了：这个连我也说不上来！

茹灵眉头紧锁，开始沉思。“克林顿，”停了一下之后她说，“过去五年还是克林顿。”妈妈连问题都没听明白！她当然听不明白。一向都是露丝来告诉她别人说的是什么意思，换个角度把人家的话复述给她听。她会告诉妈妈说“倒数”意思就是“先说这一届总统是谁，然后说前面一届，然后再往前又是谁”。如果许医生用流利的普通话问这个问题，那答案肯定难不倒茹灵。“这个总统，那个总统，”妈妈肯定会毫不犹豫地回答，“毫无分别，都是些大骗子。大选以前说不加税，选上以后还是要多收税。之前说不要犯罪，之后犯罪率更高了。老也不肯削减救济金。我来到这个国家，我没有救济金。这怎么算公平呢？根本不公平。（救济金）只会把人养懒，让他们不肯好好工作！”

接下来医生又问了许多可笑的问题。

“知道今天是几号吗？”

“星期一。”茹灵永远也分不清问几号和星期几有什么不同。

“五个月前的今天又是几号？”

“还是星期一。”可你要是真动脑筋考虑一下，她回答的一点都不错。

“你有几个外孙？”

“我还没有外孙呢。她还没结婚呢。”医生竟看不出她是在开玩笑！

茹灵就像是电视竞猜节目上的大输家。杨茹灵得分：负五百分。接下来是竞猜节目的最后一轮……

“令爱今年几岁了？”

茹灵犹豫了一下。“四十岁，也许四十一。”在妈妈看来，女儿永远比真实年龄要年轻些。

“她是哪年出生的？”

“跟我一样，是属龙的。”她看看露丝，期待她的认可。可妈妈明明是属鸡的。

“哪个月份呢？”许医生又问。

“哪个月份？”茹灵问露丝。露丝无助地耸耸肩：“她不知道。”

“今年是哪年？”

“一九九八年！”她抬头看着医生，仿佛医生是个笨蛋，连这么简单的事都不知道。露丝松了口气，妈妈总算答对了一个问题。

“杨太太，可不可以请你在这里等一下，我跟令爱到外面去安排一下您下次检查的时间？”

“当然，当然。我哪儿都不去。”

许医生走到门口，又停了下来。“谢谢你回答我这么多问题。我猜你一定觉得像是在法庭上做证吧。”

“就像 O.J. 辛普森[1]。”

许医生笑了。“我猜人人都看了电视上转播的审判录像。”

茹灵摇头。“哦，不，不光是看电视。事情发生的时候我就在现场。他杀了他太太还有那个朋友，拿眼镜给她的那个。我全都看到了。”

露丝的心脏开始怦怦跳。“你是看了电视上模拟案情的纪录片，”

---

1 O.J. Simpson 杀人案是当时轰动全世界的一桩刑事案件。著名黑人高尔夫球手辛普森被控残忍杀害自己的白人妻子和她的一个男性朋友。辛普森斥巨资聘请著名律师为自己辩护，最终法庭判决谋杀罪名不成立。

她抢在许医生前面说，“电视上重新呈现事情发生的经过，就好像看真实发生的事情一样。你是这个意思吗？”

茹灵摆手不承认。“可能你看的是纪录片。我可是看到了真事。”她边说边做示范，“他就像这样一把抓住她，从这里切她的脖子——切得很深，到处都是血。太可怕了。”

“就是说你那天在洛杉矶？”许医生问。

茹灵点点头。

露丝试图跟妈妈讲道理：“我记得你压根没去过洛杉矶。”

“我怎么去的，自己也不知道。但是我在现场。是真的！我跟踪他，哎呀，他真是狡猾，那个辛普森，躲在树丛里。后来我还去了他家。眼看着他脱下手套，藏到花园里，又回到屋子里去换衣服——”茹灵说到这里，有点不好意思，“当然他换衣服的时候我没看，转开了。后来他跑去飞机场，差点晚了，赶忙跳上飞机。我全都看见了。”

“这些你都看到了却没告诉任何人？”

“我吓坏了！”

“亲眼看到一场谋杀，肯定是够吓人的。”许医生说。

茹灵勇敢地点点头。

“谢谢你跟我们讲了这段经历。现在请你在这儿等一小会儿，我跟令爱到另外一个房间去，预约您下次的检查。”

“放心去吧。”

露丝跟随医生到了另外一个房间。医生立刻问她：“你观察到她像这样思维混乱有多长时间了？”

露丝叹气道：“最近半年以来比较明显，也许还要早一点。但是今天比往常还要糟糕。除了最后提到辛普森案这件事，一般她还算好，不像这样怪异，或者记不清事情。更多情况下是因为她英语讲得不太好，搞不清楚状况，这您可能也注意到了。话又说回来，她讲到辛普森案的事情——这可能又是因为语言的问题。她从来不擅长表达自己的意思——”

“我觉得她讲得很清楚，她认为自己当时真的是在现场。”许医生温和地说。

露丝转头不敢正视医生。

“你曾经跟护士提到她出过一次车祸。当时伤到头部了吗？”

“她头部撞到方向盘。”露丝突然希望这就是问题的转机，或许问题就出在这上头。

“她的个性有明显改变吗？她是否变得沮丧，更爱争辩？”

露丝试图猜想医生的意图，不知自己若是肯定答复会有什么后果。“妈妈一直很爱与人争辩，向来如此。她脾气很坏。据我所知她一向都非常抑郁。她丈夫，也就是我父亲，四十四年前死于车祸。肇事者逃跑了。这件事令她多年难以释怀。也许她的抑郁情况加重了，但我已经习以为常，所以注意不到。至于她思维混乱，我在想是否是因为车祸引起的脑震荡造成的，再或者是她有点轻微中风的缘故。”露丝试图说个准确的医学术语来描述妈妈的状况，“你知道，就是 TIA（短暂性脑缺血发作）。”

“目前看来我觉得不像这么回事。她的行动和反射能力都不错。血压也很正常。我们还想再给她做几项测试，也是为了搞清楚，排除糖尿病或者贫血等其他可能性。”

“这些病也会引起这种情况吗？”

“会的，同样老年痴呆或者其他原因的痴呆症也会造成这种状况。”

露丝感到仿佛被人一拳击中要害。妈妈的情况还不至于如此糟糕吧。医生说到的这些都是非常可怕的不治之症。感谢上帝她还没跟医生说她早先准备要讲的事情：妈妈反复跟弗兰馨讨要房租的事，订杂志抽奖那张一千万美元支票的事，还有她忘记福福已经死去的事情。“就是说很可能是抑郁症。”露丝说。

“我们目前还不能排除其他可能性。”

“那么，如果真是抑郁症的话，你得跟她说那些抗抑郁的药物是人参或者别的什么中药。”

许医生笑了。“我们这里的老年病人通常对西药非常排斥。为了省钱，他们一旦感觉好一点了，立刻就停止用药。”他递给露丝一张表格。“把这个交到转角那边的电脑房，给罗兰。我们约个时间让你妈妈见见心理科和神经科的专家，一个月后再回这里来见我。”

“就是中秋节前后。”

许医生抬起头。“是吗？我永远也搞不清楚中秋节是什么时候。”

“我知道只是因为今年我负责主办家宴。”

这天晚上，露丝一边蒸鲈鱼，一边用随随便便的口吻对亚特说：“我带妈妈去看医生了。她很可能得了抑郁症。”

亚特回答说：“这有什么新鲜的？我们早知道了。”

晚饭的时候，茹灵坐在露丝旁边。她指着自己面前的那份鲈鱼，用中文说：“太咸了。”随后又说：“跟孩子们说鱼要全吃掉。不可以浪费食物。”

“菲雅，多丽，你们为什么不吃饭呢？”露丝问道。

“我吃饱了，”多丽回答，“回家前我们在普利西蒂奥公园里的汉堡王吃了好多薯条。”

“你应该禁止她们吃这些东西！”茹灵继续用中文责备露丝，“告诉她们下不为例。”

“孩子们，希望你们不要让垃圾食物败坏了好胃口。”

“我也希望你们不要像间谍那样说中国话，”菲雅说，“这样很不礼貌。”

茹灵瞪着露丝，露丝瞪着亚特，可亚特却低头盯着自己的盘子。“外婆讲中文，”露丝说，“因为她习惯了。”露丝教她们要用中文叫茹灵“外婆”，至少她们俩做到了这一点，可她们并不觉得这是个敬称，反而以为这只是个外号。

“她也能讲英语。”多丽说。

“呸！”茹灵跟露丝发牢骚。“她们爸爸为什么不批评她们？他应该教孩子听你的话。他怎么就不能多关心你一点？难怪他老不肯跟你结婚。根本不尊重你。跟他说呀。你为什么不告诉他要对你好一点……？”

露丝真希望自己能回到说不出话的那段时间。她想对妈妈大叫，让她不要抱怨那些自己无力改变的状况。可她又希望自己能替妈妈向两个继女辩护，尤其是在现在妈妈健康状况堪忧的情况下。茹灵外表看来一直很坚强，但她其实也很脆弱。为什么菲雅和多丽不能理解这一点，表现得更加友好一点？

露丝想起自己像她们这么大的时候，也非常讨厌茹灵明知别人不能明白她的私房话，还特意当着别人的面讲中文。茹灵会说“看那个女人肥成什么样子”，或者“如意，去问问他能不能便宜一点卖给我们”。如果露丝照做，会感到非常羞愧，可是如果她违背妈妈的命令，露丝回忆起来，那么后果更加不堪设想。

茹灵用中文向露丝的脑子里灌输种种人生智慧，警告她远离意外、疾病以及死亡的危险。

“不要跟她玩。好多细菌。”露丝六岁的一天，茹灵指着街对面的一个女孩子对她说。那女孩名叫特丽莎，缺了两颗门牙，一边膝盖上有块疤，裙子上好多脏手印。“我看到她从人行道上捡糖果吃。你看看她的鼻子，喷得到处都是病菌。”

但是露丝喜欢特丽莎。她爱笑，而且衣服口袋里总是装着自己拾到的各种宝贝：锡箔球、碎石子、采下来的花等等。露丝刚刚又转进一所新学校，特丽莎是唯一一个肯跟她玩的孩子。她们两个都不大讨大家喜欢。

“你听到我说了没有？”茹灵说。

“听到了。”露丝回答。

第二天，露丝在校园里玩。妈妈就在校园的另外一侧，照看着别的小孩。露丝爬到滑梯上，急着想要沿银色的滑梯，一直滑到下面凉快的黑沙堆里。之前妈妈没看见的时候，她已经跟特丽莎两个人滑过好多遍了。

但是妈妈熟悉的声音突然响彻操场，又高又尖：“不要！如意，不要！你要干什么？你想摔成两半吗？”

露丝站在滑梯顶上，心中非常羞愧，几乎忘了行动。茹灵负责照看学前班小朋友的活动安全，可是露丝已经上一年级了呀！别的一年级小孩在下面大笑。“那是你妈吗？”他们大声嚷嚷，“她在叽里咕噜地说什么呀？”

“她不是我妈妈！”露丝也冲他们嚷，“我不认识她！”妈妈的眼睛紧紧盯着她。尽管她远在操场另外一边，可她什么都看得见，什么都听得清。她脑后好像生着一双魔眼。

露丝暴怒地想，你不能阻挡我。她沿着滑梯直冲下去，手臂伸直，头冲下——只有最勇敢、最调皮的男孩子才敢用这种姿势溜滑梯——速度越来越快，越来越快，一直冲向沙堆。随后她的脸便狠狠撞在沙堆上，巨大的冲击力让她的牙齿咬破了嘴唇，鼻子肿了，眼镜变了形，胳膊也摔断了。她静静地倒在地上，觉得整个世界都在燃烧，满眼尽是红色的闪电。

“露丝死掉了！”一个男孩大叫。女孩子们开始尖声大叫。

露丝想说我没死呢，可是感觉就像是说梦话，嘴唇仿佛不听使唤了。也许她真的死掉了？难道死亡就是这样子？鼻子里直冒血，脑袋和胳膊生疼，身体好像特别沉重，动弹不得，有点像笨重的大象在水里那样，这就是死亡吗？很快，她就感到妈妈熟悉的双手抚摩着自己的头颈。妈妈一边把她抱起来，嘴里还一边温柔地嘟囔着：“哎呀，你怎么这么傻呢？你看看你。”

鲜血从露丝的鼻子里流出来，滴到她白色上衣的前襟上，把装饰着宽花边的领子都染红了。她身子软绵绵地倒在妈妈腿上，睁眼看着特丽莎，还有其他小孩的脸。她看到他们神色惊恐，可也不乏敬畏之情。要是她能动，她一定要展颜微笑。他们终于注意到我这个新转进来的小女生了。然后她又看到了妈妈的脸，妈妈的眼泪沿着脸颊潸然而下，像湿湿的亲吻一样落在自己脸上。妈妈并没有生气，她忧心忡忡，满怀爱意。露丝惊讶之余，竟忘记了身上的疼痛。

后来，露丝被送进医护室，躺在小床上。鼻血用纱布止住了，咬破的嘴唇也已清理干净，手臂下面垫着冰袋。

“她的胳膊可能骨折了，”护士对茹灵说，“神经也可能受损。你看她肿得那么厉害，却一声不吭，也不叫疼。”

“她是好孩子，从来不抱怨的。”

“你得带她去医院。明白吗？去看大夫。”

“好的，好的，去看大夫。”

茹灵带她出去的时候，一个老师说：“看看她多勇敢！哭都没哭。”两个很受欢迎的女生对着露丝钦佩地笑笑，还冲她招手，特丽莎也在人群里，露丝悄悄对她露出会心一笑。

在乘车去医院的路上，露丝注意到妈妈安静得出奇。她眼睛一直看着露丝，露丝等着挨骂，等着妈妈说：我早跟你说大滑梯危险，为什么不听话？你差一点就把脑袋摔成个烂西瓜！这下可好，我又得加班干活，给你付医药费。露丝一直等着，可是妈妈只是每隔一会儿问她疼不疼。每次露丝都摇摇头。

在医院里，医生给露丝的手臂做检查时，茹灵心疼得直吸气，还叫：“哎呀！轻一点，轻一点，轻一点。她伤得很重的。”最后，上了石膏以后，茹灵骄傲地说：“老师，小孩，大家都很佩服。露缇不哭不叫，一声不吭。”

回到家以后，那股兴奋劲儿过去了，露丝开始感到手臂和脑袋钻心地疼。她尽量忍着不哭，茹灵把她安置在沙发上，尽量让她躺得舒服。“我给你煮点粥喝好不好？吃点东西你好得就快。辣萝卜要不要？我去做晚饭，你先吃点辣萝卜好不好？”

露丝越是不说话，妈妈就越努力猜测她到底想要什么。露丝躺在沙发上，听到茹灵给高灵姨妈打电话。

“她差点一命呜呼！真是吓死我了！我一点儿没夸张。她差一点儿就丢了这条小命，上黄泉路了……我简直想敲掉自己几颗牙齿，替这孩子疼一会儿……不，没有，露丝一滴泪都没掉。她八成是遗传了她外婆那股韧劲。现在她肯吃一点东西了。她说不出话来。我刚开始还以为她把自己舌头给咬掉了，现在看来她多半是给吓得。你要来看她？好啊，没问题，可得嘱咐你家孩子当心点。我可不想她胳膊再给碰下来。”

高灵姨妈一家人带着礼物来看露丝，高灵给了露丝一瓶淡香水，艾德蒙姨父给她一个新牙刷，还有配套的塑料口杯。表弟表妹两个给了她彩色图画书、粉笔，还有一只玩具狗。茹灵把电视机推到离沙发最近的地方，因为露丝没有眼镜看电视很费劲。

“疼吗？”小表妹莎丽问露丝。

尽管胳膊很疼，露丝还是耸耸肩，表示这没什么。

“哇，天哪，真希望我也能打上石膏。”比利说。他跟露丝同岁。“爸爸，也给我打上石膏行吗？”

“不许说这种不吉利的话！”高灵姨妈教训他。

比利乱转电视频道，艾德蒙姨父板着脸，命他转回露丝刚才在看的节目。比利一向受宠，露丝从没见过艾德蒙姨父对自己孩子这么严厉。

“你为什么不说话呢？”莎丽问露丝，“你嘴巴也摔坏了吗？”

“对啊，”比利说，“你是摔傻了还是怎么的？”

“比利，不许乱说话，”高灵姨妈说，“她正休息呢。她疼得说不出话来了。”

露丝也不知道姨妈这话有没有道理。她想开口，小小声地说话，小到谁也听不到她。可她若是一开口，眼前这些好事可能立刻就全不见了。大家都会觉得她没事了，一切回到原样。妈妈又要开始骂她不小心，还不听话。

摔下来以后的两天里，露丝一直无法自由行动，吃喝、穿衣、洗澡都得妈妈帮她。茹灵不停地命令露丝："张开嘴。"再吃点。"把胳膊放这里。""头尽量别动，我来给你梳头发。"露丝感到自己仿佛又变成了妈妈的小宝贝娃娃，备受关爱，从不挨骂。这种感觉真不错。

露丝重新回去上学的第一天，见教室前面挂着一条很大的字幅，上面写着："露丝，欢迎回来！"他们的老师桑迪加小姐宣布说，班上的每个同学都为做这个条幅尽了一份力。她还带领全班同学为露丝的勇敢鼓掌。露丝羞涩地笑了。她的心都要跳出来了。她从来没有像现在这么骄傲，这么快乐。她真希望自己老早以前就把手臂摔断了。

吃午饭的时候，女生们抢着假装给露丝呈上各种首饰玩意，轮流扮演她的侍女。她们还邀请露丝来到沙箱边上树底下一块有石头包围的地方，那是她们所谓的"秘密城堡"。只有最受大家欢迎的女生才可以扮演城堡里的公主。如今那些公主们轮流在露丝的石膏上画画。其中一个小心翼翼地问："你胳膊还没接起来吗？"露丝点点头，然后另一个女生大声说："我们给她拿神奇药水来吧？"公主们立刻四散跑开，寻找各种瓶子盖、碎玻璃、苜蓿草，当作神奇药水献给露丝。

放学的时候，露丝的妈妈到教室里去接她回家。桑迪加小姐把茹灵叫到一边，露丝只好假装自己听不到她们在说什么。

"今天是露丝第一天回来上学，大概有点累，这很正常，可是她非常安静，一整天一句话也没说，哼都没哼一声，这让我觉得有点担心。"

“她从来不叫疼。”茹灵说。

“这可能不是什么大问题。但是如果这种情况继续下去，我们就得注意了。”

“没问题，”茹灵保证说，“她没问题。”

“你得鼓励她开口说话，杨太太。我不希望情况越来越严重。”

“没问题的！”妈妈再三地说。

“让她说‘汉堡包’，然后才给她吃汉堡包。她得开口说‘饼干’，才给她饼干吃。”

当天晚上，茹灵一字一句地遵从老师的建议，破天荒给露丝做了汉堡包。茹灵自己从来不吃牛肉。牛肉让她联想到布满伤疤的肉体，她觉得牛肉叫人恶心。可是现在，为了女儿的缘故，她做了一份简单的汉堡包端到露丝面前，露丝见妈妈居然开天辟地头一遭做了顿美国晚饭，心中暗自兴奋。

“汉堡包？你说‘汉堡包’，然后就能吃了。”

露丝很想说话，可又怕一开口这神奇的魔咒就失效了。只要吐出一个字，眼前这些好东西就全都会消失不见。她摇摇头。茹灵不停地鼓励她张口，直到汉堡包都凉了，上面的油脂凝固成了很难看的一圈白色固体。最后，茹灵把汉堡包放到冰箱里，给露丝一碗热乎乎的米粥，还说甭管怎么说比起汉堡包，米粥对身体更好些。

吃过饭以后，茹灵收拾干净餐桌，开始工作。她把笔墨纸砚都铺开来。她大笔一挥，笔画流畅自如，写出中文大广告：“关门大吉！清仓甩卖！最后低价！”然后她把写好的广告纸放到一边晾干，再重新裁开一页纸。

露丝本来在看电视，突然发觉母亲在注视着自己。“你为什么不学习？”茹灵问。为了让露丝“比别人快一步”，从露丝上幼儿园起茹灵就已经开始教她读书识字了。

露丝举起上了石膏的右手断臂。

“过来坐下。”妈妈用中文说。

露丝慢慢站起身。唉，妈妈终归还是恢复原样了。

“握住笔，”茹灵把一支毛笔塞到露丝左手上，“来写你的名字。”一开始露丝拿笔很笨拙，字母 R 几乎认不出来，h 中间那一弯好像失控的自行车一样逸出了轨道，都快写到纸外面去了。露丝不由咯咯笑起来。

“笔要放直，”妈妈教她，“不要倾斜。下笔要轻，就像这样。”

再往后写得有点进步，可是几个字母就占满了一大张纸。

“再试试看写小一点。”可是露丝写的字母就好像墨水里浸过的苍蝇在纸上打滚留下的印迹，乌糟糟不成样子。到该上床睡觉的时分，露丝已经用了近二十张纸，正面反面全都写满了字。显然露丝练字卓有成效，可这次练得也够奢侈的。茹灵一向节俭，她把露丝写过的纸张敛在一起，放在家中角落里。露丝知道妈妈以后还会用这些有字的纸来练书法，擦地板，或是垫锅子。

第二天傍晚，吃过晚饭以后，茹灵把一个大茶盘摆在露丝面前，茶盘底上平平铺满一层从学校操场上带回家的湿沙子。“喏，给你，”茹灵说，“你用这个练字。”说着，她左手拿着一根筷子，在这个小型沙盘上写了“学习”二字。写完以后，她把筷子掉个头放平，将沙子抹平。露丝照着她的样子做，发现这样写起字来既容易，又好玩。用筷子在沙上写字不需要像握毛笔那样讲究技巧，下笔也可以重些，笔画稳得住。她写自己的名字。清清楚楚！比利表弟圣诞节得到的礼物是一块即写即擦的小黑板，这么写起字来跟在黑板上写一样好玩。

茹灵从冰箱里拿出前一天的冷牛肉饼。“明天你想吃什么？”

露丝仍然用筷子写道：“汉堡包。”

茹灵笑了。“哈！这样你就能答话了！”

第二天，茹灵把茶盘带到学校，从露丝摔断手的那个沙坑里取了沙子装满。桑迪加小姐同意露丝用这种方式回答问题。做数学习题的时候，露丝举手，然后在沙盘上划了个“7”，所有的孩子都从座位上跳下来看。课间休息的时候，露丝也成了大家注意的中心。她听着其他孩子围在自己身边叽叽喳喳。“让我来试试！”“我来！我来！她说让我来！”“你得用左手，要不不算数！”“露丝，你教教汤米。他太笨了，根本不会用。”他们又把筷子还给露丝，露丝轻松迅速地在沙盘上回答他们提出的各种问题：你胳膊疼吗？有一点；我碰碰你的石膏行吗？可以；里奇爱贝西吗？是的；我生日能得到一辆新脚踏车吗？能。

他们把露丝当作海伦·凯勒一样对待，仿佛她也是个百折不挠的天才，突破病痛障碍，表现出超凡才智。跟海伦·凯勒一样，她所要做的，无非就是更加努力，也许正是勤奋才使她显得才智过人，这种努力也为她赢得了别人的钦佩。甚至在家里，妈妈也会征求她的意见。“你以为如何？”好像就因为露丝把答案写在沙子上，她的回答就一定准，她就无所不知了。

“你觉得今天晚上我做的豆腐好不好吃？”一天晚上，茹灵问道。

露丝写道：“太咸。”她以前从来没有批评过妈妈做的饭菜，不过妈妈自己也常常批评自己做的菜太咸。

“我也觉得太咸。”妈妈回答。

这太神气了！不用多久，妈妈就开始就各种问题请教女儿的意见了。

“我们现在去买菜还是等一会儿再去？”等一会儿。

“股票行情怎么样？我买股票的话，你觉得我运气能好吗？”好。

“你喜欢我这件衣服吗？”不，难看。露丝从没发觉，文字竟有这么巨大的力量。

妈妈皱了皱眉头，然后用中文低声说：“你爸爸非常喜欢这件旧裙子，所以我怎么也不能把它扔掉。”她眼睛都湿润了，叹了口气，又用英文说：“你觉得爸爸他会想我吗？”

露丝马上写道：“会的”。妈妈笑了。然后露丝突然想出了个主意。她一直想要一只小狗。现在不要，更待何时啊。于是她在沙子上写道：“小狗。”

妈妈突然倒吸一口气。她盯着这两个字，不可思议地摇着头。这下糟了，露丝心想，这个愿望恐怕是满足不了了。不料妈妈竟呜咽起来，用中文呼唤着：“小狗儿，小狗儿”。她又突然跳起来，胸膛剧烈地起伏着。“宝姨，”茹灵叫道，“您回来了。我是您的小狗儿呀。您肯原谅我了？”

露丝放下了手中的筷子。

茹灵抽泣不已。“宝姨啊，宝姨！真希望你没死啊！一切都是我的错，要是我能回到过去，改变定数，我就是死也不愿意离开你，一个人活在这世上受苦啊……”

哎，糟糕，露丝明白怎么回事了。妈妈有时会说起这个宝姨，她的鬼魂就飘荡在空中，她生前不守规矩，死后被打到阴间。所有的坏人死后都要落进这个无底深渊，谁也找不到他们，他们注定要在阴间游荡，长头发湿淋淋地垂到脚下，浑身都是血。

“求求您了，说您不生我的气了，”妈妈接着说，“快显灵吧。我一直想跟您说说，我后悔啊，悔死了，就是不知道您听到了没有。您听得见吗？您几时到美国来的？”

露丝坐在那里，一动不动。她还是想回去接着谈谈吃的穿的之类的话题。

母亲把筷子塞到露丝手里。“拿着，闭上眼睛，把脸朝着天，对宝姨说话。等着她答话，然后把她的话写下来。快点，闭上眼睛。”

露丝使劲闭上眼睛。眼前浮现出一个女人，长头发一直垂到脚跟。

然后露丝听到妈妈很恭敬地用中文说：“宝姨啊，您临终前我说的那些话都是些胡言乱语，您千万别往心里去呀。您死了以后，我想去找回您的遗体。”

露丝不由睁开了眼睛。她想象中那个长头发的女鬼一直在转圈子。

“我下到山谷里，到处找啊找。唉，我难过得要疯掉了。要是我当初能找回您的遗体，一定把您的尸骨带回到山洞里去，好好地安葬。”

露丝感到有东西碰到自己肩膀，不由吓了一跳。“问问她我说的话她明白不明白，”茹灵下令，“问她我是不是该转运了？她的诅咒结束了吗？我们是不是平安了？把她的答案写下来。”

什么诅咒？露丝瞪着面前的沙盘，将信将疑地以为那死去女人的脸会浮现在一摊血泊之中。妈妈到底想要什么样的答案呢？回答

“是”是说诅咒结束了呢？还是说还在继续呢？她把筷子指在沙上，却不知该写什么。她划了一横，下面又划一道，然后再划两条线组成一个方形。

“口！”妈妈对着那个方型图案叫道，“那是个‘口’字！”她眼睛盯着露丝。“你根本不认识汉字，却能写出‘口’字来！你觉得宝姨在牵引着你的手没有？是什么感觉？快告诉我！”

露丝摇摇头。这到底是怎么了？她想叫却又不敢叫。她不应该出声的啊。

“宝姨啊，谢谢您教我女儿。我很惭愧她只会说英语。让您这么跟她交流想必叫您很为难。可现在我知道了，我的话您都听得到。我是真心诚意地想要把您的尸骨带回周口店的猴嘴洞去。我一刻也不曾忘记自己的承诺。一旦我能回到中国，我马上就去履行诺言。谢谢您提醒我。”

露丝不知道自己到底写了什么。一个方形就能代表这么多意思？难道屋子里真的有鬼不成？到底有什么在操纵着筷子和自己的手？不然为什么她的手一直在颤抖？

“可能很长时间里我还是回不去中国，”茹灵接着说，“可还是求您原谅我。求您知道，自打您离开我以后，我是天天受罪，日子过得苦不堪言。我求您了，若是诅咒还不算完，求您要了我的命去吧，只要您放过我女儿就行。我知道她最近的事故就是个警告。”

露丝放下了手中的筷子。这么说来那个满头血的女人是想要她的命！原来那天在操场上，她真是差点没命。她当时觉得自己就要一命呜呼了，敢情全是真的。

茹灵捡起筷子，还想往露丝手里塞。但露丝握紧了拳头，又把沙盘推到一边。妈妈把沙盘推回她眼前，嘴里还不停地嘟囔："您能找到我真是太叫我高兴了。我等了这么多年，终于可以跟您对话了。您每天都能引导我。每天都能教导我日子该怎么过。"

妈妈转身对露丝说。"让她每天都来。"露丝摇摇头。她想从椅子上溜下去。"快说呀！"茹灵敲着桌子，催促道。这时露丝终于开口了。

"不！"她大声说，"我不要。"

"哇！你又能说话了！"妈妈换回英文说道，"是宝姨帮你治好的吗？"

露丝点点头。

"那就是说诅咒结束了？"

"是的，可她说她得回去了。她还说我需要休息。"

"她原谅我了？她——"

"她说一切都会好起来的。一切。明白了吗？我们不应该老担惊受怕的。"

妈妈总算松弛下来，开始低声啜泣。

晚饭以后，露丝开车送妈妈回去。一路上，她在心里感叹自己早年曾经有那么多要担心的事情。可是跟如今的孩子比较起来，当初那些事真是算不上什么大问题。有个不开心的妈妈？跟持枪匪帮和性病相比，简直是小菜一碟，更别说其他那些为人父母不得不关心的问题了：网络上的恋童癖，摇头丸之类的新型毒品，校园枪击事件，厌食症和暴食症，自残，臭氧层消失，超级细菌，等等等等。露丝不由自主地扳着手指数起这些问题来，一下子又想到今天结束之前还有件事要处理：给米莉安打电话，请她同意让孩子们参加中秋节的家庭聚餐。

她看了一眼手表，快九点了，这个时间给不太亲密的朋友打电话，有点不太合适。虽说她与米莉安的关系非常紧密，亚特和两个女儿把她们两个人紧紧联系在一起，但两人相对的时候，却客气得好像陌生人一样。露丝经常能碰到米莉安，接送孩子的时候，学校运动会上，还有一次在医院的急诊室里，当时多丽摔伤了脚踝，是露丝送她去的医院。她跟米莉安碰到时，也会简短地交谈几句，说说最近的健康状况，天气好坏，交通状况这些无关痛痒的话题。若不是她们两人关系尴尬，本来有可能成为很好的朋友。米莉安人很聪明，有趣，有主见，露丝就喜欢这样的个性。可是每当米莉安偶尔一句半句地提到她跟亚特离婚前的私密生活时，露丝心里总是疙疙瘩瘩的。米莉安说起她跟亚特一起去意大利度假时的有趣经历，还有亚特应该去找医生检查一下他背上那颗痣，以防它癌变。亚特喜欢按摩。前年亚特过生日，米莉安送的礼物是两张按摩券，请他去自己最赏识的按摩师那里享受一番，露丝觉得这礼物未免太私密了些，有点不合适。“你现在还每年去检查那颗痣吗？”有一次米莉安问亚特，露丝只好假装没听见，可同时心里面却翻江倒海地想象他们二人年轻时热恋的场景。即便两人现在早已分开，米莉安还是很关心亚特，连他身上一颗痣的细微变化都放在心上。露丝脑海中浮现出这样一幅画面：他们两人懒懒地躺在托斯卡纳的一幢别墅里，卧室的窗户正好俯瞰开满兰花的山坡，米莉安和亚特一边咯咯笑，一边观察对方裸背上的痣，给它们起名字，仿佛它们是天上的星座。她仿佛可以清楚地看到这一幕：亚特和米莉安用橄榄油互相按摩，双手放在对方大腿上，缓缓向上移动。

亚特曾经试着给露丝按摩，露丝觉得他这番手法不知是从谁那里学来的，心里有点不自在。何况，每当亚特帮她按摩大腿的时候，露丝总是觉得很紧张。按摩根本没办法让她放松下来。她觉得按摩就像是有人在呵她痒，然后用力推她，让她失去自主能力，直到她吓坏了，恨不能跳起来逃走。

她从未跟亚特谈起过自己这番恐惧，她只是说，按摩不适合自己，自己去按摩纯粹是浪费时间和金钱。而且，虽然露丝对亚特和米莉安及其他女人的性生活很好奇，但她却从未开口问起亚特跟从前伴侣的床第之事，毕竟亚特从来也没问起过她这方面的事情。温迪曾向露丝说起，她闹着要乔跟她说说过去的情事细节，还追问他头一次跟自己上床的时候到底是什么感觉，这让露丝着实吓了一大跳。“你问什么他就老实回答你什么？”露丝问温迪。

“他坦白了姓名、生日，还有社保卡号码。然后我就痛打他，直到逼得他招了为止。”

“这样你就高兴了？”

“我气死了！”

“那你干吗要问？”

“一部分的我认为，他所有的一切，他的感受，他的幻想，都是属于我的。我知道不该这么想，可是我感情上就觉得，他的过去就是我的过去，是属于我的。天哪，若是我能找出他小时候放玩具的盒子，我也会忙不迭地看里面的东西，然后说‘这是我的’。我想看看他当年床垫下面藏着什么少女杂志，她是对着谁的照片自慰。”

听到温迪说这些事的时候，露丝不禁哈哈大笑，可是私底下，她觉得有点不安。是不是大多数女人都会这么问男人？米莉安有没有问过亚特这种问题？亚特的过去属于米莉安的比属于自己的更多一些吗？

母亲突然开口，打断了她的胡思乱想。“福福怎么样了？”

天哪，怎么又来了。露丝深吸一口气。“福福很好。”这次她学乖了。

“真的吗？”茹灵说，“你那猫很老了。她还没死你就够幸运了。”

露丝很惊讶地发现，自己竟然轻声笑了出来。就好像有人胳肢她，她明明难受得不行，却还是忍不住哈哈大笑。眼泪在露丝眼睛里打转，她很庆幸车里面光线比较暗，没人注意到她的窘相。

“你笑什么？”茹灵斥责道，“我不是开玩笑。还有啊，不要放狗到你家院子里去。我知道有人家出过事的。那猫已经死了！”

“你说得对。”露丝一边答话，一边尽量集中注意力开车，“我会小心的。”

# 第四章

中秋节的晚上，美泉宫饭店门口排起了长龙。亚特和露丝不停地说着“劳驾，借过。我们订了位子的”，从人群中挤了进去。

餐厅里人声鼎沸，百来号人都聊得兴致勃勃，孩子们把筷子当鼓槌，敲打着杯盘。侍者领亚特和露丝就座，在觥筹交错中高声叫嚷，周围都是上菜、撤盘的叮当声。露丝跟在侍者后面，深吸一口气，空气中充满无数道大菜混合的香味。她想，最起码今天晚上的菜不会叫人失望。

露丝挑选美泉宫是因为，难得有家馆子茹灵不会挑剔人家菜烧得不好，侍者态度差劲，或是碗筷不干净，美泉宫算是一个茹灵挑不出错来的。起先露丝订了两桌，客人包括自己这边的家人和朋友，亚特的两个女儿和他从新泽西来访的父母。她没算上亚特的前妻米莉安，米莉安的丈夫史蒂芬以及他们俩的两个孩子安迪和博勒嘉德。宴会前一个礼拜米莉安打电话给亚特要求带全家人一起参加。

露丝有点犹豫。

“没有多余的位置了，我们安排不下四个人。”

“米莉安的个性你是知道的，”亚特说，“她想怎么样就要怎么样，跟她说不行也没用。再说了，我爸妈要去旅行了，这次要是见不到她，就没别的机会了。”

“那让他们坐哪儿呢？再订张桌子吗？”

“多加几把椅子就可以了，”亚特建议说，“不过是大家一起吃个饭罢了。”

可是对露丝来说，这场聚餐可不仅是“一起吃个饭”这么简单。中秋对中国人来说就相当于美国人的感恩节，这是她头一次主持中秋节家宴。她费了好多心思做准备，觉得这次家宴意义重大。她不单邀请了有血缘关系的亲戚，还有过去的旧相识和老朋友——所有那些令她感激命运让他们相遇，将来也会陪伴在她的生命里的人。她想借这场团圆饭谢谢大家让她感受到家庭的温馨。可是米莉安的加入却像是在提醒她，过去并非完美，未来也还不能确定。她要是把这种想法如实告诉亚特，未免显得自己太小心眼，而菲雅和多丽两个孩子也会觉得她小气。

所以露丝不再表示反对，打电话给饭店告诉他们增加人数，重新排座次，再给新加入的两个大人、两个孩子加几份菜，这几个人都不喜欢吃中国菜。露丝怀疑，菲雅和多丽对不熟悉的菜肴很是挑剔的毛病，就是受了米莉安的影响。

亚特的父母最先到达。“马蒂，雅琳。”露丝上前欢迎，轻吻双颊表示问候。雅琳拥抱亚特，马蒂则开玩笑似的在儿子肩膀和下巴上打了两拳。“把我打昏了！”亚特作势说，他们父子向来这么开玩笑地打招呼。

亚特的父母向来衣着高雅，饭馆里大多数的客人都穿得很随便，所以卡门夫妇显得很引人注目。露丝身穿一件印度尼西亚蜡染上衣，下身穿条带褶的裙子。她觉得米莉安跟卡门夫妇一样，喜欢名家设计的、需要专业熨烫或者干洗的衣服。米莉安非常喜欢亚特的父母，他们也非常钟爱这位前儿媳，可露丝觉得他们从未对自己表示过热情。尽管亚特离婚以后他们才开始交往，可是马蒂和雅琳两个说不定认为露丝是第三者，就是因为她，亚特才没有跟米莉安和好。露丝能感觉到，卡门夫妇希望她只是亚特生命中的匆匆过客。他们从来不知道该怎么介绍露丝，每次都只是说："这位是亚特的……露丝。"当然他们对她相当友好，生日的时候会送各种可爱的礼物，像天鹅绒丝巾啦，香奈儿五号香水啦，漆器茶盘啦等等，可是没有一样可以让她跟亚特分享，或者传给亚特两个女儿以及他们自己的孩子，既然露丝已经过了生育年龄，也不可能再给他们卡门家添个一儿半女了。也难怪他们把家传的银器、瓷器，还有卡门家族五代家传，从乌克兰一直带到美国的圣经经卷安家符，统统都给了米莉安，因为她永远都是卡门家孙女的妈妈，有责任替菲雅和多丽两个看管这些传家宝。

"米莉安！史蒂芬！"露丝尽量让自己显得热情，有点夸张地跟他们打招呼。她伸手去跟米莉安握手，米莉安却飞快地跟她拥抱了一下，又跟坐在桌子对面的亚特挥手致意。"真高兴你们能来，"露丝有点不自然地说，然后转身对两个孩子说，"安迪，博勒嘉德，你们好吗？"

稍小的那个博勒嘉德今年四岁，他说："我现在叫布摩尔啦。"

"你能邀请我们参加，真是太好了，"米莉安忙不迭地对露丝说，"希望我们没给你们添麻烦。"

"哪里哪里，一点都不麻烦。"

米莉安朝马蒂和雅琳夫妇大张双臂，跑上前去跟他们热情拥抱。

她身穿栗色和橄榄绿色相间的外衣，领子上有老大一圈褶皱装饰，金褐色的头发剪得清爽利落，像个小男孩。露丝看着米莉安，心想她倒真像文艺复兴时代画像里那些漂亮的小侍童。

露丝的表弟比利来了——现在别人都叫他比尔，身后跟着他的第二任太太桃恩，还有两人的四个孩子，最大的十七，最小的九岁。露丝和比利紧紧拥抱，比利像跟哥们打招呼一样，亲昵地拍拍露丝的后背。他小的时候又瘦又皮，还老欺负露丝，不过当初那种霸道嚣张的个性长大以后变成了领袖气质，让他成为一名出色的管理人才。如今他是一家化工公司的老板，随着事业成功，人也发福了。“天哪，见到你可太高兴了。”他说。露丝一听心情马上好多了。

莎丽一向活泼，进门的时候动静也大，她尖声叫着大家的名字，身后跟着老公和两个孩子。她是个航空工程师，经常出差去给律师行当专家证人，替空难的受害者打官司。她要检查飞行记录，勘察空难现场，大多数情况下出事的都是些小飞机。莎丽向来健谈，她个性开朗，充满自信，天不怕地不怕。她的丈夫乔治是旧金山交响乐团的小提琴手，他一般话很少，但是只要莎丽示意他接过话茬，他总是乖乖听话。比如莎丽说：“乔治，给他们讲讲那只小狗跑到舞台上那事，小狗在麦克风上撒尿，搞得整套音响系统短路。”然后乔治就把太太的话原样重说一遍。

露丝抬头，看到温迪和乔站在人群里张望。他们后面是吉蒂恩，他手里捧着一束昂贵的热带花束，跟往常一样打扮得无懈可击。温迪回头看到他，故作开心地笑笑，他也假装出一副热情的样子。温迪曾经说吉蒂恩是个“无耻马屁精，总是忙不迭地伸长脖子看你背后还有什么大人物，他好上去搭话，脖子都抻出毛病来了”。而吉蒂恩也曾经回敬温迪，说她“俗不可耐，甚至在餐桌上大谈自己月经不调的毛病，也不觉得难堪”。露丝曾经想只邀请他们中的一个，不请另外一个，但是一时冲动间决定两个都请，因为她觉得两个人总归得自己达成妥协，至少在众人面前保持风度，所以，虽然明知两人不合，但她还是都请了来。

一看到露丝，温迪双手齐挥，跟乔一起穿过人群进了餐厅。吉蒂恩保持安全距离，跟在他们后面。“我们在门口找到个停车位！”温迪夸耀地说，高举着天使形状的幸运符，天使的脸部是停车计价表。“我告诉过你的，每次都灵！”她也送了一个这样的符给露丝，露丝把它摆在仪表盘上，可还是不停地收到违章停车的罚单。“嗨，亲爱的，”吉蒂恩说，他打招呼一向低调，“看你简直是红光满面，容光焕发。还是你太紧张了，出汗出的？”露丝曾经跟他在电话上讲过米莉安要来搅局的事情，趁跟他吻颊招呼的当儿，她悄悄给他指出亚特前妻是哪一个。他先前就自告奋勇要当间谍，随时向她汇报米莉安说了什么不该说的话。

亚特走到露丝跟前，问她：“一切顺利吗？”

“菲雅和多丽两个人哪去了？”

“她们去逛唱片行了，想买张 CD。”

“你就让她们俩自己出去了？”

“很近，就在街角，她们说十分钟就回来。”

“那她们现在人呢？”

“可能给劫持了。”

“这没什么可笑的！”茹灵总是说，即便是无心说笑，也是不吉利的。茹灵刚好到场，她纤细的身材跟高灵的富态形成鲜明对比。几秒钟后，艾德蒙姨父也进来了。露丝常常会猜想，若是自己的父亲还在世，会不会就是这个样子——个子很高，有点驼背，满头白发，举止动作很是悠闲自在。艾德蒙姨父总是讲不好笑的笑话，发布股市消息，更擅长哄吓坏了的小孩子。茹灵常说他们兄弟两个一点儿都不像，露丝的父亲比他帅，比他聪明，而且非常诚实。他唯一的缺点就是太容易相信别人，再就是他精力很集中的时候，显得有点漫不经心，这点露丝很像他。露丝一旦没有好好听茹灵讲话，茹灵就会重复爸爸出事的经过，借此警告露丝心不在焉的严重后果。“你爸爸看见绿灯，以为车会停。结果“砰！”撞上了，（汽车）拖着他跑了一个街区，两个街区，一直也没停。”妈妈还说父亲的意外身亡跟露丝摔断手臂一样，都是被恶咒害的。而且，一旦茹灵跟露丝生气，就会提起什么毒咒，搞得露丝打小就以为这些毒咒还有父亲去世都是因为自己不乖的结果。露丝经常会做噩梦，梦到自己开着一辆刹车失灵的车子横冲直撞，伤及无辜。她开车之前，总是再三检查刹车，方敢启动。

即使隔着偌大一个餐厅，露丝也能感觉到茹灵充满母爱的目光追随着她，向她露出宠爱的笑容。露丝心情很激动。在这个特殊的节日里看到妈妈，露丝欣喜之余不免心生感伤。为什么她们母女俩的关系不能一直像这样亲密呢？她们究竟还有多少日子可以像这样聚在一起过节呢？

“中秋节快乐。”露丝等妈妈走到桌子边，轻轻对她说。她示意茹灵在自己身边就座。高灵在露丝另外一侧的位子坐下来，随后其他的家庭成员也都入座。露丝看到亚特和米莉安一起坐在另外那张桌子边，那边很快就变成了“非华人区”。

“嗨，我们这是白人专区还是怎么的？”温迪叫道。她正好跟露丝背对背坐着。

菲雅和多丽两个终于回来了，露丝觉得当着她们母亲米莉安和祖父母的面，不好责罚她们。两人朝大家挥挥手，然后笑着扑上去抱住爷爷奶奶的脖子，叫道："嗨，爷爷奶奶好。"这两个孩子从来也不曾主动拥抱过茹灵。

晚宴开场了。先是一圈冷菜摆上了桌子中间的转盘，茹灵一直管这种转盘叫"转圈"。大人们啧啧叫好，孩子们开始嚷嚷："我饿死了！"菜都是露丝先前在电话里订好的：糖醋凤尾鱼、素鸡，还有茹灵最爱吃的凉拌海蜇。海蜇上淋着芝麻油和小葱花。"请告诉我，"米莉安问道，"这究竟是动物，植物，还是矿物质？"

"妈妈，来，"露丝把海蜇盘子端到母亲面前，"您先来，您年纪最大。"

"不，不！"茹灵本能地回答，"大家请便。"

露丝不理会妈妈这番客气，夹了一筷子面条似的海蜇放到母亲面前的盘子里。茹灵马上开始吃了。

"这是什么？"露丝听见另外那张桌子上的布摩尔问。他看到转盘上那堆颤巍巍的海蜇，使劲皱着眉头。

"是虫子！"多丽故意逗他，"尝尝吧。"

"啊！快拿走！快拿走！"布摩尔尖叫。多丽爆发出一阵歇斯底里的大笑。亚特起身把一整盘海蜇都给露丝递了过来，露丝顿时觉得胃里开始隐隐作痛。

菜一盘接一盘地上，从非华人那桌的脸色来看，他们定是觉得一盘比一盘更怪异。酸菜豆腐，高灵姨妈最爱吃的海参，还有糯米年糕。露丝以为孩子们总归会喜欢这个，可她想错了。

饭吃到一半，莎丽六岁的儿子尼克使劲推了一把转盘，可能想把转盘当飞碟玩，结果茶壶嘴碰倒了一个玻璃杯。茹灵叫了一声跳起来。原来水都泼到她身上了。“哎呀！你这是干什么呀？”

尼克双臂交叉，眼泪开始在眼眶里打转。

“亲爱的，没事，”莎丽对他说，“快跟姨姥姥道歉，说以后会小心，慢慢推转盘。”

“她对我好凶啊。”他噘嘴指着茹灵，茹灵这会正忙着用餐巾擦自己腿上的水渍呢。

“亲爱的，姨姥姥是吓了一跳，她不是故意凶你的。谁知道你力气这么大呀，像个棒球手一样。”

露丝希望妈妈不要再批评尼克了。她记得从前一旦自己打翻了牛奶或者食物，茹灵总要怨天尤人，责问露丝为什么学不会规矩。露丝看着尼克，不禁想象自己若有孩子的话，会怎样为人父母。可能她也会像母亲那样无法控制自己，非得把小孩骂到垂头丧气或是满心惭愧才会罢休。

他们又叫了更多的酒水。露丝注意到亚特手上已经端着今天晚上的第二杯酒了。看起来他跟米莉安似乎谈兴正浓。又一轮的菜端了上来，刚好化解此刻紧张不快的气氛。桌上摆着紫苏炒茄子、蒜香鲈鱼、香辣锅巴、清炒蘑菇、砂锅狮子头，还有炒米粉。茹灵说，连那帮“老外”都很喜欢这些菜式。一片吵闹声中，高灵姨妈凑到露丝跟前对她说：“上个礼拜我和你妈妈在新香港吃饭，那里的菜烧得很棒。可是后来我们俩差点进了班房！”高灵姨妈说话喜欢吊人胃口，说到重点偏要停下来，等着人家追问她，才肯继续说下去。

露丝果然上钩了。“进班房？”

“是啊，没错！你妈妈跟服务生大吵一架，非说她付过账了。”高灵姨妈摇摇头。“服务生没错，你妈的确没付账。”她轻轻拍了拍露丝的手。“别担心！后来我趁你妈不注意的时候把账付掉了。所以你瞧，不用进班房了，大家开开心心过节来了！”高灵又吃了几口菜，擦擦嘴，又凑到露丝跟前来，轻声说：“我给了你妈一大包人参。吃了就不会糊里糊涂了。”她点点头，露丝也点头表示赞同。“有时候你妈从车站给我打电话，说她到了，可我压根不知道她要来！当然这也没什么，她来我总是欢迎的。可是早上六点钟打电话来，这也早得太离谱了吧？我可不是早起的鸟儿！”她笑了，露丝脑子里乱成一团，只得敷衍地笑笑。

妈妈到底怎么了？抑郁症怎么会让人糊涂到这种地步？下礼拜等她们再如约去找许医生看病的时候，一定得记得跟他谈谈这个问题。要是医生给妈妈开抗抑郁药，她也不会反对。露丝深知自己应该多抽空看看妈妈。茹灵经常抱怨说她一个人太孤单了，她一大早跑去看高灵姨妈，无非也是为了填补心灵的空虚。

上甜品之前，露丝起身做了个简短发言。“随着时间的流逝，我越来越明白家庭的意义。家人让我明白，生活中什么才是最重要的。年复一年，我们重复着这样的笑话：‘虽说姓杨，也难逃变老的定数[1]。’我们共同的过去，家族的传统，所有这些将我们的人生紧紧联系在一起，不管什么也不能把我们分开。希望大家像糯米年糕和西洋布丁一样，甜甜蜜蜜地黏在一起。谢谢大家。”她想不出来要对米莉安和她的家人说些什么，因此省略掉了分别致谢的话。

---

1　姓杨的“Young”在英语中意为“年轻，青春”。

随后露丝开始分发盒装月饼还有给孩子们的巧克力兔子。大家齐声致谢，夸赞礼物可爱。这时露丝心里的一块大石头方才落了地。不管怎么说，举办这样的聚餐还是个不错的主意。虽然穿插着小小的不愉快，但团聚才是最重要的，大家也就是靠着这个传统，保证每年能见上一面。她希望自己跟表兄妹们不至越来越疏远，可她担心长辈们一旦过世，家族的纽带也就断了。大家还是应该尽力来维持联系。

“还有礼物呢！”露丝大声说，随即把东西分发给大家。她曾经找到一张茹灵和高灵姨妈小时候的照片，照片拍得很漂亮，两个女孩偎在母亲身侧。她把照片拿去翻拍，请人洗印成八乘十英寸的大照片，然后装上框。她希望用这件礼物来表达她对家庭的情谊，希望大家能够长久保留它。果然，拿到照片的人都大加赞赏。

“天哪，太棒了！”比利说，“嗨，孩子们，猜猜照片上这两个可爱的小姑娘是谁？”

“看看，我们那时候才多小呀！”高灵姨妈若有所思地叹息。

“嗨，茹灵姨妈，”莎丽逗茹灵说，“这张照片里你怎么看起来有点无精打采的？”

茹灵回答说：“因为当时我母亲刚刚去世。”

露丝心想，妈妈定然是误会了莎丽的话。“无精打采”这个英文单词茹灵未必明白。茹灵和高灵的母亲是1972年过世的。露丝指着照片对妈妈说：“这不是你妈妈吗？就在这里呢。旁边这个就是你啊。”

茹灵摇头说：“这不是我亲妈。”

露丝觉得头昏脑胀，不知该做何解释。高灵姨妈神色怪异地看了露丝一眼，使劲绷着嘴巴忍住不开口。其他人也都关切地皱眉望着茹灵。

“这是外婆不是吗？”露丝尽量轻描淡写地问高灵姨妈。见高灵点头，她开心地对茹灵说：“既然她是你妹妹的妈妈，那当然也是你妈妈。”

茹灵冷笑道：“高灵不是我妹妹。”

露丝紧张得心突突跳，血直往脑门那儿冲。比利清清喉咙，开口说话，显然是想引开大家的注意力，换个话题。

可茹灵接着说：“她是我妯娌。”

大家哄堂大笑。原来茹灵是说笑话呢！这才把包袱抖出来！她们姊妹俩嫁了兄弟两个，可不真的是妯娌嘛！露丝如释重负，原来妈妈非但不糊涂，还很机智俏皮。

高灵姨妈假装恼了，对茹灵说：“嗨，你干吗对我这么坏呢，啊？”

茹灵在自己钱包里掏来掏去，找出一小张照片，递给露丝，用中文说：“呐，这个才是我亲妈。”露丝头皮一阵发麻。妈妈递给她的是自己小时候那个保姆的照片，就是那个宝姨，宝保姆。

照片里的宝姨衣领竖得高高的，头上戴着件新奇的首饰，看起来似乎是象牙做的。她相貌超凡脱俗，一双吊梢杏仁大眼，目光深邃，眼神仿佛无所畏惧。她的眉毛朝上挑着，显示出多思善问的个性，而饱满的双唇显得非常性感，在她那个时代却很不讨喜。很明显，拍这张照片的时候，那场毁掉她容貌的火灾尚未发生，那场意外把她的脸扭曲成了一副永远惊愕恐惧的表情。露丝越是看那张照片，照片里那个女人的神情就越叫人不安，仿佛她能看穿一切，知道未来是受诅咒的。就是这个疯女人，往茹灵的脑子里塞满了恐惧和各种迷信的念头。茹灵曾经告诉露丝说，自己十四岁的时候，这个保姆自杀了，死状极惨，简直“难以形容”。不管宝姨是用什么方法结果了自己的性命，她都让茹灵相信，那是她的错。就是因为宝姨，茹灵才相信自己永远不可能幸福，总得等着最坏的结果发生，一边等一边恼火，直到事情真的不出所料，糟糕透顶。

露丝想悄悄把母亲拉回到现实中来。“这个是你的保姆，”她哄劝妈妈说，“我猜你是想说她对你就像是亲生妈妈一样。”

“不，她真的是我亲妈，”茹灵坚持，“那个是高灵的妈妈。”她举起相框。露丝觉得头昏脑胀，听见莎丽在问比利上个月去阿根廷滑雪玩得好不好。艾德蒙姨父在劝孙子吃点蘑菇。露丝心里不停地问自己，这到底是怎么了？这到底是怎么了？

这时，她感到妈妈轻拍自己的手臂。“我也有礼物给你。给你的生日礼物，提前给你。”她伸手到皮包里，取出一个白色盒子，上面扎着丝带。

“是什么？”

“别问了，打开吧。”

盒子很轻。露丝扯开丝带，掀开盖子，看到一条灰色的项链。那是由一个个形状不规则的黑珍珠串成的，每个珍珠都有糖球那么大。妈妈这是要试探自己吗？还是说她真的忘了这串珠子是好几年前露丝买给她的礼物？茹灵得意地笑了，仿佛看出女儿得到这么珍贵的礼物，高兴得不敢相信。

“好东西现在就拿去用吧，”茹灵接着说，“不用等到我死了才拿走。”然后她就转开头，不等露丝拒绝或致谢。“再说，这也不值什么钱。”她说着，抬手拍拍后脑的发髻，仿佛是在掩饰自己的骄傲。露丝以前曾多次见到妈妈这个动作。“送礼的时候故意招摇，那不是真大方。”母亲总是这么说。妈妈常常教训露丝，不要把自己真正的心意表露出来：不论是希望还是失望，尤其是关爱。你表现得越是含蓄，意义就越深刻。

“这条项链是我们的传家宝。”露丝听见母亲说。露丝盯着项链上的珠子，记起自己当初是如何在夏威夷的一家商店里看到这串项链的。当时的标签上说是“大溪地黑珍珠”，其实只卖二十美金，热带的阳光下，好多汗水淋漓的游客戴着这样的便宜项链。她是跟亚特一起去度假的，两人当时正在热恋。后来回到家以后，露丝想起来自己当时只顾着在沙滩上舒舒服服啜饮鸡尾酒，竟把妈妈的生日给忘记了，连个问候生日的电话都忘了打。她只好把这串戴过两次的珠子包起来，当作礼物送给妈妈。她想，不管怎么说，漂洋过海地带了这么件礼物回来，希望能够向妈妈证明自己心里还是有她的。她老实地告诉妈妈说这串项链“不值什么钱”，不料妈妈会错了意，以为女儿有意谦虚，这礼物其实是件价值昂贵的真品，包含了女儿对母亲的一片心意。茹灵到哪里都戴着这条项链，常常跟朋友炫耀说：“看我女儿露缇给我的礼物。”露丝每逢听到妈妈这么说的时候，总是感到一阵强烈的愧疚。

“哦，真漂亮！”高灵看了一眼露丝手里的项链，低声说，“让我看看。”不等露丝反应，高灵一把将盒子拿了过去，随即嘴唇紧紧抿了起来，仔细把玩这串珠子。高灵姨妈以前见过这条项链吗？茹灵曾经有多少次戴着它到高灵家去，吹嘘它的价值？高灵姨妈是不是早就知道这项链是件赝品，而所谓乖女儿露丝的一片孝心其实一文不值？

“让我看看。”莎丽说。

“小心点，”茹灵见莎丽的小孩伸出手来够珠子，警告说，“别碰，很贵重的。”

很快，这串珍珠就在两张桌子上传看起来。亚特的妈妈看得特别仔细，还拿在手里掂掂分量，然后有点夸张地对茹灵说：“真漂亮。”米莉安只是不经意地看了一眼，说：“珠子倒是够大。”亚特草草扫过一眼，然后不自然地清清嗓子。

“哎，怎么了？”

露丝回头，看见妈妈正关切地望着自己。

“没什么，”露丝低声说，“我想我就是有点累了。”

“胡说！”妈妈用中文说，“我看得出来你心里有事。”

“嘿，你们又说黑话了！”坐在隔壁桌子上的多丽朝她们嚷道。

“肯定有事。”茹灵不停追问。露丝很惊讶母亲观察力竟然这么敏锐。也许她脑子根本没问题，一点儿不糊涂。

“那边那个是亚特的老婆，”露丝只得用带着美国腔的中文说，“亚特要是不带她来就好了。”

“啊！你瞧，我说对了吧！我就知道有点儿不对劲。什么也瞒不过当妈的眼睛。”

露丝板着脸不作声。

“好了，好了，别老担心了，”妈妈安慰她说，“明天你去跟亚特谈谈。让他给你买件礼物。他得付出点代价来证明他还是很重视你的。他该给你买件像这样的礼物。”茹灵摸了摸那条传了一圈，又回到露丝手上的珍珠项链。

露丝的眼睛湿了，她强忍着不让眼泪掉下来。

“你喜欢吗？”茹灵骄傲地重新换成英语，好让大家都懂，“这是真品，你知道的。”

露丝举起项链，看到那些来自大海深处的黑色珠子闪烁着光彩。

# 第五章

露丝挽着茹灵去医院的停车场取车子。茹灵的手臂皮肤松弛，摸起来好像小鸟儿瘦弱的翅膀。

茹灵一会儿表现得很开心，一会儿又很焦躁，刚才医生办公室里发生的事情对她毫无影响。但是露丝觉察到，母亲正在一点点变成个空壳，要不了多久她就会轻得像水上的浮木。医生诊断说茹灵患的是痴呆症（Dementia）。露丝怎么也想不明白，一个发音这么优美的单词竟然是一种毁灭性疾病的名字。Dementia是位女神的名字：Dementia使她的姐姐Demeter忘记了把冬季转换成春天。露丝不禁想象出冰霜般寒冷的异物结满了母亲的大脑，使大脑日渐枯竭。许医生说磁共振检查发现茹灵的大脑局部萎缩，符合老年痴呆症的病状。他还说疾病的症状可能早在好几年前就开始了。露丝当时太过惊讶，忘记了要问问题，现在她不禁开始猜想，医生说的“好几年前”，具体会是什么时候。二十年前？三十年前？四十年前？也许，露丝成长的这些年里妈妈性格那么难缠，动不动就扯些鬼魂啊，毒咒啊，还威胁要自杀呀什么的，都是因为疾病作祟。痴呆症洗刷了妈妈从前所有的过错，老天爷一定是原谅了她们母女两人多年来的彼此折磨和互相伤害。

“露缇，医生怎么说？”茹灵突然提问，吓了露丝一跳。她们俩站在露丝的车子前面。“他说我快死了对吗？”茹灵自我解嘲地说。

“没有。”露丝特地笑着说，“医生当然没这么说。”

妈妈仔细观察露丝的表情，然后自己得出结论说：“我死也没什么关系。我不怕死。这你是知道的。”

“许医生说你的心脏好着呢。”露丝赶紧说。她试着把医生的诊断解释给妈妈听，让她比较容易接受。“可他说你可能有别的问题——身体内部失调……可能造成记忆丧失什么的。”她一边说，一边引妈妈在车子前排坐好，帮她系上安全带。

茹灵不屑地说：“哼！我才没有失忆呢。我记性好着呢，比你都好。我还记得小时候的那些事。我们那个地方叫仙心，一股水分出来两条河，画出个心形，最后都干枯了……”露丝一边听她絮絮叨叨地说着，一边走到车子另外一侧，开门上车，发动引擎。“他知道什么？那个医生根本都没用听诊器听听我的心脏！从来就没人肯听听我的心！你不听，高灵也不听。你知道我心里面多么痛。我就是不抱怨。你听见我抱怨没有？”

“没有——”

“我说吧！”

“医生说有时候你因为心情不好，会忘事情。”

“心情不好是因为我忘不了！看看我这一辈子，多少伤心事！”

露丝检查一下刹车，确认没有问题之后，发动车子绕过一个又一个弯道往下走，驶向停车场门口。妈妈的声音随着引擎的节奏在耳边不停回响：“当然心情不好。宝姨一死，我的生活就了无生趣……”

诊断结果出来以后的三个月里，几乎每天晚上，茹灵都到露丝和亚特家里来吃晚饭。这天晚上，露丝看着妈妈咬了口三文鱼，慢慢咀嚼，然后咳了好几声。“太咸了。”她边咳边说，好像刚吞了一大口盐水的样子。

“外婆，”多丽插嘴说，“露丝根本没放盐。我看着她做菜的。一点盐都没放。”

菲雅踢了多丽一脚，两个食指交叉摆了个十字，电影里这个动作表示十字架，可以吓退吸血鬼，让它们不敢近身。多丽也回敬菲雅一脚。

现在露丝不再将母亲的问题归咎于个性怪异了，痴呆症的征兆无处不在。她从前怎么会没注意到呢？妈妈通过垃圾邮件订购所谓“免费度假”，说高灵姨妈偷她的钱，一连好几天都在絮叨说一个公交车司机指责她坐车没买票。还有更多的新问题层出不穷，害得露丝担心到深夜。妈妈经常会忘记锁门。她曾经把食物从冰箱里拿出来解冻，却一直放到食物发了臭，或是拧开凉水龙头，等水变热，结果水哗哗地流着，一直等了好几天。有些变化倒是好事情。比如说，今天晚上亚特给自己倒第二杯酒的时候，茹灵没有像从前一样开口劝阻。从前她若见到亚特喝酒，总要说：“为什么喝那么多？”其实露丝私底下也想问问亚特。有一次露丝曾经婉言劝亚特说，还是少喝一点，不然会上瘾。“还是喝果汁好一点。”露丝说。亚特却淡然回答说她像茹灵一样。“晚餐的时候喝两杯葡萄酒不算是毛病。这是个人的选择。”

“爸爸，”菲雅问，“我们能不能养只小猫？”

“对呀，”多丽也跟着说，“爱丽斯有只喜马拉雅猫，特别可爱。我们也想要一只。”

“也许吧。”亚特回答。

露丝低头盯着自己的盘子。难道他忘记了？她曾经跟他说过自己还没准备好再要一只猫。这么快再养别的宠物她会觉得对不起福福。而且，即便是她觉得准备好了，她也希望再养只别的动物，比如小狗。不论家里养什么动物，最终给它喂食打扫的工作，总会落到露丝头上。

“我开车去过喜马拉雅山呢，我一个人，开车走了好远，”茹灵突然说，“喜马拉雅山很高，都快够到月亮了。”

亚特和两个女儿交换了个眼色，显得非常迷惑不解。他们经常觉得茹灵说话莫名其妙，不着边际。可是露丝相信妈妈的这些幻想背后自有她的逻辑。就这次的情况而论，很显然茹灵是从喜马拉雅猫联想到了喜马拉雅山。可为什么妈妈会觉得自己曾经开车去过喜马拉雅山呢？要解开这些谜团，就得靠露丝了。如果她能找到问题的源头，就能够帮助妈妈疏通大脑里的通道，阻止更多破坏性的记忆碎片聚集起来，避免情况恶化。就好像只要露丝尽力，就能阻止妈妈开车坠落到喜马拉雅的山谷中去。她突然灵机一动，说：“我和妈妈上礼拜看过一部关于西藏的纪录片，片子特别有意思。片子里讲到一条山路，直通——”

可是多丽打断露丝的话，对茹灵说：“你不可能从这里开车去喜马拉雅山。”

茹灵皱起了眉头。“你为什么这么说？”

多丽跟茹灵一样容易冲动，立刻回敬说：“根本办不到。你准是疯了，才会这么想——”

“好，好，我疯了！”茹灵气急败坏地说，“你干吗信我的话呢？”她火气一上来就像水壶里烧的热水，温度越来越高——露丝几乎能看到怒气沸扬，蒸腾而起——茹灵使出最后法宝，威胁说：“反正我快死了！我死了大家就高兴了！”

菲雅和多丽耸耸肩，两人交换个眼神，仿佛说：“瞧，又是老一套”。茹灵的发作越来越频繁，越来越突然。好在她的怒火来得快去得也快，两个女儿似乎没怎么受到影响。可在露丝看来，她们也没有因此而变得更宽容。她曾多次跟她们解释，请她们不要跟茹灵顶嘴：“外婆说话不讲逻辑，因为她就那样，谁也没办法。她得了病，自己也没办法。她也不想这样的。”但是她们就是记不住，就像露丝一样，妈妈一威胁说要去死，不论听过多少遍，她还是忍不住喉头发紧，仿佛被人一把扼住咽喉。而如今，妈妈的威胁显得非常逼真——妈妈真的是在逐步迈向死亡，先是失去心智，肉体也将随即消逝。

两个女孩吃好饭，收起餐盘。菲雅说：“我要去做功课了。晚安，外婆。”

“我也是，”多丽说，“晚安，外婆。”

茹灵隔着餐桌跟她们挥手道别。露丝曾经让两个女儿跟茹灵吻别，可是女孩们吻茹灵脸的时候，茹灵总是浑身紧张，变得僵硬。

亚特也站起身。“我有些文件要看，明天用得着。最好赶快开始。晚安，茹灵。”

等茹灵蹒跚地走进卫生间，露丝趁机走进起居室跟亚特说话。“她的情况越来越糟糕了。”

“我注意到了。”亚特一边答话，一边漫不经心地翻着手中的文件。

“我放心不下，把她一个人丢下，而我们却去夏威夷度假。”

“那你打算怎么办？”

露丝有点难过地注意到，亚特是说“你”而不是说“我们”打算怎么办。自从中秋节的聚餐以来，她越来越觉得她和亚特不像一家人。她尽力把这种想法赶出脑海，可是心里却不断地这么想，越想越担心，越发觉得自己的担心并非空穴来风。为什么她总觉得自己不属于任何人呢？难道说她潜意识里就专挑那种拒人千里的人来爱？难道说她跟妈妈一样，注定一辈子不开心？

她不能责怪亚特，他从一开始就坦诚地告诉露丝，他没打算再婚。他们刚开始同居后不久，有一天亚特在床上拥着露丝，对她说：“我不想我们受到婚姻的束缚。我希望我们每天早上醒来看到对方时，心中充满惊喜，总是不禁轻叹：‘我何其幸运，竟爱上这么独特的一个人？’”当时听到这话，露丝觉得自己像女神一样倍受尊崇。同居两年以后，亚特主动提出要把房屋的产权部分转让给露丝。亚特知道她对未来时常感到担忧，此举让露丝觉得，他的确顾及她的未来。他的这番心意，这份慷慨，让露丝觉得很感动。那为什么一直到现在产权还没改动呢？说到底，要怪还得怪露丝。她应当决定自己拿百分之几的产权，然后给律师打电话准备文件。可是你怎么能把感情转换成百分比呢？这种情形让她想起读大学的时候，有个历史教授让学生自己给自己打分。露丝给自己打了个B减，其他人全都给自己打了A。

“你可以雇个人，每礼拜去你妈妈家照看几次，”亚特提议说，“就像用人似的。”

“倒也是。”

“还可以打电话订餐。我们走了以后他们可以给你妈送饭。”

“也可以。”

“其实，干吗不现在就开始订餐呢？也好让她习惯外卖的口味。倒不是说不欢迎她来我们家吃饭，只要她愿意……听我说，我手上有点活得赶出来。你要送你妈回家吗？”

“我想是的。”

“等你回来，咱们吃点朗姆葡萄干口味的冰淇淋。”亚特知道这是露丝最爱吃的冰淇淋。“然后你心情就会好了。”

茹灵反对请人到家里来帮忙打扫。露丝早料到她会反对。只要茹灵觉得自己做得了的事情，就坚决不肯花钱请人帮忙，不论是染头发也好，修屋顶也好，都要亲力亲为。

“这是为新到美国的移民做培训，”露丝骗妈妈，“有了工作，他们就不用吃救济。我们不用付他们工资的。他们免费做事情，为的是能在履历表上写上一笔。”茹灵马上信以为真。露丝觉得自己就像个欺骗家长的坏孩子。也许妈妈会发现她撒谎。又或者妈妈发现不了，可是那样更惨，只能说明痴呆症害得妈妈连最基本的判断能力都失去了。

几天后，第一个用人开始上门。茹灵打电话给露丝抱怨：“她以为到了美国就万事大吉。她想休息，就跟我说，太太，挪家具的活我不干，我不擦窗户，我不熨衣服。我就问她，你以为你连手指头都不用动，就能一夜暴富，变成百万富翁了？没门儿，美国可不是这样的。”

茹灵不停地给用人讲各种移民忠告，一直说到用人甩手不干为止。露丝只得一个接一个地面试，找人来照顾妈妈。期间，她决定自己每个礼拜到妈妈那里去几次，检查是否一切正常，确保煤气炉关着，水龙头也没哗哗地流到水漫金山。“我要送东西给客户，刚好经过这一带，所以顺路来看看。”露丝有一次这么解释给妈妈听。

“啊，总是客户，客户。工作第一，老妈第二。”

露丝不理会她，径直进了厨房，放下手里拎的一袋橘子、卫生纸和其他杂物，随后检查有无意外危险的踪迹。前一次去的时候，她发觉茹灵想带着蛋壳煎鸡蛋。露丝迅速清理一下餐桌，拣出几封茹灵填好打算寄出去的垃圾购物邮件。“妈妈，我帮你寄吧。”她说。随后又跑到浴室，看水龙头是不是关好了。毛巾都去哪了？也没有洗发水，只有一块裂了口的小肥皂。妈妈有多久没洗澡了？再看一眼洗衣篮，里面什么也没有。难道妈妈每天都穿同一身衣服吗？

第二个用人只干了不到一个礼拜。她没来的那几天，露丝很不安，没办法集中精力工作，晚上也睡不好，夜里磨牙还把一颗臼齿磨坏了。她太疲倦了，没办法烧饭，一个礼拜中叫了好几次比萨饼，全盘放弃了自己先前说要坚持低脂肪进食，给多丽做榜样的决心，还要忍受茹灵一次又一次的抱怨，说比萨饼上的意大利香肠太咸。最近露丝开始害肩痛，一坐到书桌前对着电脑就痛得不行，很难工作。她手指加上脚趾都不够用，记不下每天要处理的诸多事情。所以，当她找到一个专门照顾老人的菲律宾用人时，她觉得心上的一块大石落了地。那菲律宾女人跟她打包票说：“我最爱老人了。只要你花时间去了解他们，老人一点儿也不难对付。”

如今又是夜里了，露丝躺在床上，听着海湾里雾角低鸣，警告过往的船只不要搁浅。昨天露丝去接妈妈来吃晚饭的时候，发现那个菲律宾用人已经不干了。

“走了。”茹灵说，一副心满意足的神气样子。

“什么时候走的？”

“什么活都不干！”

“可她在你这里待到什么时候走的？两天前？三天前？”

露丝又问了几个问题之后，自己推理出来，那女人只干了一天就不干了。露丝想再找个人来照顾妈妈是根本不可能了，还有两天就是她跟亚特计划去夏威夷度假的日子。漂洋过海去度假，她想也别想。

第二天一早，露丝对亚特说：“你一个人去吧。”毕竟那边的房子都租好了，租金又不能退。

“要是你不去，我去有什么意思？我一个人能干什么呢？”

“不用工作，不用起床，不用回电话。不是很爽？”

“可是你不在，就不一样了。”

“你会非常想念我，跟我打电话倾诉思念之苦。”

最终，亚特同意了露丝的安排，这倒让露丝心里十分懊恼。

第二天一早，亚特飞往夏威夷。两个女孩到米莉安家安度这个星期。尽管露丝早已习惯白天一个人在家工作，可这时心里却觉得空落落的，又很焦虑。她刚在书桌前坐下没多久，就接到吉蒂恩打来的电话，跟她说《网络性灵》的作者把她给辞了。把她辞了，这可是她职业生涯里破天荒头一遭。虽说她比约定时间提前交稿，可他不喜欢露丝写的东西。“我跟你一样，也气坏了。”吉蒂恩说。露丝也觉得自己应该感到愤怒，甚至丢脸，可她心里却松了一口气，觉得这样一来自己少了一样要惦记的事。“我会和旧金山的哈泼出版社谈，怎么按合同计算我们的损失赔偿，”吉蒂恩接着说，“但我需要你拟一份东西，陈述你写这本书花费了多少时间，还有请你把他的不合理要求一一列出来，写清楚为什么他的要求不合情理……嗨，露丝，你在听我说吗？”

“对不起，我有点走神。”

“亲爱的，我早就想跟你谈谈这事了。可我不是想责怪你，出这种事并不是你的过错。我就是担心你最近状态不大对劲。你好像——”

“我知道，我知道。我不去夏威夷了，就是希望能赶上进度。”

“好极了。还有，另外一本书的出版商今天可能会跟我联络，不过说实话我觉得他们很可能不会用你。上回你应该跟他们说你得了急性盲肠炎什么的。”露丝没能参加上次的面谈，因为茹灵听到闹钟响，以为是烟雾探测器警铃大作，惊慌失措地打电话找露丝，害她走不开。

四点钟的时候，雅嘉琵打电话来跟她讨论《引导孩子走出误区》最后定稿的事情。一个小时过去了，她们还没讲完。雅嘉琵一心想马上再写一本新书，书名要么叫《完美过去焦虑症》，要么叫《深层自我》。她说得起劲，露丝却忙不迭地看表。她跟妈妈说好了六点钟要去接她到美泉宫饭店吃饭，怕赶不及。“基本内容是关于习惯、神经肌肉、大脑边缘系统等等……”雅嘉琵还在絮絮不休，“人类自从婴儿时期，平生第一次觉得不安全的时候，就会双手紧握，咬紧牙关，乱踢乱蹬。长大以后，我们只记得这些反应，却忘记了当时不安全感的来源，我们的过去总是那么不完美……露丝，亲爱的，你好像有点心不在焉。要不等你什么时候精神好了，再给我打电话好不好？”

五点十五分的时候，露丝给妈妈打电话，告诉妈妈自己马上就去接她。电话没人接。也许妈妈在上厕所。过了五分钟露丝又打过去，还是没人接。妈妈害便秘了？还是睡着了？露丝一边整理书桌，一边把电话调到免提状态，然后按自动重拨键。电话铃响了十五分钟都没人接，露丝想象出各种可能的状况，最后归结出一个最糟糕的情形：茹灵煮东西忘记关煤气了，火烧起来，茹灵泼水去救火，却拿错了，结果火上浇油，越烧越旺。妈妈的衣袖也烧着了。开车去茹灵家的路上，露丝想象着大火吞没整幢房子，屋顶塌陷，一堆焦黑余烬中躺着妈妈烧变了形的尸体。

不出所料，露丝到了以后，发现妈妈住的二楼光线闪烁，黑影四窜。前门根本没锁。她疾步冲进去，一边大叫："妈妈，妈妈，你在哪里？"房间里面电视开着，大声地播放外语节目。茹灵一直搞不清楚怎么用遥控器。露丝几乎把遥控器上所有的键都用胶带贴了起来，只剩下开关和频道上下两个按键，可茹灵还是学不会。露丝关掉电视，突如其来的寂静把她吓了一跳。

她跑到里面的房间，打开橱柜的门，又朝窗外看。她的喉咙开始紧张，哀哀地叫："妈妈，你在哪里？快说话啊。"她又跑下楼，去敲房客的门。

她尽量装出没事的样子，问道："请问你见到我妈妈了吗？"

弗兰馨眼珠子骨碌碌转转，心知肚明地点点头说："大概两三个小时之前她急急忙忙跑到街上去了。她穿着睡衣裤和拖鞋，所以我印象挺深，我当时想，天哪，她简直是疯了……当然这也没我什么事儿，不过你真该带她去看看大夫，或者给她吃点药什么的。我这么说可纯属好意啊。"

露丝又冲上楼去，手指哆哆嗦嗦地拨通了一个老客户的电话，那客户是个警察局长。几分钟之后，一个拉丁裔的警官出现在前门口，身上武器装备披挂整齐，而且一脸严肃。露丝更是惊恐，赶紧跨出门外。

“她有老年痴呆症，”露丝忙不迭地说，“七十七岁了，可头脑却像个孩子。”

“她的特征。”

“身高四英尺十一英寸，体重八十五磅，梳黑色发髻，很可能身穿粉色或是紫罗兰色睡衣裤……”露丝一边说，脑海中一边浮现出茹灵的样子：妈妈一脸困惑之色，失去知觉地躺在街上。露丝声音开始哽咽。“天哪，她那么弱小，那么无助……”

“她看起来像不像那边那位太太？”

露丝抬起头，只见茹灵呆呆地站在小路尽头，一身睡衣裤外面罩了件毛衣。

“哎呀！出什么事了？”茹灵问道，“你被人抢了？”

露丝跑上前去。“你到哪儿去了？”边问边上下打量，看妈妈身上有无受伤的迹象。

警官走到她俩跟前，说：“大团圆结局。”说完，转身朝自己的巡逻车走去。

“站这儿别动，”露丝命令妈妈，“我马上回来。”她走到巡逻车旁边，车上的警官摇下了车窗。“很抱歉，给你添麻烦了，”露丝说，“她以前从来没干过这种事。”话刚出口，她马上想到，也许茹灵干过，只是自己不知道而已。也许她每天每夜都这么干。也许她整天穿着内衣在附近晃荡，谁知道呢！

“哎，这没什么，”警官说，“我丈母娘也是这样。我们管这个叫‘日落而作’。太阳一落山，她就出去晃荡。我们只好给家里每个门都装上警报器。那一年可真够受的，最后没办法，我们只好把她送进了养老院。我老婆没白没黑地看着她，最后实在是受不了了。”

没白没黑地看着她？露丝原以为请妈妈到家里吃晚饭，帮她雇个钟点工就算勤快、尽了孝心了。“不管怎么说，谢谢你。”她说。

她一回到妈妈身边，茹灵就开始抱怨：“街角那家杂货店呢？我走了一圈又一圈，没有了！变成银行了。你不相信？自己去看看嘛！”

那天晚上，露丝只好在妈妈家里过夜，睡在自己先前的卧室里。从城市这头听起来，雾角的声音更响。她还记得自己十几岁的时候，夜夜听着雾角的声音。当初她躺在床上，一声，两声，她就在心里默数自己还有多少年就可以搬出去。先是五年，然后四年，再然后是三年。现在，她又回来了。

第二天早上，露丝打开橱柜找早餐麦片，却发现里面塞满了成沓的脏纸巾，足足好几百张。她打开冰箱，又发现里面摆满了装着发黑发臭的黏糊糊东西的塑料袋，吃了一半的食物，橘子皮，哈密瓜皮，还有解冻很久了的冷冻食品。而在冰箱冷冻室里，她找到了一盒鸡蛋，一双鞋，家里的闹钟，还有一堆东西，看起来有点像豆芽。露丝觉得很恶心。短短一周的时间，家里就变成这样了？

她往夏威夷打电话找亚特，电话没人接。她想象出亚特无忧无虑地躺在沙滩上，把所有麻烦问题抛在脑后的样子。但是这怎么可能呢？现在是当地时间早晨六点，这个时间他怎么可能会在沙滩上呢？他到底在哪里呢？会不会是在别的什么人床上大跳呼啦舞？又多了件要担心的事。她也可以给温迪打电话，可温迪只会说说自己妈妈做了什么更疯狂的事情以表同情。跟吉蒂恩说说呢？他更关心客户啦，合同啦什么的。露丝决定给高灵姨妈打电话。

“更糟了？怎么可能更糟了呢？”高灵说，“我给了她人参，她说她每天吃的呀。”

“医生说这些都没用的——”

“医生！”高灵不屑地说，“我才不信这一套，说什么你妈妈得的是老年痴呆症。你叔叔是牙医，他也不信。人人都会老的，老了都会忘事情。人老了以后，要记的事情实在太多了。我倒问你，为什么二三十年以前没人得这个病？问题在于现在的孩子没工夫去看望爸爸妈妈。你妈妈太孤单了，就是这么回事。没人跟她讲中国话。当然她脑子是有点迟钝了。人要是不讲话，脑子就像没上油的机器，会生锈的！”

“嗯，所以我想请你帮忙。可不可以让妈妈去找你，麻烦你照顾她一个星期？我这个星期很忙，实在是抽不出时间——”

“不用再说了，我本来就想要她过来的。我一个小时内去接她。反正我本来就得到她家附近买东西。”

露丝总算松了口气，只想放声大哭。

高灵姨妈带妈妈回去以后，露丝走了几条街来到海边，Land’s End——天涯海角。她需要听听海浪的咆哮，让磅礴的海浪不断拍打岸边的巨响掩藏她自己怦怦的心跳。

# 第六章

露丝走在沙滩上，浪花环绕着她的脚踝，牵扯着她往海里走，波浪似乎在对她说，来吧，大海里宽广无垠，无拘无束，你可以自由自在。

露丝十几岁的时候，有一次跟妈妈争吵起来，吵到一半，妈妈跑出门去，说要去跳海自尽。茹灵真的下了海，海水一直淹没到大腿，露丝大声尖叫，苦苦哀求，才把妈妈拉回岸边。如今露丝不禁想，倘或当初自己不曾苦苦哀求，茹灵是不是真的会把自己的命运交付给大海呢?

露丝自从童年就每天想到死亡的事，有时候一天想好几遍。她心里认为每个人私底下都这么想，只是除了妈妈之外，大家都不公开把死亡挂在嘴边。她小的时候，曾经思考死亡到底意味着什么。是说人死后就消失了，还是说变成隐形人？依照妈妈的观念，人死后似乎变得更加强大，更加刻薄，也更加悲苦，这都是为什么呢？露丝长大些以后，曾经试图想象自己停止呼吸，不能讲话，也看不见的那一刻到底是什么样，她将没有任何感觉，连对死亡的恐惧也没有了。又或者，她会像妈妈与之交谈的那些鬼魂一样，充满恐惧、担忧、愤怒，以及遗憾。死亡也未必就是踏入一切皆空的极乐世界，而是一头扎进幽深的未知世界。这未知的世界中充满各种糟糕的可能。就是这种未知性使露丝决定，不论自己的生活过得多么不如意，碰到多少解决不了的问题，她也决不能走上自杀这条路。

可是露丝记得有一阵子，她的确曾经企图自杀。

那一年她刚满十一岁。露丝和妈妈从奥克兰搬到地势平坦的伯克利，住进一间采光很不好的小平房里，平房前面是一座乳黄色的小别墅，房主是一对二十几岁的年轻夫妇，兰斯和多蒂·罗杰斯。那平房本来是兰斯家的车库再加上后院的一片小花圃，第二次世界大战期间，兰斯的父母把它扩建成一间违章建筑，租给一些海军新娘们，她们的丈夫将从附近的阿拉美达海军基地出发奔赴太平洋战场。

平房屋顶很低，经常断电，后墙和一侧墙紧挨着一道篱笆，晚上能听到外面野猫整夜地嚎叫。房子里没有排风设备，两个灶头的煤气炉上方连个风扇都没有，因此茹灵晚上烧饭的时候，不得不打开窗户放油烟出去。但是房租很便宜，而且附近有所很好的中学，大学教授的聪明子女都在那里就读，学生素质很高，竞争力很强。茹灵决定搬进来首先就是看上了这一点，她总喜欢提醒露丝，说是为了露丝的教育她们才搬家的。

平房的窗户很小巧，装着黄色的百叶窗，看起来像是洋娃娃的玩具房子。露丝刚搬进去的时候还很开心，但很快就变得暴躁易怒。新房子太小了，露丝完全没有个人空间。她跟妈妈挤在一间阳光照不进的卧室里，房间很狭小，除了两张单人床和一个衣柜，别的什么也塞不进了。另外一个房间既是起居室、饭厅，也是简易厨房，露丝根本无处可藏。露丝唯一的避难所就是浴室，也许正因为如此，所以她那一年闹了好多次肚子疼。妈妈通常都跟她待在同一个房间里，要么练书法，要么烧饭或者织毛线，不管她手上忙着什么，嘴巴却还闲着，只要露丝看电视，她就开始唠叨。“你头发太长了。头发像布帘一样，挡到眼镜上了，影响视线。你以为这样子好看，我告诉你吧，一点都不好看！你关掉电视，我来给你剪头发……哎，你听见没有，关掉电视……”

露丝只要一看电视，妈妈就认为她是没事可做，有时候还认为这是个母女交谈的好机会。她从冰箱顶上把沙盘拿下来放到厨房餐桌上。露丝一看就嗓子发紧：得，又来这一套。可她知道，她越是抗拒，妈妈就越想知道为什么。

“宝姨生我气了吗？”有时露丝坐在沙盘面前好几分钟，却一个字也写不出来，然后妈妈就会这么问。

“不是的。”

“你感觉有别的东西吗？……有别的鬼来了？”

“没有别的鬼。”

“哦，哦，我知道了……一定是我快死了……我说得对不对？你尽管直说，我不怕。”

只有在露丝做功课、复习考试的时候，妈妈才不会打扰她。妈妈非常重视她的学习。要是妈妈打搅她学习，露丝只需说声：“嘘，我在看书呢。”妈妈总是立刻住嘴，这招屡试不爽。因此露丝读了很多书。天气好的时候，露丝会带着书到房前的小院里，盘腿坐在躺椅上，躺椅靠背的形状像个大蚌壳，弹性很好。兰斯和多蒂常常会在院子里吸烟、除草，或是修剪九重葛，九重葛爬满了一面墙，像是给房子盖了一床色彩鲜艳的大毯子。露丝常常借书本做掩饰，偷偷看着他们。

露丝非常迷恋兰斯。她觉得兰斯相貌英俊，短头发剪得整整齐齐，下巴端正坚毅，身材结实修长，像电影明星一样迷人。而且兰斯个性随和，对露丝很是和蔼可亲，这样一来露丝更加害羞。她时常假装专心读书，或是观察橡树上爬行的小蜗牛，等着兰斯注意到她，对她说："嘿，小家伙，看书看得这么用功啊，当心眼睛看坏掉。"兰斯的爸爸有几家烈酒专卖店，兰斯也在店里帮忙。他经常上午很晚才出去上班，下午三点半或者四点回来，然后晚上九点钟再出去，到很晚才回来，露丝常常留心倾听他车子的声音，等待他归来。可是常常等不到他回来，露丝就睡着了。

露丝觉得多蒂能嫁给兰斯，真是够走运的。多蒂连漂亮都算不上，可是露丝的新朋友温迪却说多蒂像沙滩美女，很可爱。她怎么会那么说呢？多蒂个子高，骨架大，拥抱她还不如抱把叉子。再说了，正如妈妈说的，多蒂还长了一口大牙。妈妈把自己的嘴唇朝外拉，露出上下牙龈，示范给露丝说："牙齿特大，里面的牙肉都露出来了，像只猴子。"后来，露丝一个人躲到浴室里，对着镜子欣赏自己整齐的小牙齿。

露丝觉得多蒂配不上兰斯，还有一个原因：多蒂很霸道，说话又快又大声。有时候她讲话声音沙沙的，甜腻腻的，好像喉咙不大清爽。可她一提高嗓门，声音就跟破铜烂铁似的粗鲁刺耳。天气暖和的傍晚，他们后窗开着的时候，多蒂和兰斯零星的话语声经常穿过院子飘进她们娘俩的小屋里来，被露丝听个一清二楚。他们夫妻俩吵架的时候，露丝经常能清楚地听到他们争吵的内容。

"混账，兰斯，"有天晚上，她听见多蒂大声嚷嚷，"你要不马上过来我就把你的晚饭给你扔出去！"

"嘿，别胡闹了，我在厕所呢！"他回答。

从那以后，露丝每次躲进洗手间里，都会想象兰斯也跟自己一样，逃到浴室里，躲开那些没完没了拼命唠叨的人。

还有一次，露丝跟妈妈坐在厨房餐桌前，面前摆着沙盘，外面传来多蒂沙哑的声音：

"我知道你干的那些勾当！少跟我装无辜！"

"你他妈根本不知道我干了什么，少跟我叽叽歪歪！"

随后传来两声摔门的声音，然后就是兰斯的汽车发动、开走的声音。露丝的心也随之狂跳不已。妈妈摇摇头，嘴巴啧啧有声，而后用中文低声说："这些洋人真是疯子。"

听到这样的争吵，露丝觉得既兴奋，又有几分罪恶感。多蒂就像茹灵，毫无道理地横加指责。而兰斯跟自己一样只得忍受着。唯一不同之处在于，兰斯可以还嘴，刚才他说的正是露丝想说给妈妈听的：你他妈根本不知道我干了什么，少跟我叽叽歪歪！

十月的一天，妈妈让露丝去罗杰斯夫妇家交房租。开门的是多蒂，露丝见她和兰斯两人正忙着卸一个大箱子。箱子里面是一台崭新的彩色电视机，多蒂说特地赶着搬回来，为了看当天晚上七点钟播出的《绿野仙踪》。在此之前，露丝只有在商场的橱窗才能见到彩色电视机。

"你记不记得电影里有一段，里面所有的东西一下子从黑白的变成彩色的了？"多蒂说，"在这台电视里，它还真就变成彩色的了！"

"嘿，小家伙，"兰斯说，"你干吗不过来跟我们一起看呢？"

露丝脸一红，嗫嚅道："我不知道……"

"没关系，叫你妈妈也一起来。"多蒂说。

"我不知道，也许吧。"说完，露丝就跑回家去。

妈妈认为她不应该去。"他们就是跟你客气客气，不是当真的。"

"人家是当真的。他们问了我两遍呢。"露丝就是没说他们还请茹灵也一起去的话。

“你去年的成绩表上有一门才得了合格，连良好都不够。每门成绩都应该是优秀。今天晚上你最好还是学习吧。”

“可那是体育成绩！”露丝抱怨。

“我不管。反正这部叫什么奥兹的片子你已经看过了。”

“这是《绿野仙踪》(The Wizard of Oz)，不是《奥兹和哈丽特》。这是部大片！”

“大片！哼！人人都不去看就不算大片！我管你什么奥兹奥芝佐罗，还不都是一回事。”

“可是宝姨觉得我应该看。”

“你什么意思？”

露丝也不知道自己怎么会这么说。这句话冲口而出。“你记得吗，昨天晚上，”她忙不迭地想自圆其说，“她让我写出了个像字母Z的东西，我们当时都不知道是什么意思，对不对？”

茹灵皱起眉头，试着回想昨晚的事。

“我想她是想让我写奥芝来着。你不相信，我们现在就可以问问她。”露丝跑到冰箱跟前，爬到凳子上，把沙盘拿了下来。

“宝姨啊，”妈妈开始用中文呼唤，“你来了吗？你想说什么啊？”

露丝端坐着，手中捏着筷子做好准备。好长一段时间里，她什么都没写。不过那纯粹是因为她准备跟妈妈撒谎耍花样，自己心里紧张。万一真有个鬼魂叫宝姨可怎么办？通常她把在沙盘上写字当作一种枯燥的杂务，她尽心尽力猜测母亲想听什么，然后尽快完成这项无聊的差事。可是有的时候露丝也会相信，的确有个鬼魂在把着她的手臂，教她写出自己的意思。有些时候，她写的东西居然预测正确。比如说，茹灵开始把自己多年的积蓄投资股票市场。妈妈就向宝姨请教，从两只股票中挑一支来买，比如，该买 IBM 的呢，还是美国钢铁公司的股票呢？那露丝就挑容易写的一支，结果 IBM 的股票大涨，茹灵收益不错，也就更加感激宝姨的指引。有一次，母亲问宝姨的遗体到底在哪里，好让她找到并且妥善安葬。这个问题吓得露丝头皮发麻，她想尽快结束这段谈话，所以就写了“The End”（末尾，结束），不料母亲一看这几个字，竟从椅子上跳了起来，并且大叫：“这么说高灵说的是真的了！您真的在‘穷途末路’（The End of the World）。”露丝当即感到一阵冷气从后脖梗吹过。

此时她稳住手腕，集中精神，祈求宝姨能够像《绿野仙踪》里的巫师一样，给她一些指点。她先写了两个字母“O-Z”，然后又慢慢地用大写字母写“好”：G-O-O。还不等她写完，茹灵在一旁大叫：“Goo! 骨在中文里是骨头的意思。这跟骨头有什么关系？这跟接骨师的家族有关吗？”

这样一来，机缘巧合，事情就顺理成章了。宝姨显然是说《绿野仙踪》讲的也是个接骨大夫的故事，因此她很愿意让露丝去看这部片子。

差两分七点的时候，露丝敲响了兰斯和多蒂的房门。“谁啊？”兰斯叫道。

“是我，露丝。”

“谁？”随后她听到兰斯嘟囔说，“可恶。”

露丝顿时羞愧难当。看来刚才他邀请露丝来看电视确实只是客气客气罢了。她在门外退后几步。这下她只好到后院里去躲两个钟头，妈妈才不至于发现她犯了错误，撒了谎。

门开了。“哈，是你呀，小家伙，”他热情地说，“快进来吧。我们都不想等你了。嘿，多蒂！露丝来了！你在厨房里的话，给她倒杯苏打水好不好？来，露丝，坐到沙发上来。”

看电影的时候，露丝很难把注意力集中在电视屏幕上。她勉强装作很放松的样子。三人并排坐在黄绿相间的长沙发上，沙发是麻和金丝线交织的质地，把露丝的光腿磨得很刺痒。除此之外，露丝还不停地注意到一些叫她吃惊的事情，比如说，多蒂和兰斯两人都大拉拉的把脚搁在茶几上，鞋都没脱。这情形要是给她妈妈看见了，要说的可就不只是多蒂那一口大牙了！还有，这又不是在酒吧，多蒂和兰斯却都在喝一种金色的烈酒。最让露丝受不了的是多蒂那种愚蠢的举动，她装腔作势，像个小娃娃似的抚摩着老公的大腿和膝盖，一边嗲嗲地说：“兰斯小裤裤，去把音量调高一点点好不好？”

广告时间，多蒂舒展筋骨，站起身来，醉醺醺地摇摇晃晃，活像电影里的稻草人。“要不要来点爆……爆……爆米花？”然后她大挥着双臂，先后退一步，再跑步出了房间，嘴里还唱着小调，“啊哈哈哈，我们朝厨房前进……”

露丝发现只剩下自己跟兰斯一起坐在沙发上。她心跳得厉害，眼睛只敢盯着电视屏幕。她听见多蒂哼着小调，还有开关壁橱的声音。

“你觉得怎么样？”兰斯朝电视机点下头，问露丝。

“很不错啊。”露丝小声地，很严肃地回答，眼睛还是盯着屏幕。

她能闻到厨房里传出的油烧热的气味，听到爆米花在锅里砰砰爆开的声音。兰斯摇摇自己杯中的冰块，念叨着他希望能以彩色播出的节目：足球比赛、《艾迪先生》，以及《乡巴佬》。露丝觉得就像在跟男

---

1 The Hillibillies，美国一档著名的喜剧类电视节目

朋友约会一样。她朝兰斯的方向稍微转过去一点。温迪曾经跟她说，女孩子要“显出很着迷的神情倾听”，这样会让男孩觉得自己很有男子汉气概，讲话很有分量。可是之后要怎么样呢？兰斯坐得离她这么近。突然，他拍拍露丝的膝盖，站起身来，说：“我得趁演出还没开始赶紧去下厕所。”他话说得这么直接，听得露丝很不好意思。过了一分钟，兰斯上完洗手间回来了，露丝还在脸红呢。兰斯坐下来，这次坐得还要更近。他本可以坐到多蒂刚才坐过的位置，可是为什么他没坐到那边去呢？他是有意的吗？电影又开始了。多蒂快回来了吗？露丝希望不要。她想象着过后如何跟温迪说自己当时怎么怎么紧张：“我就差尿到裤子里了！”虽然这话就是说说而已，可是一想到这话，她就觉得自己真得去下洗手间了。这可太糟糕了。她怎么跟兰斯开口问能否用下厕所？她也不能直接站起来满屋子乱转，到处找厕所。她可不可以学兰斯那样，轻描淡写地说一句，我得去下厕所？她绷紧全身肌肉，拼命忍住尿意。终于，多蒂捧着一碗爆米花回来了，露丝嘟囔说：“我得先洗下手。”

“往后直走，在卧室后面。”多蒂说。

露丝装出神情自若的样子，紧紧夹着大腿快步走。走过卧室的时候，她闻到陈旧的烟草气味，看到没收拾的床铺，枕头毛巾到处乱放，床尾还有一瓶沐浴油。一进浴室，她马上解开裤子坐到马桶上，发出如释重负的呻吟。这就是兰斯刚刚待过的地方，她想到这里，不禁咯咯笑出声来。然后她才注意到，浴室里也是一团乱。她都替兰斯觉得羞愧。地板上粉色瓷砖的缝隙都是脏兮兮的灰色。一件胸罩和底裤胡乱堆放在洗衣篮上。马桶对面的墙上有个架子，上面乱糟糟地放着些汽车杂志。要是妈妈看到这种光景，不知道会说什么！

露丝站起身，这时候才留心到自己屁股上的潮湿。马桶坐垫原来是湿的！妈妈总是警告她，不要坐到别人家的马桶上，甚至在朋友家里也不行。男人上厕所的时候应该把马桶坐垫掀起来，可他们从来不这么干。“人人都忘记，”妈妈曾经说，“他们才不在乎呢。留下好多细菌，都沾到你身上。”

露丝本想用厕纸把身上的尿渍擦掉，但转念一想，又觉得这是一种标记，就像是爱的誓言。这是兰斯的尿渍，他身上的细菌，把它留在身上，露丝觉得自己很勇敢，很浪漫。

几天之后，露丝在健康教育课上看了一部片子，讲卵子如何在女性的身体里游移，穿过生殖器官，最后变成经血流出体外。影片很旧了，而且是东拼西凑而成。先是一个护士模样的女士讲到青春期的到来，正讲到美丽的嫩芽出现，突然“咔嗒”一声，她一下子消失了，然后过了一会，她又出现在另外一个房间里，描述嫩芽从树枝上长出来。当讲到子宫是孕育婴儿的温床的时候，她的话音突然变得像是鸟儿拍打翅膀的声音，屏幕也变成了一片空白。这时灯光大亮，所有的女生都很不好意思，觉得自己身体里有卵子在游移。老师叫视听部的一个男生来帮忙，那男生一副懒散相，讲话慢吞吞的。温迪和其他几个女生尖叫着发牢骚，说她们羞愧得半死。那男生把胶片重新接起来之后，电影继续往下放，荧幕上出现了一个蝌蚪模样的精子在心形的子宫里穿行，精子一边游动，影片中还响起像是公车司机的声音，像报站名似的说：“阴道”“子宫颈”“子宫”。女生都尖叫着捂住眼睛，直到那个男生大模大样地出了教室，得意洋洋，活像是刚看到了全体女生的裸体。

电影继续往下放，露丝看到那蝌蚪找到了卵子，卵子把精子吞进去，然后开始长成一个大眼睛青蛙。影片结束的时候，一个戴白色硬帽的护士把个眼睛瞪得老大的婴儿递过去，交给一个穿粉红缎子上衣的女人，那女人英武的丈夫在一旁说："这真是个奇迹，生命的奇迹。"

灯光亮起，温迪举手问老师，奇迹的开端到底是怎样发生的？早已知道答案的女生对她表示不屑，咯咯笑起来。露丝也跟着笑了。老师批评地看了他们一眼，说道："首先得结婚。"

露丝知道这不完全是真的。她曾经看过一部洛克·哈德森和多丽丝·戴主演的电影。制造生命所需要的只是两人相互吸引，最好是两人相爱，可有时人们也会莽莽撞撞发生关系，比如说饮酒过量，然后不小心睡着了什么的。露丝也不确知到底一切是如何发生的，但她觉得这些就是促成某种化学变化的必要成分，就像在清水中加入泡腾片水里就开始滋滋——咕噜咕噜——冒泡泡。若非如此，就是一不小心发生了关系，结果就是有些女人未婚生子，私生子，够糟的吧。

这堂课结束之前，老师给大家发了白色的月经带，还有一盒厚厚的卫生棉。她解释说，班上的女生很快就会月经初潮，如果她们发现内裤上有红色的污渍，不必惊慌，也不必害怕。因为血渍代表她们已经长成女人了，也是象征她们仍然是"好女孩"。好多女孩都在窃笑。露丝以为老师说的初潮就像交作业一样，不是明天，后天，就是下个星期，总之一定会来。

一道回家的路上，温迪向露丝解释了老师略掉没说的部分。温迪知道这些事是因为她跟哥哥的哥们儿还有他们的女朋友混在一起。那些女生都是些厉害角色，化妆，穿长筒丝袜，还知道如何用指甲油修补丝袜上绽丝的破洞。温迪留着蓬松的金色发卷，她也嘲笑自己的发型，可是课间的时候却一边嚼口香糖一边往头发上喷发胶。她是班里唯

——个穿白色长筒靴的，上学前放学后还要把裙子卷到膝盖以上两寸。她曾经三度被留校察看，一次因为迟到，两次是因为她大骂体育老师是“泼妇”还有“蠢女人”。回家的路上，她向露丝吹嘘，说她曾在一次地下室舞会上让一个男孩子吻了她。“他刚吃过一个口味怪异的冰淇淋，口气很臭，所以我让他亲我的脖颈，不许再往下了。要再往下你就惨了。”她把衣领拉下来，露丝看到很大一块瘀青，吓了一大跳。

“这是怎么了？”

“笨蛋，这是吻痕。当然刚才那部蠢片子里不会跟你讲这些，吻痕啦，勃起啦，本垒打，还有‘那个’。说起那个来，那次舞会上有个年纪比我们大的女孩，在洗手间里吐得一塌糊涂。她是十年级的。她说自己可能怀上了，那男的进了感化院。”

“她爱那男的吗？”

“她说他是个马屁精。”

“那她有什么好担心的。”露丝内行似的说。

“你说什么呀？”

“两个人要来电才会怀孕呢。爱情是必要成分之一。”露丝以尽量科学的口吻说。

温迪停下了脚步，她嘴巴张得老大，然后轻声说：“天哪，难道你什么都不知道吗？”然后她就向露丝解释无论是露丝的妈妈、影片里那位女士，还是老师都不曾说起的事：那种必要成分来自男孩子的阴茎。最后，尽管露丝已经听得够明白了，温迪还是明白地说了出来：“男的要在女的里面撒尿。”

“不是这么回事！”露丝讨厌温迪跟她说这些，讨厌温迪歇斯底里地笑她。终于到了她跟温迪分道扬镳的岔道，她才松了一口气。

还有两个街口才到家，露丝一个人边走边想，温迪的话反复地在她脑子里回荡。她越想越觉得温迪说的关于撒尿的话有道理。要不怎么男生跟女生要分开上厕所呢。所以说男的上厕所之前应该把坐垫掀起来，可男生太坏，总是忘记。所以妈妈总是提醒她不要坐到别人家的马桶上。妈妈说的细菌（germ）其实应该是精液（sperm）。为什么妈妈就不能把英语说准确呢？

想到这里，露丝觉得一阵惊恐。她记起来，三天前的晚上，她曾经坐到了她爱的男人的尿渍上。

露丝每天检查内裤十好几次。那场电影之后的第四天，她的月经还是没有来。瞧瞧这下出事了吧？她心里暗叫。她六神无主地在家里绕来绕去。这下她算是无可挽回地把自己毁掉了。她扳着手指一遍又一遍地数那几个要素：爱情，烈酒，撒尿，全齐了。她记起自己当初感觉那么勇敢，居然没把尿渍擦干净就上床睡觉了。

“你干吗这么疯疯癫癫的？”妈妈总是问她。当然了，她可不能跟妈妈说她怀孕了。过去的经验告诉她，就算是天下太平妈妈尚且要杞人忧天，何况现在，当真出了事情，妈妈一定会大哭大叫，像猩猩一样捶胸顿足，而且会当着兰斯和多蒂的面来这一套。她会把自己的眼珠子挖出来，大叫着让鬼魂来把她抓走。这次她真的会自杀。这回可不是说说而已。而且她一定会让露丝眼睁睁看着，作为惩罚，让她更加痛苦。

现在露丝一看到兰斯就呼吸局促，肺部紧张，差点就喘不过气来一头晕过去。她频繁闹肚子疼。有时候她胃部一阵痉挛，跑到马桶边上，却吐不出来。吃饭的时候，她想象着食物都落进了身体里那个婴儿青蛙的嘴巴，这时候她就觉得自己肚子里黏糊糊的像个沼泽，非得跑到厕所里去，强迫自己把刚吃进去的东西吐出来，好像这样就能把肚子里的小青蛙逼出来，跳到马桶里去，让水流把她的大麻烦冲走。

我想死啊，她暗自哀叫。死掉算了，死掉算了，一了百了。她先是在浴室里大哭特哭，然后又拿餐刀割自己的手腕。小刀在皮肤上留下一道锯齿形的伤痕，没出血，露丝怕疼，没敢再往深处割。后来，她在后院的土堆里找到一颗生锈的大头针，用针戳了一下手指，希望血液因此而被污染，毒血好像温度计上的液柱一样，沿着手臂一直往上走，直到心脏。可是到了晚上，她还是活得好好的，心情非常痛苦，她往浴缸里放满了水，然后坐进去。她沉到水里，刚打算张开嘴巴把自己淹死，突然想到浴缸里的水不干净，水里充满了她脚上、屁股上，还有两腿间私处的种种污秽。可她还是决意求死，于是出了浴缸，擦干身体，把洗手池放满了水，然后她把头一直往下低，直到脸碰到水面。她张开嘴。这可太容易了，淹死一点都不痛苦，就好像喝水一样，可过了一小会儿，她意识到自己的确是在喝水。于是她把头又埋低了些，重又张开嘴，然后深吸一口气，准备迎接死神的到来。可是求生的本能激起了身体全面的抵抗，她拼命大声咳嗽，妈妈听到后没敲门就冲了进来，使劲拍她的后背，把手放在她额头上，用中文嘟囔说她生病了，应该马上上床躺下。可是妈妈这么温情安慰，反而让露丝感觉更加糟糕。

露丝头一个吐露秘密的对象是温迪。温迪见多识广，一定知道该怎么办。她只好等到上学见到温迪才跟她讲，要用电话分机打给她的话，一定会被妈妈或者别的什么人偷听到。

“你得跟兰斯说。”温迪说着，伸手握住露丝的手。

这样一来露丝哭得更惨了。她拼命摇头。各种残酷的事实掠过眼前。兰斯不爱她。她要是告诉兰斯，兰斯会恨她的，多蒂也会恨她的。他们会把露丝母女俩一脚踢出去的。学校会把露丝送去感化院。她这辈子就算完了。

“你要是不去告诉兰斯，我去。”温迪说。

“不要啊，”露丝勉强抽泣着说，“你不能去，我不准你告诉他。”

“要是我不告诉他，还有别的办法让他知道他自己爱上你了吗？”

“他不爱我。”

“他肯定爱的。就算本来不现在也会爱上你的。这种事经常是这样。男的发现小生命即将降临，然后突然间爱情、婚姻、婴儿车，全出现了。”

露丝试着想象这幅场景。“没错，是你的。”温迪会跟兰斯说。她脑海中浮现出兰斯像洛克·哈德森刚得知多丽丝·戴怀上他的孩子时那样，先是浮现出震惊的神色，然后慢慢开始露出微笑，然后就一直笑，一直笑，像个傻瓜一样冲到街上去，丝毫不顾及来往的车辆和行人，被他撞到的行人回头骂他是傻瓜，他就大叫：“没错，我是傻瓜，我爱她爱得发傻！”很快他就来到她身边，双膝跪地，对她说他爱她，一直都爱她，他想跟她结婚。至于多蒂，反正她很快会爱上邮差或者别的什么人。一切都迎刃而解。露丝叹口气。或许真可能如此呢。

那天下午温迪陪露丝回家。茹灵在一家幼儿园上下午班，要再过两个小时才下班。四点钟，她们刚要进门，便看见兰斯一边吹着口哨，一边晃着车钥匙，大踏步地往汽车跟前走去。温迪从露丝身边跑开，露丝跑到小屋的另外一边，既能看到他们，又不会被他们看到。她紧张得快喘不过气来了。温迪朝兰斯走过去。“你好。”她对兰斯说。

“嗨，小姑娘？”他说，“什么事？”

温迪听了，突然转身逃跑了。露丝忍不住痛哭起来。温迪回来安慰露丝说，她有个更好的主意。“别担心，”她说，“我来想办法。总有办法的。”她果然有办法。“在这儿等着。”她笑笑说，然后跑到兰斯家的后门口。露丝吓得跑进家中躲了起来。五分钟后，兰斯家的后门哗啦一下打开，多蒂冲了出来。露丝从窗口看到温迪朝她挥挥手，然后飞快地跑开了。随后她听到急促的敲门声，露丝一开门，多蒂双手一把将露丝抓过来，眼睛直盯着露丝，神情严肃地用沙哑的声音说，“你是真的——”

露丝放声大哭，多蒂伸手抱住她的肩膀，嘴里不住地安慰她，她紧紧拥抱露丝，露丝觉得骨头都快给她挤得脱臼了，很疼，可是又觉得很安慰。“那个混蛋，龌龊下流的混蛋！”多蒂咬牙切齿地说。露丝听她说脏话，觉得很惊讶，可等她明白过来，她更惊讶的是，多蒂气的不是她，而是兰斯！

“你妈妈知道吗？”多蒂问。

露丝摇摇头。

“那好。我们暂时还不用告诉她，暂时不用。我得先想想怎么对付这件事。让我想想。这可不容易，可我会有办法的，别担心。五年前，我也出过这种事。”

这么说兰斯就为这个才娶她的。可是孩子哪去了？

“我了解你的感受，”多蒂接着说，“我非常理解。”

露丝哭得更厉害了，内心百感交集，她简直无法想象一颗小小心脏如何能承受这么多的感觉。终于有人为她感到愤怒了。终于有人知道该怎么办了。

那天晚上，妈妈推开窗户烧饭，隔壁吵架的声音甚至盖过了热油炒菜的声音。露丝假装在读《简·爱》，耳朵却竖起来倾听外面的声音，可她只能听清楚多蒂的尖声大骂：“你个卑鄙下流的混蛋——”

兰斯的声音低沉，好像他汽车发动机的轰鸣。

露丝跑到厨房，伸手到水槽下面。“我去倒垃圾。”妈妈抬头看了她一眼，接着炒菜。露丝快走到兰斯家旁边的垃圾箱时，放慢了脚步倾听。

“你当自己是万人迷啊！你还搞了谁？……你只会半分钟完事——没错，速战速决，谢谢再见！”

“我倒想知道，你他妈的凭什么就觉得自己是专家了？”

“我就是专家！我知道怎么才算是真正的男人！……丹尼……没错，丹尼就很行，丹尼才算是真正的男人呢。就你！你只会搞搞什么都不懂的小姑娘！”

兰斯突然提高了声音，像个小孩似的放声大叫：“你个该死的贱货！”

露丝回到家里还止不住地发抖。她从没料到事情会变得这么疯狂、难堪。看看粗心大意会造成多么可怕的麻烦。就算是无心，还是可能闯出大祸。

“这些人全都糊里糊涂。”妈妈中英夹半地说，一边把热腾腾的饭菜端上桌，“都是些疯子，没事吵来吵去。”然后她就关上了窗户。

几个钟头过去了，露丝躺在床上睡不着，隔壁的吵闹声尖叫声突然停了下来。她等待着争吵重新开始，可听到的只是妈妈的鼾声。她摸黑起身，进了浴室。她爬到马桶坐垫上，扒着窗户看院子外面的动静。兰斯家里灯光大亮。到底怎么样了？然后她看到兰斯拎着个露营用的大背包出来，把背包扔到汽车的后备厢里。没多久他就发动汽车，轰鸣着开走了。这意味着什么呢？他已经告诉多蒂说他要跟露丝结婚了吗？

第二天是星期六，早上妈妈热好的米粥露丝几乎碰也没碰。她焦急地等着兰斯的车回来，可是一切都很安静。她拿着书坐到沙发上。妈妈正在收拾脏衣服、毛巾和床单，放到洗衣袋里，装到手推车上。

妈妈数出去自助洗衣店投币用的零钱，然后对露丝说："我们走吧，该去洗衣服了。"

"我觉得不大舒服。"

"哎呀，生病了吗？"

"我想吐。"

妈妈忙不迭地给她量体温，问她吃过什么东西，大便情况如何。她让露丝躺在沙发上，又在旁边放了个桶，怕她真吐出来。最后妈妈终于一个人去了洗衣店。她这一去至少要三个小时。妈妈总是推着车子走二十分钟去洗衣服，因为那家店的洗衣费要比近处的店便宜五分钱，而且那家的干衣机还不烧衣服。

露丝穿上外套到外面溜达。她坐到门廊的躺椅上，打开书本，等待着。十分钟过去了，多蒂打开后门，下台阶穿过院子朝她走了过来。她的眼睛肿得老大，活像只癞蛤蟆，她朝露丝咧嘴微笑的时候，脸的其余部分尽是悲伤的神情。

"你怎么样，小家伙？"

"还行，我猜。"

多蒂叹了口气，坐在门廊上，把下巴搁在膝盖上。"他走了，"她说，"可他要付出代价的，你不用担心。"

"我不要钱。"露丝表示反对。

多蒂笑了笑，然后鄙夷地哼了一声。"我是说他得坐牢。"

露丝吓了一跳，忙问："为什么？"

"当然是因为他对你做了不该做的事情。"

"可他不是故意的啊。他只是忘了——"

"忘了你只有十一岁？天哪！"

“可也是我的错。我应该小心的。”

“亲爱的，不，不，不！你用不着保护他。真的，这既不是你的错，也不是孩子的错……听我说，你得去跟警察说——”

“不，不，我不去！”

“我知道你害怕，可他这么做是不对的。这叫做强奸幼女，他得为此受到惩罚……总之警察可能会问你很多问题，你只要告诉他们真相就可以了，他做了些什么，在哪里做的……是在卧室吗？”

“在浴室。”

“上帝呀！”多蒂痛心地点点头。“没错，他就喜欢在那儿搞……就是说他带你进了浴室？”

“我自己进去的。”

“那就是他跟着你进去，然后呢？他穿着衣服吗？”

露丝吓呆了。“他待在客厅里看电视，”她声音很小很小地说，“我一个人在浴室里。”

“那他什么时候干的？”

“在我前面。他先尿，然后我尿的。”

“等一下……他怎么着？”

“他撒尿。”

“在你身上？”

“在马桶垫圈上。然后我进去，坐到了上面。”

多蒂站了起来，吓得脸都变了形。“天哪，不，哦，上帝呀！”她抓住露丝的肩膀摇晃她。“孩子不是这么来的。尿到马桶垫圈上。你怎么会这么蠢？他得把鸡巴戳到你身体里面。他射出的是精液，不是尿。你知道你都干了什么吗？你这是血口喷人，冤枉人家强奸！”

“我没有——”露丝轻声说。

“没错，你做了，我还相信你的话。”多蒂跺脚愤然走开，嘴里还骂骂咧咧的。

“我很抱歉，”露丝对着她的背影哭道，“我说了对不起。”她还是不大明白自己究竟做错了什么。

多蒂回过头来冷笑一声。“抱歉是什么意思你都搞不明白。”随后她走进屋子，砰的一声关上房门。

虽说怀孕的事她不用担心了，可露丝心里并不轻松。一切还是很糟糕，也许更糟糕了。妈妈从洗衣店回来后，露丝躺在床上盖着被子，假装睡着了。她觉得自己很愚蠢，心里又充满了恐惧。她会去坐牢吗？虽说现在她知道自己没有怀孕，可她比从前还想死。可是怎么死呢？她想象着自己倒在兰斯的车轮下。兰斯启动车子开出去，根本没看见就把她撞翻在地。如果她跟父亲一样车祸身亡，父亲一定会在天堂迎接她的。再或者连父亲也会觉得她坏到无可救药？

“啊，好孩子，”妈妈嘟囔说，“你睡一觉，很快就好了。”

那天晚些时候，露丝听到兰斯的车停在门口。她偷偷探到窗口去看。见兰斯一脸严肃，从屋子里取出几只纸箱，两个衣箱，还有一只猫。然后多蒂走了出来，边走边用纸巾擤鼻涕。她跟兰斯一直避免对视。然后两人一起开车离开了。过了一个钟头，兰斯的车回来了，车上只下来兰斯一个人。多蒂跟兰斯说了什么？为什么多蒂要搬走呢？兰斯现在会不会冲到她们家门口跟茹灵说露丝的所作所为，然后要她们也立刻搬出去？露丝很肯定地知道，兰斯恨她。她原本以为怀孕就是最糟糕的事了，可现在这样更糟糕。

星期一她待在家里没去上学。茹灵越来越担心，怕是鬼魂要来夺她的女儿了。要不然为什么露丝还不好？茹灵嘟嘟囔囔地说起猴嘴洞的骨头什么的，不停地说宝姨一定知道怎么回事。茹灵说这是个毒咒，老祖宗当年犯了什么错，子孙后代因此而受到惩罚。她把沙盘端到露丝床边的椅子上，等待着宝姨的指示。“我们俩都要死了，对不对？”她问，“还是说就我一个人死？”

“不，”露丝写道，“一切 OK。”

“什么 OK？那为什么她无缘无故就病了呢？”

星期二，露丝再也忍受不了母亲的唠叨，就说自己已经没什么大碍，可以去上学了。临出门前，她先往窗外看了看，兰斯家没什么动静。可是糟糕，兰斯的车还在那里。她全身都在颤抖，抖得骨头都要碎了。最后她终于深吸一口气，迈出了家门，她绕过车道，尽量离兰斯家远些，然后小心翼翼地从兰斯车边溜过，往左拐，虽说学校在右边。

“嘿，小家伙！我一直等着你呢。”兰斯在门廊上抽烟。“我们得谈谈。”露丝脚下仿佛生了根，一动也动不了。“我说我们得谈谈。你不觉得你欠我的吗？……到这儿来。”他说着，把吸了一半的香烟扔到草坪上。

露丝两腿打战往前走，脑子里却只想着如何脱身。走到兰斯门廊上的时候，她全身都麻木了，抬起头小声说：“我很抱歉。”说话间她下巴直发抖，不由哭出声来。

“嘿，好了，”兰斯说，眼睛紧张地看着街上，“好了，别哭了。我想跟你谈谈，然后我们才能达成共识。我希望以后不会再发生这样的事情，明白吗？”

露丝抽噎着点点头。

“那好，你镇定一点，别一看到我就这副怪样子。”

露丝用衣袖擦干眼泪。最糟糕的已经过去了。她转身准备离开。

“嘿，你去哪儿？”

露丝愣住了，不敢动弹。

“我们还没谈呢。回来。”兰斯话音里有些气恼。露丝见他开了房门，紧张得屏住了气息。“进来。”兰斯命令道。她咬着嘴唇，一步步上了门廊，走过兰斯身边。她听到关门的声音，房间里顿时暗了下来。

起居室里一股烟酒气。窗帘都关着，茶几上摆着几个放零食的空盘子。

“坐下，”兰斯指着那个扎人的沙发向她示意，“要喝汽水吗？”她摇摇头。屋里只有电视屏幕亮着，在播一部老电影。还好有些噪音让露丝觉得不那么难受。后来开始插播广告，是个汽车销售广告，一个男人举着把假的大刀，说：“我们砍价了——欢迎光临卢蒂雪佛兰车行，加入我们的杀价行动吧！”

兰斯坐在沙发上，没有那天晚上坐得离她那么近。他把她手里的书拿开，露丝顿时觉得失去了防护，眼前泪水模糊了视线，她拼命忍着不哭出声来。

“你知道，她离开了我。”

露丝终于忍不住哭出声来，她想说对不起，却只能发出细碎的哽咽声。

兰斯笑笑说：“其实是我把她踢出去的。所以，从这方面说，你算是帮了我一个忙。要不是你，我也发现不了她背着我乱搞。当然我也怀疑过，可我对自己说，夫妻就得相互信任。可你瞧怎么着，她不信任我。不能相互信任的话婚姻就保不住了。你明白我的意思吗？”

露丝拼命点头。

“得了吧，至少再过十年你才能明白。”他又点上一根烟。“知道吗，十年之后，回忆往事的时候你会说：‘天哪，我当初可真够傻的，竟然以为孩子就是那么造出来的！’”他冷笑一声，低头看她的反应。“你怎么不笑呢？我都觉得这挺可笑的。你不觉得吗？”他拍拍她的胳膊，可她不自觉地退缩，想避开。“哎，你怎么了？可别跟我说……你也不信任我。你算什么东西，也跟她一样？你对我做出这等事情，何况我根本没对你怎么样，你凭什么还用这种态度对我？”

露丝很长时间没说话，不知道该如何开口。最后她终于战战兢兢地说：“我信任你。”

“是吗？”他又拍拍她的胳膊，这一次她忍住了没让自己往后躲。他接着说，声音疲惫却令人安慰。“听我说，我不想冲你嚷嚷什么的，OK？你放松点，好不好？听见没，我问你话呢，好不好？”

“好。”

“给我笑一个。”

她勉强咧嘴露出笑容。

“这就对了。哎呀，又没了！”他掐灭了烟。“好了，我们又是朋友了对吗？”他冲露丝伸出手，示意要跟她握手。“好极了。我们住得这么近，要是不能做朋友，那就太糟糕了。”

她朝他笑笑，这次笑得比较自然了。她先前哭得鼻塞，这时开始试着正常呼吸了。

“而且既然是邻居，我们就得互相帮助，不能到处诬赖好人……”

露丝点点头，又发觉自己还紧张得脚趾紧扣，于是尽量放松下来，心想，事情很快就过去了。她看到兰斯眼睛下面的黑眼圈，从鼻子到下巴之间还有皱纹。好奇怪啊，他看起来比自己记忆中的样子要苍老，也没那么帅。然后她意识到，这是因为自己不再爱他了。多奇怪啊。她原以为这就是爱情，可这从来都不是爱情。爱情是一生一世的事。

“那么，你现在该知道小孩是哪里来的了吧？”

露丝屏住气，低下头。

“你到底是知道，还是不知道？”

她飞快地点点头。

“到底怎么来的？说给我听听。”

露丝坐立不安，脑子转得飞快，眼前浮现出可怕的画面。就像是热狗肠里喷出黄色的芥末酱。那些名词她都知道：阴茎，精子，阴道。可她怎么说得出口呢？这样一来就把这幅叫人恶心的画面直接摆到两人面前。“你知道的。”她嗫嚅道。

他严厉地望着她，眼神像X光一样有穿透力。过了好长时间他才说：“没错，我知道。”停了几秒钟，他又换了种和蔼的语气说：“天哪，你可真是傻。小孩和马桶坐垫，天哪。”露丝一直垂着头，抬眼偷偷看他。兰斯在笑。“希望你将来好好教自己的孩子，告诉他们生命的真相。马桶坐垫！撒尿？撒你个头啊！”

露丝咯咯笑出声来。

“哈！我就知道你会笑。”他伸出手指戳露丝的胳肢窝呵她痒。露丝出于礼貌，只是吃吃傻笑。他又呵她痒，手指沿着她的肋骨往下走，露丝条件反射地痉挛。突然他的另一只手也伸过来呵她另外一边的胳肢窝，她很难受，却止不住大笑，她觉得很无助，又害怕，不敢叫他住手。他的手指飞快地在露丝后背和腹部移动，露丝像小虫一样缩起身体，倒在地毯上，却又笑得喘不过气来。

“你觉得这些都很可笑，对不对？”他手指不停地在露丝肋骨间拨弄，好像拨弄竖琴的琴弦。“没错，我算看出来了。你是不是跟你那些小女朋友都说了个遍？哈哈，我差点把那家伙送进监狱！”

她想说不对，住手，快停下来，可她笑得太厉害，气都喘不过来，手脚也失去了控制。她的裙子都卷成一团，也没办法把它弄平整。她的手好像牵线木偶一样，兰斯碰到哪儿就往哪儿伸，试图阻止兰斯的手指落在她的腹部、胸部和臀部。兰斯捏她的乳头，她眼泪不停地流下来。

“你还是个小丫头，”他喘着粗气说，“你连乳房都没有。我怎么会想跟你搞？我打赌你他妈的连阴毛都还没有呢——”他双手突然伸下去拉掉她的小花内裤，露丝一下子爆发出一阵尖叫，她一遍一遍叫个不停，露丝自己也不知道这尖利刺耳的声音从何而来，仿佛自己突然间换了一个人。

“噢！噢！”他双手高举，像碰到抢劫一样。“你这是干什么？控制一下自己……冷静一点好不好，我的天哪！”

她那警笛般的叫声一直没停，她一边叫一边急忙挣脱他，拉上内裤，把裙子整理好。

“我不会伤害你。我不会伤害你。”他不停地重复这句话，直到她渐渐平息下来，变成喘息呜咽。一阵骚动之后，两人之间只剩下局促的呼吸声。

他不可置信地摇头。“到底是我的幻觉呢，还是说刚刚你还笑得很开心来着？一秒钟前我们还玩得很开心，一秒钟后你就变成这样——我不明白，你这算怎么回事。”他斜眼盯着她。“你知道吗？也许你心理有问题。你脑子里不知哪来的怪念头，老觉得别人要害你，欺负你，所以你不等弄明白事情真相，就忙不迭地指控人家，然后就发神经，把事情搞得一团糟。你现在不就是这样吗？”

露丝站起身。“我要走了。”她轻声说。她双腿还有些站立不稳，几乎走不到门口去。

“除非你跟我保证你他妈的不再到处散布谣言，撒谎诬赖人，不然你哪里也别想去！你给我记清楚了！”他朝露丝走过来。“你最好别造谣生事，我没碰过你，你不要乱说话，要不然我会非常生气，我会让你生不如死，你听明白了没有？”

她木呆呆地点头。

他鼻子里哼了一声，表示不屑。“滚出去，快滚。”

那天晚上，露丝试图把当天发生的事情告诉妈妈。“妈，我害怕。”

“怕什么？”茹灵一边熨衣服一边回答。房间里充满了蒸汽的味道。

“那个兰斯，他对我很不好，他——”

妈妈皱眉，然后用中文说：“都怪你，老去烦他。你以为他愿意跟你玩——才不呢！你为什么老给我惹麻烦呢……？”

露丝心里面很难受。妈妈总是无事生非，没事乱担心，可现在真出了什么事情，她却视而不见。如果露丝把真相告诉她，她可能会发疯。她会嚷嚷说不要活了。那又有什么用呢？露丝还是孤身一人，谁也帮不了她。

一个小时后，茹灵一边织毛线一边看电视，露丝主动把沙盘拿了下来，对妈妈说：“宝姨有话跟你讲。”

“啊？”茹灵惊道。她马上起身，关掉电视，急切地坐到餐桌旁。露丝用筷子把沙子整平，闭上眼睛，然后又睁开，开始做法。

你得搬家，她写道，马上。

“搬家？”茹灵惊叫，“哎呀！我们该搬到哪里去啊？”

这个露丝倒是没想过。越远越好，她终于决定。

“有多远？”

露丝想象着远到天涯海角，脑海中浮现出海湾、大桥，还有她跟妈妈一起搭乘长途汽车，路途那么长，坐到后来她都睡着了。最后，她写道，旧金山。

妈妈还是一脸担忧。“旧金山哪里？哪边比较好？”

露丝犹豫了一下。她对旧金山并不熟悉，只认识唐人街和其他几个地方，比如金门公园，还有天涯海角游乐场。想到这里她有了主意，马上大笔一挥，写道：“Land’s End。”天涯海角。

露丝回忆起自己头一次沿着海边漫步的那天。海滩上没什么人，面前的沙滩非常洁净平整，没有人踩过的痕迹。她逃脱了，来到了这个地方。她感到冰冷强劲的海浪拍打着脚踝，仿佛要把她拉进大海。她记得自己在海浪的咆哮声中放声大哭，终于不用再担惊受怕了。

如今，三十五年过去了，她又变成了当初那个十一岁的小姑娘。当时她决定好好活下去，为什么呢？如今她漫步在海边，感受海水的抚慰。潮来潮往，永不停息，每次落潮，海水都把岸上的一切痕迹带走，一切随波而逝。她记起年少的自己第一次来到这片海滩上时，觉得沙滩就像一块巨大的写字板，一块干净的石板，仿佛邀请自己填满任何愿望，一切皆有可能实现。在她生命的那一刻，她的心中充满了强烈的希望和决心。她以后再也不要编造答案了。她会诚心企求。

跟从前一样，露丝蹲下身，拣起一块贝壳。她在沙滩上写道：帮我。然后，她静静地站着，看着海浪把她的请求带到另外一个世界。

# 第七章

露丝回到母亲家，开始收拾，扔掉茹灵积攒的好多没用的东西：脏纸巾、塑料袋、饭店赠送的小包装酱油和芥末、一次性筷子、用过的吸管、过期的优惠券、里面只剩下小棉球的空药瓶。她把橱柜里那些瓶瓶罐罐全倒出来扔掉，有些甚至都没开封。加上冰箱冷冻冷藏室里那些腐坏的食物，足足装了四个大垃圾袋。

清理掉这些东西令她觉得好受些，仿佛她清理的是母亲大脑中纠结不清的东西。她一个又一个橱柜不停地收拾。她找到了一些印着冬青图案的小手巾，这些圣诞节的礼物茹灵一直不舍得用。露丝把它们放进一个袋子里，准备等一下捐给慈善机构。她还找到自己小时候就开始用的破旧毛巾和大减价时买的便宜床单。新的床上用品还好好地收在百货商店的礼品包装盒里，原封未动。

可是当露丝去取那些旧毛巾的时候，发觉自己跟妈妈一样，舍不得丢掉这些旧东西。它们充满了过去生活的痕迹，有自己的生命、历史、个性，与其他的记忆紧紧联系在一起。比如她手里这条海棠图案的毛巾，她记得自己曾经觉得它很漂亮。她常常用这块毛巾包裹湿漉漉的头发，假装自己是个裹着头巾的女王。有一天她带着毛巾去海滩，被母亲责怪说不该把“好东西”拿去用，应该拿那条边上都毛了的绿毛巾。露丝从小所受的教育使她不可能像吉蒂恩那样，每年花上千元买意大利产的名牌床上用品，去年的就像过期的旧杂志一样随手丢弃，丝毫不觉得可惜。也许露丝没有母亲那么小气吝啬，可她始终很在意，生怕丢掉了什么东西后会后悔。

露丝走进妈妈的卧室，梳妆台上有好多香水，足足得有二十几瓶，都原封未动地放在包装盒里。妈妈管它们叫“臭水”。露丝曾经试图跟妈妈解释说 toilet water 并不是说厕所水，而是淡香水。可是茹灵说这名字一听就像是厕所里的臭水，何况这些都是高灵家的人送的礼物，茹灵觉得他们是有意要羞辱她。

“要是你不喜欢他们的礼物，”露丝曾经说，“为什么每次都跟他们说这正是你想要的呢？”

“我怎么能不客气客气嘛？”

“既然你这么讨厌的话，那你就客气客气，完了扔掉就是了。”

“扔掉？怎么能扔掉呢？那不是浪费钱嘛！”

“那就给别人。”

“谁会要这个？厕所水！呸！人家以为我要大大羞辱人家一番呢！”

到头来这二十几只瓶子就摆在茹灵的梳妆台上了，二十几份羞辱，有些是高灵送的，有的是高灵的女儿送的，她们丝毫不知道，每天早上，茹灵一起床，看到这些礼物，就愤愤然觉得整个世界都在跟她作对。出于好奇，露丝打开了其中一盒，拧开瓶盖，果然臭！妈妈说的没错。不过她转念一想，香水的保质期有多长？香水不像葡萄酒，越陈越香。露丝把这些盒子扔进那个准备捐给慈善机构的袋子里，突然意识到此举之荒唐，于是乎，虽然心里觉得很浪费，还是坚决地把盒子都扔进了垃圾袋。还有这盒粉饼该怎么办呢？露丝打开饰有百合花纹样的金色粉盒。这个粉盒至少有三十年历史，里面的蜜粉经过多年氧化，已经变成了橘红色，好像表演口技的木偶脸上的颜色。不管它看起来像什么，这东西肯定有毒，说不定会导致癌症，或者老年痴呆症。世上的一切，不管看上去多么平淡无害，都具有潜在的危险性，在你最不注意的时候，里面的毒素就会渗透出来，感染你，害你生病。这些都是茹灵灌输给她的道理。

她把粉扑拿出来，粉扑边缘结了些粉块，但中央部分非常平滑，显然茹灵曾经每天用它上妆，遮盖脸上的皱纹。她把粉盒粉扑都扔进垃圾袋。过了一会儿却又急忙把它们捡了回来，她几乎忍不住哭出来。这个粉盒是妈妈生活的一部分！万一妈妈怀旧，想念这些旧东西的话，可怎么办呢？她重又打开粉盒，对着小镜子审视自己心痛的神情，然后重又看到了那橘红色的香粉。不，此事无关怀旧，这东西有毒，太吓人了。她再次把粉盒扔进垃圾袋。

傍晚时分，起居室的一角堆满了露丝认为妈妈用不着的种种物事：一部老式电话机，缝纫图版，积年的旧水电账单，五个磨砂玻璃冰茶杯，还有一堆印着标语的咖啡杯，样式颜色各不相干，一盏三头台灯，其中一个头早已不知去向，当初放在门廊上那个蚌壳形状的旧躺椅，一台老式烤面包机，电线都磨毛了，机身弧形的线条像是别克车上的挡泥板，一个厨房闹钟，表面的指针分别是刀叉和勺子的形状，妈妈的毛线活袋子，里面放着好多没织完的紫色、青色和绿色的拖鞋，过期的药品，还有一个蜘蛛脚似的破旧晾衣架。

天色已晚，但露丝越干越来劲，她环顾四周，扳着手指一一检视房子里什么地方需要修补，以免发生意外。墙上的插座要换，烟雾探测器该换掉，热水器的水温要调低，以免母亲洗澡的时候不慎烫伤。天花板上那块褐色的污渍是漏水造成的吗？她仔细追踪可能被雨水淋到的地方，一路看到沙发边的地板上，她审视的目光停了下来，冲上前去，把地毯掀起一角，盯着地板看。这里是妈妈藏东西的秘密地点之一，她总喜欢把值钱的东西放在里面，怕万一打起仗来，或是用妈妈的话来说，出了"想象不出的天灾人祸"，这些东西就能派上用场。露丝按住木板的一端，咯噔一下，地板的另外一端就像跷跷板一样翘了起来。啊哈！蛇纹金镯子！她把镯子拿出来，得意地咯咯傻笑，活像是参加电视游艺节目的选手选对了答案，开对了门。当初妈妈拖着她跑到杰克逊大街上的皇家玉石馆，花一百二十美元买了这只镯子，茹灵曾经对露丝说，这是24K纯金的，万一急用的话，可以拿去称重量，全价把它转卖掉。

茹灵别的秘密收藏点都怎么样了呢？露丝从向来不用的壁炉炉膛里取出一只放影集的篮子，然后摸到一块松动的炉砖，把砖头拿开——哈哈，果然还在！太不可思议了！一张二十美元的钞票里面卷着四张一美元纸币。如今重又找到这一笔小小的财富——她少年时代的见证，她觉得一阵恍惚。当年她们母女刚搬到这里来的时候，茹灵把五张二十美元的钞票藏在那块砖头下面。露丝隔三岔五就去检查检查，每次都发现钞票的位置没有变动。有一天，她学一部少年侦探电影里的样子，把自己的一根头发放在这卷钞票上面。过后她每次去检查，都发现自己的头发还在那里。露丝十五岁的时候，开始从这卷钞票里面"借钱"，来应付自己的不时之需——无非就是偶尔拿一两块钱去买睫毛膏啦，电影票啦，万宝路香烟之类这些妈妈禁止的东西。一开始的时候她总是很焦虑，非得把钱放回去才安心。钱一放回去，她总是松一口气，庆幸自己没被逮住。她给自己找理由，觉得这钱是自己该得的，她整理草坪，洗盘子，没事动不动就被妈妈骂一顿，得点报酬也是应该的。渐渐地，她把那几张二十元的钞票换成十元，然后是五元，最后就只剩下几张一美元的卷在仅剩的一张二十美元里面了。

如今，三十一年过去了，面对自己当初作案的证据，她仿佛回到了少女时代，又仿佛隔着长长的时光，回头观察少年的自己。自己曾经是个不快乐的女孩，心中充满了激情、愤怒和种种突如其来的冲动。她曾经犹豫：到底是应该相信上帝呢，还是做个无神论者？是信佛教呢还是做个激进的嬉皮士？抛开选择什么信仰的问题，妈妈常年的痛苦不快，到底会给自己带来什么样的影响呢？世上真的有鬼魂存在吗？若没有的话，那是不是就意味着妈妈其实是精神有问题？世上真的有红运当头这种事吗？不然的话，为什么她的表兄妹能住在萨拉托加的高端住宅？有的时候，她下定决心要做个跟妈妈完全相反的人。她不要整日怨天尤人，而是要做些有建设性的工作。她要参加维和部队，到遥远的丛林去服务。或者她又想做个兽医，救治受伤的动物。再后来，她又想做个特教老师，教那些智力低下的孩子。她不会像妈妈那样，整天说女儿半截大脑都不见了，她会把学生当作跟所有人平等的灵魂来对待，不挑剔他们的过错。

作为发泄，她把这些郁积的情绪写在高灵姨妈圣诞节送她的一本日记里。当时她刚在英文课上看完《安妮日记》[1]，跟班上其他女生

---

1　安妮·弗兰克，犹太少女，第二次世界大战期间，跟随家人躲避在一处地下室几年之久，后被纳粹发现，抓进集中营，最终被害。躲避期间的日记出版后成为经典作品，曾多次被改编成电影、剧作。

一样，她心里也充满了这样一种感觉，觉得自己也跟安妮一样与众不同，纯洁无辜，对即将到来的悲剧一无所知，死后却被人广泛赞颂。日记将证明自己曾经存在过，见证她的重要性，更重要的是，将来总有一天，某个地方的某个人能够理解她的心事，即便那时她已不在人世也没关系。能够相信自己的痛苦并非毫无意义，这种想法给她带来了巨大的安慰。在日记里，她可以畅所欲言，真诚坦白。坦白当然得包括生活纪实。因此日记本一开篇就记下了当时电台排行榜上的十大流行金曲，还提到一个叫麦克尔·帕勃的男孩跟温迪跳舞的时候起了“反应”。这是温迪的说法，露丝当时还以为所谓“反应”是说那个男生得意洋洋，乐开了怀。

她知道妈妈在偷看她的日记，有一天妈妈问露丝：“为什么你会喜欢《转，转，转》这首歌？大家都喜欢所以你就人云亦云？”还有一次妈妈故意抽抽鼻子，对她说：“怎么会有股烟味？”当时露丝刚在日记里写到跟一帮朋友出去玩，在公园里碰到几个嬉皮士，嬉皮士邀请他们嗑烟。露丝觉得很庆幸，妈妈以为他们抽的是香烟，要是让妈妈知道他们抽的其实是大麻，那可就有大麻烦了。经过那次盘问之后，露丝忽而把日记藏在衣柜底层，忽而藏在床垫中间，或是抽屉后面。可是不论她藏到哪儿，妈妈总能找到。至少露丝通过妈妈不断下达的最新禁令推论出，妈妈一定是看过她的日记。“放学后不许去海滩。”“不许再跟那个叫丽萨的在一起。”要不就是：“你怎么对男生这么着迷呢？”可要是露丝抗议说妈妈偷看自己的日记，茹灵就开始闪烁其词，决不承认看过露丝的日记，可她又会说什么“做女儿的不应该有秘密瞒着母亲”。露丝不愿意在日记里有所隐瞒，因此她开始用黑话、西班牙语，还有一些妈妈不认识的多音节词写日记。比如说，

“Aquatic amusements of the silica particulate variety”（变种二氧化硅颗粒之水上娱乐场）意思是指 Land’s End 那边的海滩。

露丝心想，难道当初妈妈就不明白，她越是坚持母女之间不该有秘密，女儿就越是要想方设法瞒过她？不过也许妈妈感觉到了。也许母亲自己也有事情瞒着露丝。“坏事不说为好。”妈妈说。母女两人根本不能互相信任。背叛和不忠就是从这种小事情开始的，并非什么惊天大谎言，而是这些生活中的小秘密。

露丝终于记起来自己最终把日记藏在什么地方了。这么多年来她都忘记了它的存在。她走进厨房，爬上工作台，身手远不如十六岁时那般敏捷了。她伸手往柜顶上摸索，很快就摸到了那本日记，日记封面上有心形图案，她曾经在上面写下了几个当初喜欢的男孩的名字，其中几个名字后来又用粉红色的指甲油涂掉了。她拿着这本尘封的旧日记下来，抚摩着红色烫金的封面。

她觉得手脚发麻，仿佛日记里预测了自己不可改变的未来命运。她觉得自己又回到了十六岁。翻开封面，内页两英寸的大字立刻映入眼帘：住手！！！私人文件！！！擅自阅读，即是犯下非法入侵的大罪！！！没错！说的就是你！

可是她的妈妈照读不误，不仅如此，她还彻底遵行了露丝写在倒数第二页的话，那番话差点要了母女两个的性命。

露丝写下那几句致命的话之前一个礼拜，母女两人相互折磨的形势已经愈演愈烈。她们就像被困在沙尘暴中的两个人，顶着巨大的痛苦，不停地指责对方是造成灾害的罪魁祸首。矛盾突然升级是在前一天晚上。当时露丝靠在卧室窗台上抽烟，门关着。听到母亲的脚步声朝自己房间过来，她马上把香烟扔出去，倒在床上，假装在看书。茹灵跟往常一样，也不敲门，径直走了进来。露丝抬头做出一副纯洁无辜的表情看着她，茹灵大叫："你在抽烟！"

"我没有！"

"你就是在抽烟。"茹灵指着窗户，大步走过去。香烟落在楼下窗台上，余烟袅袅，揭穿了露丝的谎话。

"我是个美国人，"露丝大叫，"我有隐私权，有权追求我自己的幸福，我活着不是为了满足你的要求！"

"不对！你大错特错！"

"别烦我！"

"我怎么生了你这么个女儿呢？我活着还有什么意思？我为什么不早死掉算了？"茹灵气得上气不接下气，露丝觉得妈妈就像条疯狗。"你想我死吗？"

露丝紧张得浑身发抖，可还是装作满不在乎地耸耸肩，说："我才不在乎呢。"

妈妈大喘了几口气，然后离开了露丝的房间。露丝起身使劲把门摔上。

后来，她一边愤慨地哭泣，一边在日记本里写道："我恨她！再找不到像她这么糟的母亲了。她不爱我，不听我说话，根本不理解我，只会挑剔我，发神经，让我更难受。"她很清楚妈妈会读到这些话。

她知道自己这么写很冒险。这纯粹是恶意的。可是罪恶感却让她更加逞强。她接着写出更加恶毒可怕的话来，尽管后来她把这些话涂掉了，可是已经太晚了。现在露丝看着那些涂黑的字行，依然清楚地记得自己当初写下的话——母亲读到的那些话：

“你动不动就喊着要自杀，那为什么从来就只说不做呢？我倒希望你快点动手。死掉算了，快去吧，去吧，去吧，自己了断吧！宝姨让你去死，我也一样！”

即便是当时，她也为自己竟写下如此恶毒的话语而震惊不已。如今记起往事，她仍然觉得震惊。当时她边写边哭，心中满是愤怒、恐惧，还有一种莫名其妙的解脱，妈妈伤害她那么深，现在她终于可以公开地让妈妈知道：我也要伤害你。随后她把日记藏在放内衣的抽屉的最里面，这个地方不难找。她特意把日记本放正，书脊朝内，上面还放了条粉色小花内裤。这样一来她就能清楚地知道妈妈有没有动过日记了。

第二天放学后，露丝故意在外面晃荡。她沿着海滩散步，在杂货店里停下来看看化妆品。她还从公用电话亭给温迪打了个电话。她只想确认，自己回家的时候，妈妈已经看过了她写的那些话。她料想会有一场大闹，妈妈不烧饭，只是大吵大闹，嚷着要去死，还会说露丝一心想要妈妈早点死，她好搬去跟高灵姨妈住。茹灵会一直闹到露丝开口承认自己写下那些恶毒的话才算完。

然后露丝又想象出另外一种情况。妈妈看了那些话，握住拳头敲自己胸口，把心中的痛苦咽回肚里去，咬紧牙关不让自己哭出来。晚些时候等露丝回家时，妈妈会假装没看见她，把晚饭弄好，坐下来，无声无息地一个人吃饭。露丝绝不让步，跟妈妈请求也要坐下来吃饭。她宁愿每顿饭都泡麦片吃，也绝不认错。母女俩会像这样冷战好几天，妈妈用她的沉默、排斥和漠视，时时折磨着露丝。露丝总是强压着心中的痛苦，表示自己很坚强，一直到事情过去，除非跟往常一样，露丝中途受不了了，先低头认错，哭着请求母亲原谅。

晃到最后，露丝没时间再多想还会发生什么状况，她非回家不可了。她强迫自己往家的方向走，多想也没有用，现实也不会比想象中坏到哪里去。干脆闹完了事，她对自己说。她拖着沉重的脚步上楼，一开门，就见妈妈跑过来，充满忧虑地对她说："你总算回来了！"

可是慢着，她这才意识到这不是妈妈，而是高灵姨妈。"你妈受伤了。"高灵姨妈说着，一把抓过露丝的手臂，又把她拖出门。"快点，快点，我们得马上去医院。"

"受伤了？"露丝顿时头重脚轻，动弹不得。"怎么回事？她怎么会受伤了？"

"她从窗口摔下去了。我也不知道她干吗要靠在窗户边上。她落在水泥地上，楼下房客打电话叫来了救护车。她身体摔伤了，头部也有问题，我不知道到底伤得怎么样，可是医生说很糟糕。但愿她大脑没有受损。"

露丝先是啜泣，进而蜷缩身体，歇斯底里地大哭起来。这都是她一手造成的，是她希望这种事情发生的。她哭啊哭啊，直到哭得倒不上气来，昏倒过去。等到了医院，高灵姨妈不得不把露丝也送进急救室抢救。一个护士举着个纸袋子，让她朝里面呼吸，可露丝一把打掉袋子，然后有人来给她打了一针，她立刻全身绵软，轻飘飘的，顿时一切烦恼都不翼而飞。她感到一张温暖黝黑的毛毯盖上了身，遮住了头脸。在一片黑暗虚无之中，她可以听到母亲的声音在对医生说，现在女儿终于可以安静下来，她们母女可以一起死去了。

事实上，妈妈摔断了肩膀，折了一根肋骨，还有轻微的脑震荡。妈妈出院以后，高灵姨妈在家里住了几天，帮忙烧饭做家务，好让妈妈有时间学着自己洗澡，换衣服。露丝总是站在旁边，不时微弱地问一句：“我能帮忙吗？”高灵姨妈就让她帮忙煮饭，刷浴缸，或是帮妈妈换上干净的床单。

接下来的几天里，露丝忐忑不安，不知道妈妈有没有把在露丝日记里读到的话告诉高灵姨妈，或是说自己为什么要跳楼。她仔细观察姨妈的神色，分析姨妈说的每一句话，希望找到点蛛丝马迹。可是从高灵姨妈说话的口气中，露丝觉察不到丝毫的怒气、失望或是虚假的同情。妈妈的举止也同样令人不解。她毫无怒容，却显出一副悲伤与挫败的神情，整个人仿佛少了点什么东西。可是到底是什么呢？爱？还是忧虑？母亲目光呆滞，对眼前发生的一切都毫不在意，不管大事小事，一切都无关紧要。这到底是什么意思呢？她为什么不想再吵闹斗争了呢？茹灵吃露丝递上来的稀饭，喝露丝端过来的茶水，母女两个也说话，可说的全是些无关紧要的事，既不会引起争吵，也不会产生误会。

“我要去上学了。”露丝说。

“你有吃午饭的钱吗？”

“有。你还要喝茶吗？”

“不要了。”

每一天，露丝好多次想对妈妈说抱歉，说自己是个坏女孩，一切都是自己的错。可是妈妈显然是装作没有看过露丝日记里写的东西，这么一来就等于公开承认她看过。因此，她们连着好几个星期都小心翼翼，生怕碰到对方的痛处。

露丝十六岁生日那天，放学回到家，发现妈妈买了些她最爱吃的东西：肉馅的和豆沙馅的粽子，还有一个草莓奶油蛋糕。“更好的我也做不了。”茹灵说。她的右手还上着夹板，挂着吊带固定，拿不了东西。妈妈用左手拎着好几个袋子从超市一路走回来，想必非常辛苦。露丝觉得妈妈这么做，一定是表示她肯原谅自己了。

“我喜欢这些东西，”露丝客气地说，“太棒了。”

“没时间买礼物，”妈妈嘟囔说，“我找到了些东西，也许你还喜欢。”她指了指茶几。露丝慢慢走过去，拿起一只包得很笨拙的包裹，包装纸用胶带粘住，没有缎带。里面有一本黑色皮面书，还有一个红色丝缎的小包，包上还有个小盘花纽扣。小包里面放着一个金戒指，上面镶着两块椭圆形的翠玉。露丝一直非常喜欢这个戒指。这个戒指是露丝的父亲家传的，祖母把它给了父亲，让他给自己的未婚妻。母亲从来不戴。高灵曾经暗示说，这个戒指应该给她，传给她儿子，也是杨家唯一的孙子。打那以后，每次茹灵提起这颗戒指，都要说到她妹妹如何如何贪婪。

“哇，天哪，天哪！”露丝盯着手心里的戒指，惊叹不已。

“这是上等的玉石，别弄掉了。”茹灵警告她。

“我不会的。”露丝把戒指戴到中指上。戒指太小，套不进去，戴在无名指上正好。

露丝转而看另外那件礼物。这是一本黑色皮面的口袋书，里面有条红丝带作书签。

“你拿反了。”妈妈说着，把书反过来，底面朝上，书脊在右。她代露丝从左往右翻书页，里面全都是汉字。“这是中文版的《圣经》。”妈妈说。她又翻到一页，书页里夹着一张黑白照片，上面是一个年轻的中国女人。

“这是我妈妈，”茹灵的声音听起来有点紧张，“瞧，我多印了一张给你。”她又取出一张盖着蜡纸的照片。

露丝点点头，妈妈提到自己的母亲，这是很重要的事。她很想专心听妈妈讲话，不去看自己手上的戒指，却忍不住地想象学校里的同学看到了会怎么说，他们一定会非常羡慕自己。

“我小的时候，把《圣经》抱在这里，”茹灵拍拍自己的胸脯，“睡觉的时候也想着我妈妈。”

露丝点点头说：“她这样子很漂亮。”她此前见过茹灵高灵的母亲，露丝的外婆。那些照片上的外婆都是一张大白脸上布满深深的皱纹，嘴巴紧闭，薄嘴唇像刀锋一样锐利。茹灵把这张好看的照片夹到《圣经》里，朝露丝伸出手。“还我吧。”

“什么？”

“戒指，还给我。”

露丝大惑不解，很不情愿地把戒指交到茹灵手里，眼看着她又把戒指放回丝缎小包里。

“好东西现在用太可惜了。将来再给你，你会更珍惜。”

露丝很想大叫：“不！你不能这么做！这是我的生日礼物。”

可是当然，她什么也没说，而是闷声不响站在一旁，见茹灵走到躺椅旁，把坐垫推起来，坐垫下面有块木板，她把木板也推起来，下面是一个活动夹层，她把《圣经》和放戒指的小包都放进夹层。原来这里也是妈妈藏东西的地方！

“总有一天，你可以永远保有这些东西。”

总有一天？露丝喉咙一阵发紧。她很想大叫：“永远要等到什么时候？”可她知道妈妈的意思：“总有一天我死了，你就不用听我啰唆了。”露丝心中百感交集，一方面她觉得很高兴，妈妈送了这么好的生日礼物给自己，这就意味着妈妈还爱她，可另一方面，妈妈这么快就把戒指拿回去，让她觉得很失望。

第二天，露丝拉起躺椅的坐垫和木板，伸手到夹层里去摸那个小包。她把戒指拿出来，眼看着这件碰不得的禁品，紧张得仿佛戒指被自己吞了下去，卡在喉咙里。也许妈妈把戒指拿给她，纯粹就是为了折磨她。很可能就是这么回事。妈妈最清楚怎么让她难过！哼！露丝心想，我偏偏不让你得逞。她要假装自己根本不在乎。她决定强迫自己再也不看这枚戒指，就好像根本没有这么个东西一样。

几天之后，茹灵走进露丝房间，指责她又去海滩了。露丝撒谎说自己没去，茹灵从门口把露丝的球鞋拿进来，两只鞋对着一拍，沙子哗啦哗啦直往下掉。

“那是人行道上的沙子！”露丝抗议道。

就这样，母女两人的斗争又开始了。露丝觉得这种感觉既陌生，又熟悉。两人越吵越凶，越吵越有信心，突破了上个月刚形成的楚河汉界，各自收复失地。两人似乎都知道，最糟糕的已经过去，现在吵得再凶，骂得再狠也没有关系。

后来，露丝犹豫该不该丢掉日记。她从内衣抽屉里面取出那本酿成大祸的日记，边翻边看，忍不住轻轻啜泣。日记里记载了她的心声，至少一部分是她真实的心声。这些纸页间有她自己的生活，有些是她不愿意忘记的。可是当她翻到最后一页，她痛苦地意识到，上帝、母亲和宝姨都知道，她差一点就犯下了谋杀的大罪。她小心翼翼地划掉最后这几句话，用圆珠笔涂了一遍又一遍，直到纸上只剩下一团墨渍。在下面一页，也是最后一页，她写道：“对不起。有的时候我只是希望你也能对我说声抱歉。”

尽管她绝不可能把这些话拿给妈妈看，但这么写出来，她已经感觉好多了。这些话无所谓好坏，只是她内心真实的反映。随后，她想要把日记藏在一个母亲永远也不会发现的地方。她爬到厨房工作台上，胳膊举高，然后把日记本扔到了碗柜顶上。那里很安全，很隐秘，也很难拿，久而久之，露丝自己也忘记了日记在那里。

露丝回忆起来，这么多年以来，她跟母亲从来没有谈起过当初的事情。她把日记本放下。过去发生的事情并非不再改变，世事注定要变迁，这是恒久的规律。她对年少的自己产生了一种奇怪的同情，同时也很惭愧地认识到，自己当初是多么愚蠢，多么自我中心。倘若她有个女儿，那女儿长大后也会搞得她像母亲当初那样痛苦。她的女儿如今大概也该有十五六岁了，也会对着露丝大喊说“我恨你”。她不禁想，当初母亲是否也一样，对自己的妈妈大喊“恨你”。

突然，她想到了那天中秋节聚餐的时候他们看过的那两张照片。妈妈、高灵姨妈和外婆在一起的那张照片上，妈妈大约十五六岁。还有另外那张宝姨的照片，茹灵错以为是自己妈妈的那张照片。一个念头突然划过脑海：妈妈放在《圣经》里的那张照片，她曾经说过那是她母亲，那张照片上的人究竟是谁？

露丝推开躺椅的坐垫和木板。东西都还原封未动：黑色的小开本《圣经》，丝缎的小包，里面那只镶翠玉的戒指，全都安然无恙。她打开《圣经》，里面赫然现出蜡纸盖着的那张照片，就是母亲在中秋节聚餐那天拿给她看的那一张。宝姨头上戴着新异的装饰，穿着高领冬衣。这是什么意思？难道说妈妈三十年前脑子就已经出问题了？还是诚如妈妈所说，宝姨的确是她的母亲？如果真是那样，那是不是意味着妈妈的大脑其实没有问题？露丝又盯着照片看，想从照片上人的眉目间找出些跟母亲相似的特征，可是她什么也看不出来。

椅子下面还藏了些什么呢？露丝伸手进去，摸出一个褐色购物袋，上面还用红色的圣诞丝带扎住。里面有一叠手稿，写的全都是汉字。其中有些纸页上端，还用毛笔写了一个漂亮端正的大字。这份手稿她曾经看到过。可是，是什么时候、在哪里见过呢？

忽然间，她想起来了，那堆放在她书桌右边抽屉最下层的手稿。“真，”她回忆起其中第一页开头的内容，“这些事情我知道都是真的。”下面一句说的是什么来着？死去的人的名字，随他们而去的秘密。什么秘密呢？她感到妈妈的生命危在旦夕，而唯一的救星就是她手上这叠稿纸，可手稿一直都在她身边。

她看着手里这叠新文稿第一页开篇的那个大字。脑海里浮现出母亲责骂她的声音：“要努力学习。”没错，她当初真该努力学习中文。那个字很眼熟，下面一弯，旁边三个点——心！然后是第一句话，跟她家里那份稿子的开头看起来很像。“这些事情我——”可是下面的就不一样了。下面一个词是“应该”。这个词母亲常常说。下一个字是“不”，这个字妈妈也常常说。再下面一个……她就不认识了。“这些事情我不应该——”露丝尽量猜下面会是什么内容：“这些事情我不应该告诉别人。”“这些事情我不应该写下来。”“这些事情我不应该说出来。”她走进自己的卧室，去书架上找妈妈的英汉词典。她查了“告诉”“写”“说”这些词的中文说法，可是都跟妈妈手稿上写的不像。她急切地翻着字典继续查，过了大概十分钟，她终于弄明白了：

“这些事情我不应该忘记。”

妈妈是什么时候把另外那份手稿给她的？大约五年还是六年以前？这些也是当时写的吗？当时她知道自己正在慢慢丧失记忆吗？妈

妈想过要把完整的手稿给露丝吗？她想什么时候给呢？等她终于把戒指交给露丝永久保管的时候吗？或是等她觉得露丝终于认识到这些东西的重要性的时候？露丝接着看下面的字。可是除了一个“我”字，其他一片混沌。她只认得“我”，可那下面还有成千上万的汉字她都不认识。她该怎么办？

露丝躺在床上，手稿就放在身旁。她看着宝姨的照片，又把照片贴在胸口。明天她要打电话到夏威夷找亚特，看他能否推荐个人来做翻译，这是一。她要从家里把手稿的其余部分拿出来，这是二。她要给高灵姨妈打电话，看她都了解多少，这是三。她要请妈妈给她讲讲自己的一生。这次她要开口请求，专心听妈妈讲。她会坐下来沉住气听妈妈说，不匆匆忙忙，赶着要做别的事情。她甚至可以搬进来跟妈妈一起住，多花些时间了解妈妈。这个举动可能会令亚特不开心。他可能会认为露丝搬出去意味着两人的关系出了问题。可是总得有人照顾妈妈，她希望自己亲自来做。她想要在这里，听妈妈讲述自己的故事，陪她回顾生命中经历的种种曲折，听妈妈解释一个汉字的多重含义，传译母亲的心声，尽量了解母亲的思绪。她会过得充实而忙碌，而且，终有一天，她与母亲可以不必紧张地扳着手指记数。

# 第二部

# 心

这些事情我不应该忘记。

我生在北京南面西山一户姓刘的人家。村子最早有记载的名字叫做“仙心村”。宝姨教我在石板上写“仙心村”这几个字。“看着，小狗儿，”她一边写“心”字，一边向我示意，“看到这一弯吗？这是心脏的底部，血液聚集在这里，然后流到全身各处。这三个点代表了两条静脉和一条大动脉，血液就是通过它们流进流出。”我一边学着写，她一边问道：“是哪位先人的心脏赋予了这个字的形状？这个字是怎么来的呢？小狗儿？这会不会是一个女人的心呢？她的心里是不是满是悲伤？”

我曾见过新鲜的猪心。刚宰出来的猪心颜色鲜红，亮闪闪的。我也见过放在碗里准备下锅烹煮的鸡心。它们看起来像是一个个小嘴唇，跟宝姨脸上的疤痕一样的颜色。可是女人的心会是什么样子呢？

“我们干吗非得知道这是谁的心？”我边写边问。

宝姨的手挥得飞快：人应该知道凡事都有个来由。来由不同，结果就不同。

我记得她常常说到这些，凡事皆有来由。从那时候起，我就常常考虑好多东西的来龙去脉。比如说我们仙心村，还有住在村里的人，连我在内，都从何而来，结果又将如何。到我出生的时候，仙心村的运道已经趋衰。村子坐落在两山之间的峡谷中，山谷尽头是一道峭立的青石沟壑。沟壑的形状恰如人的心脏，谷中三条溪流就是静脉和动脉，这三条水流本来是山谷的水源，可是后来都干涸了，传说中的神泉也枯了。河道上只剩下龟裂的泥土，散发出阵阵恶臭。

可是很久以前，仙心村却是一处圣地。传说有个出巡的皇帝亲手在山谷里种了一棵松树，纪念他的亡母。皇上深感母恩，因此发愿令此树长青不死。宝姨出生的时候，传说这棵树已经有三千岁了。

人们无论贫富远近纷纷来到仙心村朝拜，祈求能沾上些这棵神树的不死神力。人们抚摩树干，轻拍树叶，祈求老天赐福——生个男孩，发家致富，病人起死回生，或是解除咒怨。这些善男信女们回去的时候，常常会剥一点树皮，或是折一根树枝，带回去作纪念。宝姨说正是因为朝拜的人太多，才害死了这棵神树。树一枯，那些枝条树皮也就失去了神效。既然神树不神了，这棵树，连同我们村，也就慢慢被人们忘记了。后来听人说，这棵树年岁并不久远，可能只有两三百年而已。至于皇帝感念母恩的传说，无非是为了欺骗老百姓，让大家相信腐朽的封建统治者还有颗赤子之心。这些都是大清朝灭亡，民国刚开始的时候传出来的说法。

我们村还有个别名我记得很清楚：卢沟桥南四十六里。卢沟桥就是马可·波罗桥，如今成了进出北京城的交通枢纽。高灵可能不记得了，可我却没忘。我小的时候，说起仙心村在哪里，人们总是说：先找到卢沟桥，然后往回走四十六里，就到了。

这么一说，让人以为我们村可能特别小，只有二三十人似的。其实不然。我小的时候，我们村大概有两千人口。村里很拥挤，山谷这头到那头住满了人家。我们村有砖窑，织布袋的作坊，还有间染坊。一年有二十四集，六场庙会，村里还有个小学堂，我和高灵不用帮家里干活的时候，就去上学。卖各种东西的小贩挨家挨户走街串巷，叫卖新鲜豆腐、包子麻花，还有五颜六色的糖果。买的人可多了。只要花几个铜板，就能吃得心满意足。

刘家在仙心村已经住了六百多年，世代以制墨为业，卖给过往的商人。一家人一直守着祖屋，原先只有三间房。四百年前，刘家有个媳妇一年生一个，一连生了八个儿子，于是扩建祖屋，建成了东西各五间厢房的刘家大院。再后来几代，男丁没那么兴旺了，多余的房屋无人整修，后来就租出去招了房客来住。这些房客整日吵吵嚷嚷，无论是讲荤笑话，还是大放悲声，声音都一样难听。

总的来说，我们刘家家境不错，可也不曾富裕得招人嫉恨。我家几乎顿顿饭吃得上豆腐或者肉。每年冬天都能穿上新棉衣，不用补补丁。家里有余钱捐给庙里，请戏班子，赶集办货。可是家里的男人们总是心高气傲，想赚更多的钱。他们说，北京城里很多人要写机要文书。机要文书需要好的笔墨，所以北京城一定有钱赚。大约 1920 年的时候，我父亲、几个叔父，还有堂兄弟们，都到北京去做生意，在磁器口一带开了家店，打那以后，大多数时间他们都住在店堂后面的房子里。

在我们家，制墨是女人的事。我们留在家里，人人都干活。我，高灵，我的婶子姑妈、堂姐妹们，都一样。就连小娃娃和家里的老太太都有事做，他们要从煮早饭用的谷子里把沙粒拣出来。每天早晨全家妇孺要在墨坊间集合。据老太太说，墨坊间原本是堂屋门前的谷仓。后来，这一代的儿孙盖上一堵砖墙添上屋瓦，那一代又添上两根廊柱加固房梁。下一代又把地板铺上石砖，挖掘坑洞储存原料。其他的后人又建造地窖存放做好的墨块，免遭寒热影响，质量受损。"你们瞧，"老太太常常骄傲地夸口，"如今我们的墨坊可不像皇宫一样嘛。"

为了确保墨的品质，我们必须全年保持桌椅地板不染灰尘。这可不容易做到，因为大风常常从西北的戈壁滩上吹来黄沙。窗户不仅装上玻璃，还要蒙上一层厚纸。夏天的时候，门口要挂上帘子，防止蚊虫进来。冬天要挂上羊皮阻挡风雪。

制墨最讨厌的是夏天。热上加热。浓烟呛得人涕泗横流、喘不上气。大家见宝姨用头巾遮盖脸上的伤疤，灵机一动，也学着用湿布遮住嘴巴。我至今仿佛还能闻到家里制墨的气味：松木、桂皮、樟脑，还有神树木头的清香。神树已死，有次打雷把神树从正中间劈断，露出了被虫子蛀空的木芯。父亲于是搬回家几根大枯枝做制墨的原料。我们还用松脂、樟脑油和桐油混合做成墨胶，再加上一种有毒的香花，防止蚊虫老鼠侵袭。这些东西混合起来散发出持久的芬芳，彰显着刘家制墨卓尔不凡的品质。

我们都是分小批制墨。这样万一再像几百年前一样，墨坊不慎失火，也不至于再次一下子损失所有的原料和存货。再就是，万一一批货太潮或者太干，硬度不够或是色不够黑，责任在谁也容易发现。我们每人负责一道工序。首先要烧炭，磨炭，称分量，配料；然后是搅拌，注模，晾干，雕花；最后还要包装，计数，码齐入库。有一季我单单负责包装，干活的时候头脑尽管胡思乱想，手底下可不能停。还有一季我负责用小镊子把墨浆里落进的小虫子拣出来。这个活高灵就做不来，她总是留下好多小坑。宝姨的工作是坐在条桌边上，把墨浆倒到石头模子里去。天长日久下来，她的手指尖都是黑的。墨块干透了以后，她用长长的刻刀在上面刻些吉利话，或是画点图案。宝姨的书法甚至比父亲还要强些。

工作很枯燥，但我们都以自家墨的秘密配方而自豪。我家的墨颜色和硬度都恰到好处，能保存十年甚至更久，既不会干裂变形，也不会受潮变软。如果你像我们一样把墨储存在干燥凉爽的地窖里，墨条甚至可以代代相传。用我们家墨的人也都这么说。不论纸张沾了多少湿气灰尘，落墨写出来的字还是历久弥新，墨色浓厚，劲道十足。

妈妈总是夸口说我们家人之所以头发乌黑亮泽，都是因为制墨的缘故。制墨对头发的滋养，比吃黑芝麻糊还要好。我们经常自嘲说：“白天干活蓬头垢面，晚上睡觉貌美如花。”老太太经常夸口说：“我的头发，比烧煳的栗子壳还要黑，面皮倒像里面的栗子肉，虽是白嫩嫩的，却有好多皱褶儿。”老太太伶牙俐齿，有一次还说：“总比头发白了，脸却烧黑了要强些。”大家听了都笑，当着宝姨的面也不避讳。

可是后来，老太太口齿渐渐没那么厉害了，脑子也慢了。她经常很担忧地问：“你见到虎森没有？”你说见到也罢，没见到也罢，再过一会儿，她总归会又“虎森虎森”地呼唤起她夭折的孙儿，闻之令人动容。

老太太晚年的时候，头脑就像没抹灰泥的石头墙，东一块西一块，糊涂零乱。有个大夫说她内寒脉弱，沉滞无力。他建议老太太多吃些火大的东西，可根本没用，老太太越来越迷糊。宝姨疑心有小虫子从她耳朵钻进去，把她的脑子都吃光了。宝姨说这种毛病其实是一种“糊涂疮”。所以人们一旦想不起事情来，经常会去抓抓后脑勺。宝姨的父亲是个大夫，她也曾见过生这种毛病的人。昨天，我突然记不起宝姨的名字，我就疑心是不是有小虫子钻到我脑袋里了！如今我既然能写下这些事情，我就知道自己并不曾得了跟老太太一样的毛病。虽说事情过去了这么久，离开了这老远的距离，我还是记得一清二楚，分毫不爽。

我们的家和作坊都历历在目，我仿佛就站在院门口。我家就在猪头胡同里，胡同东头靠近市场卖猪头的场子。猪头胡同从场子里穿过，一直往北，经过先前那棵有名的不死神树的位置。再往前胡同越来越窄，两旁一户挨一户都是人家。胡同头上是一块台地，尽头就是陡峭的山谷。宝姨说那块台子是几千年前一位大将弄出来的。这个人白日做梦，以为山里面都是玉石，因此命人往下挖掘，挖啊挖，挖个不停。男女老少都为了他的梦想劳作不休。等到大将死了，当初的孩子都成了弯腰驼背的老头，半截山都给挖空了，土石就堆在这里，成了这块台地。

到我们家院子后面，台地就变成了悬崖。要是你一头栽下去的话，定会落进山谷的谷底。刘家先前房子后面有二十亩地，可是几百年来，一下大雨崖壁就坍塌，山水轰鸣而下，水土流失越来越严重，崖沟一年比一年宽，一年比一年更深了。每过十来年，那二十亩地就变小一点，直到最后，崖壁直逼到了我们家屋后面。

悬崖一点点地逼近让我们大家认识到，我们得时时回头看看，才能知道前面有什么在等着我们。我们管那条崖沟叫做“穷途末路”。家里的男人们有时候会争执起来；那冲到沟底的二十亩地，到底还算不算是我们刘家的财产。一个叔叔说：“算什么呀？你吐口唾沫到下面，就只有那口唾沫还算你的。”婶子赶紧说：“快别这么说，招祸害。”人人都知道，那沟底下净是些死孩子、自杀的女人，还有死要饭的，实在是霉到家了，最好提也别提。

我小的时候，经常跟高灵还有兄弟们一起在悬崖边上玩。我们很喜欢把烂西瓜烂白菜往下扔，眼看着它们噼里啪啦落下去，砸到下面的死人骨头——反正我们觉得肯定是砸到死人骨头了。可是有一回，我们当真爬了下去，抓着树根，坐着往底下滑，慢慢滑到下面的“阴曹地府”。我们听到树丛里有沙沙的声音，马上吓得放声大叫，叫得自己听了都耳朵疼。结果我们以为是鬼魂的，其实不过是只吃垃圾的野狗。我们以为是死人骨头的那些东西，其实只是些石头和断枝。虽说我们没见到死人，周围却到处都是各种颜色的碎布条：这里一只袖子，那里一条领子、一只鞋，我们认定这些东西都是死人留下的。我们还闻到了死鬼发出的恶臭。那股味儿啊，只要你闻一次，马上就能明白。恶臭从泥土中往上冒，随着成千上万的苍蝇直往我们身上冲。我们忙不迭地往回爬，可苍蝇还是像乌云一样跟着我们。大哥匆忙之中踩松了一块石头，石头掉下去打破了二哥的头。这下我们可藏不住了。妈妈看到之后说，我们要是胆敢再下到“穷途末路”，就让我们站在院墙外面，永远也别想进来了。

刘家的院墙是石头墙。泥水冲刷掉土壤，就露出了山上的岩石，我们把石头搭起来，用泥土、灰浆和麦壳和泥塞缝，外面再抹上石灰。石头夏天出汗，冬天发霉。老房子里头，老有这间那间的房顶漏雨，或者墙透风。可是如今我却怀着一种奇怪的思乡之情，回忆起那幢房子，因为只有在这里，才有我秘密的藏身之地，不论寒暑，我躲藏在黑暗中，幻想自己可以逃离这里，远走他乡。

院墙里面住着老老少少三十几口，其中有一半是我们刘家人，从房东到房客，从老太太到辈分最小的小侄女，各种行当的人都有。刘家有四个儿子，我称为父亲的晋森是长子。我堂兄弟们叫父亲大伯，往下是大叔二叔，他们的太太我叫大婶二婶。我小的时候曾经以为，我父母是因为个子高所以才当老大的。大叔二叔也都是骨架子大，高灵也是。好长时间我都想不明白，为什么独独我长得特别矮小。

小叔是老幺，最受宠的小儿子，名叫刘虎森。他才是我真正的父亲，他与宝姨早有婚约，可惜就在新婚那天，他意外身亡。

宝姨生在周围丘陵地带一个大一些的镇子上，镇子名叫周口店，名字取自商纣王，一个古代著名的暴君。[1]

我们家人有时候也到周口店去逛庙会，看戏。要是走大路，从仙心村到周口店有十来里路。要是从穷途末路走过去，能少走一半路，但是这条路特别危险，尤其是夏天。一下大雨，山沟里很快就积满了水，不等你大叫着“菩萨救命”爬上山坡，山洪就哗地冲过来，把人卷走，扎根不深的草木也都被冲走。雨停了以后，山洪退得很快，垃圾、树木和尸骨都被冲进下面的山洞里，就像是经过大山的喉咙肠胃，最后落到大肠，样样都堆积在这里腐烂发臭。就像是便秘，宝姨

---

1　此处是作者弄错了。商纣王的“纣”跟周口店的“周”不是同一个汉字。周口店的名字跟纣王没有任何联系。

曾经解释给我说，这下你该明白为什么有那么多山叫这种名字了吧：鸡骨山，老牛山，龙骨山。当然龙骨山里面可不光有龙骨，也有些普通动物的骨头，比如熊、大象、河马。宝姨把每种动物都给我画在小黑板上，因为我们以前从来没有说起过这些。

我有块骨头，很可能是块龟甲。她告诉我说，又从袖子里摸出来递给我看。那块东西像是生了麻点的干萝卜。我父亲差点就把这个磨碎了做药材。可他看到了这上面有字。她把骨头反过来，我看到一些竖写的怪字。不久前，就因为这些刻痕，这些骨头还不值什么钱。那些挖骨头的人以前都把骨头磨平了再卖给药材铺子。可是现在专家管这个叫“甲骨文”，价钱涨了一倍还不止。看到这些字了吗？这些都是古人要求教神谕的问题。

“上面都写了些什么呀？”我问。

谁知道呢？古时候的字跟现在不一样。不管怎么说，里面一定有些值得纪念的内容。要不然为什么要求神谕？为什么人要把它记下来呢？

“那答案是怎么来的？”

就看那些裂痕。占卜师把烧热的钉子钉到甲骨上面，骨头就像被雷电击中的大树一样裂开了。卜师就来解释这些裂痕的意义。

她把那块甲骨收了起来。将来等你学会珍惜，能记住事情的时候，我就把这个交给你保存，如果现在就给你，你一定会忘记，不知道放到什么地方去了。以后我们可以一起去找龙骨，你要是能找到一块上面有字的骨头，可以自己收着。

周口店的穷人只要一有机会，男女老少都去找龙骨。只不过要是女人找到了的话，也得说是男人找到的，因为若说是女人找的，龙骨就不值那么多钱了。再后来，有人走街串巷收龙骨，带到北京去，高价卖给药材铺子，然后药铺再以更高的价钱卖给人治病。这种骨头据说是百病可医，不管是痨病也好，脑子不开窍也好，一吃就灵。许多大夫都卖这种药，宝姨的父亲也不例外。他用这些骨头来医治骨伤。

九百年来，宝姨的家族一直行医接骨。这是祖传的行当。他父亲的病人大多是在煤矿或是石灰矿里摔伤的工人。要是有需要的话，他也医治别的毛病，但是接骨是他的专长。他并不需要上专科学校去学习这种行当，父亲看病的时候他就跟着学，他父亲也是跟自己父亲学会的。接骨的本事父子代代相传。龙骨埋藏的地点也是家传的秘密。最好的龙骨藏在一个叫做“猴嘴洞”的地方。宋代的时候，宝姨的一位先人在干枯的河床深谷里找到了这个洞穴。经过一代又一代人的挖掘，洞穴越挖越深。它的准确位置也成了家族传统的一部分，父子代代相传，再后来，宝姨的父亲把秘密传给宝姨，她又传给了我。

我仍然记得我们秘密洞穴的位置，它就位于仙心村和周口店之间，距离山脚下大家都去找龙骨的那些山洞老远。宝姨带我到秘密洞穴去过几次，她总是春秋季节带我去，从来不在夏天或冬天涉足此地。我们走“穷途末路”，从山谷中间走，远远离开崖壁，大人们总是说那边有种种见不得人的吓人物事。有时我们经过的路上会有结团的枯草、碎瓷碗，或是干树枝什么的。在我童年的想象中，那些都像是干尸、死孩子头骨，或者女人碎尸什么的。也许真有那些可怕的东西，所以宝姨才会伸手挡住我的眼睛不让我看到。

我们选了三条干枯河道中间那条走，最后终于来到了山洞口。洞口非常狭小，只有扫帚那么高。宝姨把遮挡洞口的枯树枝拖开，我们两个深吸一口气，就进了洞。进洞的过程难以言喻，就像你难以描述在人的耳朵里行进。我使劲朝左边拧着身子，把腿弯曲，都快碰到胸口上了，然后伸脚去踩住一块石头。后来周围渐渐一片漆黑，我看不见宝姨手指的动作，不知道她在说些什么，于是我吓得大声哭叫，宝姨发出呜呜的声音竭力安慰我，我只得凭借她的呼吸和拍手的声音跟随她的方向，像狗一样爬着往前走，免得跌倒或是撞到头。最后我们终于到了山洞里一片开阔的地方，宝姨点亮灯，挂在一根有脚蹬的柱子上，这根柱子是她的先人很久以前留在这里的。

山洞里放着各种挖掘用的工具，大大小小的钢凿、锤子、钳子，还有装泥土的麻袋。洞壁分好多层，就像八宝饭竖着切开来，最上面一层比较松软，下面一层土质比较细密，像豆沙，越往下越硬。最上面一层最容易铲，底部就硬得像岩石一样，可那才是极品龙骨所在的位置。几百年来人们都从底部挖掘，底下都挖空了，山石悬在上面，随时可能会砸下来。整个山洞的内部就像是猴子的臼齿，能一口把人咬成两半，所以这个洞就叫做猴嘴洞。

我们坐下来休息，宝姨用乌黑的手指对我说话。要避开猴子牙齿那边。先前石头落下来砸了一位先人，土石把他整个活埋了。我父亲就在那边找到了他的头骨。我们马上把它放回去了。把死人尸首分开是要倒霉的。

几个小时之后，我们会拖着一麻袋土石，重新爬出了猴嘴洞，要是运气好的话，还能带回一两块龙骨。宝姨会把它们朝天举起，鞠躬拜谢老天爷帮忙。她相信，就是因为有了这个洞里的龙骨，她的家族才能世代行医，成为远近闻名的接骨世家。

有一次，在回家的路上，宝姨对我说：我记得小时候，好多绝望的病人来找我父亲看病。父亲是他们最后的机会。要是男人走不了路，就不能干活。不能干活的话，一家人就得挨饿。然后就是家破人亡，断了香火，祖上辛辛苦苦这么多年，全都白费了。

对付这种绝望的病人，宝姨的父亲有三种办法：现代疗法、歪门邪道，再就是传统中医疗法。现代疗法是西洋传教士教的西医办法，所谓歪门邪道就是请和尚道士念经作法。而传统疗法就要用到龙骨和各种珍贵药材，像海马、海草、虫子壳、罕见的种子、树皮，还有夜明沙（蝙蝠屎）。宝姨的父亲医术高超，周围五六座山里的病人都老远跑到周口店来找著名的接骨大夫看病（待我一想起他的姓名就立刻补进来）。

接骨大夫虽然医术高超，闻名遐迩，却也无力回天。宝姨四岁那年，家里的亲人去吃人家小孩的满月酒席，那家附近有个女人投井死了，他们不知道，喝了井里的水，集体中毒，回去后大多腹泻脱水而死。接骨大夫救不得自家人性命，非常惭愧，为了赎罪，他倾尽家产，还欠了一屁股的债，来为家人办丧事。

宝姨用手语告诉我说：父亲悲痛欲绝，竟把我宠坏了。他任由我像男孩子一样为所欲为，教我认字读书，勇于发问，猜字谜，写律诗，一个人跑出去游山玩水。老人们常常劝他说，这般纵容女儿肆无忌惮地快活，见了生人也不回避，毫无女儿家羞涩之态，这样教养女儿很是不好。他们还问父亲为什么不给我裹脚。我父亲见识过各种绝症剧痛，但是一看到我，他就无计可施了，他就见不得我掉眼泪。

于是，宝姨就这么自由自在地跟着父亲在书房和药铺里打转。她帮着父亲浸湿做夹板的木条，采摘苔藓作药材，擦亮戥子，还帮忙算账。店里的客人随便指一口药罐，宝姨马上就能说出里面药材的名字，各种动物内脏的学名她也都晓得。长大些以后，她学会了用方头的钉子把伤口的污血挤出来，用口水清理伤口，把蛆虫铺到伤处吸取脓血，用纱布包扎伤口。从小到大，她听到过各种痛极的哀号和怒骂，碰过各种活人、死人、快要死的人的身子，到后来几乎没人敢上门来提亲。虽说她不解风情，对死亡却是了如指掌。她教过我许多这方面的知识，比如说，耳朵变软了，贴到脑袋上，那人就不行了。再过一小会，人咽下最后一口气，身子就变凉了。

遇到很难办的病例，她会帮着父亲把病人抬到一张藤条做的担架上面，父亲在担架上装了一套滑轮，用绳索牵引可以拉高放低，她就指引着父亲把担架放到一个盛满盐水的大缸里。一进水，病人的断骨就能浮起来，装回原位。然后，宝姨就给父亲取来泡软的藤条，大夫把藤条做成夹板，这样既可以固定断肢，又透气。治疗最后，接骨大夫打开放龙骨的罐子，用小凿子敲下指甲尖那么一点龙骨。宝姨用一个银球把这点骨头磨成粉末，放到外敷的药膏里，或者内服的药汤里。然后这个大难不死的病人就可以回家了。要不了多久他就会回到矿上，可以整天干活了。

有一次，在饭桌上，宝姨用只有我能懂的手语讲故事。有个阔太太跑去找我父亲，要把脚放成摩登大脚。她说她想穿高跟鞋。“也别放得太大了，跟丫头下人或者洋人似的。自然一点，像她的脚一样。”她指着我的脚说。

我忘记了母亲和婶子们都在场，大声说：“裹起来的小脚是不是真的跟书里写的一样，像三寸金莲？”母亲和婶子们都裹着脚，听到这话，不由都皱起了眉头。我怎么可以大庭广众之下大谈这等女人家的私事呢？宝姨假装用手势责备我不该问这种话，可她说的其实是：实际上，小脚一般都像扭曲的麻花似的。要是上面长满了老茧，又很脏的话，那可就难看了，像烂姜一样，气味就像杀了三天的臭猪头。

就这样，宝姨教我像她一样调皮，也培养我像她一样的好奇心。她把我也惯坏了。正因为如此，她就无法教我做个乖女儿，虽说后来她尽力想改正自己的错误，却无法做到。

我还记得她尽力想叫我改的事情，那是我们一起相处的最后一个礼拜。她已经好多天不跟我讲话了，一个人写啊写，写个不停，最后她交给我一卷纸，对我说：这是我一生的故事，里面也有你的身世。可我当时在跟她赌气，不肯详细阅读。等我真正读完她的手稿，我才知道以下的故事。

*

宝姨虚岁十九的那年，深秋的一天，有两个病人来看接骨大夫。第一个是仙心村一户人家的小娃娃，第二个就是小叔。这两个人都给宝姨带来了无尽的痛苦，彻底改变了宝姨的命运。

那个哭叫的娃娃是开寿材店的张老板家的小儿子，张老板生得虎背熊腰，靠天灾人祸发了财。他们家的棺材外层雕花用的是上等樟木，里面却是便宜的松木，他们给松木上了漆，色泽很亮，气味也好闻，以次充好，冒充上等木材。

就是这种上了漆的假木材从架子上掉下来，砸得小孩肩膀脱了臼，孩子疼得直哭。张家媳妇吓坏了，忙不迭地唠叨。宝姨认出了这个惊慌失措的女人。两年前，她也曾经坐在接骨大夫的店堂里，因为天上平白无故掉下一块大石头，砸到她的眼睛，还有下巴。如今她跟丈夫一起又回来了。张老板挥手打孩子，叫他不要号。宝姨大声对他说："孩子肩膀坏了不说，你还想把他腿打断不成！"张老板满脸怒容看着宝姨。宝姨接过孩子，往他腮帮子上抹了点药，很快孩子就安静下来，打了个哈欠，睡着了。这时，接骨大夫过来，把他的小肩膀安回了原位。

“这是什么药？”棺材店老板问宝姨。她却不肯理会。

“都是些中药，”接骨大夫回答说，“一点鸦片，一点草药，还有一种特别的龙骨，是从我们家传的一处秘洞里挖出来的。”

“龙骨？”张老板伸出手指往药碗里蘸了蘸，然后往自己脸上抹了抹。他还要给宝姨抹，宝姨哼了一声躲开了。他哈哈大笑，放肆地盯着宝姨看，仿佛宝姨就是他的人，他爱把她怎么样都行。

张家人前脚出去，小叔后脚就瘸着进来了。

他对大夫说，马受惊伤了他。他从北京赶回仙心村的路上，停下来歇脚，马惊了一只兔子，兔子又惊了马，马一脚就踏到小叔脚上去了，结果踩断了三根脚趾头，所以小叔立刻就骑着这匹烈马来到周口店，直奔著名的接骨大夫而来。

小叔坐在乌木椅子上让大夫看他的脚，宝姨在里屋，透过帘子看到了他。小叔当时二十二岁，身材瘦削，五官生得很标致，仪态自如，不卑不亢。虽说打扮并不像那等富家子弟，却也干净整洁。宝姨听到他谈笑风生：“我那匹马一惊之下，恨不能拖着我直奔到阴曹地府去。”这时宝姨走了进来，说：“可是老天有眼，把你带到这里来了。”小叔顿时说不出话来。她一笑，小叔忘记了身上的伤痛。宝姨把掺了龙骨的药膏抹到他脚上那一刹那，他就决定要娶宝姨为妻。宝姨说，他们两人就这么一见钟情。

我从未见过生身父亲的照片，但宝姨告诉我说他相貌堂堂，而且聪颖过人，却又非常腼腆，令女孩子见了他不由得心生柔情。他就像个落魄书生，令人一看就觉得他有朝一日总会飞黄腾达。要不是早几年废了科举，小叔一定能中举人。

第二天一早，小叔来看宝姨，还带了三串荔枝给宝姨赏玩。他剥了一个荔枝，宝姨当着他的面品尝里面白色的果肉。两人都说以深秋的天气，这个上午实在是太暖和。他请宝姨听他诵读早上刚写的一首诗："倏忽唇启流星语，灿若晨曦掩日华，转瞬日落寻不见，愿逐星迹至天涯。"

当天下午，棺材铺的张老板送了个西瓜来给接骨大夫。"太谢谢您了，我那宝贝儿子已经全好了，捧起碗来，比人家三个孩子都有劲。"

没出几天，这两个人分头去找算命的，都想问问自己的生辰八字跟宝姨是不是相配，问如果婚配的话，可有什么不合之处。

棺材铺老板就在仙心村里找了个走街串巷的算命师父。师父说这两个人的八字相合极好，因为宝姨属鸡，张老板属蛇，这两个属相最是合适。老人说宝姨的名字笔画数目也吉祥（一旦我记起宝姨的名字，就把笔画数目写下来）。更何况，宝姨腮上有颗吉利痣，痣长在十一正口位，这表示她生性温顺，善甜言蜜语。棺材铺老板听了大喜，重赏算命师父。

小叔找的是周口店的一个神婆，老太婆脸上的皱纹倒比手心里的掌纹还要密。她一看就说大事不妙。先是宝姨脸上的痣，她说宝姨的痣长在十二承浆部位，这颗痣将宝姨的嘴角往下拉，表示她的一生将是苦不堪言。况且两人的属相也极为不合，宝姨是火命属鸡，小叔是木命属马。火鸡新娘子会跳到木马新郎官背上，啄得他七零八落，宝姨欲求无度，必要榨干了小叔为止。最糟糕的是，据宝姨的父母说，宝姨生日是七月十六，可是神婆有个妯娌就住在宝姨家附近，她可是在七月十五夜里就听到刚出生的小娃娃哭了，七月十五鬼节，是野鬼横行的日子。那个妯娌还说，小娃娃哭起来声音“呜——呜”的，不像人声，倒像是鬼魂哀号。神婆还悄悄跟小叔说，她很了解这个怪丫头，赶集的时候经常看到她一个人出来逛。她说宝姨心算得很快，还跟小贩争执。她行为乖张，性格又倔，还跟当大夫的父亲学着念书识字，懂得些神道医术，爱问东问西，自作主张，说不定被什么野鬼上了身，小叔娶了这么个新娘子定会惹祸上身，还是另寻一门亲事的好。

小叔又给了神婆些钱，并非谢赏，而是叫她改变主张。可是神婆一直大摇其头，直到小叔出到两吊钱，神婆才答应重新算过。她说宝姨常常微笑，一笑那颗痣就上到吉利的正口位置。神婆又照着命盘查看宝姨的生辰八字，结果不错，卯时出生性格最是和善。至于说宝姨倔强，其实无非是虚张声势，过了门若还不懂事，一上家法也就打下去了。更何况，她那个妯娌最是个爱搬弄是非的长舌妇，她的话根本不用理会。神婆还卖给小叔一张百宝符，说是能保姻缘和谐，驱鬼避祸，还能治脱发。她还说：“就算有了这百宝神符，也绝不能龙年里办喜事，龙年对属马的不利。”

张家先来提亲，媒人说宝姨跟张老板是天作之合，又大大吹嘘张家的家世，说张家是世代相传的工艺名家，夸他们家宅院多么阔气，后花园里嘉石鱼池俱备，厢房众多，里面的家具都是上等紫檀木打的，色泽纯正，就像新鲜的瘀紫。媒人还说，张老板很是大方，也不要求接骨大夫多给陪送，反正姑娘过去是做二房姨太太，能不能就送一罐鸦片膏、一罐龙骨做嫁妆算了？这也不算多，但是意义非凡，也就不至于辱没了姑娘的身价。

接骨大夫仔细考虑了张家的要求。他年纪也大了。万一自己有个三长两短，女儿可怎么办呢？还有谁家愿意要他这个女儿呢？她这么任性，自行其是，母亲死得早，不曾教她如何为人妻子。的确，要是让他选，棺材铺的张老板并非是最理想的女婿人选，可他也不愿意耽误了女儿的终身大事，因此他把棺材铺老板上门提亲的事说给了宝姨听。

宝姨一听，很是不屑，她说："那姓张的太粗鲁。我就是去吃虫子，也不肯嫁给他。"

接骨大夫只好婉言谢绝张家媒人说："真是对不住，小女一想到要离开我这没用的老头子，哭得是昏天黑地。"这个借口虽然笨拙，却也说得过去，但是不出一个礼拜，大夫家就答应了小叔的提亲，令张家觉得受了奇耻大辱。

宝姨和小叔定亲的消息传出来以后，棺材铺张老板跑回到周口店，宝姨刚从井边打水回来，被他吓了一跳。"你以为你是谁？竟敢这么明目张胆地羞辱我，嘲笑我！"

"到底是谁羞辱谁？你要我给你做妾，娶回去伺候你老婆。我可不要做这种封建婚姻的奴隶。"

她想走，可张老板一把掐住她的脖子，说要掐死她，然后抓住她的脖子使劲摇晃，仿佛真要把她的脑袋掐掉，最后又把她摔倒在地，破口大骂，脏话连篇，还污辱宝姨死去的母亲。

宝姨好不容易才喘过气来，冷笑道："你就会说大话，动拳头。你以为这么着我就怕你了，就觉得对不住你了？"

张老板的回答叫宝姨一辈子也忘不了，他说："要不了多久，我要让你天天过得生不如死，求死不能。"

这件事宝姨既没告诉父亲，也没告诉虎森。她觉得没必要让他们担心。况且，何必让未婚夫疑心，以为她做了什么对不起张老板的事呢？反正好多人都说她性子倔，凡事自作主张。也许她就是这个样子，既不怕责罚，也不怕丢脸。她几乎是无所畏惧。

婚期前一个月，小叔深夜里来到宝姨房里。他轻轻说：“想听听你飞星般的话语。”宝姨引他上了炕，小叔忙不迭地享受洞房花烛之乐。可是当小叔爱抚她的时候，宝姨感到一阵凉风吹过皮肤，不由开始浑身颤抖。生平第一次，她觉得害怕，害怕自己承受不了这种未知的欢娱。

婚期定在龙年伊始。时值早春，地上还结着冰。那天早晨，一个走街串巷的照相师傅来到了周口店接骨大夫店里。一个月前，他摔断了手臂，接骨大夫帮他诊治，因此他答应婚礼当天帮新娘拍张照片权作诊费。宝姨穿上了最好的冬衣，高高的衣领上镶着毛边，戴着刺绣抹额。师傅要她一直盯着相机里看，她一边看，一边想，自己的生活从此将彻底改变了，心里既是高兴，又有些担忧。她隐约有不祥的预感，却又说不清道不明。她尽量想将来的好日子，却只看到一片迷茫。

送亲出发之前，宝姨换上了红色嫁衣，戴上华丽的凤冠，一出父亲家门就盖上红盖头。接骨大夫借钱租了两架骡车，一架驮着给亲家的陪送，另一架上是新娘的衣裳妆奁铺盖。接骨大夫还雇了四个轿夫抬新娘子。另外还有两个马夫、一个吹笛子奏乐的，以及两个保镖，以防遇到打劫的。他为女儿准备了最好的一切：最漂亮的花轿，最干净的车子，最是身强力壮的保镖，都配着真枪实弹。一架大车上装着他为女儿准备的嫁妆——一罐鸦片、一罐龙骨，大夫手上只有那最后一罐龙骨了。他曾多次劝女儿不必担心花费。婚礼之后他可以再去猴嘴洞，多挖些龙骨回来。

送亲路走到一半，树林里跳出两个蒙面强盗。其中那个大个的大喊："蒙古大盗来也！"宝姨立刻听出，那声音正是棺材铺的张老板。这算哪门子笑话？可是还不等她开口说话，那些保镖就扔下枪，挑夫扔了担子，全都作鸟兽散，把宝姨的轿子扔在地上，宝姨摔得不省人事。

宝姨醒过来的时候，模模糊糊之中，看到了小叔的脸。是他把宝姨从轿子里抱出来的。她往周围望，但见自己的嫁妆箱子早被洗劫一空，保镖挑夫早都逃得不见踪影。然后她又看到自己的父亲倒在路边沟里，头颈很不自然地弯曲着，脸上早没了血色。她是在做梦不是？"我父亲，"她呜咽道，"我要看看父亲。"她挣扎着抱着父亲的尸体，完全想不明白怎么会发生这样的事。就在这时，小叔捡起了保镖丢下的枪。

他大喊："我发誓，不管你是人是鬼，你这般残害我的新娘，我定要找你报仇！"说着，他朝天开了一枪，枪声惊到了他的马。

宝姨并没有亲眼看到那马一脚踢死小叔，她却听到一声吓人的声响，犹如天崩地裂一般。从那以后，她听到树枝折断、炭火迸裂，乃至夏天切西瓜的声音，都会想起这一幕。

就在那一天，宝姨同时丧父丧夫，成了孤儿寡妇。她低头盯着自己亲人的尸体，喃喃自语说："这是毒咒啊。"接连三天，宝姨一直都不合眼地对着父亲和小叔的尸体，愧疚不已。她对着遗体说话，不顾禁忌抚摩死者的嘴唇，家里的女人们都怕冤死的鬼魂会附她的身，或者待在家里不肯走。

第三天上，张老板送了两副棺材来。宝姨一见他就大叫："他是杀人凶手！"她先是举着烧火的火箸要打他，后又拍着棺材大哭。小叔的兄长们只得将她拖开，向张老板道歉说这丫头疯了。张老板回答说见这女子如此哀痛，不免令人叹息。可是宝姨仍然伤心欲绝，家里的女人只得用布条将她从胳膊到腿捆扎起来，让她躺到小叔的炕上，她还兀自挣扎，像是被困在茧里的蝴蝶，后来老太太给她灌进一碗药汤，于是宝姨昏昏睡去，梦里她跟小叔躺在一起，做他的新娘。

她醒过来的时候，发觉自己一个人躺在黑暗中，身上的布条已经解开了，但四肢仍然乏力。房里一片寂静。她四处寻找父亲和小叔，来到正厅，才发觉遗体已经不见了，早已装殓在张老板的棺材里下了葬。她在屋里走来走去，哭着发誓说要跟随他们而去。她来到制墨的作坊，想找根绳子，一把利刃或是一根火柴，好让她像父亲和小叔一样惨死，不必留在世上承受这般痛苦。然后她看到了一锅墨浆。她舀出一勺，伸到炉膛里，墨浆越烧越热，着了火，烧成了一勺蓝色的火苗。她拿起来，手一斜，一口吞了下去。

老太太第一个听到墨坊里有扑扑腾腾的声音，随后家里的女人都赶了过来。大家看到宝姨在地板上翻滚，满嘴都是血和墨浆，喉咙里发出嘶嘶的声音。“就好像有好多鳗鱼在嘴里游泳，”母亲说，“她死了倒还好些。”

可是老太太一定要把她救活。前天夜里，小叔托梦给老太太，说若是宝姨死了，他们两个的鬼魂定要大闹家宅，找那些不肯怜恤宝姨的人报仇。人人都知道，恶鬼阴魂不散最是可怕。冤魂会弄得房间一股尸臭，臭不可闻，转眼工夫就能让豆腐发酸，闹鬼的房子墙上爬满各种虫豸。房子里要是有鬼，你一天晚上也别想睡安稳。

日复一日，老太太用浸了膏油的湿布敷在宝姨的伤口上。她买来龙骨，碾碎了洒在宝姨肿胀的嘴巴上。后来她注意到，不只宝姨的嘴巴，她的肚子也开始肿胀起来了。

接下来的几个月里，宝姨的伤口渐渐结了疤，她的肚子也越来越大，胀得像个葫芦。她从前样子很标致，可是如今，除了要饭的瞎子，人人见到她都要害怕。眼看她性命无虞，只是不能再开口说话了，有一天，老太太对她说："我已经救了你的性命，你跟你的孩子以后要去哪里呢？你们要怎么办呢？"

那天晚上，小叔又一次托梦给老太太，第二天一早，老太太对宝姨说："你要留下来给这个孩子做保姆。大嫂会说这是她的孩子，把他当刘家子弟养大。见了人你就说你是北京来的远亲，原先住在尼姑庵里的，后来庵里着了火，差点烧死。你的脸这副样子，没人认得出来是你。"

就这样，宝姨留了下来。我成了她留下来的理由，她活下来的唯一理由。1916 年，我出生之后五个月，母亲生下了高灵，老太太逼她说我是她的孩子，可母亲怎么可能相隔五个月就生第二胎呢？因此母亲决定再等等。我出生后九个月，1917 年，挑了个黄道吉日，才算高灵的生日。

家里的大人都知道我们俩出生的真相。孩子们只知道大人嘱咐怎么样就怎么做。我虽然聪明，却也愚钝，从来不曾打探过真相，从来也不去想为什么宝姨连名字也没有。对别人来说，她就是保姆，对我来说，她是宝姨。直到我读到她的手稿，才明白她究竟是什么人。

"我是你的母亲。"那手稿上写道。

我是在她去世以后才读到这份手稿的。但我却记得她用手语告诉我这些。她的眼睛也在说出真相。天黑的时候，她用清晰的语音告诉我，我却从未察觉。她的话语有如流星，稍纵即逝。

# 变

1929 年，我满十四岁。那一年，我成了罪人。

也是在那一年，国内国外的科学家纷纷来到周口店的龙骨山。他们头戴遮阳帽，脚蹬高筒靴，带着各种铲子、探测棒、分类盘，还有嘶嘶响的药水，他们挖坑掘洞，一家一家药铺地跑，买下店里所有的龙骨。我们还听到谣言说洋人要设立自己的龙骨代理商。有些村民一怒之下举着斧头跑到考古坑现场，把洋人赶了出去。

后来，有几个帮科学家们挖龙骨的中国工人放出谣言说，其中两块龙骨很可能是人的牙齿。大家都以为他们说的是个死了没多久的人。那会是谁家坟里挖出来的？是谁家的老太爷，还是老太太？有些人因此不再买龙骨了。药铺门口都贴着大字，号称：本店药材绝不含人骨。

当时，宝姨手上还有四五块龙骨，都是我们一起去他们家祖传的秘洞里挖来的。另外还有一块，是她父亲多年前给她的甲骨。其余的，这么多年来为了给我治病，她都用掉了。她向我保证说，她给我用的那些，都绝对不是人骨。可她说了这话以后没多久，她的父亲，死去的接骨大夫，就托梦给她，说："你手里这些骨头并非龙骨，而是我们家人的骨头，就是那位被压死在猴嘴洞的先人。我们偷了他的骨头，他咒我们，所以我们全家差不多都送了命，你妈、你哥哥、我，还有你未婚夫，都是被祖宗咒的。况且，并非说人死了就算完了。自打我来到阴间，老祖宗的阴魂还老是纠缠我，若非我已经死了，早被他吓死好几千遍了。"

"那我们该怎么办呢？"宝姨在梦中询问。

"把骨头还回去。除非把骨头物归原主，不然他绝不会放过我们的。下一个就是你，我们家将来的子孙后代也摆脱不了咒怨。乖女儿，听我的话，自己的先人找你报仇，最最要命。"

第二天早上，宝姨早早起床出门，很晚才回来。回来以后，她神色间舒坦了许多。可是很快龙骨山上的工人那里又传出消息来，他们说："那些牙齿，非但是人牙，而且是我们最早最早的老祖宗头盖骨上掉下来的。一百万年前的老祖宗呢！"科学家们给那个头盖骨命名为"北京人"。他们现在需要做的就是找到更多的碎骨片，拼成一个完整的头骨，然后再找几片骨头把头跟下巴连起来，再把下巴和脖子接上，脖子连到肩膀上……如此这般，把他弄成个齐全人。就是说还得找好多骨头，所以说科学家才叫村民从药铺和自家房前屋后搜集龙骨。要是找到的是人骨，找的人就可以去领赏。

一百万年哪！大家都不停地说这事，没完没了地议论纷纷。二叔猜想说一块龙骨大概能换一百万个铜钱。父亲却说："铜钱如今不值钱了。一百万两白银倒还差不多。”大家说来说去，这个数目最后涨到了一百万两黄金。全镇子的人都在议论这个，大家整天挂在嘴边上，说是“老骨头长出新肉来”。既然龙骨如今价值这么高，至少人人以为如此，龙骨便不能当作寻常药材买卖了。那些生了绝症的人没了龙骨医治，只有等死的份儿。可那又怎么样呢？大家都是北京人的后代。这北京人可是名满天下。

我自然想到了宝姨放回到山洞里的那些龙骨。那绝对是人骨头——她父亲托梦给她就是那么说的。“我们可以卖一百万两黄金呢。”我对宝姨说。我想把龙骨卖掉并不单是为了自己，我想，若是宝姨的龙骨能帮家里赚好多钱，那家里人说不定会高看她一眼。

可宝姨用手指比画着说：管它百万千万的，要是我们把骨头卖了，毒咒就会重新找上我们，鬼魂会把我们连同身上的烂骨头一起抓走。到那时我们只好把百万黄金都挂在脖子上，贿赂阴间的小鬼去。她伸出手指在我额头上戳一下，接着说，告诉你吧，不把我们全家人都折腾死，鬼魂就没完。什么时候我们家人都死绝了，才算完。她又握起拳头敲自己胸脯。我倒宁肯自己死了算了。我是真心不想活了。为了你我才活下来的。

“那我倒没什么好害怕的了，”我说，“反正咒的是你又不是我，我可以去把骨头拿回来。”

宝姨突然一巴掌打在我头上。不许说这种话！她拼命挥动双手。你还嫌我遭的罪不够吗？永远不许回去。永远不要动那些骨头。快答应我，马上跟我说你不去！她捉住我的肩膀拼命摇晃，直到我晃得受不了了，跟她保证说我不去，她才罢手。

后来，我一个人幻想着自己偷偷溜回猴嘴洞。周口店和附近的村子里人人都忙着挖掘古物，我却只能干看着，这怎么可以？况且我明明知道哪里有人骨头，却什么也不能说，只能眼睁睁看着别人在喂羊的草地上，甚至猪圈里乱挖一气。连大哥二哥都带着大嫂二嫂在我们家后面悬崖边上仅剩的那点地里挖掘。他们从那片垃圾堆里挖出的只有树根虫豸，还猜想那些东西可能是古人的手指脚趾，甚至可能是古人舌头的化石，说不定老祖宗的第一句话就是这只舌头说出来的呢。大街上到处都是卖各种干巴古物的人，连鸡喙猪粪都有。没过多久，我们村就变得乱糟糟的，像是盗墓的人挖过的乱坟场子。

家里人白天晚上说的都是北京人，就没别的话说。“一百万年啊？”母亲惊叹不已，“人都死了那么久了，谁还知道他到底几岁？我爷爷死的时候，大家都不知道他到底是六十八还是六十九。要是他有福，应该能活个八十岁。所以我们家就认定他是享年八十——倒是有福了，死也死了。”

当然我对这事也有看法：“为什么叫他北京人呢？牙齿是在周口店发现的，科学家们还说那是个女人的头盖骨。那应该叫它‘周口店女人’才对嘛。”叔叔婶子们都看着我，其中一位还说：“果然是童言不欺啊，言简意赅，有道理。”我听见这样的夸奖，有点不好意思。高灵接着说：“我倒觉得它该叫‘仙心人’，那样的话我们村就有名了，我们也跟着沾光。”母亲大大称赞高灵一番，其他人也跟着叫好，我觉得她的话毫无道理，却只能闷声不响。

我经常嫉妒高灵更受母亲宠爱。我仍然相信自己是大姐。我比她聪明，在学校成绩也比她好。可坐在母亲身边，睡在母亲炕上的总是高灵，而我只有宝姨陪伴。

我小的时候觉得这没什么，有宝姨陪伴我就很满足了。在我心目中，叫“宝姨”跟别人叫“妈”意思是一样的。哪怕让我跟保姆分开个一时半刻我也不依。我非常崇拜她，每样花草树木的名字她都写得出来，连这些东西的医药用途她都知道，我觉得她很了不起。可我越是长大，宝姨在我心目中的地位就越低。我逐渐明白过来，宝姨只是家里的用人，在家里没什么地位，也没人喜欢她。要不是她发傻，以为真有什么毒咒之类的，她早可以让我们家发大财的。

我渐渐地越来越崇拜母亲，希望得到她的称赞。我以为称赞跟宠爱是一样的。她赞我一句，我就觉得自己很重要，觉得心满意足。何况母亲是家中主妇，上上下下都听她的。我们吃什么，穿什么颜色的衣服，许我们去赶集的时候给我们多少零钱，都由她拿主意。大家既怕她，又要讨好她——只有老太太除外，她已经老糊涂了，连墨跟泥巴都分不清。

可是在母亲心目中，我则言语乏味，相貌平平，一无是处。不论我多么听话懂礼貌，打扮得多么干净整齐，都没有用。我怎么做她都不满意。我很迷惑，不知道怎么样讨好母亲。我就像四脚朝天的乌龟，拼命挣扎也搞不清楚，为什么天地上下倒了个个儿。

我经常跟宝姨抱怨说母亲不疼我。宝姨会说：别胡说了。你没听到她今天说吗？她说你的针线活做得太粗，她还说你晒黑了。要是她不疼你，干吗要费心劳神地为你好，教训你？然后宝姨又会接着说我自私，总是想着自己。她说我噘着嘴巴不开心的样子很难看。她老责骂我，我至今才明白，她想说的是，她比母亲更疼我。

有一天，我记得是春节前的一天，家里的老厨子赶集回来，通报了一件传遍仙心村的大新闻。棺材铺的张老板一下子出了名，马上就要发大财了。当初他给了科学家一些龙骨，如今结果出来了：那确实是人骨。骨头到底是什么时代的还不知道，可是人人都猜至少得有一百万年历史，要不然就是两百万年。

当时我们全家妇孺都在墨坊里，只有宝姨不在，她当时在地窖里，数自己刻完的墨块。我很高兴她没有在场，因为只要听到有人提张老板，她就吐口水。他来送木头的时候，大家都让宝姨回房间去，宝姨就在房间里敲着铁桶咒骂张老板。她敲得震天响，附近的房客都冲她嚷嚷。

“这也太巧了，”大婶子说，“不就是卖给我们木材的那位张老板嘛。说不定我们也可以分他些福气呢。”

“我们两家的渊源可不止这么点，”母亲吹嘘说，“当年小叔被强盗杀害的时候，张老板刚好碰到，就停了车下来帮忙。这位张老板可是个好人哪。”

看起来我们跟这位张老板还真是有缘。母亲想，既然张老板马上就发大财了，他做棺材剩下的木材也应该便宜些卖，大概很快就要降价了。“有福大家同享嘛，”母亲接着自己的话说，“不然老天也不依。”

宝姨回到墨坊，很快就明白了大家在说些什么。她捶胸顿足，拼命挥手，比画着。这姓张的不是东西，就是他杀了我父亲，害死虎森！她拼命发出一种很怪的声音，仿佛恨不得把喉咙掏出来。

我想，她说的不对。她父亲是喝醉了酒从马车上摔下来摔死的，小叔是被自己的马一脚踢死的。母亲和婶子们都是这么跟我说的。

宝姨抓着我的胳膊，盯着我的眼睛，用手飞快地跟我比画：快告诉她们，小狗儿，告诉她们我说的全是真的。她做了个把龙骨倒在手掌心里的手势：我现在明白了，那姓张的拿的龙骨，很可能就是我们家的，是我父亲的。我结婚那天，姓张的偷走了龙骨，那是我的嫁妆。那都是猴嘴洞里挖出来的龙骨。我们得跟姓张的把骨头要回来，还回洞里去，不然毒咒不除。快说啊。

还不等我开口，母亲就打断了："我不要听她再说疯话。听见没有，闺女？"

大家都盯着我，宝姨也盯着我看。快说啊！她用手语催促我。可我回头朝向母亲，点头答道："我明白。"宝姨发出哽咽的声音，冲出了墨坊，那声音令我觉得揪心，觉得自己很坏。

好一阵子，墨坊里寂然无声。后来老太太走到母亲跟前，焦急地问："哎，你看到虎森没有？"

"他在院子里。"母亲回答。然后老太太就蹒跚地出去了。

婶子们开始嚼舌根。二婶轻声说："还为当初的事疯疯癫癫呢，都过去十五年了。"有一阵子，我都想不明白，他们说的到底是老太太还是宝姨。

大婶接着说："幸好她不能开口说话。不然要叫人知道她想说的那些话，我们家的脸面可往哪里搁啊！"

"你该把她赶出去算了。"二婶对母亲说。母亲朝老太太那边点了点头。那边老太太正走来走去，一边抓挠着自己耳朵后面一块流血的伤口。母亲说："就是为了老太太，那个疯子保姆才待了这么多年。"我马上听明白了母亲的言下之意：只要老太太一过世，她就可以开口让宝姨离开。对宝姨，我心里突然升起一阵柔情。我想跟母亲说她不能把宝姨赶走。可是母亲话没出口，我怎么跟她争辩？

一个月后，老太太摔了一跤，脑袋撞到自己炕头的砖沿上，不到酉时就归西了。父亲、大叔和二叔都不顾路途险恶从北京赶了回来。当时北京和周口店之间成了军阀的战场，时有枪战发生。我们家还算平安，只看到房客吵架，不曾见识枪战。老太太的遗体摆放在正厅，我们祭奠的时候，不得不好几回叫房客们不要吵嚷叫喊。

张老板送棺材来的时候，宝姨仍然待在自己房间里，敲着铁桶咒骂他。我坐在前院一张长凳上，看着父亲与张老板卸车。

我心想，宝姨说的不对。张老板可不像个贼。他身材魁梧，待人客气，神情坦然。父亲兴致勃勃地赞他“对科学、历史，乃至全中国做出巨大贡献”。张老板显然很高兴，又客气一番。然后父亲就进屋去取买棺材的钱付给张老板。

那天天气很冷，张老板却在出汗。他抬手用衣袖擦一把前额，过了一阵才留心到我在盯着他看。“你可真是长高了。”他冲我说。我脸红了。张老板可是大名人，大名人跟我说话呢。

“我妹妹长得比我还高呢。”我想了想说，“她比我小一岁。”

“啊，不错。”他说。

我可不是想让他赞高灵。“我听说您有北京人的骨片？”我又说，“是哪块的骨头？”

“哦，只有要紧的几块。”

我也想显出几分重要性，因此不假思索就说：“我原先也有几块骨头的。”说完马上伸手捂住嘴。

张老板面露微笑，等我继续说，过了一会又说：“那骨头现在哪去了？”

我不想无礼，回答说：“我们放回洞里去了。”

“哪里的洞？”

“我不能说。我保姆让我保证不说的。那是秘密。”

“哦，你那个保姆，就是那个脸特别丑的。”张老板扎煞着手指在自己脸上比画。

我点头。

“她是个疯子。”他朝着敲铁桶的声音望去。我没吱声。

“就是她去那个洞里找的骨头，对吗？”

“我们一起找的。她把骨头放回去了，”我很快地说，“可我不能说洞在哪儿。”

“当然。确实不该告诉不相干的人。”

“哦，您可不是不相干的人！我们家跟您很熟。大家都这么说。”

“可你还是不该告诉我。不过你一定跟你父母说过了。”

我摇摇头。“我谁也没说。要是我说了，他们就会跑去把骨头都挖出来了。这是宝姨说的。她说骨头得待在洞里，不然她就得倒霉。”

“怎么会呢？”

“是毒咒。要是我说出来她就得送命。”

“她反正已经挺老的了，是不是？”

“我不知道。我觉得她不老。”

“女人什么年纪死的都有，可不是因为什么恶咒，经常是生病或者意外。我前面一房太太十年前就去世了。她一向就笨，有天从房顶上摔下来了。如今我新娶了一房太太，可比原来的还要好。要是你的保姆死了，你也可以找个新的。”

“我都这么大了，用不着再找保姆了。”我说。我开始不喜欢这样的谈话了。很快父亲就拿了给张老板的钱出来。他们两人又闲话了一阵，随后张老板对我说：“下次见到你，我们再谈。”说完，就拉着空车走了。张老板这么一位镇上的大名人，居然注意到我这么个小不点，父亲见了似乎很高兴。

几天之后，我们给老太太办丧事。人人都放声大哭，依着习俗，母亲作为女当家，哭得最响。她尽忠职守，哭得万念俱灰一般。我也哭，心里还很怕，怕丧事办完了以后的事情：这下母亲肯定会赶宝姨走了。

可她没有。是这么回事：

母亲相信老太太的魂还留在家里，查看大家是不是遵从她的指示，有无违背。每次母亲在厕所蹲坑的时候，总能听到有声音问她："你看到虎森没有？"她说这事的时候，二婶回答说："一见到你那光屁股啊，任是什么鬼魂也要给吓回去了。"大家哄堂大笑，可是母亲闻言勃然大怒，宣布说要扣掉大家下个月的月钱。"这是给你们个教训，让你们知道敬奉老太太。"母亲说。母亲为了外院闹鬼的事，每天都到村庙里去烧香，多多供奉。她还到老太太坟上去烧纸钱，给老太太做上路的盘缠，好在阴间少受些苦。可是尽管如此，母亲还是闹便秘，熬到九十天上，她又跑回寿品店里，买回一部纸扎的汽车，纸车有真车那么大，车上还有司机。老太太有一回到周口店去赶庙会，见过一辆真的汽车，汽车跟好多马车驴车一起停在场院上。她说，那车轰隆隆就开走了，声音大得鬼怪听见也要吓跑。车子开起来那叫快，能直接飞到天上去。

于是汽车在大火中化为灰烬，也把老太太的魂从茅厕直送到阴间去了。就这样，我们的宅院又恢复了平常那种吵吵闹闹的样子。大伙照常过日子，每日念叨的不过是谷子发霉、玻璃裂了道缝这等家常琐事，并无什么要紧事。

只有我担心宝姨以后命运如何。

我还记得母亲收到北京那封不速之信的那天。那正是三伏天里，蚊虫闹得正欢，瓜果放在外头太阳底下，不出一个钟头就会腐烂。老太太过世已经有九十多天了。当时我们都坐在院子里大树下的阴凉地里，等着听新闻。

写信来的老刘寡妇我们都认识。她是我们家的远房亲戚，算起来跟父系隔了八层，跟母系隔了五层，关系还不算太远，家里的红白喜事她也都参加。老太太办丧事她也来了，跟大家一样，哭得很大声。

母亲不识字，就让高灵读信给她听。眼看这等露脸的重要差事又落到高灵手上，我只能拼命掩饰自己心里的失望。高灵理理头发，清清喉咙，舔舔嘴唇，这才张口读道："'贤表妹如晤：我谨代表诸家亲眷传达对您的问候。'"随后，高灵磕磕巴巴地念了一大串名字，里头既有刚出生的娃娃，也有母亲确知已经去世的亲戚。在下面一页上，我们这位老表亲写道："我知道您仍在服丧，悲痛之下寝食难安。因此若此时请大家到北京一聚，似乎时机不当。可我一直记挂着上次葬礼上见面时你我谈过的事情。"

高灵放下信转向母亲，问道："你们谈的什么事？"我也同样很好奇。

母亲打了高灵的手一下，说："别多事。接着念，该你知道的事我自会告诉你。"

高灵接着念信："'恕我冒昧提议，令长女可否到北京来一趟，会一会我的一位远亲。'"一听她说到我，我心里很激动。高灵瞪了我一眼，见她面露妒色，我有几分得意。高灵接着往下读，可读得没那么热心了："'我的这位亲戚有四子，他们家跟我是第七层表亲，隔了三代，不同姓。他们家跟你们同村，不过跟你们两家几乎完全沾不上血亲。'"

一听到"血亲"二字，我立刻明白过来，她想让我去见这个人，是为了让那户人家看看，我适不适合给他们做媳妇。我当时虚岁十四，跟我同龄的女孩子那时候多半已经出嫁了。至于说那户人家到底是谁，刘寡妇说除非她确知我们家人对这事有兴趣，否则她不会透露那家人的情况。她写道："恕我直言，并非我自作主张想起这户人家，乃是对方父亲找到我问起茹灵的情况。彼家人显然是见过茹灵，对她的美貌以及温和的性情印象尤深。"

我脸红了。母亲总算听到别人赞我了。也许她心里也认为我确实具备这些优点呢。

"我也要去北京。"高灵像小猫一样哼哼唧唧地抱怨起来。

母亲责备她说："人家请你去了吗？没有！你自己嚷着要去，简直就是愚蠢。"高灵又要开始哼哼唧唧，母亲使劲扯了一把她的辫子说："快闭嘴。"随即把信递给我，让我接着念。

我站直了身体朝着母亲，很是抑扬顿挫地开始念："'彼家建议双方在北京，尊府墨店里会面。'"我停下来，对高灵笑了笑。我和高灵都从来没到店里去过。我接着念："'如此一来，即便双方意见不合，两家也不至失了颜面。若是双方都觉得这桩姻缘不错，那可真是老天保佑，老身不敢居功。"

母亲鄙夷道："说什么不敢居功，她图的还不是大把的谢礼。"

信里其余内容如下："贤媳难觅，这一点想必您也赞成。或许您还记得我那二儿媳？说来惭愧，她竟是个冷心肠。今天她跟我说，不如不让令爱那奶妈跟随到北京来。她说，若是人家见到她们二人一起，只会被那奶妈的丑脸吓到，顾不上欣赏姑娘美色了。我说她胡说八道。不料写信之际，我突然想到此处不便收留仆役。我家仆役已然在抱怨，说铺上睡不开。因此，或许奶妈不来为好。敝宅贫寒，不便之处请您多多谅解……”

读完信以后我才抬头看宝姨，心里很愧疚。她用手语向我示意说：不要紧，我过些时候会告诉她，我可以睡在地板上。我转向母亲，想听听她对这事怎么说。

“写封回信，告诉刘寡妇说我过一个礼拜就送你过去。我本该亲自送你过去，但是时值制墨忙季，手上事情太多，我走不开。我会请老魏让你搭他的车去。他月初总要去北京送药材，多搭一个客人赚点零钱用，他不会在意的。”

宝姨挥手要我注意。现在该告诉她了，说你不能一个人去。你一个人去，谁替你看这门亲事到底好不好？要是这个好管闲事的蠢表亲把你卖给穷人家当姨娘可怎么办？请她考虑到这一点。

我摇摇头。我怕提出些不必要的问题惹恼了母亲，毁了自己去北京的机会。宝姨拉我的衣袖，可我还是不理会。后来我多次不理会她，宝姨终于生气了。因为她不能说话，母亲又不认字，我要是不肯替她传话，她就无计可施了。

回到房间后，宝姨苦苦向我哀求。你太小了，一个人去北京不行的。这一路上很多危险，你想象不到的。匪徒可能会杀了你，把你的头摆在树桩子上……我没有答话，也不跟她争论，根本不给她借口跟我吵。她一天到晚不停地跟我唠叨，第二天，第三天，还在唠叨。有时候还迁怒于写信的刘寡妇。那个女人根本不理会什么对你最好。她一天到晚掺和别人的事情都是为了钱。要不了多久她就会惹上一身腥，自食其果。

后来，宝姨交给我一封信，让我转交给高灵，让高灵读给母亲。我点头接过，但是一出房门转过屋角，我就打开来看了："路途危险，非但有流匪飞弹，夏天恶瘴盛行，北京更是有此地闻所未闻之恶疾，一旦茹灵染病，鼻子手指可能会生疮烂掉。好在我知道如何医治这些疾病，因此，只要我陪同前往，茹灵就不至于带病归来，连累全家……"

后来，宝姨问我有没有把信交给母亲，我板起脸，硬着心肠，撒谎说"给了"。宝姨叹口气，如释重负。这是第一次我说谎没有被她发现。我不知道是她发生了什么变化，竟察觉不出我有没有说实话，还是说我变了？

我出门前的那天晚上，宝姨拿着那封信站在我面前。我原是把信团成一团塞在裤子口袋里的。这是什么意思？她扯着我的胳膊质问我。

"放开我，"我向她抗议道，"你不能再对我发号施令了。"

你以为你很聪明？你不过是个傻丫头罢了。

"我才不是。我不再需要你了。"

等你多长长脑子，你才真的不需要我呢。

"你是想把我留在这里，好保住你的保姆差事。"

她的脸色一下子黯淡下来，仿佛被人一把掐住了脖子。差事？你以为我留在这里就为了给你当保姆这个微不足道的差事？哎呀！我活下来难道就是为了听你这孩子说这种话吗？

我们两人都在大口喘气。我对她大嚷，把我经常听到母亲和婶娘们说的话喊给她听："你活下来是因为我们家人好心怜恤你，救了你的命。我们本来大可不必救你。小叔就是因为要跟你结婚才闹得厄运当头，被自己的马踢死的。人人都知道这回事。"

闻听此言她整个身体都垮了下来，我以为她终于肯接受现实了。当时我对她尽是怜悯之情，就像怜悯那些乞丐，却不敢直视他们的眼睛。我觉得自己终于长大了，宝姨再也管不了我了。仿佛旧日的我在注视着新生的我，惊叹我何以有这样伟大的蜕变。

第二天早上，宝姨没有帮我收拾包裹，也没为我准备路上的午饭。她只是坐在炕头上，看都不肯看我。太阳还没出来，可我能看到她哭得红肿的眼睛。我的心里很难过，但头脑却很坚决。

日出前一个时辰，老魏赶着驴车过来了，车上一笼一笼装的都是要往药店里送的蛇。我扎了条头巾遮挡日光。我爬上车，坐到老魏旁边的时候，除了宝姨，大家都站在大门口送我出门，连高灵都出来了。她脸都没来得及洗干净，就说："给我带个洋娃娃回来。"她都十三岁了，还像个孩子似的。

路途漫长，一路上灰尘扑面。驴子一停下来饮水，老魏就拿着一个大布条来到水边，浸湿了扎在头上，好让自己凉快些。没过多久我也学会了，用自己的头巾如法炮制。中午时分，老魏取出一个食盒，里面有饺子。可我什么也没得吃。出门前我不想劳驾厨子给我准备午饭，怕他会跟母亲抱怨说送我去北京麻烦太多。当然了，老魏主动邀请我吃些他的饺子。我呢，自然也得假装不饿。随后他又说了两次。真是可惜，他要是再说一次，我就可以接受下来了。可是现在，我只好饿着肚皮，跟八笼子可怕的蛇一起，走完剩下的路程。

那天傍晚，我们到了北京。一见到京城，我把一路上的暑热饥饿都抛到脑后，马上精神起来。经过城门检查站的时候，我很担心人家会不放我们进城。一个戴帽子的警察戳戳我的小包袱，又往老魏装蛇的笼子里面瞧。

“你到北京来做什么？”警察问。

“送药材。”老魏朝蛇笼子点点头。

“相亲。”我如实禀报，那警察转身冲他的同事大声重复了一遍我的回答，两人一起哈哈大笑，然后就放我们进去了。走了没多久，我们就看到远处高大的城门，门上的金字像太阳一样闪闪放光。进了城门，上了一条大道，路面竟比大江大河还宽阔。道上车来车往，一眼看到的黄包车，比我平生所见的加起来还要多。远处还有汽车，跟母亲烧给老太太的那辆纸车一模一样。我不禁开始把见到的景象，跟仙心村作个比较。这里的集市更大，更喧闹。街上的人群显得更加行色匆匆。男人们或穿长衫，或穿西装，都一脸的不耐烦，显然都是些重要角色。街上的许多女孩子，都穿着飘逸的裙子，个个发式都像名演员，留着卷曲的像干面条似的刘海。我觉得她们个个都比仙心村的姑娘漂亮。路边一排小贩，叫卖各种串起来的小鸟、蚂蚱、蜥蜴，价钱比我们镇上的零食要贵十倍。再往前走，我还看到摊子上卖的柿子颜色比村里的更加金黄，长生果颗粒更大，还有冰糖葫芦的色泽也更加鲜艳。我听到一声脆响，转头看见一个刚破开的西瓜，看上去似乎也更加香甜可口。许多路人受不住这等诱惑，纷纷掏钱买一片来吃，他们脸上莫不露出心满意足的神色，我可不曾见过吃西瓜吃得这么开心的人。

“你要是再这么盯着人家傻看，早晚会把脑袋扭坏。”老魏说。我一心要把眼前看到的景象记下来，好回去说给大家听。我想象着他们惊叹的神情、母亲的称赞、高灵的妒忌，还仿佛看到宝姨失望的样子。就是她不想让我好过，因此我决定把她推出我的脑海，不去想她。

老魏停下来几次，跟人打听往灯市大街附近某家店该怎么走，随后又打听某条胡同的位置。最后我们终于到了一个拥挤的大院门口，刘寡妇家就住在这里面。一下车就有两条狗，汪汪叫着朝我跑过来。

“哎！你这姑娘怎么跟个泥人似的！”刘寡妇一见我就说。我满头满脸满身都是泥土。我站在四合院里，周围一片喧哗混乱，谁也不曾留意到我的到来。刘寡妇马上告诉我说晚饭就快好了，叫我快些去洗洗干净来吃饭。她递给我一只洋铁桶，告诉我泵井在哪里。我接满一桶水，突然想起母亲曾说过北京的水是甜水，我尝了一口，发觉水是咸的，味道很糟糕。难怪宝姨跟我说北京先前曾经是苦海边上的荒地。这时我突然意识到这是头一遭宝姨没在身边帮我洗澡。澡盆在哪里呢？烧热水的炉子呢？我太胆怯，什么东西都不敢乱碰，只好蹲在席棚后面，往脖子里浇冷水，心里一面责怪宝姨把我调教成这么个傻瓜，生怕别人发现自己有多笨。

洗完以后，我又发觉自己忘记带梳子，还有剔指甲的小木片。宝姨总是替我记着这些事情。就是因为她我才会忘记的！至少我还记得带上干净的衣服裤子。可是不出所料，我从包袱里把衣服拿出来，却发现衣服皱巴巴的，沾满了灰尘。

吃晚饭的时候，我又想起一件事。这是头一遭宝姨不在身边告诉我什么该吃什么不该吃。这次我倒是很高兴。要是她在的话，一定会教训我：“不要多吃油腻的、太辣的东西，不然会上火，闹暑热病症。”因此我特意多吃了几块辣猪肉。可是晚些时候我却肚子不大舒服，很担心自己胃里面要烫起水疱来。

晚饭后，我跟刘寡妇和她媳妇一起坐在院子里，听她们说长道短，周围蚊虫嘤嘤，我一边打蚊子，一边怀念起宝姨手里摇着的大蒲扇，把蚊虫暑热都扇走了。后来我上下眼皮直打架，刘寡妇就让我去睡觉。我回到放包袱的小棚子，见里面有张破烂的草床。我摸着床垫上的破洞，又想起一件事情：这是我头一遭一个人睡觉。我躺下来，闭上眼睛。快睡着的时候，我听到有动静，是老鼠在墙边抓挠。我坐起身，看床脚有没有放防老鼠的松油，可是没有。又一次，我非但不感激宝姨为我做好了一切，反而埋怨她没教我这些事情，害我变得这么愚钝无能。

醒来后，我发觉没人帮我梳头，替我收拾耳朵、剪指甲。我又没有梳子，只好用手指把头发梳通。我穿着睡觉的那身衣服满是汗渍，床头上也没有准备好的干净衣服。穿成这样去相亲很不合适。可我只带了那一身衣服打算今天穿，那套衣服又很不合时宜。我已经成年了，却蠢笨到如此地步。我呆在当地，无计可施，只怪宝姨把我调教成这副样子。

我穿着自己准备的衣服站在刘寡妇面前，她一见就嚷起来：“你是长了个空脑壳还是怎么？大夏天的你穿件夹衣冬裤，这算怎么回事？你头发是怎么了？”

我能怎么回答她呢？说宝姨不肯给我出主意？实际上，我在挑衣服的时候，只想着要带上自己最好的衣服，这身衣服绣工最是精美，而且昨天早晨我出门前收拾包袱的时候，天气还比较凉爽，这身衣服还不算难受。

“真是一团糟！”刘寡妇一边翻腾我带的衣裳，一边嘟囔，“谁家娶了你这么个蠢媳妇可真是倒霉。”她又匆忙翻腾自己的衣箱，找自己年轻苗条时候穿的衣裳。最后终于决定给我穿她儿媳妇的一件还不太过时的薄旗袍。这衣服高领，短袖，淡紫色布料上印着夏季枝叶的图案，绿叶色的滚边和盘扣。穿好以后，刘寡妇把我扎的乱七八糟的发辫打散开来，把梳子打湿了给我梳头。

中午时分，她说我们要出发去墨店了，然后告诉家里的仆人我们不在家吃午饭。她认定了墨店的表亲会为我们备下盛宴款待。她教训我说：“要是那家人也在场，你就每样菜都吃一点，好叫人家觉得你不挑剔，可也别吃太多，叫人觉得你贪吃。让别人先来，好显得你很谦逊，把自己当成席上最不重要的一个就对了。”

灯市街离磁器口并不远，乘黄包车大概走三十分钟的路。可是刘寡妇定要提早几分钟，免得误了见面。她紧张兮兮地说：“甭管怎么说，准备周全总归没错。万一车夫又老又瘸走不快可怎么办？万一路上下雨呢？”

中午刚过，我终于站到了我们家墨店门前，焦急地等着见父亲。刘寡妇付给车夫钱，还忙着跟他讨价还价，说我只是个小孩，不该多收我们一个人的钱。“小孩？”车夫鄙夷地说，“老太婆，你眼睛长到哪里去了？”我低头盯着新借来的紫衣裳，拍拍后脑勺上梳得整整齐齐的新发髻，既不好意思，又觉得很自豪，因为车夫觉得我是个大姑娘，不是小孩子了。

街上店铺一家挨着一家，每家店门口都贴着喜庆的红对联。我们家店门口的对联特别漂亮，上面的字是草书，就是宝姨教我临摹的字体。那笔法就像画画，笔画如行云流水，意境无穷。一看便知，写这副对子的，定是位修为很高的学者名家，大受尊崇。我心里虽然不情愿，但还是认得出，这副对子定是出自宝姨之手。

最后刘寡妇终于跟车夫讲好了价钱，我们两人一起走进父亲的店里。店堂朝北，里面比较暗，也许正因为如此，父亲一开始并没看到我们。他正忙着招呼客人，客人仪态尊荣，就像前清时代的举人学者。他们两人弯腰对着玻璃柜台，正在谈论各种墨的质量特点。大叔上来招呼我们，请我们坐下。听他言语那么客气，我知道他不曾认出我们是谁，因此我羞涩地叫了声大叔。他斜眼看着我，然后大笑起来，向二叔说是我们到了。二叔再三道歉，说没有早出去迎接我们。他们忙着招呼我们在店堂接待客人的桌旁坐下来。刘寡妇再三推辞，说我父亲和叔叔们一定忙着招呼客人，她就不打扰了，然后作势要离开。如此三番五次之后，我们终于入了座。二叔给我们端上热茶，还有甜橘子和折扇，好让我们扇扇子消暑。

我四处张望，想着回去要把我看到的东西告诉高灵，逗逗她，看她吃醋。店里的地板是深黑色的原木，清洁光亮，虽说现在是夏天灰最大的时节，地上却连个脚印都没有。两边靠墙一溜摆放着木头和玻璃的展示柜。玻璃都闪闪发光，一块破的也没有。玻璃柜里放着丝缎包裹的墨盒，里面都是我们辛苦劳动的结晶。店里的墨条看起来要比在仙心村我们家墨坊里的样子好得多。

我看见父亲打开了好几个盒子，把里面不同形状的墨块墨条都摆在铺了丝缎的玻璃柜台上，他与顾客就靠在柜台边上谈话。父亲先指着一条顶端刻成宝船形状的墨条，煞有介事地介绍说："您若用这墨，一下笔就有如泛舟湖上一般，流畅自如。"他又拿起一块雕成鸟形的墨："用此墨，您定会文思冲天而起，直上云霄。"他又朝那边一排刻着牡丹竹子的墨饼一挥手："此墨象征家宅花开富贵，心静有如幽竹环绕。"

我一面倾听父亲讲话，一面想起了宝姨。我还记得是她教会我这些事情。她对我说，世间万物皆有个来由目的，墨也一样：一下子就能从瓶子里倒出来用的，并非真正好墨。下笔创作前不经过辛苦研磨，毫不费力就得到作品，那你一定成不了真正的艺术大家。时髦的墨汁就是这点不好。你想也不用想，落笔就写，写出来的尽是脑海里面最表层的东西。最表层可没什么好东西，就像池塘水面上漂浮的，就只有枯枝败叶、孑孓虫豸。可是倘若你提笔之前，先在砚台上磨墨，这个准备步骤会帮你荡涤心志。你一边磨，一边扪心自问：我志在何处？胸中有什么样的情怀？

我记起了这些，但是那天在墨店里，我倾听着父亲的话音，觉得他的话比宝姨的任何想法都要高明。"您瞧。"父亲对顾客说，我也探头去看。父亲举起一块墨，迎着光转动。"您瞧，这墨色泽黑中透紫，恰到好处，既不黄，也不灰，跟街上买来的便宜货绝不可同日而语。您听听。"我听到父亲敲墨块发出的脆响，如同银铃一般。"这清脆的声音说明制墨的灰粉非常细致光滑。多年的老河床岸边泥土平滑，也不过如此。您闻闻这气味——觉不觉得出其中力度和精巧的绝妙配合，墨香有如乐音的调子？我们的墨价钱是要贵些，人人见到，都会觉得这墨实在是物有所值。"

听到父亲这么夸赞我们家做的墨，我心里觉得很自豪。我吸了一口炽热的空气，其中香料和樟脑的气味非常浓郁。

"这灰粉可比安徽松木好得多了，"父亲接着说，"我们取材的那种树木非常珍贵，根本不允许砍伐。幸亏我们有一批存货，是被雷劈倒的树干，这都是老天保佑我们刘家墨坊啊。”父亲又问那位顾客可曾听说过最近从龙骨山的考古坑里发掘出的古人类头骨。那位老举人样的客人点头表示听说过。父亲解释说：“从那里只消翻过一座山就是我们村。据说我们村的树龄都有一百万年以上呢！谁知道呢？您想想吧，一百万年以前，那些古人在龙骨山一带游荡的时候，他们也需要坐在树下休息不是？也要乘凉不是？他们也得点着树枝生火不是？也得有木材打桌椅板凳这些家具不是？哈哈，您瞧我说的是也不是？因此才说，我们这些跟龙骨山仅有一山之遥的村里人，就供给他们树木使用。如今这先人留下的树木就归我们这些人所有了。我们把这种木材叫做仙心木。”

父亲指着货架示意说：“您往这边瞧，这边架上的墨，每块里面只加了一点点仙心木灰，因此价钱就便宜些。这边一排，每块里面略多加了一点。您眼前这一盒，差不多全是仙心木灰制成的，这墨着笔就吸，有如花蜜直冲蜜蜂鼻孔。”

最后，客人买了几块最贵的墨条，才离开了墨店。我很想拍手叫好，就像是刚看了一出精彩的社戏。这时父亲朝我们走过来，朝我走了过来。我心跳得厉害，忙站起身来。打从父亲为老太太奔丧回家，我已经三个月没见过父亲了。我不知道他对我这身大人样的打扮会做何评论。

“怎么！都五点钟了吗？”他兜头问道。

一听这话，刘寡妇跳起脚来，大喊大叫地说：“我们来早了！该回去，迟些再来！”

我这才明白约的是叫我们五点钟到，而不是一点钟。父亲这么毫不遮掩地指出刘寡妇弄错了时间，搞得她很没面子，父亲只得三番五次请她重新入座，她才安顿下来。随后叔叔们又送上了茶，还有更多的橘子，可是气氛还是显得很尴尬。

过了一会儿，父亲才对我表示关怀。他说："你太瘦了。"又或者他是说我太胖了。后来他又问候母亲可还安好，问候高灵和兄弟们，还有别的那些姑妈婶子们。很好，不错，挺好的。我像鸭子一样频频点头道好。我穿了这身新衣服，讲话都讲得不自然。最后父亲问我们吃过饭不曾，虽说我饿得都快昏过去了，却连答话的机会都没有。刘寡妇早就忙不迭地叫嚷起来："我们吃好了，吃得很撑！千万别再麻烦了！您接着忙生意吧。"

"生意不忙，"父亲客气地说，"不忙，有亲戚来了，别的事都不着急。"

刘寡妇更加客气："真是的，我们得走了……不过，你可听说那谁……？"随即她开始慌乱地谈论起某个远亲来。听老刘寡妇絮絮叨叨说了五六房亲戚之后，父亲这才放下茶杯，站起身来。

"大姐，您瞧我这粗心的。真不该勉强你们在这儿陪着我说话。你们这么早到，想必是想跟我女儿一起在城里转转，看看西洋景。"父亲递给我几个铜板，叫我买馃子水饺来吃，又叫我好好敬重老姑妈，别让她累着。"您尽管去吧，"父亲对刘寡妇说，"别因为我们就急着回来。"

父亲这么轻巧就把刘寡妇打发出去了，叫刘寡妇很没面子，我却是兴高采烈。很快我们两人就站到外面的酷暑中。

我们在胡同口发现一个水饺摊子，可以坐在外头长凳上吃。我忙不迭地买了饺子大嚼，一旁刘寡妇犹在絮絮叨叨地抱怨，说湿热的暑气把她的脚都泡肿了："又软又松，像烂香蕉一样，不中用喽。"她吝啬，不舍得乘黄包车先回灯市街的家里去，要不了多久还得再折回来。可她又一连声地说，怕就怕等五点钟到了回到店里去出席这次重大会面的时候，我们早累得像没人要的病狗一般，嘴巴大张，舌头伸出来，满口大喘气。她吓唬我，叫我“不许出汗”。

我们尽量在阴凉地里走。我一个耳朵听着旁边刘寡妇啰唆，一边留心看街上过往的行人：有学生或者学徒模样的年轻人，有旗人老太太挎着很重的大包袱，有穿洋装剪短头发的时髦小姑娘。人人都步履匆忙，行色匆匆，跟我们家乡的人很不一样。刘寡妇不时地推我一把，说：“哎！别跟个乡下土包子似的，光知道傻看。”

就这样，我们继续往前逛，往东走两条街，再往北走两条街，然后再往东走两条街。老刘寡妇就是用这种方法才没迷路。走了没多久我们就来到一个公园里，园中垂柳绕堤，小桥流水，水中睡莲盛开，蝌蚪游泳。刘寡妇在树荫下找了个凳子坐下，然后大力扇风，说自己热得就像红薯烤过了头，快要爆炸了。过了一小会儿，她就张开嘴，下巴搁在胸口上，睡着了。

近旁有个凉亭，亭身是黑色木头组成的格子状隔扇和围栏，周边几根立柱支撑起铺着瓦片的沉重屋顶。我来到亭子一角，缩在一根立柱后面，尽量不动，像壁虎一样，让人家看不到我。我躲在那里，看到有人在舞剑，有个老人在吹奏一种像铁梳子的乐器，他身旁有个老太太在剥橘子，有只蝴蝶被橘香招来，一下下扑过来找橘子皮，老太太伸手想抓。几级台阶下，一对情侣坐在水池边，假装看水鸟，手指却偷偷碰在一起。我还看到了一个洋人，可我一开始没看出他是个洋人，因为他穿着读书人的中式薄长袍，下面穿长裤。他的眼睛是泥水一样的深灰色。另外一根立柱旁，一个保姆在哄孩子，她怎么哄孩子也不肯转头看她，只是盯着那个洋人，兀自哭叫不已。随后又来了一个人，衣着华丽，行动气派。他走到一棵树下，不知从哪儿拿出一个笼子来，掀开上面的罩布，里面马上传出鸟儿的鸣叫声。我觉得自己仿佛置身于一个千年不变的世界，我一直在这其中，只是刚刚才睁开眼睛看到这一切。

我一直待在那里，直到亭子里的人都快走空了。后来我听到刘寡妇大呼小叫地喊我的名字找我。一见到我，她就责骂我，说："你可吓死我了。"还使劲在我胳膊上掐了一把。

我们走路回到父亲的店里，这一路上，我觉得自己已经完全变了，我的脑海里起了轩然大波，各种念头、各种希望都浮了上来，回旋不已。我在想，不知道那亭子里遇到的人在明天、后天还记得些什么，而我，对于那天的一切都绝不会忘记。因为那是我新生活开始的日子。

恰如刘寡妇计划的一样，那位可能会成为我婆婆的太太正好在五点钟经过店门口。那位太太比母亲要年轻一些，表情严肃，神色凌厉。她手腕上堆金累玉，显出身家地位不凡。听到刘寡妇唤她，她先是显出意外的神色，然后才喜上眉梢。

"真是难得啊，竟在这儿碰到您，"老刘寡妇扯着嗓门大声叫道，"您啥时候到京城来的？……哦，来看亲戚啊，村里大家都还好吧？"大家如此这般假作惊喜一番后，老刘寡妇才介绍这位太太与我父亲和叔叔们相见。我一心惦记着不要流露出任何想法，连那太太的名字我都没听见。

"这是我兄弟的大女儿，叫刘茹灵，"老刘寡妇说，"她十五岁了。"

"我十四。"我刚开口纠正，刘寡妇责怪地瞪了我一眼，又补充道："马上就满十五了。她这个礼拜到北京来玩。他们家也住仙心村，开墨坊制墨，店开在京城里。"她说着，挥手示意："您也瞧见了，他们生意做得还算不赖。"

"话说回来，我们生意说得过去，还得谢谢您先生帮忙，"父亲接过话茬说，"我们从他那里买到许多上好木材。"

"真的吗？"刘寡妇和那女人异口同声地反问。我也马上侧耳倾听，很想知道何以我们家会结识他们家的。

"没错。我们跟张老板买樟木，"父亲接着说，"家里遭遇不幸时，张老板还给我们送棺木，都是上品的好木材。"

原来是棺材铺张老板！他们越说越热闹，惊喜一出接一出，我听在耳中，想到宝姨朝空中挥舞拳头的情景。她是绝对不会答应让我嫁到张家去的。随即我又想起，我嫁或不嫁，并非她说了算的。

"我们家也想在京城里做点生意呢。"张太太说。

"是吗？那也许我们可以略帮些忙。"父亲客气地说。

"可不能给您添这么大麻烦。"张太太答道。

"没什么麻烦。"父亲又说。

"不如大家一起坐下来好好谈谈。"刘寡妇提议，开口恰是时候。

张太太停了一下，稍作考虑，父亲又说："再说了，我一直想跟您先生多谈谈他对北京人的重大发现做出的贡献。"

张太太点点头。"我们也没料到那些个难看的小骨头竟这么值钱。幸好我们没把它们当药材全部吃掉。"

我心里盘旋着的念头是，倘或我嫁入这么一户有钱有势有名望的人家，会怎么样。高灵定会嫉妒得发疯。母亲对我也会关爱有加。当然，张家可能不让宝姨跟过去伺候他们家未来的孙儿，更何况宝姨只要一听到他们的名字就不停地敲敲打打，还怒吐口水。

说到最后，大家决定刘寡妇、我父亲，还有我，三个人一起去张家一个表亲在北京的府上拜访，鉴赏他们家花园中几块难得的奇石。刘寡妇很高兴，因为这些迹象都表明张家觉得我做他们家未来的儿媳还算不错。我也很高兴，因为这样一来，我就可以多在北京待几天了。

两天后的傍晚，我们一起到那位表亲家里去赏月。我穿着另一件借来的衣服，娴静地坐着，吃得不多，话说得更少。张老板也从仙心村赶过来，跟父亲两人围绕北京人的话题交谈起来。

“所有的头骨碎片都必须留在中国，”父亲说，“这样一来合情合理，二来当初跟洋人也有协议。”

张老板说：“可不能指望洋人说话算话。他们总会设法偷运些骨头出去。他们会找出种种借口，施加压力，再制订新协议。”

“不论什么协议也改变不了事实，北京人是中国的，他应该留在自己生活乃至死亡的地方。”

张老板突然看见我坐在花园的石凳上，转向我说：“或许哪天你我可以一起去找些骨头，让北京人更完整些。你意下如何啊？”

我忙不迭地点头答应。

第二天，我心满意足地搭车回家。长这么大以来，我头一遭觉得自己这么重要。我既不曾让刘寡妇丢了面子，也不曾令家族难堪。事实上，我可以说是大胜而归。父亲只就些无关紧要的小事说了我几句，因此我知道他其实很为我得意。老刘寡妇跟她的儿媳妇们吹牛，说我容貌标致、举止娴雅，有十户人家来提亲也不奇怪。她肯定地说，本周之内张家就会上门提亲。

张家老四当时在龙骨山，我没见到。可我知道他比我大两岁，跟其他几个兄弟一样，也在他父亲店里当学徒。而且，传言说就是他，张家最小的儿子，可能会把棺材生意做到北京来。这也就是说，我将来会住在京城里。

说话间，我从不曾开口询问我这位未来的夫婿聪明与否，上没上过学，和善不和善。我丝毫不曾想到过浪漫的爱情，对此我本来也一无所知。但我的确知道，婚姻能够决定我将来的生活是过得更好还是更糟。看看张家人的举止气派，还有张太太珠玉缠身的风度，我就知道，自己也会成为一个更加重要的人物。这又有什么不对呢?

天还不亮老魏就来接我回家了。天色很暗，空气中满是夏季的腐臭气味。坐在车上，我开始想象自己的生活会发生怎样的变化。当然，当务之急我得置办些新衣裳，还得小心躲着太阳光。我可不想晒得黑不溜秋，像个乡下丫头。再怎么说我们也是艺术商人世家出身，地位不凡呢。

走到星光黯淡、太阳升起的时分，北京城的影子已经渐渐模糊，眼前又是一片尘土漫天的单调景象。

过了几个钟头，驴车翻过最后一座山，我又听到仙心村里熟悉的鸡鸣犬吠之声。

老魏扯开了嗓子唱起乡下小调。我们转了个弯，碰上羊倌老吴赶着他的羊群。午后的阳光穿过树梢，晒在羊背上。老吴扬起鞭子，跟老魏和我打招呼。这时，他的羊也一起掉转头，朝我们过来，就像大风刮过一阵暴雨，我突然感觉到一种巨大的危险。我记起来，母亲曾经有意无意地提起，说羊倌老吴是个鳏夫，他得找个老婆给他织羊毛。我几乎能感觉到自己翻检羊毛时戈壁的黄沙穿过指间的感觉，能闻到羊肉的膻气一直渗入我的手指、我的骨头里。此时，我盯着扬鞭微笑的羊倌，更加下定了决心，要嫁给张家儿子。也许那儿子是个独眼白痴，但管他呢，反正我是张家的媳妇，张家很有名望，在京城里还有生意。

转瞬之间，人的情感能背弃自己熟悉且珍视的一切。就在我快要回到老家的那一刻，对于伴随我长大的一切，我心里却没有涌上一股思念和亲切之感。相反，我留意到猪圈的臭气，被梦想着挖龙骨致富的人们挖得坑坑洼洼的地面，墙上的破洞，井边的污泥，还有扬灰暴土的路面。我看到一路经过的妇女，不论老幼，都一脸的茫然，空洞的目光映射出她们空洞的内心。每个人的生活都跟别人的一模一样，每家每户都同样地无足轻重。他们都是些乡下人，天真无知，讲求实际，不肯求变，一见到点风吹草动就以为老天要降灾。在我脑子里，宝姨也变成了这么副形象——头脑空洞，是个乡下土包子。

我记得有句笑话就是说的这种慢悠悠的乡村生活：没事干的时候，拣米虫也能忙半天呢。当初我听了这话大笑不已，如今我才明白，这话说的没错。

我们行到镇里的时候，老魏还在大声唱着歌。我们又转进了猪头胡同，经过了许多熟悉的面孔，听到他们大嗓门沙喉咙的问候。快要靠近我们家那个道口的时候，我的心开始狂跳起来。我看到家里的大门，门梁上木头有些剥落了，门柱上挂的春联有些褪色。

可我刚一推开大门，一颗心马上又沉了回去。我满心急着想见宝姨。她见到我肯定会高兴的。我走的时候她还哭过呢。我冲到前院里，叫着："我回来了！我回家来了！"我又冲到墨坊里，看到母亲和高灵。“啊，这么快就回来了？”母亲说了声，手里的活也没停。“刘表亲带了话回来，说会面很顺利，张家看来打算娶你呢。”

我迫不及待地想跟他们讲讲我的历险故事，讲讲我这几天的快乐。可是母亲打断我说：“快去洗洗，来帮我和你妹妹把这些东西磨完。”高灵朝我皱起鼻子，说：“哟，你可真够臭的，一股驴屁股味儿。”

我回到自己跟宝姨共住的房间。一切都安然未变，被褥跟从前一样，叠好了放在炕头上。可是她不在房里。我挨个房间地找，从前院找到后院，越来越急，越来越想见她。

随后我听到敲打锅子的声音。她在地窖里，也急着想让我知道她的去向。我顺着梯子往下看，她朝我招手，然后从下面黑影地里爬上来。我看到她的身材还像个小姑娘。有那么一刹那，我只看到太阳照在她上面半边脸上，她看上去还是那么漂亮，跟我小时候记忆中一样。她从地洞里爬出来，把锅放下，伸手抚摩我的脸，然后用手语说：你真的回到我身边来了吗？我的小狗儿？随后她扯了一把我蓬乱的发辫，鼻孔里哼了一声。你没带梳子吗？没人提醒你吗？现在知道你需要我了吧？你根本就没脑子！她用手指戳我的脑袋，搞得我心烦意乱。她往手上沾了些唾液，从我脸上擦下些灰尘，然后又摸摸我的额头。你生病了吗？你好像有点发烧呢。

“我没病，”我回答说，“是热的。”她又开始翻腾我那一头乱发。我瞥见她脸上纵横的疤痕，还有她扭曲的嘴巴。

我拉开她，说：“我自己来。”

她开始发出嘶嘶的声音。才出去一个礼拜，回来就成了大人了？

我急躁地说：“当然。再说了，我就要出阁了。”

我听说了。而且是去当正房太太，不是做小。这很好。我教你教得不错，大家也都看出来了。

这时我就知道，母亲一定没告诉她那家人是谁。反正她早晚要知道的。“我要嫁到张家去，”我说，然后眼看着我这句话把她击倒在地，“没错，就是棺材铺张老板家。”

她发出一种溺水的人那样绝望的声音，然后把脑袋摇得像拨浪鼓。随后她飞快地用手语告诉我：不行。我不许你嫁。

“这个你说了不算。”我冲她大嚷。

她打了我一巴掌，然后把我推到墙上，一下一下地打我的肩膀，打我的头。我先是呜咽着往后缩，尽量护着自己。突然我愤怒起来，一把把她推开，站直了身体。我脸上毫无表情地对着她，她惊呆了。我们两人僵持着，大口喘息着，直到彼此都不认得对方了。她突然双膝跪倒在地，使劲拍打自己的胸脯。没用啊，没用啊。

“我得去帮母亲和高灵。”说着，我转身背对着她，走开了。

# 鬼

不出所料，张家果然来提亲了。刘寡妇还说，要是我肯尽快过门，他们家会送一份彩礼过来。马上要过中秋节了，村里和家族节庆的时候，还会举办一个特别的庆祝节目，表彰张老板的科学贡献。那时候，家家户户都会知道我是张家的媳妇。

“她得尽快过门，”大婶二婶都劝母亲，“不然过后人家可能会打退堂鼓。万一人家发现她的出身有差，不想结这门亲了，可怎么办？”我以为她们说我出身有差，是说我女红做得不好，或是先前我顽皮闯了什么祸，我已经忘记了，可她们还记得。可实际上，她们讲的是我的身世。她们都知道我到底是谁的女儿，可我和张家人却不晓得。

母亲决定让我赶在中秋节之前，在几个星期内过门。她跟我保证说，这段时间足够她和婶子们帮我预备成亲用的被褥衣物。母亲宣布了她的决定之后，高兴地流下了眼泪，她自豪地说："我一直待你不错，没人能说我的不是。"高灵也哭了。尽管我也掉了些眼泪，却不尽是喜悦的泪水。我终归是要离开家，离开这所熟悉的房子了。我将不再是个小姑娘，而是要成为人家的太太；不再是家里的女儿，而是要做人家的媳妇了。不管我将来的生活将会多么幸福，让我跟从前的自己告别，我心里还是非常难过。

宝姨仍然和我住一个房间，睡一张床。可她不再帮我打水洗澡，也不帮我从井里打甜水喝了。她既不帮我梳头，也不关心我每天气色好不好，指甲里干净不干净；既不提出各种警告劝诫，也不再用手语跟我讲话了。

我们两人隔得远远地躺在炕上。若是我醒来发觉自己又像从前那样依偎在她身边，我就不声不响地趁她还没醒来，赶紧挪开身体。每天早晨起来她都红着眼睛，于是我知道她整夜都在哭泣。有的时候，我自己也红着眼睛。

宝姨只要不在墨坊干活，就一直在写字，写了一页又一页。她总是坐在桌旁，一边在砚台上磨墨，一边沉思。她到底在想些什么，我却无从猜想。然后她把笔蘸上墨，开始书写，写一会停一下，再蘸。她下笔如行云流水，既没有涂黑划掉什么，也不曾翻回头修改从前的字句。

就在我过门前几天，有天早上我醒来，发觉宝姨坐在我身边，眼睛盯着我看。她抬手开始讲话。是时候我该告诉你真相了。她走到小木柜旁边，取出一个蓝布包裹，放在我腿上。里面有厚厚的一卷纸，用线装订成册。她脸上带着一种奇怪的表情看着我，随后离开了房间。

我打开了第一页，开篇写的是："我生在周口店著名的接骨大夫世家。"我又往下看了几页。里面说到他们家祖传的接骨手艺，她母亲如何去世，父亲如何悲痛，都是些她曾告诉过我的事情。然后我又往下看："下面我要告诉你张老板其人之丑恶真面目。"我立马把册子放下了。我可不想再让宝姨毒害我的思想了。因此我并没有读到最后，看到她说自己其实是我母亲的那些话。

吃晚饭的时候，宝姨对我又恢复了从前的态度，仿佛我是个不可救药的小孩子。她用筷子夹了些菜到我碗里，对我说：多吃点。你怎么不吃呢？你生病了吗？好像有点发热。你前额很烫。怎么脸色这么苍白？

饭后，大家跟往常一样，又来到院子里。母亲和婶娘们忙着为我绣新娘礼服。宝姨在给我补一条旧裤子。她放下针线，拉拉我的衣袖。你看到我写的东西了吗？

我点点头，不想当众跟她争吵。我和高灵还有表姐妹们一起在玩游戏，假装用线绳在织东西。我弄出很多错，高灵见了开心地大笑，大叫着说张家要娶个笨媳妇。听到这话，宝姨严厉地瞪了我一眼。

太阳落山了，夜幕降临，黑夜的声音渐渐响了起来，各种我们看不见的小动物在黑影里吱喳作声，扑腾不休。很快就到了上床睡觉的时间。我特意等着宝姨先去睡。过了好长时间，我觉得她一定已经睡着了，才回到黑暗的房间里。

可是宝姨立刻坐起身来，开始用手语跟我讲话。

"我看不到你说什么。"我说。见她要去开煤油灯，我又抗议说："别烦了，我好困，现在不想讲话。"可她还是点上了灯。我爬到炕上，躺了下来。她跟着我上了炕，把灯搁在壁架上，蜷缩起身子，灯光映着她的脸，她紧盯着我。既然你已经读过我的故事了，你到底对我是怎么看的？说实话。

我咕噜了一声，竟招得她拍打双手，合十叩拜，感谢菩萨救我逃脱张家人的毒手。不等她继续拜，我赶紧说："我还是要嫁。"

好长一段时间，她一动不动，随后又开始捶胸大哭。她双手飞快地挥动着：难道你对我竟然一点感情都没有吗？

我清楚地记得自己当时对她说的话："哪怕张家人全都是杀人犯，是贼，就为了摆脱你，我也要嫁过去。"

她双手拍打着墙壁，最后终于吹灭了灯，走了出去。

第二天早晨，她不见了。可我一点也不担心。从前她很生我气的时候，也曾经出走过，可她总是会回来。她也没来吃早饭。于是我知道她这次火气比从前还大。她气就气去吧，我心里说。她根本不关心我将来的幸福。只有母亲才关心。这就是母亲跟保姆的区别所在。

我跟婶娘们，还有高灵一起，跟在母亲身后去墨坊开始我们一天的工作时，我心里就是这么想的。一踏进那昏暗的房间，我们马上看到周围是一团糟。墙上满是墨渍，凳子上也是，地面上一道一道都是泼洒的墨迹。难道是什么野兽闯进来了？那这种甜兮兮的腐臭气味又是怎么回事？然后就听母亲开始哀号："她死了！她死了！"

谁死了？然后我看到了宝姨，她上半边脸死灰样的白，狂乱的眼神盯着我看。她弯身坐在远处的墙边上。"谁死了？"我对着宝姨嚷，"出什么事了？"我朝她走去，她披头散发，随后我留意到她脖子上满是苍蝇。她眼睛还是盯着我，手却不动，一只手里拿着一把切墨用的刀子。我还没走到她身旁，就被一个抢着要看热闹的房客一把推开了。

关于那天的事情，我所记得的就只有这些了。我不知道自己是如何回到房间，躺到炕上去的。黑夜里我醒来的时候，我以为当时是前一天的清晨。我坐起来，直发抖，想把噩梦抛到脑后。

宝姨不在炕上。然后我记起她是生我的气，去别处睡去了。我想再回去睡觉，可是却无法安歇。我起了床，出了门。外面星辰满天，没有一个房间亮着灯，连老公鸡都没出声。就是说还不到早晨，现在仍然是夜里，我想：自己这是不是在梦游啊？我穿过院子，朝墨坊走去，想着宝姨可能睡在墨坊的长凳上。突然我又想起了噩梦中的情景：黑压压的一群苍蝇在啃她的脖子，顺着她的肩膀爬来爬去，就好像头发在动。我很怕看到墨坊里的东西，但我发抖的双手已经在点灯了。

墙面上很干净，地面上也一样。宝姨不在那里。我放心了，又回到了床上。

我又一次醒来的时候已经是早晨了，高灵站在炕边上，满脸泪痕地对我说："不管怎么说，我保证还是把你当姐姐对待。"随后她就把发生的一切都告诉了我。我听着，仿佛仍然噩梦未醒。

前一天，张老板的太太手里捏着一封宝姨写的信来到我们家里。信是半夜里送到的。"这是什么意思？"张家的女人想搞明白。信上说要是我嫁到张家去，宝姨的鬼魂就会跟着去，永远纠缠他们。"送这封信的人在哪儿？"张太太甩着信纸质问。这时母亲告诉她说那个保姆刚刚自杀了。张太太一听，吓得魂飞魄散，落荒而逃。

随后，母亲冲到宝姨的尸体旁边，高灵说，宝姨当时还靠在墨坊的墙边上。"你就这么报答我？"母亲哭叫，"我待你如同姐妹。我把你的女儿当自己闺女一样。"她抬脚一遍又一遍地踢宝姨的尸体，责怪宝姨没有对她千恩万谢、抱愧万分。"母亲气得发疯，"高灵说，

“她对宝姨的尸体说：‘你要是胆敢在我们家作祟，我就把茹灵卖到窑子里去当妓女。’”然后，母亲命令老厨子把尸体拖到车上，从悬崖上扔下去。“她就在那下面，”高灵说，“你的宝姨就躺在穷途末路上。”

高灵出去以后，我还是没弄明白她好多话的意思，可我已经知道了。我找到了宝姨写给我的那些文字。我读完了。最后，我终于读到了她的话。你的母亲，你的母亲，我就是你的母亲。

那天，我跑到穷途末路去找她。我往下滑，树枝和杂刺刮伤了我的皮肤。一滑到底下，我就慌乱地找她。我听到蝉鸣，兀鹰扑打翅膀的声音。我朝浓密的灌木走去，那边的树随着倾倒的悬崖壁，也横着长，仿佛要倒下去。我看到了苔藓，又或者，那其实是她的头发？我看到高高的树枝上有个鸟窝，又或者，那是她的身体挂在树枝上？我碰到干枯的树枝，难道那是她的骨头？已经被狼给咬得四分五裂了？

我转身朝另一个方向走，跟着悬崖的走向。我瞥见散落的碎布条——是她的衣服吗？我看到乌鸦衔着细碎的东西——那是不是她的肉体？我来到一块碎石堆积的垃圾场，看到成千上万的碎片，都是她的尸骨。不论我走到哪里，都仿佛看到她残破损毁的样子。都是我的错。我记起了她们家族的毒咒，那也是我的家族——都是因为那些龙骨没有放回葬身之处。那可恶的张老板之所以想让我嫁给他儿子，无非是为了让我帮他多找些龙骨。我怎么就这么蠢，先前就没明白呢？

我一直找她找到天黑，直到我的眼睛沾满了尘土和眼泪，肿胀起来。我到底也没找到她。到我重新爬上去的时候，一部分的我，永远遗失在了穷途末路。

整整五天，我一动不动，吃不下，哭不出，孤零零一个人躺在炕上，感到自己只有出的气。我觉得自己已经一无所有，可是身体却仍然在呼吸。有些时候，我无法相信发生的事情。我拒绝相信。我使劲地想，想让宝姨出现，想听到她的脚步声，看到她的脸。我终于看到她的脸了，可那是在梦中，她还在生我的气。她对我说那毒咒如今缠上了我，我将永世不得安生。我注定要一辈子不开心。第六天，我开始哭个不停，从早晨一直哭到黑夜。等到我哭得精疲力竭，什么也觉不得了，我从床上爬起来，又活了过来。

再没人提起让我嫁到张家的话了。婚约解除了。母亲也不再假装我是她的女儿。我不知道自己还算不算是这个家里的人。母亲生我气的时候，就威胁说要把我卖给那个痨病鬼羊倌老吴当丫头。谁也不再提起宝姨，既不提她活着的种种，也不说她死后如何如何。虽说婶子们都知道我是宝姨的私生女儿，却没人同情我哀悼亡母的心。我哭个不停的时候，她们只是转过脸去，找些事情让手上眼睛里忙碌起来。

只有高灵小心翼翼地跟我讲话："你饿了吗？这饺子你要是不吃，我就吃了。"我还记得，当我躺在炕上的时候，她常常来到我身边，叫我姐姐，抚摩我的手。

宝姨自杀两个礼拜之后，一个身影突然冲进大门，那人脏兮兮的，好像被恶鬼撵的叫花子，却是二叔从北京赶回来了。他满身满脸都是土，目光空洞，一开口就哽咽住了。"到底出什么事了？出什么事了？"我从地下室爬出来，正听见母亲追问。其他人也从墨坊里跑了出来，有些房客也跑上来了，后面还跟着哇哇叫的小孩和狗。

"没了，"二叔说着，牙齿打战，仿佛受了寒，"什么都烧没了。

我们完了。”

“烧没了？”母亲叫道，“你说什么？”

二叔颓然倒在凳子上，五官痛苦地扭曲着。“巷子里的店铺，后面睡人的地方，全都烧成灰了。”高灵紧紧抓着我的胳膊。

母亲和婶子们一点一点终于把事情问清楚了。二叔说，昨天晚上，宝姨去找父亲，她披头散发，泪流满面，身上滴着黑血。父亲一看就知道她是个鬼，这个梦不寻常。

“刘晋森，”宝姨叫道，“你把樟木看得比我的命还重吗？我就让你的木头像我一样烧成灰。”

父亲猛地挥手想把宝姨赶走，却把搁在床边桌上的油灯打翻了。大叔听到声音忙坐起身划着一根火柴，想看看是什么打翻在地。可是就在那一刹那，宝姨把他的火柴从指间打落，地上立刻就燃起一团熊熊烈火。大叔喊二叔来帮忙，可是二叔说，因为宝姨作祟，他竟把一坛老白干当成是凉茶泼到了火上。火苗越烧越旺。父亲和两个叔父赶紧把睡在隔壁的儿子都叫醒，于是我们家里的男人们全都跑到院子里，眼看着火焰吞没了床铺、招牌和房屋墙壁。火越烧越烈，又贪婪地蹿到前面店堂里，把名师大家用我们的墨作的字画烧成了灰，烈焰舔食着装有最贵重墨块的丝缎盒子，墨里的树脂溢出来，让火烧得更旺了。不出一个钟头，我们家的财产全都成了火神的祭品，化成香灰和浓烟，飘到天上去了。

母亲和婶娘们都惊恐地把双手蒙在耳朵上，仿佛唯有这样，她们才不会吓得灵魂出窍。“我们算是倒了运了！”母亲哭叫，“倒霉透了！”二叔又哭又笑，连声称是。

紧挨着我们家墨店的铺子也烧着了，他说。东边那家铺子是卖古书的，西边铺子里铺天盖地摆满了名画。就在一片烈火之中，两家铺子都赶着把货物搬出来，扔在胡同里。很快灭火队就来了，大伙一起一桶一桶往空中泼水，泼得好像下雨一般。后来果真下起雨来了，瓢泼大雨啊，把他们抢救出来的货物也毁了，却也救下了附近其他的房屋。

二叔说完，母亲、婶子们，还有高灵，都已经哭号得没了气力，仿佛全身的血液都从脚下流光了，骨头也散了架。我觉得，她们此时的感受，跟我终于明白宝姨过世的那一刻是一样的。

母亲是第一个恢复理智的。她告诉大家："赶紧把地窖里的银锞子都拿出来。你们有什么值钱的首饰，也都交出来。"

"为什么？"高灵想不明白。

"别犯傻了。那些店家肯定会找我们赔钱的。"说着，母亲推了她一把，"赶紧，快点。"她一把把高灵手腕上的镯子撸下来。"快把首饰都缝到破衣服袖子里。把存的好山楂都倒出来，把金子藏到里头，搬到车上，顶上再堆些烂山楂。老厨子，去问问房客那边有没有推车肯卖给我们，别狠讲价钱。大家都去收拾包袱，细小零碎的东西就别理会了……"母亲头脑转得这么快，让我很惊讶，仿佛她天生就会应付这种突然的意外。

第二天，父亲、大叔和几个表哥都回来了。他们个个满脸的灰，一身的烟火气，活像是叫花子。大婶二婶忙扑上前去，追问个不停：

"我们连家也保不住了吗？"

"我们得挨饿吗？"

"非走不可吗？"

小一点的孩子放声大哭，父亲却置之不理。他坐在自己的榆木椅子上，抚摩着扶手，说这张椅子是他这辈子最好的东西，也要失去了。那天晚上，人人食不下咽，大家也没有像往常一样到院子里乘凉。我和高灵在一起，两人边哭边聊，发誓说我们生要做姐妹，死也要在一起。两人还交换了发卡作为信物。人人都在责怪宝姨祸害大家，高灵恐怕也是这么想的，但她没有说出来。相反，高灵劝我说，我该替宝姨庆幸，幸亏她早死了，躲过这一劫，不必像大家一样，遭受眼前躲不掉的厄运，承屈受辱，慢慢饿死。我虽也赞同她的话，却还是希望宝姨仍然留在我身边。可她却留在了穷途末路。又或者，她阴魂不散，仍然在这世上飘荡，必求报仇雪恨?

第二天，有差人登门，交给父亲一封盖着公章的书信。他说附近的商家已经提起诉讼，要求我们家对火灾和他们的损失承担责任。来人说等到受损的店铺清点出损失的财物数量，马上就会上报给衙门，到那时官府里就会通知我们该赔多少钱。他还说，这期间我们家得把房契地契都呈上去，还警告我们说要在村里张贴公告，要是我们想躲债逃跑，村里的人会向上头告发。

差人走了以后，我们都等着听父亲吩咐大家该如何应付。父亲一言不发，瘫坐在榆木椅子上。后来母亲大声说：“我们家算是完了。这就是命，逃也逃不掉了。今天大家都去集上逛逛，明天好好吃一顿再说吧。”

母亲发给我们每个人好多零钱，我们这辈子都不曾拿过这么多钱。她让我们放开手脚买点好吃的，以前老想吃又不许吃的糖果点心、大鱼大肉，尽管买来吃。中秋节快到了，村里家家户户都大买大办，准备过节，我们这样的买法，也不会显得太张扬。

因为过节的关系，集市上比平常热闹，还有庙会。有耍杂耍的、卖艺的、卖灯笼玩意的，连小偷骗子都比往常多。高灵和我紧紧拉着手走在人群里。我们看到哭哭啼啼走丢的孩子，还有几个样子很凶的男人，直勾勾地盯着我们看。宝姨以前经常告诫我，说城里有流氓专门到乡下来偷傻女孩，卖到城里去做丫头。我们在卖月饼的摊子前停了下来。月饼都不新鲜，肉摊上的猪肉也不新鲜，颜色都发了灰，我们俩闻到肉臭，都转开头。我们又想买点新鲜豆腐，却看到搁豆腐的板子黏答答的，还发出臭气。我们有钱，母亲也许可我们想买什么尽管买，可是样样东西看起来都不好，臭烘烘的。我们在人群里挤来挤去，大家像墙上的砖头一样挤得前胸贴后背。

后来，我们发觉自己站在花子巷里，这个地方我从来没来过。眼前悲惨景象一幕接着一幕。一个光头顶在没了四肢的身子上，活像是乌龟脑袋架在龟壳上。有个没骨头的小孩把两条腿搭在脖子上。还有个侏儒，很长的铁针穿过他的面颊、肚皮，还有大腿。叫花子都同样大放悲声："可怜可怜我吧，小姐，求求你了，大哥啊。给我们点钱吧，保佑你们下辈子投胎到好人家，不用像我们这么受罪。"

过路的少年见了，哈哈大笑，其他人也大都转过眼不看他们。有几个老奶奶，只怕不久于人世了，扔下几个铜板。高灵紧紧抓住我的胳膊，轻声说："我们以后也会变成这样吗？"我们转身想要离开，却撞上了一个花子。那是个跟我们差不多大的女孩子，身上披了一层又一层的破衣烂衫，打扮得像个古代的武士。她没有眼珠子，眼眶里就剩了两个黑洞，口中还念念有词："我眼睛看到不该看的东西，所以我把眼珠子挖出来了。如今我看不见，那看不见的又找上我了。"

她冲我们晃晃手里的空碗，说："有个鬼魂想跟你说话。"

“什么鬼？”我马上问。

“像你母亲一样的鬼。”她也马上回答。

高灵倒吸一口气。“她怎么知道宝姨是你妈？”她对我耳语道。随后又对那个叫花子说：“她想说什么？快告诉我们。”

那个女瞎子又举起空碗朝我们晃了晃。高灵往里面扔了个铜板。女花子把铜板倒出来，又说：“您的慷慨好像没什么分量。”

“先让我们瞧瞧你的本事。”高灵回答。

那女瞎子蹲到地上，从破烂的衣袖里拖出一个袋子，她把袋子打开，把里面的石灰粉倒出来，然后又从另一边袖子里拿出一根细长的木棒。她把木棒横过来，把石灰粉抹平，抹成镜面一样，然后抬起看不见的眼睛朝着天，手上开始写字。我们蹲在她旁边。一个女叫花子怎么学会写字的？这可不是一般的骗人把戏。她的手很稳，字写得自然流畅，就像个熟练的书法家。我读了她写的第一行字。

上面写着：狗吠月升。“小狗儿！她就叫我的小名小狗儿！”我对那女花子说。她又把石灰抹平，继续写：星恒烁夜。流星，星星，小叔为宝姨写的诗里就有这些话。她又抹平，重新写：鸡鸣日出。宝姨就是属鸡的。随后那花子写下了最后一行：天光星散无痕。我也不明白为什么，只觉得心里难过。

那女瞎子又把石灰抹平，说：“鬼魂没别的话再跟你说了。”

“就这些？”高灵很不满意，“这些话什么意思也没有。”

可我跟那个女孩道了谢，还把兜里所有的铜板都倒进她的碗里。回家的路上，高灵问我为什么要花钱买那些个鸡啊狗啊的废话。我正忙着在心里念叨那个瞎子写的几行字，好让自己不要忘记，没顾上回答她的话。我每念叨一遍，就越明白那话里的含义，越想我就越难过。“宝姨说我是背叛她的小狗儿。”最后，我告诉高灵，“月升，是说那天晚上，我对她说要离开她嫁到张家去。星恒烁夜，这是她说她永远也不会原谅我对她的伤害。鸡鸣时分她过世，我始终都不知道她就是我的母亲，好像她从来都没有存在过一样。”

高灵说：“这是一层，肯定还有别的意思。”

“还有什么意思呢？”我问。可是高灵也想不出别的话说。

回到家以后，我们看到父亲母亲叔叔婶子们都聚在院子里，很激动地讲话。父亲说到他如何在集市上碰到一个不寻常的老道士。他经过的时候，那个道士叫住他：“先生，一看就知道你家里有恶鬼作祟。”

“你凭什么这么说？”

“我说的不错，对不对？”道士坚持说，“我能感觉到，你最近有飞来横祸，却又祸出无因。我说的对也不对？”

“家里有个人自尽了，”父亲点头承认，“是个保姆，她女儿就快出嫁了。”

“随后家里就厄运不断了。”

“确有几件祸事。”父亲答道。

道士身旁的一个年轻人就问父亲，可曾听说过著名的捉鬼大法师。“没听说过？站在你面前的这位云游道人就是了。这位师父可是走南闯北，无人不知。法师是初到贵宝地，当地人还没听说过他的法术厉害。你有亲戚在哈尔滨吗？没有？告诉你吧，要是有的话，你一定听说过法师的大名。”那年轻人号称是法师的徒弟，他又说：“只在哈尔滨一城，法师就帮百户人家捉住了作祟恶鬼，扬名立万，人尽皆知啊。功成名就之后，天神就下令要法师继续云游四方，普度众生。”

父亲讲完了如何遇到这两个人的故事之后，又告诉我们说："今天下午，这位著名的捉鬼大法师就要到我们家来了。"

过了几个钟头，法师和他的徒弟果然站到我们家院子里来了。

法师留着长长的白胡子，长头发堆在头顶，乱七八糟的像个鸟窝。他一手执雕花拐杖，杖头图案看似一只剥了皮的狗从大门里探出头来，一手执短棒，肩上挎着条粗绳，绳端系着个大木鱼。他身上的道袍跟我见过的云游僧人不一样，他们大多穿的是土黄色棉布僧衣，而这位却身披昂贵的蓝绸布衫，衣袖上却沾满油污，仿佛法师常常大手一伸，到桌子对面去拿东西吃，蹭了两袖的油。

我眼馋地看着母亲给大师端上各色冷盘。已近傍晚了，我们大家都坐在院子里矮凳上，看着道士大吃特吃，他什么都吃：菠菜拌粉丝，芥末笋尖，麻油香菜拌豆腐。母亲还连声道歉，说菜不好，怠慢大师，说大师登门，令我们家蓬荜生辉，我们是愧不敢当，又荣幸之至。父亲一边喝茶，一边对道士说："说说看你是怎么捉鬼的。你就这么赤手空拳地捉吗？斗法是不是很激烈，很危险？"

道士说他马上就捉给我们看。"但是首先得证明你们心诚。"于是父亲说他可以证明我们全家都是诚心诚意。"单嘴上说说不算证明。"道士说。

"那要怎么证明才算？"父亲问。

"那就要看了。有些时候，要赤脚背上石头，从家里一直走到泰山顶上。"大家面面相觑，尤其是我那两个婶子，谁也不相信我们中任何一个能做得到。

"一般情况，"道士接着说，"进点白银就可以了，足以证明全家诚心。"

“那要给多少呢？”父亲问。

道士皱起眉头。“你诚心几何，是真是假，全凭自己定夺。”

道士低头接着吃饭。父亲母亲二人到另一个房间去商量到底该进献多少诚心钱。两人回来了，父亲打开钱袋，取出一锭银子，放到捉鬼大法师面前。

“不错，”道士说，“有一点诚心总好过一点都没有。”

母亲又从衣袖里掏出一锭银子，扔到刚才那一锭旁边，两块银子一碰，叮当作响。道士点点头，放下了饭碗。他拍拍手，徒弟就从背包里取出一个空的醋罐子，还有一团绳子。

“死鬼最心爱的孩子在哪儿呢？”道士问。

“这儿呢，”母亲说着，伸手指着我，“死鬼是她保姆。”

“是她妈，”父亲纠正说，“这丫头是她的私生孩子。”

我从未听人当面说过这个话，惊愧之下，觉得全身的血都往头上涌，仿佛都要从耳朵里涌出来。

道士哼了一声，说：“别担心，再糟的事我也碰到过。”随后又对我说：“把她给你梳头用的梳子拿来。”

我仿佛脚底下上了锁，站在原地动不了，最后母亲在我脑袋上敲了一记叫我赶紧。于是我跑到不久前还跟宝姨共住的房间，拿起她先前给我梳头的梳子。就是那只她从来不肯戴的象牙梳子。上面雕着公鸡，梳齿又长又直。我还记得宝姨总是责怪我把头发弄得乱糟糟，我掉根头发她都要担忧。

我取了梳子回来，见法师的徒弟将醋罐子摆在了院子中央。“把梳子在头发里梳九下。”他吩咐我。我听话照做。

“放到罐子里。”于是我就把梳子扔了进去，闻到罐子里发出廉价醋的酸味。"然后站住了不要动。"法师敲起了木鱼，发出笃笃的声响。他和徒弟就随着木鱼的节奏绕着我踱起步来，嘴里还念着经，越绕越近。法师冷不防地大叫一声朝我冲过来。我以为他要把我也塞到罐子里，不由闭起眼睛，大叫起来。高灵也在一旁大叫。

睁开眼睛后，我看到那徒弟正把一个木塞子使劲敲到罐子口上。他又用绳子把罐子从上到下，从下到上，再横过来绕了一圈又一圈，就这么把罐子捆得好像个马蜂窝。完事之后，捉鬼大法师用小棍敲敲罐子，说："成了。她给关在里面了。放心吧，试试看，你打得开吗？尽管试试。打不开的。"

大家都凑过来看，可是没人敢碰那个罐子。父亲问："她能逃出来吗？"

"不可能，"捉鬼师父说，"这个罐子能保她关在里头好几辈子。"

"再长些才好，"母亲恨恨地说，"就凭她的祸害，永生永世关在里头也不为过。把我们家铺子都烧了，差点害死家里人，害我们欠下一屁股债。"我哭得厉害，无法替宝姨说话。我是叛徒，是我背叛了宝姨。

第二天，家里大办宴席，上的都是山珍海味，这辈子我们怕是再也享受不到的美味。可是除了最不懂事的小孩子，大家都食不下咽。母亲还请了个人来拍照片，好让大家记住我们家富足的日子。拍到中间，她想要一张自己跟高灵的合影。可是最后一刻，高灵非要我也过来站在母亲身边，母亲虽然不高兴，嘴上却也没说什么。第二天，父亲和两个叔父去北京，打探我们家赔款的数额。

他们走了以后，我们学着吃稀粥，就咸菜。母亲的口头禅就是：无欲则无憾。过了一个礼拜左右，父亲回来了，他站在院子里，像个疯子一样哇哇大叫。

“再摆一桌筵席。”他叫道。

叔父们接着说：“我们刘家转运了！免于赔偿！衙门裁定我们压根不用赔偿！”

大家都冲上前去，大人孩子，婶子房客，狗也冲过去。

怎么可能呢？我们都听着父亲解释。两边店家把受损的货物呈上去检验，衙门里发现其中一家私藏了翰林院三十年前失窃的绝版旧书，而另一家，号称卖名人字画的，其实卖的是伪作。官员因此判定火灾算他们活该，是恰如其分的惩罚。

“大法师说的对，”父亲说，“恶鬼除了。”

那天晚上，除了我一个，大家都吃得很好。人人笑逐颜开，烦恼抛到了脑后，似乎都忘记了店里的墨都烧成了炭，店也化成了飞灰。大家都说刘家转了运道，是因为宝姨如今被关在酸臭罐子里，只好用脑袋去撞罐子壁，无法出来作祟了。

第二天，高灵告诉我说母亲马上要找我说话。我已经留意到，自从宝姨一死，母亲不再管我叫女儿，也不再批评我的不是。她似乎怕我也会变成鬼来害她。我不禁疑心，她是否从来不曾对我有过任何温情。我站在她面前，她见到我，神色似乎有几分尴尬。

“家里有难，”她开口说道，声音尖厉，“这种时候任何个人的感情都是自私的。我很难过，不过还是得告诉你，我们要把你送到育婴堂去。”我很震惊，可我没哭，只是一言不发。

“至少我们没把你卖出去做奴婢。”她又说。

我毫无感情地答道：“谢谢您。”

母亲接着说：“要是你还待在家里，谁知道鬼魂还会不会再回来。我知道法师保证说不会，但是这种话就好像人们常说的‘旱年不连旱，灾年不重来’一样。人人都知道做不得数的，实情不是这么回事。”

我没有开口反驳，可她还是发火了。“你给我摆什么脸色？还想叫我难堪吗？你想想吧，这么多年来，我把你当女儿一样待。这镇上还有哪家人肯这么做？说不定你进了育婴堂，反倒能学会感激我们家。你赶紧去收拾收拾吧。老魏已经等着接你搭车走了。”

我又谢过母亲，走出了房间。我收拾包袱的时候，高灵满脸挂着泪水跑进我房里。她许诺说：“我会去找你的。”还把自己最喜欢的一件衣裳给了我。

“我拿的话母亲会责怪你的。”我说。

“我不管。”

她送我到老魏车上。我最后一次离开院子和这座房子的时候，送行的只有她和几个房客。

车子转出猪头胡同，老魏哼起一支满月小调。我心里默念着宝姨让那个女瞎子写给我的话：

狗吠月升。

星恒烁夜。

鸡鸣日出。

天光星散无痕。

我抬头望着天空，一片澄净光明。我的心里在哀号。

# 命运

育婴堂坐落在龙骨山附近的一座弃庙里，从火车站的方向爬上一道崎岖艰难的小路就到了。老魏不想驴子受累，剩下最后二里路的时候就把我放下了。他让我下车，跟我道别，我就这样开始了新生活。

时值秋天，山上的树都落光了叶子，像光秃秃的骨架排成的大军，守护着大山和山顶的院落。我一进门，没人上前迎接。迎面是一座破庙，木板干裂，漆也剥落了。露天的院子里站着好多小姑娘，都穿着白衬衫蓝裤，她们排成队，像士兵一样，动作一致地弯腰，朝前，朝一侧，朝后，换另一侧，仿佛是被风吹得摇来晃去。这还不算，我又看到一个奇怪的景象：生平第二遭，我又见到一个洋人。两个男的，一个中国人，一个洋人，两人拿着地图，一起穿过大院，身后跟着一队人，都拿着长棍。我很害怕，怕自己误打误撞，碰上了共产党的地下队伍。

我跨过门槛，眼前的景象吓了我一大跳。面前全是死人，足有二三十个，身上全都盖着布，站在大堂中央，墙边上也有，高的高，矮的矮。我立刻就想，这一定是回家的死人。宝姨曾经告诉我说，她小的时候，有些人家会雇请法师念咒施法，把死人赶回老家去。宝姨说，赶尸人只在晚上行路，为的是避开活人，免得被死人鬼魂缠上身。白天他们就在庙里歇脚。宝姨先前还不信这些传言，后来深夜她听到有僧人敲木鱼，村里的人闻声都跑开了，可宝姨却躲到墙后面偷偷看。她先是听到笃笃的木鱼声，然后就看到他们了，一共六个，都像大蛆虫一样，两腿并着往前跳着走，一步足有一丈远。宝姨对我说：我到底看到了什么，自己也不能确定，我只知道，从那以后有好长时间，我都很不对劲，跟从前像是换了个人一样。

我刚要往门外跑，却瞥到罩布下面有金色的脚。我又仔细看，发觉那些罩布盖的不是死人，却是些神像。我走上前去，把其中一座上面的罩布揭开。这是文曲星，峨冠高顶，一手执笔，一手捧着官帽。“你干吗把布揭开？”有个声音叫道。我回过头，看见一个小姑娘。

“为什么要盖起来？”

“老师说这是封建迷信，对我们没有好影响。我们不该信这些老神仙，只能信基督教的神。”

“你老师在哪？”

“你来找谁？”

“找安排接收刘茹灵来育婴堂的人。”小姑娘跑开了。过了一会，两个女洋人站在了我的面前。

那些美国的传教士没料到我要来，我也没料到他们竟然是美国人。我从来没跟洋人说过话，见了她们，我只是睁眼瞪着她们看，却不开口。她们俩都是短头发，一个白发苍苍，一个是红色鬈发，两人都戴着眼镜，这么一来让我觉得她们俩差不多年纪。

“很抱歉，没人安排接收你。”那个白头发的用中文跟我说。

“很抱歉，”另外一个又说，“大多数孤儿年纪都比你小得多。”

随后她们问我叫什么名字，可我还是说不出话，于是我就用手指在空中比画着写自己的名字。她们两个用英语说了一会。

“你认得那几个字吗？”其中一个指着一张中文标语问我。

“饱餐，切勿私囤。”我念道。

其中一位给了我一支铅笔还有一张纸。“你能把这几个字写出来吗？”我照做了。两人都惊叹：“她看也不用看就写出来了！”她们又问了好多问题：我能用毛笔写字吗？我都念过什么书？后来，她们又用外国话说了一阵，完了以后两人宣布说我可以留下来。

后来我才明白，我之所以能留下来是因为我既可以当学生，又可以当老师。那里只有四个老师，都是学校里原来的学生，如今住在院里三十六间房屋里。潘老师教那些年纪大些的女孩，我给他当助教。五十年前他当学生的时候，这间学校只收男童。王老师教小一点的女孩，她有个寡居的姐姐——我们叫她王嬷嬷——负责照顾那些顶小顶小的小娃娃，还指定几个大些的女孩帮她照应。还有个小个子于修女，她驼背，手又粗又硬，声音尖厉。于修女负责管理清洁卫生和操守，平时吩咐我们按时洗澡，给我们布置一周的任务，还喜欢支派厨子和他老婆，叫他们忙东忙西。

我渐渐发现两位女传教士其实年纪不一样大。那个卷头发的是格鲁托芙小姐，她三十二岁，另外那位年纪比她大一倍。格鲁托芙小姐是个护士，也是学校的教务长。道勒小姐是育婴堂的院长，她去找那些该当同情我们的人，请求他们捐款给我们。道勒小姐还带领我们每星期天做礼拜，编排我们演戏，演基督教的故事，教我们唱歌的时候还弹钢琴为我们伴奏，她总说我们“唱起歌来就像天使”。当然，我当时并不知道天使是什么。我也不会唱歌。

至于那些男的洋人，他们可不是共产党，而是在考古坑工作的科学家，北京人的骨头就是从那片坑里挖掘出来的。一共有两个洋人、十个中国人，都是科学家，他们住在庙里北边房子里，每天早晚饭跟我们一起在庙堂里吃。考古坑离我们不远，沿着上上下下的山路走个二十分钟就到了。

庙里总共住着大概七十个女孩子：三十个大些的，三十个小孩，还有十个左右的小娃娃，人数并不固定——有些会顺利长大，有些则早早夭亡。大多数女孩跟我一样，是私生的孩子，生身母亲或是自杀身亡，或是卖身为娼，或是没出阁的大姑娘。有的就跟我和高灵在花子巷里见的那些人一样，或是缺胳膊少腿，或是只有一只眼睛，或者是侏儒。还有几个混血姑娘，她们的父亲都是洋人——一个是英国人，一个是德国人，还有一个是美国人。我觉得她们特别漂亮，可于修女总是嘲弄她们，说她们继承了半拉西洋血统天生的傲慢，必得特别谦逊才能有所弥补。于修女说：“你们应该为每天的工作感到自豪，而不该因为自己的出身就自高自大。”她还经常告诫我们，说自怜自伤是不允许的，那等于是自我放纵。

如果有哪个姑娘拉长了脸闹不开心，于修女总是说：“你看看小丁。她没有脚，可还是整天面带微笑。”这时候小丁的胖脸蛋就鼓起来，笑得眼睛都快挤得看不见了。小丁没有四肢，该长胳膊腿脚的地方只长出几个小肉球，她还是高高兴兴的。在于修女看来，我们只需要想想那些遭遇比自己差的人，就马上能找到幸福的理由。

我给这个没有腿的小丁当大姐，小丁给一个更小的小姑娘当大姐，那个小孩叫小江，只有一只手。大家都对另外的人负责任，像对待亲人一样。大姑娘跟小姑娘住一个房间，每个房间放三排床，住二十个女孩子。第一排睡最小的娃娃，中间一排睡不大不小的女孩，第三排睡年纪最大的。因此，小丁的床顶着我的，小江的床顶着小丁的，每个人的位置代表了她的地位和所担负的责任。

传教士们管我们叫“新命运女孩”。每间教室里都有块很大的红色锦旗，用金字绣着这几个字。每天下午做操的时候，我们都要用中文和英文大唱新命运之歌。歌是道勒小姐写的：

我们学习，我们进步，
婚姻大事我们自己做主，
我们工作，自谋生路，
旧命运就把它抛到脑后。

每当有贵宾到我们学校来，格鲁托芙小姐总要安排我们表演一段，道勒小姐演奏钢琴，她弹的音乐很有戏剧效果，就好像默片电影的伴奏音乐一样。演出是这样的：一群女孩子高举代表旧命运的标语牌——鸦片，奴役，买符求卦。她们裹着脚，跌跌撞撞，最后无助地摔倒在地。然后代表新命运的姑娘们上场，她们打扮成医生，治好了吸鸦片的人，帮倒地的女孩解开缠脚布，还拿起扫帚，把那些没用的符咒清扫掉。最后大家赞颂上帝，向外国贵宾致谢鞠躬，感谢他们帮助这么多女孩子摆脱旧命运，把握新命运，积极进取。就这样，我们能筹到好多钱，特别是，我们要是有本事把来宾感动到落泪，筹到的钱就会更多。

做礼拜的时候，道勒小姐总是说我们可以自由选择是否皈依基督教。她说绝对不会有人逼我们信仰基督。信仰必须是发自内心的，诚恳真挚。可是七岁就进了育婴堂的于修女却常常跟我们说起她的旧命运。她从小被迫乞讨，要是没要到足够多的铜板，她就得挨骂，没饭吃。有一次她大声叫饿，姐夫就把她当垃圾一样扔了出去。可是在这个学校里，她说，我们可以尽量吃，吃到饱，永远也不用担心被人踢出去。我们可以选择自己的信仰，可是，她又说，谁要是选择不信基督，那她就是吃死尸的蛆虫，死了以后要下到地狱里去，身子被刺刀劈开，像鸭子一样上火烤，受各种折磨，比在被日本人占领的东北还惨。

有的时候，我会想起那些无法选择的孩子。她们死了以后去哪里呢？我曾经见过一个孩子，连传教士都不相信她能有什么新命运。那孩子是父亲跟亲女儿乱伦生的。我每天在婴儿室干活，在那里见到她。没人给她起名字，王嬷嬷叫我们不要去抱她，她哭也不能抱，因为她脖子和脑袋有毛病。她从来都一声不吭，脸像块大面团又圆又平，皮色像大米粥一样白。跟大脑袋相比，她身子小得可怜，一动不动，像朵蜡雕的小花。只有她的眼睛能动，前前后后转个不停，就像是在追着看天花板上飞的蚊子。有一天，她一直躺的那个小床空了。格鲁托芙小姐说她变成上帝的孩子了，于是我就知道她死了。我在育婴堂住的六年里，又见过六个这样的孩子，都长得一模一样，都是父女乱伦所生，王嬷嬷管她们的长相叫“共同脸”。仿佛是同一个人，因为别人犯了错误，一次又一次地托生，回到同一个身体。每次我都像老朋友那样欢迎这个孩子的到来，每次她再次离开这个世界的时候，我总要为她哭泣。

因为我出身制墨世家，所以潘老师说，我是学校里有史以来书法最好的学生。他常常跟我们讲起大清朝的事情，说到朝廷如何腐败，连科举制度都败坏了。可是每当说起那些旧时候的事，他总是显得很伤感，口气中不无怀念。他对我说："茹灵啊，你要是早些年，托生个男孩，肯定能成个名家大儒。"这些是他的原话。他还说我字写得比他亲自教出来的儿子开京还要好。

开京是个地质学家，他其实字写得很好，何况他因为小时候患小儿麻痹症，留下了后遗症，身体右半边比较弱。幸运的是，他生病以后，家里花了大笔的钱，用尽全部积蓄，请了最好的中西医大夫。于是开京得救了，只是脚有点跛，一边肩膀有点塌。后来传教士帮他谋了份奖学金，他在北京一所著名大学里上学，才成了个地质学家。母亲去世以后，他回家来照顾父亲，也正好跟考古坑里的科学家们一起工作。

他每天骑着自行车往返于育婴堂和考古坑之间，一直骑到父亲教室门口。潘老师经常侧身坐在自行车后座上，让儿子载他回院子另一头的房间去。他们骑车经过的时候，我们这帮老师同学都要大声叫喊："小心啊，不要摔倒了！"

于修女很仰慕开京。有一次，她指着开京对孩子们说："看到了吗？你们也可以下定决心做个有用之人，不必终生当个没用的残废，成为别人的负担。"还有一次，我听到她说："这么漂亮的小伙子，却是个瘸子，真是太可怜了。"也许她这么说也是为了安慰同学们，可是我心里却想，难道就因为开京天生比别人好看，所以他的遭遇就比其他人更惨痛吗？像于修女这么一个人，怎么能这么想呢？难道说，富人失去房屋，竟比贫苦人失去住所还要可怜吗？

我跟一个大些的女孩问起这件事，她回答说：“问得真傻！当然如此了。漂亮的，有钱的，失去的更多啊。”可是我听了还是觉得不大对。

我又想到了宝姨。跟开京一样，她也天生一副好相貌，可是后来她的容貌毁了。我总是听到人们说：“脸弄成这样真是太可怕了。她还不如死了算了。”若是我不爱她，会不会也像别人一样这么想呢？我又想到那个要饭的女瞎子。有谁会惦记她呢？

突然我心念一动，特别想找到那个女瞎子。她可以帮我跟宝姨说话。她可以告诉我宝姨在哪里。她到底是徘徊在穷途末路呢，还是真被关在醋坛子里了？那毒咒怎么样了？厄运会很快就找上我吗？要是我现在立刻就死了，这个世界上有谁会怀念我呢？谁又会在下面的世界迎接我呢？

天气好的时候，潘老师常带我们这些大点的女孩子到龙骨山考古坑去。他儿子是个地质学家，他因此觉得很自豪。刚开始的时候，考古坑只是个山洞，跟宝姨家采龙骨的那个洞一样。可是到我见到考古坑的时候，那里已经是个十五丈深的深坑了。坑里从上到下，从这头到那头，都划满了白线，就好像铺了张巨大的渔网。开京跟我们解释说：“这样一来，挖掘的人若是找到人骨兽骨或是狩猎用具，就可以注明他到底是在哪一格位置发现的。我们就可以根据发掘的具体位置来判定这东西来自什么时代。第八层年代最久。这样科学家就可以回来继续挖掘。”

女孩子们总是用热水瓶给科学家们装些热茶，还带点心给他们。他们一看到我们来了，就纷纷从坑底爬上来，喝茶吃点心，感激地叹道："多谢你们，多谢同学们。我渴死了，都快变成下面那些干骨头了。"偶尔还有辆黄包车沿着陡峭的山路上来，一个抽烟斗戴厚眼镜的洋人从车上下来，询问有什么新发现。通常，科学家们指指点点跟他说完，他总是点头，然而又显得很失望。可是有的时候，他又很激动，一边讲话一边飞快地吸烟斗。然后他就重新上车，黄包车载他下山，山脚下有辆闪亮的黑汽车在等着载他回北京。要是我们跑到山上一个瞭望点，就能一直看到远处盆地的边缘，还能看到那部黑汽车，沿着狭窄的公路行驶，扬起烟雾和尘土。

冬天到了，科学家们得抓紧时间，趁土地还没冻硬，挖掘季节还没结束，尽量地工作。他们还允许一部分女孩子下到坑里来，帮他们把挖掘的土装箱，重新标画坑底的白线，或者是把他们已经筛过十来遍的沙土再筛一遍。有绳索拦起来的地方不准我们入内，人骨就是从那些地方发掘出来的。要是没有经验的话，这种骨头很容易被误以为是石头或者陶片，可我从小多次跟宝姨去采龙骨，很清楚其中的不同。同样我也知道，北京人并不是同一个人的骨头，而是许多人的骨头，有男有女，有老有少。这些骨片都非常小，合在一起还不够拼成一个完整的人形。可我没有把这些告诉其他的姑娘们，因为我不想显摆自己懂得多。因此，跟她们一样，我也只在科学家允许我们待的地方帮忙，那些地方发掘出的大多是兽骨、鹿角，还有龟甲。

我还记得有一天潘老师的儿子特地夸奖我。开京说："你干活特别仔细。"从那以后，仔细地筛沙土成了我最喜欢的工作。可是很快天气就变得冰冷，我们手指脸颊都冻得失去了知觉。因此这样的工作和夸奖也都结束了。

我第二喜欢的工作是教其他的学生。我有时候教画画。我教小一点的学生如何用毛笔画猫耳朵、尾巴，还有胡子。我能画马、仙鹤、猴子，甚至能画河马。我还帮学生练书法，训练她们的意念。我把宝姨教我的书法心得转授给她们：人必须集中意念，气沉丹田，然后运到手臂，传到笔端，将力道用到笔画上。每一笔画都有它的意义。每个字都由许多笔画组成，因此就有许多层意思。

我最不喜欢的工作是每个礼拜于修女吩咐我做的事情：扫地，刷盆子，把凳子摆好准备做礼拜，然后再摆回桌边准备吃午饭。这些活本来也不讨厌，可是于修女总是挑剔我哪里又做错了，哪里又做得不好了，搞得我很烦。有一个星期，她换了个差事给我，叫我负责杀虫。她抱怨说，先前的和尚道士从来也不除虫，和尚认为杀虫也是杀生，也许这虫子还是什么圣人转世呢。“爬虫倒更像这里的主人。”于修女唠叨了一阵，吩咐我说：“用脚踩，杀死它们，甭管用什么法子，别让虫子进来。”除了洋人住的几个房间，大家住的房间除非冬天太冷，不然都开着门，因此蚂蚁蟑螂得以长驱直入，爬过门槛进来。虫子还从墙缝里、窗户透风透光的木格栅里爬进来。可我知道怎么对付它们。是宝姨教我的。我把窗户的木格栅用纸糊上，又从教室里拿了一根粉笔，在所有的门槛前划上一道线，墙上的裂缝周围也划一圈。蚂蚁过来，闻闻粉笔的气味，搞不明白是怎么回事，就掉头离开了。蟑螂比较胆大，它们直接从线上走过，粉笔灰钻进它们的骨节，钻到它们硬壳下面，第二天它们就脚朝天躺倒在地，全都憋死了。

那个礼拜于修女没有批评我。我还得了个卫生奖，两个小时不用工作，爱干什么干什么，只要不是坏事，就随便我。在那个拥挤的地方，没有地方可以让人单独待着。因此我决定用这奖赏的两个钟头一个人待会儿。很长一段时间以来，我都没有重读宝姨临终前写给我的东西。之前我一直特地不去看，因为我知道再看到那些纸页我一定会哭的，于修女看到了肯定会责怪我当着小丁和别的小孩子的面自我放纵，自怜自伤。那个星期天的下午，我找到一间废弃的储藏室，里面塞满了小神像，满是霉味。我找了个靠窗的地方，倚着墙坐下来，打开了包着纸页的蓝布包。我头一次注意到，原来宝姨还在布包里缝了一个小口袋。

口袋里有两样宝贝。第一件就是我小的时候她给我看过的那块甲骨片，她对我说，等我长大了，懂得记住事情的时候，她就把骨片给我。她曾经收着这块骨片，她父亲也曾收藏过，如今又传给了我。我把骨片贴在胸口。我又把第二件东西拿了出来。那是一张小照片，照片上的年轻女子头上戴着刺绣抹额，身上穿件棉衣，衣领高高地竖着，直到脸颊边上。我举起相片对着光。难道这就是……？我看出来了，这的确是宝姨脸烧坏以前的相片。她生着一双梦幻般的眼睛，眉毛向上挑着，显出很大胆的样子，而她的嘴唇，那么丰满，微翘着，皮肤那么光滑。照片里的她非常美丽，却不是我记忆中的样子。我很难过，相片里不是她脸烧坏以后的样子，可是我越看，照片里的她就越熟悉。那时我才意识到：她的脸，她的希望，她的知识，她的悲哀，这一切的一切，如今都是属于我的。然后我哭了又哭，心里充满了喜悦与自怜。

每个星期有一次，格鲁托芙小姐跟厨子的老婆会一起到火车站去取寄来的信件和包裹。有的时候她们在中国其他地方的传教士朋友，还有北京联合医学院的科学家会写信来。再有就是一些说要捐钱给我们的信。这些信来自很远的地方：加利福尼亚州的旧金山，威斯康星州的密尔沃基，还有俄亥俄州的伊利里亚。星期天礼拜的时候，格鲁托芙小姐就把这些信读给我们听，还在地球仪上指给我们看，说："我们在这里，他们在这里。他们给我们带来友爱，还有许多的钱。"然后她就转动地球仪，我们看得都有点晕了，她的话也让我们觉得晕乎乎的。

我从前总是想不明白，为什么不认识的陌生人，要关爱其他的陌生人呢？母亲和父亲如今对我来说，就好像陌生人一样。他们从来也不爱我。对他们来说，我已经不复存在了。可是高灵呢？她曾经许诺说要找到我，她找过我吗？我想没有。

我在育婴堂住了两年以后，有天下午，格鲁托芙小姐交给我一封信，我马上认出了信上的字迹。那是中午，大堂里闹哄哄的，可我却突然间什么都听不见了。我身旁的小姑娘们都吵着问是谁写来的信，信上都说些什么。可我却躲开她们，像饿狗护食一样，抱着自己的宝贝不给她们看。那封信我至今还留着。信上写道：

"我亲爱的姐姐，抱歉未能早写信给你。过去的每一天我都在想念你，可我不能写信。老魏不肯告诉我他到底把你送到哪里去了。母亲也不肯说。一直到上礼拜我赶集的时候听到议论，说龙骨山那边的考古坑又开始热闹起来了，中美科学家一起都住在个老庙里，跟育婴堂的学生住一块。后来我见到大婶，就说：'不知道茹灵见没见到那些科学家，她住得那么近。'婶子回答说：'我琢磨着也是。'因此我才知道了你的下落。

"母亲身体还好，可她总是抱怨，说整日操劳，手指永远乌黑。

他们还在拼命干活，想弥补大火损失的墨。父亲和两个叔父为了重建北京的店面，只得跟棺材铺张老板借钱借木材。结果我们家的生意，大半竟落到张老板手里了。我跟张福男结婚的时候，他们家接收了我们家一部分生意，张福男就是张家老四，就是本来你要嫁的那个儿子。

“母亲说张家还肯娶我们家的女儿已经算我们运气了。可我不觉得幸运，我倒觉得你没嫁到这家里来才算运气。每天每日，我每吃一口饭，人家都要提醒我他们家对我们的恩情。我们欠他们家木材，欠的债利滚利翻了又翻，我们辛苦个一百年，刘家人还是得为他们张家干活。我们家的墨也不像从前价钱卖得高，卖得那么好了。说实在的，质量也没有先前好了，如今材质不如从前，又没了宝姨雕花刻字。为了我们家欠人家的债务，我每个月也没有零用的月钱。为了买邮票寄这封信，我还得当掉一根簪子。

“我得告诉你，这张家根本不像我们小的时候以为的那样有钱。他们家大部分的财富都被鸦片耗光了。一个妯娌告诉我，福男打小落下了毛病，小时候肩膀脱臼，母亲就喂他吃鸦片。后来他母亲去世了，有些人说是被打死的，可张老板说她是不小心从房顶上掉下来摔死的。张老板后来续弦娶的这位，是一个军阀的下堂妾，这个军阀先前跟张老板做生意，用鸦片换棺材。这位续弦也好这一口。那军阀对张老板说，他要是胆敢伤害她，他就骟了他，让他当太监。张老板也知道，军阀不是说着玩的，因为他也曾见到过有人因为还不清欠军阀的鸦片债，丢了胳膊腿的。

“这个家就是个苦难之屋，整日价发疯、叫喊，永远都在弄钱买鸦片。若是福男能把我拆成块卖了换鸦片，他准会这么干。他留着我纯粹是因为他相信我知道哪里有更多的龙骨。他整天跟我絮叨，让我告诉他龙骨藏在哪里，说我只要说出来，我们就能发财。但凡我真知道，我就把龙骨卖了，早日逃出这个家——把我自己卖了都行。可我又能去哪里呢？

“姐姐啊，我的信若是让你难过，或者担心，我很抱歉。我写这些只是为了让你知道我为什么没去找你，还有就是相比之下你很幸运。千万不要给我回信，那只会给我找麻烦。如今我知道你在哪里，我就会再写信给你。同时，祝你健康安心。你的妹妹，刘高灵。”

读完以后，信还在我手中颤抖。我还记得自己曾经嫉妒过高灵。如今她的命运竟连我还不如。于修女说只要我们想到还有人生活得比我们悲惨，我们就该感到幸福。可我却丝毫不觉得高兴。

可是随着时间的过去，我渐渐没那么不开心了。我接受了自己的生活。也许正是因为记忆力差才让我不那么痛苦。也许纯粹是我生命力在逐渐旺盛。我只知道，跟当初刚来到育婴堂的时候相比，自己已经完全变了一个人。

当然，过了这么许久，连庙里的神仙都改了主意。这些年来，道勒小姐不断地把神像上盖的布取下来，因为我们需要布料做衣服被子。最后，所有的神像都显露出来，有大红脸的，三只眼的，袒胸露腹的。道勒小姐觉得那些神像似乎都在嘲弄她。几个世纪以来，当地被不同的军阀将领统治，军阀信仰各异，因此寺庙里既住过和尚也住过道士，既有佛教塑像，也有道教的神灵，许多许多的神像。圣诞节前的一天，天气太冷，我们哪里也去不了，格鲁托芙小姐决定，我们要让这些中国神仙改宗，变成基督徒，我们要用白粉粉刷神像，算给它们施洗。那些从小在育婴堂长大的孩子都觉得这样肯定很好玩，可是有些长大些才进来的孩子很害怕这样一来会冒犯神灵，激怒它们，带来祸患，因此不肯做。硬把她们拖到神像面前的时候，她们都吓坏了，尖声大叫，口吐白沫，像鬼上身一样。我没有害怕。我相信，基督的神也罢，中国的神仙也罢，只要我对他们一样心怀敬意，他们就都不会伤害我。我的道理是：中国是个礼仪之邦，对生活也很实际。中国的神仙一定能理解，他们现如今是住在一个美国人当家的西式家庭里。如果神仙能够开口讲话，他们一定也会坚持让基督教的神占据比较好的位置。中国人不像洋人，一定要把自己的观念强加于人。洋人要做什么就由他们去好了，甭管他们行事多么乖张，总有他们一套道理。我举起刷子刷过他们金红色的脸颊时，心里说："原谅我吧，玉皇大帝啊，宽恕我吧，八仙上人啊，我这么做只是给你们化个妆，万一日本人打过来，好不叫他们把你们的尊像当柴火点了烧掉。"我画画很在行，我用羊毛沾到佛像上作胡须，在有的头上粘上面条装作长头发，还装上羽毛作翅膀。就这样，如来佛变成了胖基督，观音变成了马槽产子的圣母马利亚，道家三真人变成了三位智者，如来座前的十八罗汉变成了十二位门徒还有六个孩子。地狱里那些小鬼都升天变成了天使。第二年，格鲁托芙小姐决定让我们把整个院子里所有的佛教浮雕也都刷上白粉。那可足有好几百位神佛呢。

再后来那年，格鲁托芙小姐发现了我曾躲进去读宝姨书卷的那间发霉的储藏室。于修女说，那里面的雕像是道教的，讲人下到阴间以后的种种遭遇。里面有好几十座雕像，雕得非常逼真，看上去很吓人。有个人跪在地上，旁边有长角的动物在吃他的内脏；三个人挂在竿上，像是挂在烤肉竿上的猪肉；四个人坐在一锅热油里受煎熬；还有些大型的恶鬼，红脸尖头，指挥死者去打仗。粉刷完了以后，我们把这里变成了基督降生图，有小耶稣、圣母马利亚，还有约瑟和圣诞老人。尽管如此，雕像还是个个都大张着嘴巴，惊恐万状。任凭格鲁托芙小姐说破了嘴皮子，大多数的孩子还是不肯相信这些神像是在歌颂“欢乐降临人间”。

这些刷完了以后，再没有别的偶像要变成天使了。到那时候，我也变成了正式的老师，不再是从前那个孤单的小姑娘。我爱上了潘老师的儿子。

我们是这样开始的。

每年打从小年夜开始，我们的学生就开始写春联拿到周口店庙会去卖。有一天，我和潘老师还有同学们一起在教室里写春联，满桌满地都铺着长长的红纸。

跟往常一样，开京骑自行车来接父亲回房间。当时龙骨山的地面都冻硬了，无法在野外作业，因此开京大部分时间都用来画图表、写报告、铸骨头发掘地的模型等等。那天开京来得特别早，潘老师还没准备走呢。因此开京提出要帮我们写春联。他站在我身旁桌边。多个人手帮忙，我很高兴。

可我很快留意到他的做法很不寻常。我写什么字，他也跟着写。我写“富”，他也写“富”，我写“裕”，他也写“裕”。我写“万事如意”，他也跟着写“万事如意”，一笔一画，都跟着我写，节奏也跟我保持一致。这样一来，我们两人倒好像是在表演舞蹈一样。我们的爱情就是这样开始的，一起转折，一起画点，随着呼吸逐渐变得一致，手中的笔也一起提起来。

几天之后，我和学生一起把春联送到集市上去。开京陪着我，走在我身边，一边轻声交谈。他手里拿着一本桑皮纸的小书，纸上画着水墨画，封面上写着：美的四种境界。“想知道里面说的是什么吗？”他问。我点头。任谁无意中听到我们的谈话，都一定会以为我们说的是学校里教学的事情，其实，他是在倾吐爱情。

他翻动书页。“不论哪种形式的美，都有四种不同的境界。绘画、书法、文学、音乐、舞蹈皆然。第一种境界是技艺之美。”我们一起看着书中的一页，上面画着两簇一模一样的竹子。这是一幅很常见的画，画得很逼真，细节栩栩如生，显示出竹子的韧性和生命力。他接着说：“技艺之美指的是能够重复用同样的笔画、同样的力度、同样的节奏和逼真度来画同样的画面。可这种美，只是美的平庸。”

“第二种境界，”开京接着说，“是气势之美。”我们一起翻看另外一幅画面，画上有几茎竹子。“这一幅画已经超出了技艺之美，”他说，“它美得独特，画面却更加简单，画家并不强调竹茎，而是叶子。画面传达出的既有竹子的坚韧，又有一股寂然清气。若是画家道行不够，就只能传达其中一重意义，而只好忽略另外一重意义。”

他继续翻动书页。这张画上只有一茎竹子。“第三种境界叫做‘神韵’，”他说，“清风无痕，竹影摇动，竹茎多半用虚笔，所谓意到笔不到。可是那虚的影子，倒仿佛比斑驳了光线的真枝叶来得生动。人若见到这么一幅画面，定会叹为观止。就是同一位画家，也无法重现这幅画的感觉，就是那种竹影摇动的感觉。”

“还有什么竟会比神韵还要美呢？”我轻声说道，明知自己马上就会知道答案。

“这第四重境界，”开京接着说，“比神韵还要了不起。世间众生都不由自主地寻求这种美，但只有当你无心寻找的时候，才能感觉到它的存在。这种美只有在你不费心机，不存奢望，不知结果如何的时候，才会出现。它美的单纯，就像天真的孩童那样单纯。当艺术大师年老了，丧失了心智，重拾赤子之心的时候，才会重新获得这种境界。”

他翻动书页。下一页上有个简单的椭圆形。“这幅画叫做‘管中窥竹’。若你从管子里向上向下看，能看到的就只有这个椭圆而已。就只是身处其中，并没有解释出个来龙去脉。世间的一切都相互关联，这就是天道的神奇之处。描黑的椭圆与一张白纸、人与竹茎、看画人与画家之间，莫不如是。”

开京说完，沉默了好一阵，最后说：“这第四种境界就叫做‘道’。”说完，他把书放回衣袋，若有所思地望着我。“近来，我常常在许多东西里面看到天道之美，”他说，“你有没有呢？”

我们两人都知道，我们说的“天道”其实意思是说两人不经意地相爱，就像两根竹子，随着风势，向对方倾斜依靠。于是我们靠在一起，亲吻，沉醉在两人的世界里。

# 道

我跟开京初尝禁果是在一个夏天的夜晚，月光很亮。我们偷偷溜到一处无人走廊的尽头，躲在储藏间里，远远躲开众人的耳目。我没有感到羞耻或是罪过，只有狂野而新鲜的感觉，仿佛我是在天国遨游，在浪尖上飞翔。若这便是厄运，那就让它来吧。我是宝姨的女儿，宝姨就是个无法抑制自己渴望的女人，她就是这样才生了我。开京的背这么光滑，这么温暖，这么芬芳，厄运怎么可能如此美妙？我感到他的唇吻着我的脖颈，难道这也是厄运？他解开我上衣背后的扣子，衣服落在地上，我就此毁了，可我很高兴。随后我的衣服一件接一件滑落下来，我觉得自己越来越轻，眼前越来越暗。我和他是两个影子，黑的，没有分量，相拥相交，柔若无骨却又激情狂野，心无旁骛——当我终于睁开眼睛，却发现有十好几个人正盯着我看。

开京哈哈大笑起来。“没事的，他们不是真人。”他敲了敲其中一个。这正是那间粉刷过的地狱场景，如今改成圣诞颂歌了。

“他们就好像没能看上一场好戏的观众，”我说，“这么不开心。”那里有圣母马利亚，张着嘴巴惊叫，还有头上长着尖角的牧羊人，小耶稣的眼睛凸出来，好像青蛙。开京把我的外衣盖在马利亚头上，裙子盖住约瑟，内衣盖住小耶稣。随后开京用自己的衣服盖住三位智者，又把牧羊人转了个身，让所有的塑像都面朝着墙壁。然后开京引我躺在干草堆里，我们又变成了纠缠在一起的影子。

可是接下来的事情根本不像那第四种境界那么如诗如画，也不像枝叶扶疏的树木映着天光。我们原本期望这会很美妙，可是干草弄得我们很痒，地上还有尿臭。一只老鼠从窝里爬出来，惊得开京从我身上滚落下来，把小耶稣从摇篮里撞了出去。那青蛙眼的怪物就倒在我们身边，仿佛是我们私生的孩子。然后开京站起来，划了根火柴找老鼠。我看到开京的私处，那话儿已经低下了头。我还发现他大腿上有虱子。过了一会，他又指着我屁股上说有三个虱子。我跳将起来，手舞足蹈想把虱子弄掉，开京让我转过身，帮我找虱子，我强忍着才没有放声大笑或是尖叫起来。找到以后，他用火柴棍把虱子烧死了。我从圣母马利亚头上把自己的外衣取下来，见圣母面露喜色，似乎很高兴看到我虽欲望未得满足，仍是一脸羞惭。

我们两人匆忙穿上衣服，都窘得说不出话来。送我回房间的路上，他也没有开口。到了门口，他才说：“对不起，我应该控制自己。”我心里一阵刺痛，不想听他道歉，说后悔。可他又说：“我该等到我们洞房花烛的时候。”这时，我激动得停住了呼吸，不禁哭出声来。他抱住我，对我说要与我永生永世做爱人，我也跟他一样，发誓永生永世相爱。两人只顾谈情说爱，冷不防传来住在我隔壁于修女的声音："嘘！"我们俩都不作声了，还听见她在嘟囔："一点也不考虑别人，公鸡打鸣都知道挑时间呢……"

第二天早上，我觉得自己好像换了个人，心里又是喜悦，又是担忧。于修女曾经说过，胡同里那些姑娘，哪个是妓女一眼就能看出来，妓女的眼睛像小鸡一样。我搞不明白她这话是什么意思。是说她们眼睛变红了呢，还是说变小了呢？别人看我的眼睛也能觉出我的秘密吗？我一进大厅吃早饭，就看到大家都在，围成一圈，很严肃地在交谈。我一走进去，似乎所有的老师都抬起眼睛，盯着我看，满脸震惊和悲伤的神色。随后开京摇着头说："坏消息。"我吓得脸色苍白，四肢无力，就算想跑我也跑不动。他们会把我踢出去吗？开京的父亲不答应我们的婚事吗？可他们又是怎么知道的？谁说的？谁看见我们了？还是说谁听到了？开京指着科学家们的短波收音机，大家又回头去听广播。我不禁想：难道连广播里都在说我们俩的事了？还用英语说？

开京终于告诉我真相，坏消息并非是说我们的事闹出来了，我却没有感到丝毫的庆幸。他说："日本人昨天晚上发动了进攻，就在北京附近，大家都说这回一定是要打仗了。"

我听见广播里一口一个马可·波罗如何，马可·波罗如何，就问："这马可·波罗是什么？"

于修女说："说的是马可·波罗桥。倭寇已经攻占了这座桥。"听到她用这种蔑称说日本人，我觉得很惊讶。平时在学校里，正是她教育学生们不要用脏话骂人，哪怕是说我们讨厌的人也不行。于修女接着说："他们朝天放枪，说是演习。因此我们的队伍就回击他们，给这帮骗子个教训。后来有个倭寇失踪了，说不定那胆小鬼吓跑了呢，可是日本人说一个人失踪就足以构成宣战的理由了。”于修女翻译着广播里的英文，很难搞清楚哪些是新闻，哪些是她的评论。

“这个什么马可·波罗桥，”我说，“到底在哪儿？”

“在北边，宛平，”格鲁托芙小姐说，“离火车站很近。”

“可那是卢沟桥啊，离我们村四十六里地，”我说，“他们什么时候给桥改了名字？”

“六百多年前了，”格鲁托芙小姐说，“马可·波罗赞美过这座桥，人们就叫它马可·波罗桥。”大家都继续说打仗的事，我却在想着，为什么我们村里没一个人知道桥这么多年前就改了名字。“日本人朝哪边开进？”我问，“朝北进北京呢，还是朝南到我们这儿来？”

这时大家突然不讲话了。一个女人站在门口，明亮的日光从她背后照过来，她成了一个黑影，我看不出是谁，只见她穿着件长袍。我听见她问：“刘茹灵还住这里吗？”我眯起眼睛看。会是谁呢？已经有这么多事让我困惑不解了，如今又来了这么个人。我朝她走了过去，心里的迷惑渐渐变成了一种猜想，猜想又变成确信。是宝姨。我常常梦到她的鬼魂回来。如今就像在梦中一样，她能开口说话了，脸上也没有伤疤。正如在梦中一样，我扑向她，终于，这一次，她没有将我推开。她张开双臂叫道：“你果然认出你亲妹妹了！”

来的是高灵。我们抱在一起跳着转圈，互相拍打胳膊，你哭了我哭。“让我看看你。”自从四五年前她给我写了那封信以来，我再没有过她的任何消息。不出几分钟，我们两人又亲热得像亲姐妹一样。“你头发怎么了？”我抓着她乱七八糟的发卷，笑问。“出什么事了，还是你特意弄成这样的？”

“你喜欢吗？”

“还不坏。你这样很时髦，不像个乡下丫头了。”

“你头上也没有苍蝇打转嘛。我听人家说你现在成了了不起的大学者了。”

“不过是教书而已。你呢，你还是——”

“还是张福男的老婆。都六年了，真不敢相信。”

“可你究竟出什么事了？你看上去糟透了。”

“昨天到现在我还没吃饭呢。”

我跳起来，跑到厨房里，给她端来一碗小米粥、咸菜、煮花生，还有一点凉菜。我们坐在大厅一个角落里，远远离开打仗的新闻，她吃得狼吞虎咽。“我和福男一直住在北京，没孩子，”她边吃边说，“我们住在墨店后面的屋里。房子都重建起来了。我信里跟你说了吗？”

“说了一些。”

“那你知道张家如今是墨店的东家了，我们家只落下一屁股债。父亲和叔叔都回仙心村了，整天忙着做墨，流的汗水都是黑的。大家整天都在家里，都脾气不好，整天价吵，怨天尤人。”

“大哥二哥怎么样了？”我问，“也在家里吗？”

“五年前国民党拉壮丁把大哥拉走了。他那个年纪的男丁都得去参军。又过了两年，二哥跑去参加了共产党，大叔的俩儿子也跟着去了。大叔就咒他们仨永远也回不来。母亲听了很生气，从此不跟大叔讲话，直到后来成立了国共统一战线，大叔跟母亲道歉，说如今孩子在哪边的军队都是一样了。”

“母亲呢，她身体还好吗？”

“你还记得她头发从前一直很黑吗？现在可不行了，又白又乱，跟老头的胡子似的。她不再染头发了。”

“什么？我还以为她是因为在墨坊里干活，头发天生就黑呢。”

“别犯傻了。她们全都染头发——老太太，婶子她们。可是现如今母亲顾不上打扮了。她说她两年没睡过安稳觉了。她觉得夜里房客会出来偷我们家东西，还搬动家具，挪地方。她还说老太太的鬼魂又回到茅房里了。她好几个月都拉不出豆芽那么大点大便。大便都干成块了，她说，所以说她才整天胀肚子，胀得像夏天结的葫芦。”

“真是惨哪。”虽说是母亲把我踢出家门，可我听到她有难，心里却压根高兴不起来。也许有那么一小部分的我，还认定父亲母亲是我的亲人。

“宝姨呢？她的魂就没回来过吗？”

“说来也奇了，宝姨自那以后声息全无。后来我们发现当年那个捉鬼大法师原来是个骗子，那家伙根本不是个道士。他有老婆，还有仨儿子，那个徒弟其实就是他儿子。他们到处招摇撞骗，拿着那个罐子接着捉鬼，拧开盖，封起来，整天故伎重演，骗了好多笨蛋。父亲听说以后，特别想把那家伙捉住，塞到罐子里，用马粪封上。我对他说：‘只要宝姨的鬼魂不再回来闹事了，那又有什么关系呢？’可是打那以后，他就整天念叨着他给的那两块银锞子，算计着得值多少钱，给他算来算去，倒仿佛那么多钱买天买地都够了。”

我脑袋转得飞快，各种念头一起涌了上来：如果说那是个假道士，是不是说宝姨从他手上逃走了？又或者说，她压根没进过那个罐子？突然，另外一个念头又跳了出来。

我对高灵说：“也许宝姨根本没死，哪里来的鬼魂？”

“哦，她肯定是死了。我眼看着老厨子把她的遗体扔到穷途末路上去了。”

“可是，也许她没死绝，后来又爬回来了呢？要不我怎么没找到她呢？我找了好几个钟头，里里外外，山上山下找了个遍。”

高灵转开眼睛不看我。“那天的事真够你受的……你没找到她，可她就在那下面。老厨子可怜宝姨，见她不得善终，他觉得于心不忍。趁母亲不注意，他跑回去，用石头把宝姨的遗体盖起来了。”

这时我眼前浮现出宝姨使劲攀着沟壁往上爬的画面，突然一块石头朝她滚落，砸到她身上，石头一块接一块地砸落下来，宝姨终于被击倒，落下山崖。“你为什么没早告诉我？”

“我也是老厨子死了以后才知道的。宝姨死了两年以后老厨子就死了。是他老婆告诉我的。她跟我说老头子在世的时候，背着人也做好事情的。”

“我得回去把她的尸骨找回来。我想好好地安葬宝姨。”

“肯定是找不到了，”高灵说，“去年夏天发大水的时候，山崖又塌了一块。五人多宽那么块地，一下子塌下去了，那边沟底下所有东西都让石头灰土给埋起来了，足足得埋了三层楼那么厚。再塌下去我们家的房子就没了。”

我兀自念叨不已：“你要是早些来，早告诉我就好了。”

“我知道你难过。我都没料到你还在这里。要不是老魏的老婆多嘴，我也不知道你在这里当了先生。还是我春节回娘家的时候她告诉我的。”

“你那时候怎么没来看我呢？”

“你以为我那当家的会让我想出来就出来，想歇着就歇着？我得等着老天爷开恩，给我个机会溜出来。结果机会来得真不是时候。昨天，福男让我回仙心村，去跟他父亲要钱。我跟他说：‘你没听说吗？日本人正用铁路运兵呢。’呸。他才不管呢。他一心就想着那口烟，顾不上害怕老婆叫人家刺刀捅死。”

“他还抽鸦片呢？”

“他这辈子是改不掉了。没了鸦片，跟条疯狗一样。所以我坐上火车到了宛平。不出所料，火车都停了，不开了。乘客都下了车，没头苍蝇一样到处打转。有士兵戳我们，叫我们一直往前走，一直把我们赶到一片地里。我心里想这次肯定要被他们打死了。就在那时，我们听到砰砰的枪声，士兵们都跑掉了，把我们扔在当地。有一会，大家都吓坏了，没人敢动。后来我想，我干吗等着他们回来杀我？与其坐以待毙不如逃跑，被他们追上也罢了。于是我撒腿就跑，其他人也都四散逃窜。我得走了足足有十二个钟头。”

高灵脱下鞋。鞋跟断了，鞋帮裂开，她的脚跟开裂，流着血。“我脚疼得要命，真是疼死我了。”她哼哼几声，“或者我该让福男以为我真是死了。没错，就让他觉得是他的错。不过很可能他根本没感觉，只会回去吞云吐雾，继续做他的白日梦罢了。对他而言，打不打仗，有没有老婆，都没什么区别。”她虽在大笑，却仿佛要哭出来了。“姐姐，你怎么说？你觉得我该回去找他吗？”

我还能怎么办？只有再三邀请她留下来跟我同住。她又能怎么办呢？只有再三坚持说不能留下来给我添麻烦。最后，我带她回到我的房间。她用湿布擦了擦脖子和脸，然后长叹一声，躺在我的小床上，睡着了。

唯一一个反对高灵跟我一起住在学校里的是于修女。她跟我争辩说：“我们这里不是难民营。就现在这种情况，我们的床位已经没办法接受更多孩子了。”

“她可以住在我房里，跟我睡一张床。”

“她在这里就多一张嘴吃饭。我们有一个例外，别人也会开口要我们网开一面。单是王老师家里就有十来口人。还有以前咱们这里出去的学生和她们的家人呢？我们也都放进来吗？”

“可他们没有要住进来啊。”

“什么？你脑子长毛了不成？要是一打起仗来，马上人人都会开口要求住进来。想想吧：我们学校是美国人办的。美国人对日本人中立，对共产党和国民党也中立。待在这里你用不着天天惦记谁赢谁输，只管看热闹就行了。所谓中立不就是这个意思嘛。”

这么多年以来，每次于修女对我指手画脚大加命令，我都忍气吞声，即便她令我颜面全无，我也要照顾她的颜面。虽说现在我也当了老师，却依然不知道该如何顶撞她。“是你教大家要善良，要懂得同情！”——我差点脱口而出我对她的真实看法，赶紧打住，我说：“如今你却想把我妹妹送回一个大烟鬼老公身边去？”

“我大姐也嫁了个大烟鬼，”她回答说，“她咳得肺出血，老公却不肯给她抓药，钱都拿去买了鸦片。我姐姐就死在这上头——就这么去了，只有她一个人真心对我好。”我说破了嘴皮子也没用。于修女总是能找出比任何人都更加痛苦的经历。我眼看着她步履蹒跚走了出去。

我找到开京，两人走出大门，绕到育婴堂后墙外面去亲热。这时我跟他说起我对于修女的怨言。

“你可能不觉得，她其实心地很好，”他说，“我从小就认识她了，我们一起长大的。”

“那，也许你该跟她结婚才对。”

“我比较喜欢漂亮屁股上沾着跳蚤的姑娘。”

我一把打掉他的手。“你一心想的是要对妹妹好，”他接着说，“她想的却净是些实际问题。别追究些个细枝末节，要学着求同存异。至少眼下先不要行动，等等再说。”说实在的，我敬仰开京的为人，并不比我爱他的程度要少几分。他为人和善有理，做事有理有据。若说他有什么缺点，那便是一时犯傻爱上了我。他怎么居然会爱上我？我虽然搞不懂缘由，却很快乐，况且他的爱抚也让我脑子里轻飘飘的，于是很快把那些个大小战事抛在了脑后。

我回到房间，很惊讶地看到于修女也在，正对着高灵大叫：“空空洞洞，活像是被虫子咬空了的树干！”

高灵也晃着拳头说：“品行连蛆都不如！”

然后就见于修女大笑起来。“我恨那男人直恨到骨头里！”

高灵点头附和。“我也一样。”

过了一会，我才明白，原来她们俩并非在对骂，两人是争着用最恶毒的词句来咒骂那些错待了她们的恶棍。接下来的两个钟头，她们还在一一细说自己经受的苦难。

“那张桌子我娘家九代传下来到我父亲手上，”高灵说，“就为了他几个钟头的快活，给卖掉了。”

“没吃没喝，冬天没炭火没棉衣。我们只能像虫子一样使劲抱在一起取暖。”

那天晚上，高灵对我说：“那位于修女很有智慧，人真逗。”我没答话，心想要不了多久她就会明白这个女人也会像黄蜂一样叮你一下，够你受的。

第二天，我发现她们俩一起坐在教师用餐室里。于修女说话很小声，我只听到高灵的答话："真惨哪，叫人听不下去。你这姐姐心地这么好，人也很漂亮吧？"

"虽不算什么美女，也够好看了，"于修女回答，"说实在的，一看到你我就想起了她——你们俩都是宽脸盘，大嘴巴。"

高灵听了，丝毫不以为忤，竟显得十分受用。"但愿我能像她那样勇敢，不抱怨。"

"她真该抱怨，说出来，"于修女说，"你也一样。凭什么受苦的人还得默不出声？凭什么听天由命？所以我赞同共产党！我们就得斗争，争我们该得的东西。我们不能埋在过去的痛苦里，一个劲儿的朝拜老祖宗。"

高灵伸手捂住她的嘴，笑道："说话小心啊，不然日本人和国民党要跳出来轮番敲掉你的头。"

"给他们敲去，"于修女说，"我是说真心话。共产党虽说不信上帝，其实他们跟上帝反而更近些。他们相信有福同享。是真的，共产党跟基督徒差不多的。他们倒该跟信耶稣的结成统一战线，而不是国民党。"

高灵把手捂在于修女嘴上。"难道基督徒都跟你似的这么傻吗？"他们竟然像好朋友一般，随意鄙薄起对方来了。

又过了几天，有一回晚饭前，我见到她们两人一起坐在院子里，像多年的老同志一样，亲密得如胶似漆，一起回忆往事。高灵招手叫我过去，给我看一封盖着红印章和日出图案的信，寄信地址是"日本临时军警处"。

"快念。"于修女说。

信是写给张福男的，通知他说他老婆刘高灵在宛平被捕，罪名是从事反日间谍活动。“你被捕了？”我失声惊叫。

高灵打了我胳膊一下。“你个笨蛋，再往下念。”

“刘高灵在关押等待处决前逃跑，”信中说，“逃跑前，刘高灵招供说，她的丈夫张福男令她前往火车站从事非法活动。因此，日本军方代表将前往北京，希望与张福男面谈张所涉其妻之间谍活动详情。我方将前往张福男寓所与之讨论此事。”

“字是我打的。”于修女得意地说。

“章是我刻的。”高灵说。

“很逼真呢。”我对她俩说。“看得我心里怦怦直跳。”

“福男看了心里定要跟炸了炮仗一样。”高灵说。她跟于修女又笑又叫，像两个孩子似的。

“可是，父亲跟母亲若是知道你失踪了，不是会很难过吗？”

“要是路上安全，我下礼拜就去看他们。”

高灵果然去了仙心村，回去后，她发现福男跟谁也没提这封信的事。又过了一个月左右，她又回到学校里来，给于修女当帮手。“父亲母亲只知道我公公告诉他们那点事，”她回来说，“父亲对我说：‘你那个丈夫，我先前觉得他净是吹牛，没骨气，没想到他竟然不等人来抓壮丁，自己主动参军去了。’”

“我还告诉爹妈，说我在周口店火车站碰到你，”高灵说，“我跟他们吹牛，说你如今成了知识分子，跟科学家一起工作，还说你马上要跟个科学家结婚了。”

听她这么说，我很高兴。“他们有没有为当初那么对待我觉得抱歉？”

“哈！他们得意着呢，”高灵说，“母亲说：‘我就知道我教养的孩子错不了。如今瞧见结果了吧。’”

晨露渐渐变成了霜冻，那个冬天，我们办了两次婚礼，一次美国式的，一次中式的。美国式那场婚礼上，我穿了格鲁托芙小姐给我的白婚纱，那是她为自己的婚礼准备的，可一直没机会穿。她的恋人在大战中死去了，因此这是件不祥的衣服。可她给我的时候，眼睛里充满了幸福的泪水，我又怎么能拒绝呢？中式婚宴上，我穿的红裙子，顶着的红盖头，都是高灵帮我绣的。

高灵先前已经跟父母说过我要结婚，因此我出于礼貌，也邀请了他们。我但愿他们找个方便借口，最好不来，比如说战乱，路上不安全什么的。可是父母两人竟然都来了，连同叔叔婶婶、表兄弟姐妹们，大家一起来了。虽说大家心里都明白，但是谁也没提起当年的难堪事。场面有点尴尬。我对大家介绍说父母两人是我的伯父伯母。若非我是宝姨未婚产下的私生子，我本该是家中一员，他们也本该是我的家人。席间基本上人人对他们都很客气，只有于修女丝毫不客气地对他们怒目而视。她对高灵嘟囔，声音却大得足以让母亲听到，她说：“他们把她踢出家门，如今却在她的宴席上大快朵颐。”我整整一天都觉得十分困惑，一方面我觉得很幸福，充满了爱的喜悦，另一方面又很生家里人的气。令人奇怪的是，他们在场我又觉得很高兴。我还很担心那件白色婚纱，怕它会带来厄运，让我的幸福不能长久。

只有两位科学家来参加我们的婚礼，一个姓董，一个姓赵。因为打仗的关系，任何人要想继续在考古坑工作都会很危险，因此大多数的科学家都躲到北京去了，只带走了先前的考古发现，其余东西都落在这里。当地的工人有二十六人留了下来，跟开京及董赵两位一起，大家住在老寺庙的院子里。开京说，总得有人看着工作现场。万一日本人来炸山可怎么办？或者把考古坑当成架机关枪的战壕呢？“哪怕他们把这里当成是露天茅房呢，”我对开京说，“你又能拿他们怎么样？”我并不是要他跟我也逃到北京去。我知道他是绝不肯抛下老父亲离开的，而他的老父亲又绝不肯离开学校，离开这些孤儿自己逃生，可我不希望自己的丈夫充英雄跑去保卫考古坑，却被当成烈士抬回来。一切都不可知。有那么多人都已经离去。我们大家觉得仿佛被抛弃了。因此，我们的婚礼宴席喜悦中透着冷清，仿佛是庆祝一场悲惨的胜仗。

宴席之后，学生和朋友们把我们抬进洞房。洞房正是我跟开京头一次亲热时闹出笑话的那个房间。如今这个房间收拾得干干净净，没有老鼠，没有尿渍，没有跳蚤，也没了干草。一个礼拜之前，学生们把墙上新刷了一层黄漆，房梁刷成了红色。他们把雕像都推到边上。为了让三位智者不再盯着我们看，我用绳子挂了条布帘把雕像挡在后面。我们洞房那天晚上，学生们在屋外闹了很长时间，说笑话逗我们，笑得很放肆，还放鞭炮。最后他们闹累了离开，终于我和开京作为夫妻，第一次单独相对。那天晚上，一切百无禁忌，我们尽享床第之欢。

第二天，我们应当去拜见公婆。因此我们沿着走廊过两个门，来到了潘老师住的房间。我向他鞠躬，给公爹敬茶，叫他“爸爸”，大家都笑这套礼数。随后我和开京来到一个小神龛前面，我把宝姨的相片放在相框里，摆在里面。我们也为宝姨倒上茶，然后焚香，开京叫宝姨“妈妈”，向宝姨许诺会照顾我的家人，包括我的先祖在内。“如今我也是您家族的一员了。”他说。

突然，一阵冷气从我脖颈窜了下去。为什么？我想到了我那位死在猴嘴洞里的先人。是因为这个缘故吗？我记起了那些我们始终没有放回洞里去的骨头，还有那个家族的毒咒。这时候想起这些事，是什么意思呢？

“世上没有什么毒咒，”后来开京对我说，“那些都是迷信，迷信就是没事瞎担惊受怕。唯一的毒咒来自你无法释怀的担忧。”

“可那些都是宝姨告诉我的，宝姨很聪明的。”

“她是自学成才，只接触到那些旧观念。她没机会学习科学，像我一样去上大学。”

“那为什么我父亲会死了呢？为什么宝姨会死呢？”

“你父亲是死于事故，宝姨是自杀的。这还是你告诉我的。”

“可是为什么老天会这样安排？”

“这并不是老天的安排。根本没有为什么。”

我是那么地爱我的丈夫，因此我试着接受这些新观念：没有毒咒，没有厄运，也没有好运。当我看到天边起了乌云，开始担忧，我告诉自己这是毫无道理的。当风水转了方向，我试图说服自己，这里头根本没有什么玄机。有那么一阵，我过得很快乐，没有那么多无谓的担心。

每天晚上晚饭后，我和开京去看他父亲。我喜欢坐在他房间里，知道这也是我家人的居所。房里家具很朴素，都旧了，给人以诚恳朴实之感，一切摆放得井井有条。靠西墙边，潘老师摆了一条长椅，椅上铺了软垫，权充作床。床的正上方，潘老师挂了三幅字，每幅上有一百个字，写得气韵连贯，仿佛一气呵成。朝南的窗台上，他总是摆上一盆当令鲜花，花朵明亮的颜色把人们的目光吸引过去，注意不到暗处的阴影。靠东墙简单摆着一桌一椅，木头颜色很深，泛着光，是个静心思索的好地方。桌上像静物画一样摆着文房诸宝：一个漆皮盒子，象牙笔座，一方上等端砚——那是他最宝贵的财富，是他小时候教他的一位传教士送的礼物。

有天晚上，潘老师把那块砚台给了我。我正待推辞，又想到如今他也是我的父亲了，我大可以敞开胸怀接受下来。我抱着那块端砚，用手指抚摩着平滑的砚面。我从刚到学校里来给潘老师帮忙的时候就非常向往这块砚台。有一次他曾经把砚台拿到教室去给学生们欣赏。“当你在砚台上磨墨的时候，墨的天性就改变了，从坚硬不变的一块化成流动的墨汁，可以呈现不同的形态。可你一旦将墨落到纸上，墨又凝结起来，你再也无法让它换回原形。若是写错了，唯一的出路就是把整幅字扔掉。”宝姨也曾经说过类似的话。你该想清楚自己的字形（个性）[1]。知道要在哪里该作转变，该作怎样的转变，作了什么样的转变就再也无法更改。我刚刚学着研墨的时候她这么对我说。后来我们一起生活的最后几天，她生我气的时候，也曾经这么说过。如今重又听到潘老师说同样的话，我暗自对自己许诺，我一定要改变，做个好女儿。

很多事情都变了。我希望宝姨能够看到我现在的生活过得很好。我当上了老师，还结了婚。我有丈夫，有父亲。他们人都很好，跟高灵的夫家，张家的人很不相同。我的家人都很真诚，对人诚恳，内外

1 英文中 character 可指中文的“汉字”，也可指“性格，个性”。此处作者语意双关，宝姨既是教茹灵书法，又是传授做人之道。

一致。宝姨曾经教我说这很重要。单有礼貌是不够的，她曾经说，再怎么待人客气也比不上一颗真诚的好心。尽管宝姨已经去了这么多年，她的话仍然在我耳边响起，不论是快乐还是悲伤，一到重要的时刻，我就会想起她的话。

日本人攻打周口店以后，我和高灵一听到远处有枪声就爬到山顶上，朝着冒烟的方向看。我们能看到大路上车辆行进的方向。高灵开玩笑说我们的消息比无线电台来得还快，可开京和格鲁托芙小姐总是大半天时间都坐在电台前，希望听到去北京的那些科学家发过来的消息。我就不明白他们为什么想听无线电台说话，那里传来的净是些坏消息：不是哪个港口城市又被占领了，就是哪里惨遭屠城，好教训那些个死人不可以跟日本人作对。

“日本人不可能在我们这里打胜仗，”晚上高灵总是这么说，“可能打海战他们确实快，可是在我们山区，他们就好像涸辙之鱼，可我们的人就像山羊。”每天晚上她都这么说，尽量让自己相信的确是这么回事。有那么一段时间也确实如此，日本军队没办法打进山里来。

虽说水往低处流，钱却会往高处走。山下卖各种东西的小商贩都偷偷越过封锁线，带着货物爬上山来，让山上的人趁着还有命受用，赶紧把钱花掉。我、开京和高灵常常沿着山脊小路去买些奢侈品。有时候我买回整整一罐子芝麻烧饼，我知道潘老师最爱吃这一口，再不然就买炒花生、干蘑菇，或者甜瓜。战争期间什么都短缺，因此我们但凡买回点什么美味，都能召集个小型聚会。

我们总是在潘老师的起居室里聚会，高灵和于修女总来参加，两位科学家也来。姓董的那位年纪大些，脸上总是很和善地笑着，小赵年轻，个子高些，头发浓密，垂在额前。我们倒茶的时候，潘老师就给留声机上发条。然后大家一边坐享美味，一边听拉赫玛尼诺夫作的一首《东方舞曲》。至今我的脑海里还能浮现出那情景：潘老师像指挥家一样挥着手臂，指挥那看不见的钢琴大提琴演奏家何处该婉转低回，何处该慷慨激昂。聚会结束的时候，他常常躺在长椅上，闭上眼睛叹息，感激这可口的食物、拉赫玛尼诺夫、他的儿子媳妇、他亲爱的老朋友们。他常对我们说："这才是幸福的真谛。"随后我和开京两人就出去散步，然后回到我们自己的房间，为只存在于我们两人之间的快乐而心怀感恩。

这些都是令我们感到安心的一些小小仪式，这些琐事令我们喜爱，一直期待，心存感激，并且会一直铭记在心。

即便是在战争和匮乏中，人们也需要戏曲娱乐。开京对我说："那是灵魂的语言和音乐。"每个星期天的下午，学生都要安排演出，她们演得很热情。可是说实在的，表演和音乐可都不怎么样，有的时候叫人听得看得怪难受的，我们观众倒要尽力表演，显出非常赞赏的样子，仿佛演出好得无与伦比。潘老师告诉我说，我当学生参加演出那会，演的戏也比这好不到哪里去。那仿佛是多久以前的事了。如今道勒小姐年纪大了，背也弯了，看上去几乎跟于修女差不多高。她弹钢琴的时候，鼻子都快碰到琴键上去了。潘老师的眼睛生了白内障，他很担心，要不了多久，他就无法再写字作画了。

冬天到了，我们听说很多的共产党战士都病倒了，有的还没机会开枪打仗就病死了。而日本人有药品、有冬衣，他们打到哪个村子就劫掠一空，抢走食物供给。少了共产党的队伍在山上保卫，日本人一点点攻上山来，每上一步，他们就砍倒树木，叫人无处躲藏，无从逃遁。他们越来越近，我们再也不能很安全地走在山脊小路上，去买吃的了。

可开京和同事们还是要到考古坑去，弄得我非常焦虑，紧张极了。我总是哀求他说：“不要去。那些老骨头在那里都待了一百万年了，等到打完仗再去也不迟。”我们两人仅有的争吵都是为了他去考古坑这一件事。有的时候回忆起来，我想我应该吵得更凶一些，一直吵到不让他去。有时候我又想，也许我该少跟他吵，或者干脆不吵不闹。那么也许他对我最后的记忆，就不会是个整天唠叨抱怨的老婆。

开京不去考古坑的日子，就给我班上的女学生教地理。他给学生们讲远古大地和古人类的故事，我也跟着听。他在黑板上画图，描绘冰川运动和地底的火山爆发，描画北京人的头颅，讲述它如何跟猴子的头骨不同，它前额处比较高，可以容纳人类演变中的大脑。如果道勒小姐或者格鲁托芙小姐也在听，开京就不画猴子，也不说地球的年龄。他知道，关于生命的来龙去脉，他的观念跟她们不同。

有一天，开京给学生讲人类是如何变得跟猴子不同的：“古代北京人能够站立行走。我们根据他骨骼的结构判断出这一点，还有他在泥地上留下的脚印也说明是这样。他还能使用工具。我们找到了他磨平的骨头和石头，他用这些工具切割、砸碎东西。也许北京人已经开始使用语言。至少他的大脑已经具备了形成语言的能力。”

一个女孩子问：“他说了什么呢？是说中国话吗？”

开京回答说：“我们不能确知，因为口头语言是留不下痕迹的。那时候还没有文字——文字直到几千年前才出现。即便当时有语言，那也是一种只存在于那个时代的古代语言。如今我们只能猜想北京人会想要说些什么。人需要说什么话呢？要说给什么人听呢？是男是女？大人还是孩子？他发出的第一个有意义的声音会是什么？第一个词是什么？”

“我想人无论何时都应该向上帝祷告，”另一个女孩说，“她该跟对她好的人说谢谢。”

那天晚上，开京睡着了以后，我还在想着这些问题。我想象着不会说话的两个人，无法跟对方交谈。我想象着一些必须要说的话：天空变了颜色，表示“风暴将至”，火的气味意味着“快逃跑”，还有要发动攻击的老虎发出的叫声。什么人会为这些东西担忧？

随后我想明白了，人类的第一个词一定是“妈”，就是婴儿吧嗒着嘴寻找母亲乳房的声音。在很长一段时间里，婴儿只需要这么一个词就够了。妈，妈，妈。于是妈妈决定她就叫这个名字，于是她也开始讲话了。她教会孩子要当心：观察天空，留心火的气味，倾听老虎的动静。母亲是一切的发端。一切都是从她开始的。

一个春天的下午，学生们正在演戏。我记得很清楚，那是《威尼斯商人》中的一幕，戏是道勒小姐翻译成中文的。学生正念到“跪下，开始祈祷吧”。就是那一刻，我的生活彻底地改变了。潘老师冲进了大厅，粗声喘息着大喊：“他们被抓走了。”

他上气不接下气地告诉我们，说开京和他的朋友们跟往常一样到考古坑检查一番。潘老师跟他们同行，想散散步，呼吸点新鲜空气。到了考古坑，他们发现有几个士兵早已等在那里。这几个人是共产党的战士，因为不是日本人，他们也没在意。

为首的一个士兵走上前来。他问开京："嘿，你为什么不参军跟我们走？"

"我们是科学家，不是战士。"开京解释说，然后就告诉这几个人他们从事北京人的研究工作，可是一个士兵打断了他的话："这里好几个月没有作业了。"

"你们从前的工作是为了保存过去，"那个为首的比较客气，说道，"你们一定也可以为了开创未来而工作。再说了，若是日本人摧毁了中国，你又能挽救得了什么过去呢？"

"参军是你的责任，"另外一个士兵发牢骚说，"我们抛头颅洒热血就是为了保卫你们这个倒霉村子。"

为首的挥挥手叫他不要说。他转身对开京说："我们保卫村庄，需要村里每个男人都出力帮忙。你们用不着上战场，可以当炊事兵，或者做其他后勤工作，洗涮缝补。"他见没有人答话，又换了个口气，比较不那么友好了："我这不是请求，是要求。你们村有责任出一份力。我们命令你们。如果你们不肯当爱国者跟我们走，我们就把你们当懦夫带走。"

一切都在片刻之间，潘老师说。士兵们本来也要带他走的，可是他们断定这么一个眼睛快瞎掉的老头帮不上什么忙，只会添麻烦。士兵们把人带走的时候，潘老师追着问："他们得去多久？"

"你倒说说看，同志，"那为首的说，"过多久咱们能把日本鬼子赶出去？"

接下来的两个月里，我渐渐消瘦了。高灵强迫我吃东西，可我什么味道也尝不出。我总是想起猴嘴洞的咒语，我把这事告诉了高灵，只告诉她一个人。于修女主持祈祷会，祈求奇迹发生，求共产党部队快点打败日本人，好让开京、老董和小赵都快点回到我们身边。潘老师整天在院子里散步，眼睛因为白内障蒙上了一层阴翳。虽说仗没打到山这边来，格鲁托芙小姐和道勒小姐还是不允许学生走出院门外。她们都听说了许多吓人的故事，讲日本兵如何强奸少女的。她们找到一面很大的美国国旗，把旗挂在大门上，仿佛这旗是一道符，可以保佑我们不受邪魔侵袭。

这三个人失踪以后过了两个月，于修女的祈祷一半得到了应验。那天一大早，三个人从大门走了进来。格鲁托芙小姐敲响大钟，通知大家。大家马上争相大叫，说开京、老董和小赵三个人回来了。我匆忙跑过院子，跑得太急，摔了一跤，差点崴断了脚脖子。我和开京紧紧拥抱，不禁喜极而泣。他的脸瘦了，也黑了，头发和皮肤散发出硝烟气。他的眼睛也不一样了。我记得当时我只是觉得他的目光黯淡了。现在想一想，那时候，他已经失去了部分的生气和活力。

"日本人攻下了这座山，"他对我们说，"把我们的部队打散了。"就这样，于修女才知道，原来她祈祷的奇迹还有一半没有实现。"他们会来找我们的。"

我烧热了洗澡水，让他坐在窄窄的木头澡盆里，我用布帮他擦身。随后我们进了卧室，我把格窗用布钉上，让屋里暗下来。我们躺下，我们一边做爱，他一边对我轻声絮语。我全身的知觉都激醒着，不敢相信我此刻就在他的怀里，他的眼睛正看着我。他说："没有什么毒咒。"我使劲地听着，逼自己相信我会一直听得到他说话。"你很勇敢，你很坚强。"他又说。我想反驳他说我不想这么坚强，可我早已泣不成声，说不出话。"你改变不了的，"他说，"你天性如此。"

他亲吻我的眼睛，亲完这边换另一边。"巧笑倩兮，美目盼兮。

你真的好美。死生契阔，与子成说。执子之手，与子偕老。[1]”他说啊，说啊，直到我保证说我相信他，直到我再也无力承受更多的爱抚。

那天晚上，日本人果然来找开京、老董和小赵。格鲁托芙小姐很勇敢，她郑重声明自己是美国人，日本人无权进入孤儿院。日本人根本不理会她的抗议，直闯进来。他们马上要走进学生们藏身的房间时，开京和另外两个人走了出来，叫他们不必再找了。我冲上去想跟他一起去，却被拦了下来。

过了几天，我听到大厅里传出痛苦的喊声。高灵红着眼睛来找我，我阻止她，不让她说，其实我心里早知道发生了什么事。接下来的一个月里，我尽力让开京活在我的心里，我的脑海里。再接下来一段时间，我使劲让自己相信他的话："没有毒咒。"最后，我终于让高灵把真相说了出来。

两个日本军官没日没夜地审讯他们，想让他们说出共产党的部队到底去了什么地方。第三天上，他们让大家排成一行，有开京、老董、小赵，还有三十个村民。一个士兵手持刺刀站在旁边。那个日本军官说，他要再问他们一次，一个一个问。然后，他们一个一个地摇头，一个接一个地倒了下去。在我的脑海里，有时候开京是第一个倒下去的，有时候他是最后一个，有时候他在中间。

事情发生的时候我没有在场。可是唯一能把这场面从我的脑海中抹去的方法，就是躲藏到我的回忆中去。在回忆中一切都很安全，他跟我在一起，他吻着我，一边对我说："死生契阔，与子成说。执子之手，与子偕老。"

---

1 此处为意译，译文借自《诗经》。

# 骨

高灵说要不了多久日本人就会来把我们都抓走，所以我不必急着自杀。要死不如大家一起死，黄泉路上也不孤单。

潘老师说我不该把他一个人丢下，一死了之。不然，这世上还有谁能作为亲人给他养老送终呢？

格鲁托芙小姐说孩子们需要我给她们做榜样。如果我也放弃了希望，这些孤女还能有什么希望呢？

可是，最终使我坚持忍受人间的苦难，活在这个世上的，却是于修女。她说，开京死去要上基督教的天堂。如果我自杀了，上帝就不允许我去见开京。在我看来，基督教的天堂就好像美国一样，远在天边，住满了外国人，凡事得遵照他们的规矩。照他们的规矩，自杀是不允许的。

因此我活了下来，等着日本人回来抓我。我常常去看潘老师，给他带去些好吃的。每天下午，我都走出校门来到山坡上。山坡上有许多石头堆起来的小坟堆。多年以来死去的孩子都埋在这里，开京也葬在这里。我在房间里找到几片龙骨，都是开京最后几个月挖出来的。那些都是些古代动物的骨头，不算是很有价值。我拿起一片骨头，用一根粗针在上面刻字，把骨头变成像宝姨早先给我的那块甲骨文一样。我刻道："死生契阔，与子成说。执子之手，与子偕老。"我刻完一块又一块，手上停不下来。我要记住这些话。就这样，我像品尝美味一样，一点点咽下我的悲伤。

我把这些甲骨带到开京墓前。每次放下骨头的时候我都说："开京，你想我吗？"沉默许久之后，我接着讲给他听这一天来都发生了些什么事：哪个孩子生病了，哪个孩子表现特别聪明出色，我们如何用光了药物，他不能回来给学生们教地理是多么可惜，如何如何。有一天，我不得不告诉他，道勒小姐今天早上没能醒来，她很快就要来，长眠在他的身旁。早餐的时候，格鲁托芙小姐说："她去得很安详，回到主的身边去了。"她说得很轻松，仿佛很高兴事情这样发生，可是一说完，她马上紧紧闭上嘴巴，嘴角露出两道深深的皱纹，透露出她的伤心。对格鲁托芙小姐来说，道勒小姐就像是母亲、姐妹，是老朋友。

道勒小姐死了以后，格鲁托芙小姐开始制作美国国旗。我觉得，她制作国旗的心情，跟我为开京的墓献上甲骨是一样的，她也是为了留住一些记忆，生怕自己会遗忘。她每天都要绣颗星或是缝上一条颜色。她先把布条染成红色和蓝色，然后缝在一起。她还教学校里的学生也一起来制作国旗。没过多久，我们这座老庙的外墙上，就飘扬起五十面美国国旗，后来变成一百面，二百面。人家若不知道这里是座住着中国孤女的育婴堂，定会以为里面有许多美国人在举办爱国聚会。

一个寒冷的早晨，日本军队果然聚集到我们院子里来了。虽说那天并不是礼拜日，我们依旧集中在大厅里做礼拜。我们听到砰砰的枪声，跑到门口，见厨子跟他老婆两个人都趴倒在地，鸡在满地乱跑，啄食撒了一地的谷子。本来挂在门口的一面大美国国旗如今倒在地上。女孩子们哭了起来，以为厨子和他老婆死了。但是我们随后看到厨子身体动了动，小心地转头去看身后是什么人。格鲁托芙小姐推开众人冲到前面，我想，大家可能都以为她会冲上去叫日本人住手，因为她是美国人。可是她却要我们大家安静。随后大家都安静不动了。我们都把手捂在嘴巴上，防止自己叫出声，然后眼看着日本兵“砰砰”地放枪，把其他的国旗都一面接一面打倒在地，要是谁没打中，还大声批评一句。打完了国旗，他们又开始开枪打鸡。被打中的鸡先是飞跳起来，叫一阵子，然后才倒在地上。最后日本兵带着死鸡离开了。厨子和他老婆站了起来，剩下的几只鸡小声咕咕叫着，憋了半天的女孩子们终于放声大哭起来。

格鲁托芙小姐叫大家都回到大厅里去。进去以后，她声音颤抖地告诉大家，说她几天前从收音机和无线电台上听说，日本人袭击了美国，美国已经对日本宣战了。“有了美国人站在我们这边，中国很快就会赢得这场战争的胜利。”说完，她让大家跟她一起鼓掌。为了让她高兴，我们都面露微笑，假装都相信这是个好消息。那天晚上，格鲁托芙小姐把她从北京联合医学院的朋友那里听来的其他消息一并告诉给教师和厨子夫妇。

“北京人的骨头失踪了。”

“毁坏了吗？”潘老师问。

“谁也不知道，四十一个远古人类的骨头完全失踪了。骨头本该用火车运到天津，然后通过一艘美国船从天津运到马尼拉，但是船沉了。有人说装骨头的箱子根本没有搬上船。他们说日本人截下了火车。他们以为箱子里不过是些美国兵的东西，因此就把箱子扔到铁道上，让火车碾碎了。如今谁也不知道到底真相如何。不管怎么说，都是坏消息。”我听着她的话，觉得自己的骨头仿佛都被掏空了。开京所有的心血，他最后一次到考古坑，牺牲了生命——这一切，都变得毫无意义。我想象着那些细小的头骨片跟鱼儿一起漂在海水里，慢慢沉到海底，鳗鱼从上面游过，沙子渐渐将它们埋在下面。我又看到骨片被当作垃圾扔下火车。军用卡车的车轮碾过，把骨片轧成比戈壁滩上的砂石大不了多少的碎片。我觉得那些骨头就像是开京的骨头。

第二天，日本人来把格鲁托芙小姐带到战俘营去。格鲁托芙小姐早知道会发生这样的事，可她没有试图逃跑。“我不会主动离开我的学生。”她对我们说。她的衣箱早已理好，她带上了旅行用的帽子，帽带系在脖子上。五十六个女孩子站在大门口，哭着跟她道别。“潘老师，别忘了上使徒课，”她临登上卡车车厢前，回头叫道，“别忘了告诉其他人，叫他们传福音。”我觉得她的告别词很是奇怪，别的人也一样迷惑不解。最后，还是潘老师揭示了她话里的秘密。

他带我们来到大厅，来到一位使徒的雕像前。他拧动雕像的手，里面露出一个洞，那是他和格鲁托芙小姐挖的，他们把金银钱财和在北京的毕业学生名单都藏在里面。过去的一个月来，他和格鲁托芙小姐两个人一直在忙着这件事情，天天干到深夜。她在每尊塑像里都只藏了一小部分自己多年的积蓄。这么一来即便日本兵发现其中一尊里面的钱，他们这些不信教的人，也不大会从几百座塑像里找到其他藏有钱财的神像。

万一育婴堂一带环境变得很危险的话，我们就可以用这些钱把学生带到北京去，每次带四五个人分批走。到了北京，他们可以投奔从前的学生或是学校的老朋友。格鲁托芙小姐已经跟这些人取得了联系，他们都同意，若是时机到了，我们只需要通过无线电通知他们我们什么时候到，他们愿意帮助我们。

潘老师给我们每个人——老师、帮工和四个年纪较大的学生——分配了一座使徒像，叫我们分其中的救急款。打从格鲁托芙小姐离开的那天起，潘老师就教我们练习，记住哪座塑像是哪位使徒，塑像里哪个部位木头挖空了藏着钱。我以为每个人只要记住自己负责的使徒像就可以了，可是于修女说："我们应该大声叫使徒的名字，呼唤他们来保护我们的财产。"我们不得不反复诵读这些名字，到现在我还记得很清楚：彼得，马太，约翰，雅各一，雅各二，安德烈，腓力，多马，西门，达太，巴多罗买。叛徒犹大没有塑像。

格鲁托芙小姐离开我们以后，大概过了三个月，潘老师决定我们也该走了。日本人知道山里藏着共产党，很生气，想通过屠杀附近村里的人把共产党引出来。于修女告诉我和高灵，说日本兵对许多纯洁少女犯下了令人发指的罪行，有些孩子才只有十一二岁。各地都有这种事发生，天津、通州，还有南京。"有些女孩他们没当场杀死，后来她们自己都不想活了，要自杀。"她又说。我们想象得出那种种惨状，即便于修女没有明说，我们也都明白发生了什么事。

算上四个年纪比较大的学生，我们一共有十二个顶事的人。我们用无线电通知格鲁托芙小姐在北京的朋友，他们说京城沦陷，但局势还算是稳定，让我们等他们的消息。因为火车并不是每天都开，若是我们在路上被困，分散在不同地方被迫等好几天怕是不妥。潘老师给我们排了顺序：第一组由王嬷嬷带队，她们可以告诉大家路上情况如何，再后面是四个大点的学生带领孩子们走，再接着是厨子老婆、王老师、厨子、高灵、我、于修女，最后是潘老师。

“为什么你留最后？”我问他。

“因为我会用无线电。”

“你也可以教我用无线电。”

“还有我。”于修女和高灵也说。

我们争执不休，都抢着要留到最后。为了把危险留给自己，我们都很不客气地互相批评。潘老师眼睛不好，一个人留下不行。于修女耳朵不好。高灵脚不好，还怕鬼，一慌就乱了阵脚。虽说我留下也有种种不便，可最终还是决定让我留到最后，好让我尽量长时间地陪在开京墓旁。

如今我总算可以坦白，最后那几天我真的是吓坏了。我负责四个孩子：一个六岁，一个八岁，一个九岁，一个十二岁。虽说自杀的念头令我感到片刻的安慰，但坐以待毙却令我神经紧张。每当一群孩子离开，育婴堂里都越发显得又大又空，人的脚步声也越来越响。我生怕日本兵会来，发现了无线电，把我当成间谍，严刑逼供。我给孩子们脸上抹上灰，教她们，万一日本人来了，要把头脸抓破，假装有虱子咬。每个小时我都要向耶稣和如来佛乞求一遍，别管哪路神仙，保佑我们就好。我给宝姨的照片上香，去开京的墓，跟他坦白诉说我心中的恐惧。“我的骨气哪去了？”我问他，“你说我性格坚强。我的坚强都哪去了？”

最后剩下我们几个，单独待了四天以后，听到无线电里传来的消息说："快来，火车开了。"我赶紧去告诉几个孩子。这时我总算见到奇迹出现了，只不知这是西方上帝保佑呢，还是中国神仙帮忙。我唯有谢天谢地，幸好几个孩子都肿着眼睛，眼角还流绿脓。她们眼睛只是有点轻微感染，但看上去十分吓人，谁也不会想去碰她们。我很快想出主意来打扮自己。我把早上我们喝剩的粥倒了一些出来，把稀的米汤倒出来往脸上、脖子上、手上抹了个遍。米汤干了以后，我就变成了个粗手粗脚、相貌难看的老村妇。我又把剩下的米汤倒到个暖瓶里，里面又倒上些鸡血。我命孩子们把鸡窝里剩下的鸡蛋全拿来，连臭蛋也要，都放进篮子里。就这样，我们打扮整齐，走下山坡，去火车站。

我们出门才走了百来步，就见到一个兵。我放慢了脚步，就着暖瓶喝了一口。那个兵站住不动，等我们走近了才拦住我们。

"你们去哪里？"他问。我们五个人都抬起头，我看得出他脸上流露出恶心的神情。孩子们抬手抓头。我未曾开口，先朝手绢上咳嗽一阵，随后把手绢折一折，特意让他看见上面沾着血痕的痰渍。"我们到集上去卖鸡蛋。"我说。我们举起篮子给他看。"您要不要来几个？"他马上挥手叫我们过去。

走出一段距离之后，我又喝了一口米粥鸡血汤，含在嘴里。我们又被拦下来两次，我两次都大咳特咳，吐出肺结核病人特有的血痰。身旁的小孩子瞪着满是绿脓的眼睛抬头看着。

就这样，我们到了北京。我从车窗里看到高灵在站台接我们。她斜眼看我下车，好容易才认出我。一走上来，她嘴巴张得老大，惊问："你是怎么了？"我最后又往手绢上咳嗽一口，吐口血。"哎呀！”她大叫着退后一步。我立刻开怀大笑，笑得都停不下来了。我乐疯了，终于可以松口气，总算安全了。

高灵跟我抱怨：“这些天来我都担心死了，你就知道开玩笑。”

我们把孩子们安置在从前学生的家里。接下来的几年里，他们有的结了婚，有的去世了，有的把我们当作义父义母来拜访。我和高灵住在磁器口老墨店的后房，还请潘老师和于修女来跟我们同住。至于说高灵的丈夫，我们都但求那家伙早已送了命。

如今墨店是张家的了，一想到这一点我就怒火中烧。宝姨死了这么多年以来，我很少想到这位棺材铺张老板。现在他整天支派我们多卖快卖，吆东喝西。就是这个人杀害了我的父亲和外公，给宝姨带来了无尽的苦难，毁了她的一生。可是我转念又想，君子报仇，十年不晚，离敌人越近，就越有机会。我决定在墨店里安顿下来，一来这样比较方便，二来我也可以寻找报仇的机会。

幸好高灵这位公爹并不常为生意的事情来骚扰我们。我们一来，墨卖得快多了。那是因为我们会动脑筋。我们发现好多人不再用砚台磨墨了。如今是战争时期，谁还有这份闲心笃笃定定安坐下来磨墨，慢慢考虑自己要写些什么？我们还发现，张家降低了原料质量，造出来的墨块很容易就散了。是潘老师提出建议，说我们不如做方便墨汁。我们把劣质的墨块碾碎，掺上水，从倒闭的药店里便宜收购了许多罐子，把墨汁装瓶销售。

不料潘老师竟然成了个很不错的生意人。他举止文雅，谈吐不凡，又写得一手好字，很有老式学者的派头，他跟店里客人说方便墨汁质量极好，即便质量不好，客人也很容易相信他的话。为了证明墨汁好用，他要写字示范，可又要当心不能写成抗日文字、封建标语、基督教或者共产主义宣传词。要避开这些个可不容易。有一次他决定单写吃的，这下总该没危险了吧？于是他就写“萝卜腌渍味更美”，可高灵说，这话既可以解释成反日言论，也可以解释成亲日言论，因为日本人最爱吃萝卜。潘老师又写：“父母，兄弟，姐妹。”于修女说这么写出来活像是纪念死去的亲人，他是借此抗议日本侵略者。“也像是宣传封建主义家庭伦理，”高灵又加了一句，“君君臣臣父父子子这一套，好像希望封建王朝复辟。”写什么都危险，日月星辰，东风西风，样样言外有意。越是担惊受怕，可怕的东西就越多。数字、色彩、动物，都仿佛有坏的寓意，弦外有音。最后我想出个好主意，大家决定就这么写：“方便墨汁，物美价廉，使用方便。”

经常有大学生来买我们的墨汁，我们疑心有些是共产党革命者，买了墨汁回去写“团结抗日”的标语，半夜里贴到墙上去。于修女负责管账，有些穷学生若是买墨汁钱不够了，于修女也不大计较，总是对他们说：“有多少算多少吧。学生学习总得有墨水嘛。”于修女还留心私藏一部分钱给我们自己用，不让张老板发现。

1945 年战争结束的时候，我们终于不必再担心言语不慎会得罪日本人了。大街小巷里整天都有人放炮仗，搞得大家又紧张又高兴。仿佛一夜之间，小巷里又挤满了卖各种零嘴的小商贩，还有算命师父，算出来的尽是好消息。高灵觉得时机不错，她也要去算算命。于是我和于修女就跟着她一起上街溜达。

高灵找的那位算命先生一只手捏了三只笔，一下子写出三个不同的字来。一支笔夹在拇指和食指指尖上，第二支笔搁在虎口位置。第三支笔夹在手腕部。高灵问他：“我丈夫死了没有？”她问得这么冒失，令我们很吃惊，大家都屏住呼吸，眼看着师父手起笔落，三个字同时写了出来："归，失，望。"

"这是什么意思？"于修女问。

"施主再多少奉献一点，"那算命的回答说，"我就泄露一点天机给你。"可是高灵说看到这个她就满意了，于是我们转身走掉了。

"他死了。"高灵说。

"你怎么知道？"我问，"那几个字也可以解释成他没死。"

"明明白白就是说他归家无望了嘛。"

于修女说："也许意思是说他会回家来，我们要失望呢。"

"不可能。"高灵说，可我瞥见她眉头一皱，显出怀疑的神色。

第二天下午，我们都坐在院子里，享受片刻的闲适，突然听到一个声音叫道："嘿，我以为你死了呢。"一个穿军服的人正看着高灵。

"你怎么来了？"高灵一面起身，一面说。

那人斥道："我住这里，这是我家。"

我们这才知道，眼前这个就是张福男。这是我头一次见到这个差点成为我丈夫的男人。他长得跟他爹很像，都是大个子，鼻子又宽又长。高灵站起来，接过他的包袱，伺候他坐下，对他特别小心客气，仿佛他是个不速之客。"你的手指头怎么了？"她问。原来福男两个手的小手指都没有了。

他先是露出迷惑的表情，转而大笑起来。"我他妈也是个战斗英雄了。"他说。他扫了一眼我们大家，问："这些是什么人？"高灵一一告诉他我们是谁，负责店里什么工作。福男点头，随后又指着于修女说："这个人我们用不着了。从今以后我管账。"

"她是我的好朋友。"

“到底谁说了算？”他瞪着高灵，见高灵不肯示弱，他又说：“啧啧，蛇蝎心肠的小悍妇，一点没变。随便，你不妨去跟墨店的新主人吵去。人家明天就到。”他扔下一张纸，上面印着红印章。高灵一把抓了过来。

“你把店给卖了？你凭什么？你不能让我家里人给别人干活。还有债务——怎么还更多了？你到底干什么了？赌钱输光了，吃光了，还是抽大烟抽光了？到底怎么回事？”

“我要去睡觉了，”他说，“我起来以后，不想再见到这个驼背女人。她那副样子，看得我难受。”他挥挥手不许高灵再抗议，然后走开了。很快，我们就闻到里面传来鸦片烟的气味。高灵不禁咒骂起来。

潘老师叹口气。“甭管怎么说，仗是打完了。我们可以到医学院去，看看那边的朋友有没有办法腾出间房，我们去挤挤。”

“我不走。”高灵说。

她早告诉过我她的丈夫不是东西，如今却又这么说。我不禁大叫：“你宁愿跟这个鸦片鬼待着？”

“这是我们家的墨店，我不能一走了之。仗打完了。我准备反击了。”

我还想跟她争执，潘老师拍拍我的胳膊。“给她点时间吧。她会想通的。”

那天下午，于修女去了医学院，可是很快又回来了。她告诉大家说：“格鲁托芙小姐回来了。从战俘营放出来了。她可病得不轻。”我们四个赶紧跑去看她。她住在一个叫赖利夫人的朋友家里。我们一进门，就看到格鲁托芙小姐瘦得几乎不成人形。从前我们总是开玩笑说西洋女人喝牛奶，所以奶子特别大。可现在格鲁托芙小姐瘦得厉害，脸色也差。她坚持要站起来欢迎我们，我们坚持让她坐着，不必跟老朋友客气。细看她脸上胳膊上肉皮都松了。从前红色的头发现在变成灰白，也稀了。“你怎么样？”我们问她。

“还好，”她面带微笑，兴致不错，“你们都看到了，我还活着。日本人饿不死我。可蚊子差点要了我的命。我生了疟疾。”

学校里有两个小孩子生疟疾死了。可我没告诉格鲁托芙小姐。我们有的是时间，坏消息留到以后再说不迟。

“你得快点好起来，”我说，“我们回去把学校重新办起来。”

格鲁托芙小姐摇头道：“那间老庙没有了。被毁了。我听另外一个传教士说的。”

我们大惊。

“树木，房屋，一切都夷为平地，全都没有了。”旁边的赖利夫人点头说。

我很想问问墓地怎么样了，可没说出口。我心里的感觉，就跟知道开京死了那天一样。一想到开京，我不禁想记起他的模样。可我只能记起他墓上那些石头。他活着的时候我爱他有多久？他死了以后，我伤心难过又有多久呢？

赖利夫人接着说：“等我们在北京找到房子，马上就把学校办起来。可眼下我们得让格鲁托芙小姐快点好起来，对不对，露丝？”她一边说，一边轻轻拍格鲁托芙小姐的手。

“只要我们做得到，”大家抢着说，“我们都愿意帮忙。我们热爱格鲁托芙小姐，把她当成母亲姐妹一样。您尽管开口，需要我们做什么？”

于是赖利夫人说，格鲁托芙小姐得回美国去，到旧金山去看大夫。她得先到香港，然后穿越太平洋。这一路上，她需要有人陪伴。

“你们谁愿意跟我走吗？我可以安排签证。”

“我们都愿意去！”高灵立刻回答。

格鲁托芙小姐面露尴尬。我也看出来了。“我不想麻烦太多人，一位就可以了，我想。”她说。随后她叹口气，说她累了。她得躺着休息。

她离开房间以后，我们几个面面相觑，不知该如何启口，讨论谁该帮格鲁托芙小姐这个忙。这可是去美国呀！我们都知道，格鲁托芙小姐不但是请我们帮忙，也是给了我们一个难得的好机会，一份去美国的签证。但是只有一个人能得到这个机会。我仔细考虑去美国的事。在我心里，美国就是基督教的天堂。开京就是去了那里，在那里等我。我知道这只是我一厢情愿的想法，但是去美国对我来说，就意味着有希望找到幸福。之前我遭遇了种种不幸，去了美国就可以把过去的毒咒、我的坏出身，统统抛到脑后。

我听到高灵说：“应该让潘老师去。他年纪最大，最有经验。”她忙不迭地跳出来提议，说明她也想去。

“有什么经验啊？”潘老师说。“我恐怕帮不上什么忙。我老了，字得有我巴掌这么大，还得哆哆嗦嗦捧到眼前来，我才看得见。再说了，我一个男人陪伴女士旅行总归不妥。万一她夜里需要帮忙多不方便哪！”

“于修女，”高灵又说，“那你去。你这么聪明，什么都难不倒你。”高灵又跳出来了！她想必是很想去，所以心急火燎地提议别人去，让人家跟她推让，说不如她去的好。

“人家不踩死我，就算我运气了！”于修女说，“别闹了。再说，我不想离开中国。说实在的，虽说我对格鲁托芙小姐和我们这些洋人朋友怀着基督徒的友爱之情，我可不想跟别的美国人混在一道。甭管打不打内战，我还是宁愿留在中国。”

“那就让茹灵去。”高灵说。

事到如今，我能说什么呢？我只得跟她争辩：“我绝不能离开我公公，还有你。”

“不，不，你不必陪我这个老头子，”我听见公公说，“我一直想跟你说，我可能要再婚了。没错，我是要结婚了。我知道你会怎么想。老天爷都要笑我荒唐，我也觉得好笑。”

“您要跟谁结婚？”我问。我想不出他怎么会有时间去会女人。他平时都待在店里，只是偶尔出门处理零碎事务。

“她就住在我们隔壁。就是原先隔壁书店家的寡妇。”

“哇！就是告我们家那个人吗？”高灵说。

“他们卖的古书是假的，”我提醒她说，“他们家打输了官司，你忘了吗？”这时我们才想到，这么打岔太失礼了，赶紧回头来恭喜潘老师，问他的意中人可烧得一手好菜，是不是和颜悦色、言语温和，家人是不是通情达理。我很替他高兴，也为自己感到高兴，这下子我就不必再勉强自己放弃去美国的机会了。

“这么一来，我看很清楚了嘛，应该让茹灵陪格鲁托芙小姐回美国去，”于修女说，“要不了多久，潘老师就要娶新媳妇，被老婆支派得不亦乐乎，茹灵没必要非留下来不可。”

高灵很是犹豫了一会儿，才说：“没错，这样安排最好。就这么定了。”

“你这是什么意思？”我故作大方地说，“我可不能抛下亲妹妹不管。”

“我算不上是你亲妹妹，”高灵说，“你先去。你去了以后，再当保证人送我出去好了。”

“啊，瞧，我就知道你想去！”我忍不住点破她。反正现在大局已定，我这么明说出来也没什么影响。

“我可没这么说，”高灵说，“我是说万一将来局势变了，我非走不可的话，再叫你送我出去。”

“那何不你先出去，过后你给我当保证人呢？你若留下来，你那个丈夫还不使劲折磨你，把你揉搓够了才算？”我是真心诚意地为她担心。

“可我也不能抛下亲姐姐啊，你不是也不肯抛下我吗？”高灵说。

“别跟我争了，”我对她说，“我比你大，你得听我的。你先去，过一个来月我就去香港，等着你给我寄保证书，我再走。”

高灵本该推让，说应该让她留在香港等。可她没有。她只是问：“只要一个月就可以给别人当担保了？有这么快吗？”

尽管我根本不知道这行不行得通，到底要过多久新移民才能给别人当担保，可我还是说：“说不定连一个月都不用呢。”我心里还以为她会答应等在后面。

“真有这么快啊，”高灵惊叹，“要是真能这么快就接你出去，我先走也成，不过我这么做完全是为了赶紧离开我那个死鬼老公。”

就在这时，赖利太太回来了。于修女宣布说：“我们决定了，让高灵陪伴格鲁托芙小姐到旧金山去。”

我震惊之下，一句话也说不出来。那天晚上，我反复地想，自己究竟怎么会失去了这个宝贵的机会。我很生气，觉得是高灵耍了我。可转念一想，我跟她姐妹一场，也为她高兴，她一走，就能够离开福男了。我就这么翻来覆去地想，两种念头来回翻腾。临睡前，我想明白了，这就是命。不论发生什么事，这就是我的新命运。

三天后，在马上要去香港的时候，我们开了个小小的告别会。“我们无须流泪，也不用道别，”我说，“等我们到了新地方，一安顿下来就请大家都来看我们。”

潘老师说，他跟新媳妇若是有生之年还能出国去看看，肯定非常高兴。于修女也说，她老早听说过美国舞。她坦白说自己一直想学学怎么跳舞。那天晚上剩下的时间里，我们轮番开玩笑，猜测大家的未来会如何，殊不知那却是我们最后一次会面。我们都说，等格鲁托芙小姐病好了，就再回中国来，再招些孤女，排演蹩脚戏剧。只要高灵找对了算命先生，找个能一下子拿四支笔写字的，肯定会发财。而我，肯定会成为个名画家。

我们轮番敬酒。言语间，仿佛不消一年，潘老师和新媳妇，还有于修女就可以一起乘上船，到美国去度个假。我和高灵会一起到旧金山码头，开着豪华新汽车去接他们。我们的新车漆黑锃亮，有好多舒服座位，还有个美国司机。我们家住山顶豪宅，不过回家前我们会在舞厅稍作停留。大家都说，我们要庆祝大团圆，尽情跳舞，跳舞，尽兴而返。

# 香

每天晚上，当我回到我在香港栖身的房间，躺在小床上，都得捂块湿毛巾在胸口上，借以消暑。小屋里闷热得要死，连墙壁都在出汗，我还不能开窗通风，因为我住在九龙地区鱼市场街上。房子并不面朝市场，朝着市场的那一面散发出清晨海洋的气味，咸湿刺鼻。我住在九龙城寨里，紧挨着一条臭水沟，地势低，晚上鱼贩子一桶一桶的水泼下去，把鱼鳞鱼血内脏什么的都冲到这边来。我呼吸到的空气散发出死亡的气味，那股恶臭一吸进来，就好像有人把手伸进我肚子里，把五脏六腑全挖出来一样，叫人恶心得要命。打那以后，所谓“香港”的“香”，在我印象里，就是这么股气味。

英国人和别的洋人都住在港岛地区。但九龙城寨里基本上全都是中国人，有穷有富，有强有弱，三教九流，什么人都有。但是大家都一样：我们都曾坚强，也曾脆弱，都那么绝望，把家仇国恨都抛在脑后，弃之不顾。

还有些人，利用人们的绝望来赚钱。我找了好多算命的瞎子，人称“问你卜”，号称能通灵。他们整天叫着：“有个娃娃捎信给你！”“你儿子有话说！”“你丈夫！”“有位先人发怒了！”以此拉拢过往行人。我在其中一个面前停下来，她告诉我说：“你的宝姨已经投胎转世了。你往东走三条街，再往北走三条街，然后就会看到一个要饭的小女孩跟你叫：‘阿姨，可怜可怜我吧，给我点盼头吧。’她这么说的话你就知道了。你给她点钱，毒咒就除了。”我果真照她说的做了。就在她说的街口，果然有个要饭的小女孩，说的果然是那两句话。我高兴极了。可是随后又有个小女孩也上来说同样的话，一个又一个，二三十个小女孩，全都一点盼头都没有。我挨个给她们钱，以防万一。看到每个绝望的孩子，我都为她们难过。第二天，我又见到一个会通灵的瞎老太太。她也教我去哪里能找到宝姨。这么走，那么走，如何如何。第三天又重来一遍。我那点积蓄都散光了，可我一点也不以为意。反正要不了多久我就要去美国了。

我在香港住了一个月之后，收到高灵寄来一封信：

“亲姐姐啊，原谅我没有早点给你写信。潘老师写信告诉我你的地址，可我当时没收到，因为我从一位教友家搬到另外一位家里去了。我很难过，格鲁托芙小姐才回来一个礼拜就去世了。她升天以前，还说自己回美国来是做错了。她想回中国去，在中国安葬，陪在道勒小姐身边。她这么热爱中国，我很感动，但我来不及送她回去了。我去参加了她的葬礼，可这边没有什么人认识她。葬礼上只有我一个人掉眼泪。我心里说：她是个了不起的女性。

“我还有坏消息要告诉你。我了解到，我现在还不能担保你出来。

事实上，连我都差点待不下去。当初我们怎么会觉得这么容易就能到美国来呢？我真是想不明白。如今我才明白当初我们多傻。我们应该多问问，打听打听情况到底怎么样。现在我打听过了，了解到有几种办法，以后可以接你到美国来。可是得多久以后才能来，就得看情况了。

“有一种办法是你申请难民签证。可是，给中国难民的签证名额实在是太少，想来的人又多得不计其数。说实在的，你能申请成功的机会，实在是微乎其微。

“还有一个办法就是，我先成为美国公民，然后给你，作为我姐姐，作担保。那样的话，你就得说我的父亲母亲是你的亲生父母，因为我不能给表亲当担保。但如果是亲姐妹，情况就不同了，你就比一般难民优先一等。但是我要成为美国公民，就得拼命学英语，再找份好工作。我跟你保证，万一没有别的出路，我一定会拼命学习，争取早日接你出来。

“还有第三个办法：我嫁给一个美国公民，这样我就可以很快成为美国公民。当然了，这个办法有点不便之处，我是有夫之妇，可我觉得，反正没人知道张福男，我大可以不说嘛。我的签证文件上也没填已婚。签证官要我出示出生证明文件的时候，我说：‘谁有那东西？’他就问：‘哦，是不是战争中烧毁了？这种情况很多啊。’我觉得这么回答肯定没错，就点头说是这么回事。等你准备签证申请的时候，也得这么说。还有，把自己年龄少说五岁，说是1921年出生的。我就少说了五岁，说我生于1922年，月份就照实填。这样我们好多争取点时间。

“父亲母亲给我写信来，让我给他们寄钱。我只好回信说我没有钱。将来若是我有点闲钱，肯定会寄给你。我觉得很内疚，当初你坚持让我先来，我竟然就同意了。如今害你困在香港，无计可施。你千万别误会了我的意思。我在这边过的也很艰难。赚钱也没我们当初想的那么容易。千万别相信那些一夜暴富的荒唐故事。至于说跳舞，只有电影里才看得到。我白天大多在帮人家打扫，赚二十五美分。听起来可能不少，可是只够吃顿饭的钱。我很难存下钱。为了姐姐您，我忍饥挨饿也心甘情愿。

“父亲前一封信里说，听说福男把北京的墨店卖了，他都要气死了。他说福男回了仙心村，成天无所事事，张老板还不以为意，说福男是战斗英雄，牺牲了两根手指，救了人家的命。我看到这里什么心情你该想得到吧。最倒霉的是，我们家到现在还得给墨店里干活，供给他们墨块墨条，可是利润我们一点拿不到，只是债务减少一点。家里人人都干活，编篮子，修修补补，给人帮佣，什么都干。母亲抱怨说，我们沦落到跟那些房客一般了。她要我尽快发财致富，把她从这地狱的茅坑里救出去。

“我觉得背负着很重的责任，还有深深的愧疚。”

高灵的信就好像是一把斧头，彻底斩断了我最后残存的希望。我这么等在香港毫无意义。我可能要一直这么等下去，挤在那些身世比我还凄惨的绝望人群之中，一年，十年，一辈子等下去。这里我谁也不认识，孤身一人，想念我原先的朋友们。我已经失去了去美国的机会。

第二天，我收拾东西来到了回北京的火车站。我把所有的钱都交给售票亭，却被告知“车票涨价了”。怎么会这样呢？售票员告诉我说：“如今货币贬值，东西都涨价了。”我又问有没有低等车厢的票，可他说，这点钱买最低等车厢的票也不够，还伸手指着旁边墙上写在黑板上的新票价表。

我就这样被困在香港。我犹豫是不是应该写信给潘老师或者于修女，但一转念又想，还是不要给人家添这么大的麻烦了。不，你自己的问题要自己解决。我可以把值钱的东西当掉。可我检视一番自己所谓值钱的东西，却发现它们对别人来说不值几文，那里面有一个开京留下的笔记本，我离家去育婴堂时高灵给我的衣服，还有宝姨写给我的文稿和她的照片。

我又记起，我还有一块甲骨。

我打开软布包裹，把甲骨取出来，看着骨头上刻的字。那些镌刻下来，欲令后人牢记的字句，如今无人能识。当年刻了字的甲骨比龙骨要多卖一倍的价钱。于是我带着这件宝贝分别去三家店铺打探行情。第一家是个接骨大夫诊所。大夫对我说，如今这种骨头不用作药材了，这东西当件罕见的古董，倒能卖点价钱。随后他开口说了个价钱，吓了我一跳。这价钱足够我买张二等车厢的票回北京了。我去的第二家是古董珠宝店。店主人拿出放大镜，对着甲骨反复地看，然后说这件东西是真品，可也算不上甲骨中的上品。他出的价钱够我买头等车的火车票了。第三家是专门向游客出售古董的商店。跟珠宝店老板一样，这里的人也拿出特制的镜片，仔细观察我的甲骨。看完他又叫了一个人过来一起看。随后又问了我许多问题。“你在哪里找到这东西的？……什么？像你这么个小姑娘怎么会找到这么件宝贝的？……哦，你祖上是接骨大夫？你到香港来多久了？啊，要去美国吗？有人先去了美国？他手上没有这东西？你是从别人手上拿来的吗？如今香港贼可不少。你是不是一个？小姐，你回来，回来，不然我报警了。”

我很生气，不堪其辱地离开了。但心却扑通扑通跳得厉害。如今我才知道，自己手上这块甲骨竟然价值非常昂贵。可我怎么能把它卖掉呢？这东西曾经属于我母亲，我外祖父。它是连接我跟亲人祖先的纽带。我怎么能把它交给陌生人，就此抛弃我的故土，抛弃葬着我先人的墓地？我越想，就越有力量。开京说的对。我天性坚强。

我做了个计划。首先我要找个便宜地方住下来——没错，要比先前那间腥臭扑鼻的房子还便宜——我还得找个工作。我要存下几个月的钱。若是签证还没到手，我就回北京。到了北京我至少还可以找个孤儿院再当老师。我就可以舒舒服服慢慢等，还有朋友做作伴。如果高灵给我办下签证来，很好，我再回香港就是了。若是办不成，也好，我可以留在北京当老师。

就在那天，我搬到了一间更便宜的房子，跟另外两个女人同住，她们俩一个有病，另一个打呼噜。我们三人轮流睡在一张小床上。打呼噜那个早上睡，我下午睡，生病那个排在我后面。两个轮不上睡觉的就在外面晃荡，找些零碎活计带回家去干：修鞋、织围巾、编篮子，绣领子、画碗，只要能赚个块儿八毛的都干。我就这么过了一个月。后来那个生病的女人不停咳嗽，我就搬走了。后来有个卖西瓜的告诉我说：“幸好你没传染上肺结核，另外那个就传染上了。如今两人都咯血呢。”我想：肺结核！当初我就是假冒结核病人，才从日本兵眼皮底下逃出去的。如今我可逃得过这病症不成？

后来我换了个地方，跟一个上海太太一起住，她原先非常非常有钱，如今败了。我们两个一起住在干活的洗衣店上面一间热腾腾的小屋里。我们每天的工作就是把衣服沾湿，再用长竿挑出来。她身上若是溅了水，哪怕不是我弄的，她也冲我嚷嚷。她的丈夫当初是国民党高官。洗衣店里一个姑娘告诉我说，他因为战时勾结日本人蹲了监狱。"她有什么好得意的？"那姑娘说，"大家都瞧不起她，她还整天这么傲慢。"那傲慢的女人还下令，不许我晚上弄出哪怕一丁点声响——咳嗽打喷嚏放屁都不行。我得轻手轻脚走路，好像脚上踩着云彩。她还总是哭，哭完了就跟菩萨诉苦，说她竟然得跟我这么个人一起住，这是多么可怕的惩罚。我对自己说：等着瞧吧，也许就跟于修女一样，你对她的看法会有所改观呢。可到了都没有丝毫变化。

跟这个讨厌的女人住过一阵之后，我很高兴地搬去跟一个聋老太太一起住。为了多赚点钱，我整晚上都帮着她煮花生，剥花生壳。早上，我们把花生卖给吃早点的人，就着粥吃。下午天最热的时候，我们睡觉。这种生活挺安逸的，整天就是弄花生、睡觉。可是有一天，来了对夫妇，说是那个聋老太太的亲戚："我们来了，你得安置。"她也不知道他们是何许人也，他们就说了一堆八竿子打不着的亲戚关系，于是她得承认，不管怎么说，他们的确可能是亲戚。我离开之前，数了数身上的钱，发现刚够买一张最下等车厢回北京的票。

我又一次来到了火车站。又一次发现货币又贬值了，车票又涨了价，竟比先前贵出一倍。我就好像一只小爬虫，急急往堤上爬着逃命，可是水涨得总是太快，我迟早会被淹没。

这次我需要个更好的计划，来改变我的处境，我的"事情[1]"。这个词在英文和中文里发音基本相似。走在大街上，随处可以听到各地口音的人说着这样的话："我的情形是这样的。我要如何如何，才能

1 原文为"siqing"。所以会与"处境"（situation）一词发音相近。

让情形好转。”我看到，香港是这样一个地方，人人都相信在这里能改变命运，摆脱困境，扭转败局。改变的方法很多。你才智过人，你野心勃勃，你关系活络，都能成事。

当然了，我本就才智过人。假如我野心勃勃，本可以卖掉手头的甲骨。但我再次决定不能那样做，我还没有穷困潦倒到要亵渎祖先的地步。至于人情关系，如今格鲁托芙小姐死了，我只剩了高灵一个人。高灵又不顶事。她不懂得运用各种关系，想办法解决问题。若是我先去美国，一准早就动用我的聪明才智、我的坚强性格，不出几个星期就给她办出签证来。那样的话我就不至于因为高灵笨的缘故身陷泥潭，沦落到今天的地步。问题就在这里：高灵坚强归坚强，可常常找错方向，用错了力气。她一直是母亲的心肝宝贝，母亲凡事纵容，把她惯坏了。这些年住在育婴堂里，也过得十分轻松。我，还有于修女都尽力帮她，她从来也不用自己动脑筋考虑。水往下流，她就想不到要往上游。她能逃得了命，全凭别人帮忙。

第二天一早，我又想出了个新点子。我花点钱给自己置办了身“马姐[1]”工作服。英国人最喜欢这样的佣人，又虔诚，又干净，还有教养。就这样，我找到份工作，去给一个英国太太和她的老母亲帮佣。他们家姓花（芙拉瓦丝[2]）。

母女两个住在维多利亚山顶地区。房子比邻居都要小些，没什么气派，一条长满蕨类植物的弯曲小路直通到门口。两位英国女士住楼上，我住在房子地下室的一个房间里。

---

1 指清末民初时期前往港、澳、南洋等地当女佣的“自梳女”，多为顺德人，吃苦耐劳，终身不婚。

2 即“Flowers”。

这家的女儿叫帕蒂小姐，七十岁了，生在香港。她母亲至少得有九十岁，叫英娜夫人。她丈夫当年开轮船公司，将货物从印度运到中国和英国，赚了好多钱。帕蒂小姐说起来，总是管自己父亲叫花爵士。要我说，他们家姓的这个花，就是鸦片烟的那个罂粟花。很久以前，印度和香港之间的航运，主要就是运这个东西，好多中国人就是这么染上这癖好的。

帕蒂小姐一直在香港生活，跟当地人一样，说得一口粤语。这种口音跟别处很不相同。我刚去跟她们住的时候，她跟我说粤语，我只听得懂其中跟普通话发音相近的寥寥几个字而已。后来她再讲话就夹杂些英语，我在学校里跟洋人生活了几年，也学了些英语。但是帕蒂小姐讲的是英国英语，我刚开始觉得很难懂。

英娜夫人说话也很难懂。她吐字轻，一顿一顿的，像她早上喝的稀粥一样，黏糊糊，一块一块的。她太老了，动作倒像个婴孩，大小便都不自觉，总是弄脏裤子。这些我都知道，因为我得替她清洗。帕蒂小姐一说“英娜夫人得去洗手了”，我就得把她从沙发、床上，或是餐桌椅子上抱起来。幸好她个子小，像个孩子。可她脾气也像孩子似的。我抱她去卫生间的路上，她总是一路大叫着：“不要，不要，不要。”我只能慢慢走，我们两个就像壳黏在一起的两只乌龟一样，慢慢爬。我给她清洗的时候她也一直叫：“不，不要，不要。”因为她不喜欢身上沾到水，尤其是脑袋。我每天要给她换洗三四次内裤，还要洗她别的衣服。帕蒂小姐不喜欢让妈妈穿尿布，觉得那是奇耻大辱。这样一来我就不停地洗啊洗，每天洗一大堆衣服。不管怎么说，帕蒂小姐人还不错，非常客气。要是英娜夫人发脾气，帕蒂小姐只要语调快活地说几个字：“有客来呢！”英娜夫人马上就不闹了，立刻坐下来，原先弓着的脊背挺得笔直，双手交叠放在腿上。她从小受到这样的教育，要在来宾面前保持淑女风范，哪怕假装呢，也得做到。

那家里还有只大鹦鹉，那鸟是灰色的，名叫布谷，就是报时钟里那种鸟。一开始我以为帕蒂小姐管它叫“哭哭”，有时候它的确也哭，叫得好像受了莫大的伤害，就快要死掉了一样。有的时候它又哈哈大笑，笑得像个疯女人一样，声音很大，笑个不停。这鸟能模仿各种声音，不论男女老少，连猴子也会学。一天我听到茶壶叫，赶快跑去看，却发现布谷站在树枝上晃来晃去，伸长了脖子，成功骗过我，它显得很得意。还有一次，我听到一个中国女孩子在哭叫：“爸爸，爸爸，不要打我！求你了，别打我！”她叫啊，叫啊，听得我头皮发麻。

帕蒂小姐说：“我十岁生日那年，花爵士买了布谷送给我，那时候它就很坏。这六十年来，它想学什么就学什么，跟男人一样坏。”帕蒂小姐爱这只鹦鹉，就像儿子一样，可英娜夫人讨厌它，管它叫恶魔。她一听到鹦鹉笑，就蹒跚着走到笼子跟前，摇着手指说：“哦，嘘，住嘴。”有时候，她刚举起手指，还不等开口，那鸟就说：“哦，嘘！”学得跟英娜夫人一模一样。英娜夫人马上就给搞糊涂了。哇！难道她已经说过了？我看她的脸就明白她心里一定是这么想，她脑袋先朝这边歪，再朝那边歪，好像两种念头在脑子里打架。有时候，她就这么一寸一寸地挪到房间那头，转身再一寸一寸挪回来，抬起手指，说：“哦，嘘！”鸟也照样学着说。他们俩就这么来回反复：“你闭嘴！你闭嘴！”有一天，英娜夫人走到鸟跟前，不等她说话，布谷就学着帕蒂小姐愉快的语调，唱歌似的说：“有客来呢！”英娜夫人立马走到最近的椅子旁，坐下来，从袖子里掏出一条花边手帕，双手交叉放在腿上，嘴唇紧闭，蓝色的眼睛转向大门，等着。

就这样，我学会了英语。我是这么想的：连鸟都能讲一口好英语，那我也能。我必须得发音非常准确，不然英娜夫人听不懂。帕蒂小姐总是用最简单的词跟母亲交谈，因此我也很快学会了这些语句：起立，坐下，吃午饭了，喝茶了，天气真糟是不是。

就这样过了两年，我以为我的情形不会再变了。我每个月都去火车站，每次都发现车票又涨价了。我每个月都收到高灵的信。她跟我讲起她在旧金山的新生活，说总得麻烦不认识的人，她过得如何艰难。资助她的教堂给她找了个地方，跟一位能讲普通话的吴太太一起住。高灵写道："她很有钱，行事却吝啬。好东西总是不舍得马上就吃。总是把巧克力、水果、腰果这些东西放在冰箱顶上。东西最后都烂了，她才放到嘴里，还说：'为什么人人都说这东西好吃呢？这有什么好吃的？'"高灵就这么告诉我她的生活如何艰难。

可是有一个月，我收到高灵的信，这次不是一开口就抱怨。她写道："好消息。我碰到两个单身汉，我觉得应该嫁给其中一个。两人都是美国公民，生在美国。根据我护照上的新出生年月，一个比我大一岁，另一个大三岁。你知道我的意思就行了。大的那个正在攻读博士学位，小的那个是牙医。大的很聪明，性格严肃。小的长得帅，很会说笑话。我很难决定应该把注意力集中在哪个人身上。你觉得呢？"

我看信时，刚在一小时内给英娜夫人清洗了两遍屁股。我直想冲到大洋那边，摇着高灵的肩对她嚷："哪个快就嫁哪个！我在这里一天挨不过一天了，你居然还问我嫁哪个？"

我没有立刻给高灵回信。那天下午我奉命去花鸟市场。帕蒂小姐说布谷需要换个新笼子。因此我走下山坡，乘渡船过海，来到九龙这边。九龙城里一天比一天更拥挤，人们从大陆涌进来。于修女写信告诉我说："内战情况越来越糟了，战况跟当初打日本人一样恶劣。眼下你就是有钱也别马上回北京。国民党肯定会说你是共产党，因为开京现在是共产党烈士，共产党人肯定又会说你是国民党一边的，因为你住在美国人开的育婴堂里。你走到哪里，情形都很不利。"

看到这里，我终于不再担心如何才能回到北京，而是开始为于修女和潘老师夫妇担忧。他们也一样，可能被任何一方当作敌对者。去花鸟市场的路上，我一直在想着这些事。突然我感觉一阵冷风从后背吹过，那天明明很暖和。我觉得好像有鬼魂在我后面。我继续走路，转了一个弯，又一个弯，这种后面有人的感觉越来越强烈。突然我停下脚步，转过身，一个男人对我说："还真是你呀。"

站在我面前的是福男，高灵的丈夫，如今他不单少了两个手指，整只左手都不见了。他脸色很差，眼睛又红又黄。"我老婆在哪？"他问。

这问题在我脑袋里打了个转。我这么回答，或者那么回答，会有什么危险？最后我说："她走了。"我很高兴能这么说，"她去美国了。"

"美国？"他先是显得很震惊，后来又笑了。"我早知道了。我就是想试试你会不会跟我说实话。"

"我没什么好瞒着你。"

"你自己也想到美国去，这种居心你也不打算瞒着我？"

"谁说的？"

"刘家全这么说。一家人气喘吁吁，急得像狗一样，想找机会跟女儿去美国。他们都说呢，凭什么你先走？你都不是她亲姐姐。规定只能帮自家亲人，私生子可不算。"他假装抱歉，露出点笑容，又说：

“当然了，丈夫应该是第一人选。”

我举步走开，可他一把扯住我，说：“你帮我，我就帮你。给我她的地址。我就要这一件。若她不想让我去就算了，下一个再轮到你。我不告诉刘家。”

“我早知道她不想让你去。她去美国就是为了离开你。”

“给我她的地址，不然我就跑去汇报，说你们不是亲姐妹。这样一来你就没机会去美国了，跟我一样。”

我瞪着这个可怕的人。他说的什么？他究竟会干出什么事来？我快步走开了，穿梭在忙碌的人群里，直到确认他不在身后了。在鸟市上，我用眼角余光打探他的身影。买东西的时候也不使劲还价，买了笼子以后，赶快回到香港岛这边，手里紧紧捏着我的住宅证明。福男会做出什么事来？他真会去汇报吗？他有这么聪明吗？他去跟哪边的政府汇报呢？

那天晚上，我给高灵写信，给她讲了福男的威胁。我写道：“这个人有多狡猾，只有你知道。他可能还会跟当局汇报，说你结过婚。那么一来你可就麻烦了，何况你还想跟美国人结婚。”

第二天，我出门去寄信。我一走到街上，就又感觉到了那种突然的寒意。我把信塞到衣服里。果然，一转身我就看到了他，早在那里等着我。

“给我点钱吧，”他说，“我是你妹夫。这点忙你会帮我的吧？难道你不是我老婆的亲姐姐？”

接下来的几个礼拜，每次我一出门，他总是像这样冒出来。我不能报警。我能怎么说？“我妹夫跟踪我还敲诈我，要我妹妹的地址。其实他不是我亲妹夫，妹妹也不是我亲妹妹。”有一天，我出门去市场，发现他没来找我。出门办事的一路上，我都在担心，想他可能会出现，我早做好了受罪的准备。结果什么都没有。回到家以后，我觉得很迷惑，又如释重负。我给自己一点希望，想，也许他死了。接下来的一个礼拜都没有他的动静。我不再感到寒意突如其来。难道说我转运了？看了高灵的下一封信，我终于相信的确如此，我要转运了。

“听说福男来骚扰你，真把我气坏了，”她写道，“那个王八蛋，为了过那口瘾，什么都干得出。唯一能甩开他的办法就是给他钱抽鸦片烟，你才能安生几天。不过你放心，这家伙难为不了你几天了。好消息终于到了！我又找到了一个送你来美国的办法。你还记得我跟你提过的那兄弟俩吗——一个在学牙医，一个在攻读博士？他们家姓杨，他们的父亲说，像你这样的情况，只要像他这样的人肯出资赞助，你可以作为著名访问学者到美国来。所谓访问学者有点像有特权的游客。他们家人肯这么做实在是难得，因为我跟他们现在还没有关系。当然我不能要求他们替你出船票钱。但他们已经填完了申请，准备好了文件。下一步我要做的，就是努力赚钱，我们俩凑钱给你买船票。同时，你也得开始准备起来，随时可以动身。先去查行船时间安排，找医生体检查体内寄生虫……”

我读着她列出的长长一个单子，很惊讶地看到她其实很聪明。她懂得这么多，我觉得她就像个操心的妈妈，引导着自己的孩子。我高兴极了，乘轮渡回家的路上，我任由面上泪痕纵横。因为是在渡轮上，我感到一阵清风的时候，并没有害怕。我觉得轻风拂来，很是舒服。随后我一抬头。

面前正是福男。他瞎了一只眼睛。

我吓了一跳，差点从船上摔出去。看他的样子，我仿佛觉得这一切也会发生在我头上。“给我钱。”他说。

那天晚上，我把宝姨的照片放在矮几上，燃了几炷香。我请求宝姨和他的父亲原谅我，对他们说，她给我的礼物我要用来换得自由之身，也希望她不要因此生我的气。

第二天，我找到几个月前我去打探过的第二家店，卖掉了那块甲骨。再加上我给人帮佣存的钱，我的钱够买一张最低等舱的船票了。我查到了船的启程安排，给高灵发了个电报。然后每隔几天就给福男些钱，足够他过瘾，醉生梦死一阵子。最后我的签证终于批下来了。我成了一位著名的访问学者。

我乘上船来到美国，这块没有鬼魂也没有毒咒的大陆。船靠岸时，我又年轻了五岁。可我却觉得自己十分苍老。

# 第三部

# 第一章

露丝觉得出来，唐先生虽从未见过茹灵，却已爱上了她。唐先生说起茹灵，仿佛自己比任何人都更了解她，连茹灵的亲女儿也不如他。他八十岁了，经历过第二次世界大战、中国的解放战争、“文化大革命”，还有一次心脏搭桥手术。当年他在国内是位著名作家，但在美国，因为作品没有英文译本，他的名字并不为人所知。是亚特的一位语言学专家同事把他介绍给露丝的。

“她是位坚强的女性，而且非常坦率。”唐先生有一次在电话里对露丝说。露丝把母亲的文稿寄给他，请老先生把稿子翻译成英文。“可不可以寄给我一张她年轻时候的照片？如果能看到她的形象，对我的翻译可能会有所帮助，更好地传达她用中文表述的含义。”

露丝觉得这个请求很奇怪，可还是答应了，她把茹灵和高灵两个小时候跟母亲的合影，还有茹灵刚到美国时照的一张相片扫描了发给唐先生。后来唐先生又要宝姨的照片。他说：“她非常与众不同，自学成才，性格直率，在她那个时代，很有点大逆不道。”露丝差点脱口而出，问他知不知道宝姨是否是茹灵的亲生母亲，可还是忍住了。她想一次读完全部的译文，不要这么一点点的来。唐先生早说过，他需要大概两个月的时间来完成这项工作。"我不想一字一句按字面意思翻译出来了事，我想尽量措辞自然些，又要保证把令堂的意思准确传达出来，毕竟这是你们的家史，要传给子孙后代知道的，所以不好有错误，你说是不是？"

唐先生做翻译这段时间，露丝就住在母亲家里。亚特一从夏威夷回来，露丝就告诉他，自己决定搬去跟母亲住。

"这好像有点突然，"亚特看着她收拾东西，一边说，"你肯定自己并不是冲动行事？请人帮忙照顾你母亲不好吗？"

怎么回事？是过去半年以来露丝没把事情的严重性表露出来？还是亚特根本没留心？他们两人之间沟通如此之差，露丝觉得很失败。

"我觉得你请人帮忙照顾两个女儿倒更容易些。"露丝说。

亚特叹口气。

"对不起。因为我帮妈妈请的帮工总是辞职不干，我也不能老指望高灵姨妈或者别的人来照顾她，偶尔一天半天倒还罢了，长此下去也不是个办法。高灵姨妈说，跟我妈住一个礼拜，比她孙子们小时候，跟在他们屁股后面忙活还要累些。不管怎么说，她现在总算知道医生的诊断没错，给我妈喝多少人参茶也没用了。"

"你确定不是因为别的事？"他跟着露丝来到小书房，追问道。

"什么意思？"她一边把磁盘、笔记本等等从书架上拿下来，一边说。

"我们，你和我之间，是不是有别的问题？除了你母亲的精神问题，难道你就不想谈谈别的事情吗？"

"为什么这么说？"

"你有点——我也不清楚——有点特意疏远我，也许还有点生我的气。"

“我精神紧张。上礼拜我才看清楚她的真实状况，我吓坏了。她的生活危险重重，比我想象的要糟糕得多。况且我这才知道，她的病早在很久以前就开始了，我一直没注意到。也许已经六七年了。我不明白我为什么没留心——”

“就是说你去那边住跟我们俩没什么关系？”

“没有，”露丝说得很坚决，随后语气软了一点，“我也不知道。”沉默良久以后，她又说：“我还记得，你曾经问我，我打算怎么处理妈妈的事。我觉得很受伤。没错，我打算怎么办？我觉得事情都得我一个人来背。我尽力想做好，结果就是这样。也许我决定搬出去的确跟我们俩有关，但是现在这种情况下，不论我们俩之间出什么问题，跟我妈的问题相比，都是第二位的。眼下我只能集中精神处理这一件事。”

亚特面露犹疑之色。“那好吧，什么时候你觉得愿意谈谈……”他没有再说下去。露丝见他那么苦恼，差点忍不住要安慰他一番，说什么事都没有，叫他大可放心。

露丝搬来同住，茹灵也显得十分怀疑。

“有人请我写本儿童书，里面要画动物插图。”露丝说。她现在已经习惯了跟妈妈撒谎，丝毫不觉得负疚。“我希望你来画插图。你来画插图的话，我们俩一起在这里工作，会更方便些，你这里比较安静嘛。”

“什么动物？要多少？“茹灵很兴奋，好像等不及去动物园的小孩子。

“你想画什么都行。由你决定，画国画。”

“好吧。”自己即将对女儿的事业成败起到决定作用，茹灵显得很高兴。露丝叹口气，既为骗过母亲松了口气，又觉得很伤感。为什么自己早没想到要请母亲帮忙画插图呢？当年母亲手也稳当、心智健全的时候，她就该请母亲画画。见母亲那么尽心尽力，拼命要对女儿“有用”，露丝很心痛。没料到这么容易就能让母亲高兴起来。茹灵无非是要做个对儿女有用的母亲。仅此而已。

每天，她都要走到书桌前，花十五分钟的时间来磨墨。幸好许多动物都是她以前画熟了的——像鱼、马、猫、猴子、鸭子这些，她只凭记忆落笔，自然而然就画出来了，虽然如今笔画抖得厉害，可还有当年的影子。但是茹灵一旦试着画自己不熟悉的动物，手上就跟脑子里一样糊涂了，然后露丝就跟妈妈一样沮丧，还要尽量掩饰。每次茹灵画完一幅，露丝总要称赞一番，然后把画收走，再说出一样新的动物请妈妈画。

“Hippo[1]？”听到这个词茹灵很不解，“中文怎么说？”

“没关系，”露丝说，“大象怎么样？画头大象吧，你知道的，就是长鼻子大耳朵，大象。”

可茹灵还是皱着眉毛。“为什么放弃了？难的动物也许更值得一试。河马长什么样？这儿长角对吗？”她边说边拍拍自己头顶。

“那是犀牛。犀牛也不错。那就画犀牛吧。”

“不画河马了？”

“别担心了。”

“我不担心！是你担心！我看出来了。看你的脸就知道。你瞒不过我的。我知道。我是你妈！好吧，好吧。你就别再担心河马的事了。我来替你想。等我想起来了就告诉你，你就高兴了。好了吧？好了，别哭了。”

---

1 即河马。

露丝工作的时候，母亲总是很安静，偶尔轻声说一句："好好用功吧。"但是只要露丝一看电视，跟从前一样，茹灵就会认定女儿是没什么要紧事要做了。母亲就会开始唠叨，说高灵的坏话，诉说妹妹这么多年以来对她的种种羞辱。"她让我参加爱之舟旅行团去夏威夷。我问她了，我哪来这么多钱？我的社会保险每个月只有七百五十块钱。她说我了，你太节省了！我告诉她，我不是节省，我就是穷。我可不是什么有钱寡妇。哼！她这是忘了自己当初还想嫁给我老公来着。他死了，还跑来跟我说什么，自己幸好没选错了兄弟，嫁错了人……"

有的时候，露丝饶有兴味地听着母亲唠叨，想弄清楚每次她讲的时候情节改了多少，每当母亲一字不落又讲一遍，她会觉得很放心。可是有的时候，露丝被迫听母亲唠叨，又很恼火，这种恼火带给她一种奇妙的满足感，仿佛一切都没有变，什么问题都没有。

"楼下那个丫头整天吃爆米花！烧煳了嘛，火警就响了。她不知道。我闻得出来的！臭死了！就知道吃爆米花！难怪她瘦得皮包骨头。她还跑来跟我说，这个不好用，那个不好用。就知道抱怨，还威胁我'惹上官司，违反规定'……"

夜里，露丝躺在自己的旧床上，仿佛又回到了青春年少的时候，只不过换了个成年人的样子。她既是从前的自己，又不是。又或者有两个不同版本的露丝，露丝 1969 和露丝 1999。一个比较天真，另一个感觉敏锐；一个依赖性强些，另一个比较独立。两个人都心怀恐惧。她是母亲的孩子，如今母亲变得像孩子一样，她又要担负起母亲的职责。这么复杂，就像中国人的名字和汉字，同样的偏旁部首，看似简单，却有着多种多样的组合变化方式。还是她幼年时睡的那张床，少年时临睡前的种种思绪历历在目。那时的她孤零零一个人，心痛地想着以后会怎么样。跟童年时一样，她倾听着自己的呼吸声，一想到母亲的呼吸终有一天会停止，心中充满了恐惧。她越是意识到这一点，呼吸就越是费力。每吸一口气都要好大的气力，呼气却容易，放松即可，可露丝生怕自己一松手，就会失去母亲。

每星期有好几次，茹灵和露丝两个会跟鬼魂说话。露丝总是主动把收在冰箱顶上的旧沙盘端出来，说要给宝姨写信。妈妈的反应总是很客气，就像人家请她吃巧克力："哦！那就……来一小点。"茹灵向宝姨询问，这本儿童书会不会让露丝一举成名。露丝让宝姨说茹灵会一举成名。

茹灵还会询问股市行情的最新进展。"道琼斯涨了跌了？"

露丝立刻画个朝上的箭头。

"卖英特尔，还是买英特尔？"

露丝知道，母亲看电视上的股票节目纯粹是找点乐子。她从没在家里找到过任何来自股票代理的信件或者垃圾邮件等等。减价再买，她决定这么写。

茹灵点头。"哦，等股价跌了再买。宝姨果然聪明啊。"

有天晚上，露丝举着筷子，刚要跟妈妈继续她们的占卜游戏，却听到妈妈说："你跟亚特为什么吵架？"

"我们没吵架。"

"那你们为什么不住一起了？是因为我吗？是我的问题吗？"

"当然不是。"露丝冲口而出，声音有点大得过分。

"我想可能是因为我。"她看一眼露丝，仿佛什么都瞒不过她的眼睛。"很久以前，你刚认识他，我就跟你说，为什么要先同居？你这么做，他永远都不会跟你结婚。你还记得吗？哦，现在你想着，啊，妈妈说得对。跟他同居，他只当我是剩饭剩菜，随便可以丢掉的。别不好意思。老实说吧。”

露丝不无懊恼地记起，妈妈的确说过这些。她手上不停地忙着把散落到盘边的沙粒拂回盘里，心里既为妈妈还记得这些事而惊讶，又为妈妈这么关心自己而感动。茹灵说亚特的那些话倒也未必全对，但她的确是探到了问题的核心，露丝觉得自己确实像剩菜一样，什么都没得挑了才找到自己。

她跟亚特之间的确是出了大问题。在这段尝试分居的日子里，露丝越来越强烈地感受到这一点。话说回来，这不是分居是什么？分开之后，她越发看清楚，自己已经习惯了，哪怕对方不提出要求，她也会主动妥协，迎合他的感受，这已经成了自己的情感模式。有时候她以为，任何一对爱人，不论婚否，都得达成这样的妥协，主动为之也罢，勉为其难也罢，非如此无法共同生活下去。那么，亚特有没有迎合过她的感受呢？就算他做过，露丝也不曾感觉到过。现在两个人分开了，露丝觉得很轻松，没了束缚。这正是她当初想象若是哪天没有了母亲时会有的感觉。可是眼下，她只想紧紧守在母亲身边，仿佛母亲是她的救命稻草。

“问题是没了亚特我不觉得更孤单，”她在电话里对温迪说，“我觉得更自在了。”

“你想那两个孩子吗？”

“也没太想，至少我不怀念她们那么精力过剩地闹腾。你说我是感情僵死了，还是怎么的？”

“我说你只不过是累坏了。”

露丝和母亲每周两次到瓦列乔大街亚特家里吃晚饭。那几天里，露丝得提早把工作赶完，好去采购。她又不想把妈妈一个人丢在家里，就带她一起去超市。买东西的时候，茹灵不停地对每件东西的价钱发表评论，问露丝是否应该等到这东西减价了再买。露丝一到家——没错，露丝提醒自己，瓦列乔大街上这套公寓不管怎么说仍然是自己的家——就把母亲安置到电视机前，随即查看有没有写明给她和亚特两个人的邮件。她发现，把他们俩当作收信人夫妇的邮件很少，反而大部分的修理账单都是写的露丝收。这样的晚餐聚会结束时，露丝身心俱疲，一想到马上可以回到母亲家中，躺在自己的小床上，立刻觉得很轻松。

有天晚上，她正在厨房里切菜，亚特悄悄靠到她身边，拍拍她的屁股，说："不如请高灵照看你妈妈？你就留下来过夜，我们也来个鸳梦重温。"

她脸红了，很想靠在他身上，张开双臂抱住他，可是又很害怕这么做，仿佛和他拥抱像从悬崖上跳下去一样，充满危险。

他亲吻着露丝的脖颈。"要不你现在就歇会儿，我们溜到浴室里去，快快亲热一下？"

她不安地笑了。"大家都会知道我们在干吗。"

"不会的。"亚特在她耳朵边呼气。

"我妈会知道的，她什么都看得见。"

她这么一说，亚特立刻住手，露丝倒觉得很失望。

他们分居的第二个月，露丝对亚特说："如果你真想跟我一起吃饭，不如我们换换，你到我妈妈家来，每次都是我大包小包搬过去，这样很累的。"

于是改成了亚特和两个孩子每星期两次到茹灵家来吃饭。"露丝，"

有天晚上多丽看到露丝做色拉，跟她抱怨：“你什么时候回家啊？爸爸很闷的，菲雅老缠着爸爸：‘爸爸，没什么好玩的，没什么好吃的。’”

听到孩子们想念她，露丝觉得很开心。“亲爱的，我不知道。外婆需要我。”

“我们也需要你。”

露丝觉得心里直揪得慌。“我知道啊。可是外婆病了。我得陪在她身边。”

“那我能不能来跟你一起住？”

露丝笑了。“我当然欢迎，可你得先问问爸爸同意不。”

两个礼拜之后，菲雅和多丽两人拖着充气床垫来了，两人都挤在露丝房间里。多丽非说这里是“女生宿舍”，把亚特赶回家去了。那天晚上，露丝陪两个孩子看电视，大家在手上互相画刺青图案。下一个周末，亚特问有没有个“男生宿舍”日。

“我想我可以安排一下。”露丝羞涩地说。

亚特带来了自己的牙刷，一套换洗衣服，还有一套小型音响，里面带了一张迈克尔·费恩斯坦演唱的格什温作品唱片。夜里，他跟露丝一起挤在小床上。可是茹灵就睡在隔壁，露丝没有亲热的情绪，她对亚特这么解释。

“那我们就光抱抱好了。”他提议。亚特没有深究，露丝很高兴，靠着他的胸膛。夜深了，露丝倾听着亚特呼吸的声音和雾角声。这是很长一段时间以来，她第一次觉得比较有安全感。

约定的两个月到了，唐先生给露丝打电话，问：“你肯定就只有这些，再找不到别的稿纸了？”

“怕是没了。我前面一直在帮妈妈收拾房间，挨个抽屉翻，挨个房间打扫。连她藏在地板下面的一千块钱我都翻出来了。若是还有别的东西，我肯定也早就找到了。”

“那我就全翻译完了，”唐先生的声音听起来很难过，“有几页纸上她一句话写了好多遍，说她很担心，好多东西她都忘了，不记得了。那几张上面字体抖得厉害。我觉得应该是最近写的。说出来可能让你难过。可我还是说了，让你了解情况。”

露丝谢过老先生。

“我现在到府上拜访，把我翻译好的文章送过去，你看方便吗？”他很客气地问道。

“会给您添麻烦吗？”

“说实在的，我觉得是我的荣幸。我非常希望能够见见令堂。这么长时间以来，我白天黑夜读她的文字，觉得她像是我的一个老朋友，竟有些思念之情了。”

露丝扫他的兴：“她跟写这些文字的时候可大不相同了。”

“也许吧……不管怎么说，我还会觉得是从前的她。”

“您要是有空的话，今天晚上到家里来，一起吃顿便饭可好？”

露丝跟妈妈开玩笑，说有个崇拜者要来看她了，要她好好打扮打扮。

“才不呢，没人来！”

露丝点头，微笑。

“谁要来？”

露丝说得很含糊：“你中国的老朋友的老朋友。”

茹灵使劲想了又想。“啊，对了，我想起来了。”

露丝帮妈妈洗澡，换衣服，帮妈妈系上一条丝巾，梳好头发，再涂一点口红。“你真漂亮。”露丝说，露丝说的是实话。

茹灵看着镜子里的自己。“阿弥陀佛。可惜高灵没我长得好。”露丝笑了。母亲以前从不为自己的长相流露出得意之色，可是如今生了病，想必谦虚谨慎的念头也都忘记了。这老年痴呆症倒像是真情药水。

整七点钟的时候，唐先生来了，带来了茹灵的文稿和他的译本。唐先生人很瘦削，满头白发，脸上有深深的笑纹，面容非常和善。他还给茹灵带来一袋橘子做礼物。

“不必这么破费。”她本能地回答，一边低头检查水果上有没有烂点，随即用中文支派露丝：“快帮唐先生拿着外套，请人家坐。给唐先生上茶。”

“您也不必麻烦了。”唐先生说。

“哦，您的国语一口京腔，真好听。”茹灵说。她像个小姑娘似的，竟然面露羞色，这让露丝觉得很有趣。唐先生更是殷勤，帮茹灵把椅子拉出来请她入座，帮她倒茶，不等茹灵面前杯子喝空，马上帮她满上。茹灵跟唐先生两个一直用中文讲话，露丝在旁边听着，只觉得母亲似乎讲话很有逻辑，也不糊涂了。

“您是哪里人？”茹灵问。

“天津。后来我去北京，读的燕京大学。”

“哦，先夫就是读的燕京大学，天分很高的一个人。名叫潘开京。您认识他吗？”

“我听过他的名字，”露丝听见唐先生回答，“他是学地理的，对不对？”

“没错！他做了很多重要的工作。您可听说过北京人吗？”

“当然了，北京人可是世界闻名。”

茹灵露出怀念的神情。“他就是守着那些骨头去世的。”

“他可是位英雄呢。大家都钦佩他勇敢无畏。您可就受苦了。”

露丝饶有兴味地听着。唐先生言谈之下，仿佛认识茹灵多年了，很轻松地引导茹灵重温自己的记忆，回到那些还没有被疾病破坏的记忆中去。突然，露丝又听到母亲说：“我女儿如意也跟我们一起工作。宝姨去世以后我就住在学校里，她也来了。”

露丝回过神来，先是一惊，后来又觉得很感动，母亲竟把自己也放在回忆中的岁月里了。

“是啊，我也听说了令堂的事情，真叫人难过。她非常了不起，很聪明。”

茹灵仰起头，仿佛努力压抑住自己的悲伤。“她是位接骨师的女儿。”

唐先生点头道。“是啊，是名医之后。”

那天临别的时候，唐先生特意向茹灵表示感谢，说这么回忆过去，过得非常愉快。“可否允许我不久之后再到府上来拜访？”

茹灵像小姑娘似的笑了，她抬起眉毛，询问地望着露丝。

“您随时来我们都欢迎。”露丝说。

“那就明天！”茹灵冲口而出，“明天来吧。”

露丝通宵都在读唐先生翻译的文稿。叙述从“真”开始。露丝开始把看到的真相一一列举出来，每件事都引出许多问题，很快她就没了头绪。母亲的确比露丝一直认为的年龄要长五岁。这就是说，她跟许医生说的年龄是对的！至于她说跟高灵并非是亲姐妹，那也是真的。可是母亲与高灵姨妈又的确是亲姐妹，看完以后露丝比以往更加深切地感受到这一点。两人之间发生的许多事情，足以让大多数姐妹断绝关系，但她们两个却毫不动摇地坚持着忠于对方，许多的恩怨纠葛、爱恨情仇把两人紧紧绑在一起，怎么也分不开。知道这些让她觉得很高兴。

但母亲的故事中有些部分又让她看得很难过。为什么母亲认为，永远都不能告诉露丝，宝姨就是她的亲生母亲？难道她以为女儿会因为母亲是私生女而感到羞愧吗？若是如此，露丝一定会安慰母亲，说这没什么好羞愧的，事实上，如今非婚生的出身倒成了桩时髦事了。随后露丝又记起，自己从小就惧怕宝姨。她从小就讨厌宝姨总是出现在她们母女的生活里，觉得母亲性格怪异，一心认定自己厄运缠身，这些都是因为宝姨。女儿，乃至外孙女都一直误会宝姨。可是有的时候，露丝又觉得，仿佛宝姨一直在看着自己，露丝受苦的时候宝姨是知道的。

露丝想着这些，躺在自己童年的床上。现在她总算明白母亲的心意，她总是说要找到宝姨的尸体，妥善安葬。她想重回穷途末路，弥补自己当年的过错。她想对自己的母亲说："对不起，让我们彼此谅解。"

第二天，露丝给亚特打电话，把自己读的内容讲给他听。"感觉就像我找到了一个神奇线团，可以把破被子重新缝起来。真是悲喜交集啊。"

"我也想看看呢。可以让我看看吗？"

"我也想你看看，"露丝叹气道，"好几年前她就该告诉我这些事了。早看到的话，很多事都会非常不同——”

亚特插话：“我也有些话，好几年前就该对你说。”

露丝住嘴，等着亚特开口。

“我一直在考虑你母亲的事，我也在考虑咱俩的事。”

露丝的心开始狂跳。

“你还记得我们刚遇到的时候吗？你说过不想预设爱情、束缚对方的话？”

“我没说，是你说的。”

“是我说的吗？”

“绝对是你，我记着呢。”

“奇怪，我记得是你说的。”

“啊，你倒是会想。”

他笑了。“看来不单你妈一个人记忆力有问题。不管怎么说，如果当初是我说的，那我错了，因为我现在觉得，爱情之中有点约定是很重要的。首先，约定这是一种长期的关系，对方会照顾你，帮你处理各种问题，你母亲的问题，或者其他种种，都算在内。当初我说要没有条件、没有承诺的爱，你也默认了，当时我可能觉得那样相处很不错，爱得轻松，不用负责任。直到你搬出去了，我才认识到自己会失去些什么。”

亚特停了一下，露丝知道，他是在等待自己的回应。露丝一方面很想感激涕零地对亚特大喊：你终于说出了我很久以来的感受，只是我一直表达不出。可她又害怕亚特现在这么说已经太迟了，听了他的话自己居然一点不觉得惊喜，反而很难过。

“我不知道说什么好。”最后，她坦言。

“你什么也不用说。我只是想让你知道我的想法……还有，你照顾妈妈的事情，这么长此以往下去，我真的很担心。我知道这对你很重要，你非常想亲自照顾她，她也确实需要有人一直陪在身边。但是你我都知道，她的情况会越来越糟，需要更多的照料，她一个人肯定不行，你一个人照顾也吃不消。你也有你的工作、你的生活，世上最不愿意你为了她的缘故而放弃这一切的，莫过于你母亲本人。”

“可我也不能老给她换新保姆啊。”

“我知道……所以我最近一直在查关于老年痴呆症的资料，看病情如何演变、如何照顾患者、怎么联系互助团体等等。后来我想出了一个主意，也许可以解决问题……也许可以找家安养院。”

“这根本不用考虑。”露丝觉得亚特的提议跟母亲那些订杂志中千万美元大奖的念头一样荒诞不经。

“为什么？”

“因为我妈妈绝对不会答应。我也决不答应。她会觉得我是要送她去龙潭虎穴，天天都嚷着要自杀——”

“我说的不是一般的老人院，条件很差，大小便都在床上那种。我说的是有专业人员护理的安养院，是个新概念，（二战后）婴儿潮这一代人的养老风尚，有点像专门针对老年客户的疗养院。安养院提供膳食、看护、洗衣还有交通服务，组织旅游、健身活动，甚至还有舞蹈课程。二十四小时有人监管，是很高档的居住环境，住在里面绝对不会让人觉得压抑。我已经看了好几家安养院，其中一家很不错，离你妈妈现在住的地方不远——”

“别说了，甭管高档不高档，她是绝对不会愿意住在这种地方的。”

“她只要去看看就好。”

“我跟你说过了，别提这茬，她绝不会答应的。”

“好吧，别激动，先别一下子全盘否定我的主意，可不可以先告诉我你具体的反对原因，然后我们再看还有没有交流的余地。”

“丝毫没有余地。既然你坚持，那我告诉你，首先，她绝对不会愿意离开自己的家。其次，还有费用问题。我猜这种地方绝不会是免费入住，因此她根本不会考虑。如果说这地方的确是免费入住，她肯定会觉得免费的福利没什么好东西，基于这些原因，她一定会反对这种安排。”

“那好。这些问题我来搞定。还有吗？”

露丝深吸一口气。“这地方她一定得喜欢才行，她得是出于自己的意愿，而非你我的安排，自己选择住在这地方才可以。”

“成交。再加上，只要她愿意，随时可以来跟你我一起住。”

露丝留意到亚特说的是“你我”。她这才放下了心头的重重戒备。亚特的确是在努力挽救两人的关系。他尽力找最好的可行方式来向露丝表明，他是爱她的。

两天后，茹灵拿了一封公函样的东西给露丝看，公函署名加利福尼亚州公共安全局，露丝一看就发现信头是从亚特的电脑上打出来的。

“氡泄漏！”茹灵惊呼，“这是什么意思，什么叫氡泄漏？”

“让我看看。”露丝说着，取过信来浏览一遍。亚特果然聪明。露丝来个将计就计，顺水推舟地解释说：“嗯。信上说氡是一种有毒气体，有放射性，人吸入以后会对肺造成伤害。煤气公司在做常规检查，查有没有地震危险的时候，查到有氡泄漏。泄漏并不是因为管道断裂造成的。氡气来自房子下面的土壤和岩石，所以他们要求你搬出去住三个月，在此期间会有专业人员来做环境测评，然后用强力通风设备驱除危险氡气。”

“哎呀！这得花多少钱啊？”

“让我看看啊。信上说是免费的。你瞧，这上面还说他们驱除危险气体期间你在外居住的费用也由政府负担。三个月的免费居住……还有膳食，在‘位于您目前居所附近的米拉马庄园’。信上说的，‘条件设施堪比五星级酒店’。五星级是最高级的呢。他们请你尽快搬进去。”

“免费的五星级酒店？两个人的名额吗？”

露丝假装仔细阅读里面的详细说明。“不是，好像只有一个人的名额。我不能跟你一起去。”她叹口气，显得很失望。

“啊，我不是说你！”茹灵大声说，“楼下那个姑娘怎么办？”

“哦，对了。”露丝忘记了楼下还住着个房客。显然亚特也忘记了。可她妈妈，甭管脑子有没有毛病，却没有放过这事。

“她肯定也收到了跟你一样的通知。既然待在这里会让人生肺病，那他们肯定不会让人留在这座房子里的。”

茹灵皱起了眉头。“那是说她会跟我住一间酒店吗？”

“哦！……不会的，肯定会住不一样的地方，她住的地方肯定没你的好，毕竟你是房东，她只是房客嘛。”

“那她还付我房租吗？”

露丝又低头看了一眼信。“当然，法律规定如此。”

茹灵终于满意地点头。“那好吧。”

露丝打电话告诉亚特，说他的计划看来是成功了。她很高兴地发现，亚特并没有因此显得洋洋得意。

“想想她这么容易就上当了，其实挺吓人的，”他说，“很多老人就是这样被人骗走了房产和积蓄。”

“我觉得好像做间谍一样，”露丝又说，“好像我们密谋的诡计得逞了。”

“我猜她和许多老人一样，一听说有免费东西可得，立刻就上钩了。”

“话说回来了，住这个米拉马庄园，要花多少钱？”

“这你就别操心了。”

“快告诉我吧，到底多少钱？”

“我来付好了。如果她喜欢这地方，愿意住下去，我们以后再商量钱的事情。如果她不喜欢，这三个月的费用算在我账上。她可以搬回到自己原来住的地方，我们再想别的办法。”

露丝很欢喜地听到亚特考虑问题想的是“我们”，而不是他一个人。“那么，我们俩来分担这三个月的费用好了。”

“就让我一个人处理这事，好不好？”

“为什么？”

“因为我觉得这很重要，我很长时间没做过这样的大事了。你就当我是善心发作，童子军日行一善，慷慨仗义一回，哪怕是一时头脑发热呢。这样做让我感觉不错，觉得自己是个好人，我觉得很快乐。”

快乐，但愿母亲住在米拉马庄园能快乐。露丝一时想不出，人怎么才会快乐。你会因为一个地方而快乐吗？或者为了别人而快乐？自己又是为了什么而感到快乐呢？你只需弄清楚自己想要什么，然后伸手穿过重重浓雾去抓住，这样就够了吗？

他们把车停在一幢三层楼的木板结构房屋跟前，露丝发现这里丝毫也不像是座救济院，不由松了口气。是亚特出的主意，请茹灵到高灵家去度周末，由他们两人先到这里来看看。万一茹灵提出什么反对意见，他们也好做到心里有数。米拉马庄园周围种满了柏树，庄园临海，树被海风吹得都有些倾斜。大门外的生铁栅栏上挂着一块牌子，标明米拉马庄园是旧金山历史建筑，建于大地震之后，当时是座孤儿院。

有人将露丝和亚特引入一间橡木装饰的办公室，告诉他们说负责护理的经理马上就到。两人拘束地坐在皮沙发上，面前是一张很大的办公桌。墙上镜框里挂着学位证书和各种医疗证书，还有大楼的一些历史照片，照片里当时孤儿院的女孩子们穿着白制服，笑得很开心。

“抱歉让你们久等了。”露丝听到有人用英国口音说。她回过头，很惊讶地发现眼前站着一位西装领带的年轻印度人。他和蔼地微笑着自我介绍：“我叫爱德华·帕特尔。”握手之后，他分别递给两人一张名片。露丝心想，此人大概三十出头，相貌打扮倒像个股票经纪人，真不像是一心惦记着治疗便秘和关节炎的医护人员。

“我想从这里开始介绍，”帕特尔说着，重新带他们回到了进门的大厅，“因为这里是我们的老年朋友抵达之后首先看到的地方。”接着，他像是背诵老生常谈的讲演词一般开始了介绍：“这里是米拉马庄园，我们相信家所代表的不仅仅是一张床而已，它代表着一整套的概念。”

概念？露丝看了亚特一眼。心想，这招可不灵。

“你们的名字‘P 和 F 护理中心’里这两个字母代表什么？”亚特看着那张名片，问道。

“代表帕特尔和芬克尔斯坦。我叔叔是这里的创办人之一。他早年从事酒店行业。莫里斯·芬克尔斯坦是位大夫。他的母亲就是我们这里的住客。”

露丝听到芬克尔斯坦这样一个犹太人姓氏，不由觉得很惊讶，心想一位非常重视家庭的犹太母亲，竟然会允许儿子把自己送进这样一个地方来养老。老板的母亲就住这里，就像是一份保证书。

他们穿过两扇法式大门，来到花园里，园子周围种满了树篱。两边各有一座凉亭，顶上的格架上开满了茉莉花。凉亭下摆放着铺软垫的椅子，还有磨砂玻璃面桌子。几个老太太正在聊天，看到他们都停了下来。

“你好啊，爱德华！”三个人像唱歌一样连声说。

“早上好，贝蒂，多乐丝，罗丝。嚯，贝蒂，你穿这颜色真是漂亮！”

“当心点，小姐，”老太太对着露丝很严厉地说，“这家伙会骗得你把裤子都卖掉的。”帕特尔听了哈哈大笑，而露丝却有几分忧虑，不知这位太太是开玩笑呢，还是说真的。哎，甭管怎么说吧，至少每个人的名字他都能叫出来。

花园中央有条泛红的小路，两边摆着些长椅，有的上头还有遮阳棚。帕特尔指引他们欣赏几处景致，若非受过美术训练，这些景致一般人多半留意不到。他讲话声音深沉，听来仿佛此人十分渊博，露丝觉得他的声音很熟悉，很像自己小时候的某位英语老师。他解释说，这条小路是用室内跑道的材料铺成，绝不会有松动的砖石，也没有坚硬的水泥地面。老人家腿脚不稳，一个踉跄摔倒的话，他说，虽说也免不了摔断髋骨，却不至于像在硬地面上一样，摔成个粉碎性骨折。“研究证明，这种意外摔伤对许多这个年龄的人来说是非常严重的致命伤。一跤摔倒，砰！全完了。”帕特尔打了个响指，“老人居住在老家的房子里，房子不经过专门修缮来适应他们的需要，没有坡道，手扶护栏，经常发生这样的事故。”

帕特尔又指着花园里的花卉，介绍说：“这些花全都没有刺，无毒无害，我们绝不选种有毒的夹竹桃或者毛地黄之类，怕老人家一时糊涂，摘来尝尝。”每棵植物旁都竖着标签，标注植物的名字科属，标签跟人的视线等高，不需要老人家蹲下身去查看。“我们的老人家非常喜欢给草药起名字。我们这里星期一下午的活动内容是采集草药。这里有迷迭香、欧芹、牛至、柠檬百里香、罗勒、鼠尾草。‘松果菊[1]’这个词他们好多人记不住。有位太太管它叫做‘中国海’。结果现在大家都这么叫了。”

帕特尔接着说，花园里采来的草药香料，都用来烧菜了。“太太们仍然得意于自己的厨艺。她们非常喜欢指点我们，说只要加上一丁点的牛至，味道就好得多了，或是应该用鼠尾草涂在鸡的内部而不是外面，诸如此类。”露丝眼前浮现出这样的场面：十好几个老太太一起抱怨吃的不好，其中茹灵嚷嚷的声音最大，一直说所有的菜都太咸。

他们继续沿着小路走到花园尽头的暖房。“我们管这里叫做‘爱婴房’。”帕特尔说着，引他们进去，眼前一片鲜艳色彩，令人目不暇接——艳丽的粉色，还有僧袍似的藏红花。里面的空气湿润而清凉。

“每个住客有一棵兰花。花盆上有他们给花起的名字。或许您已经注意到了，我们的住客百分之九十都是女性。不论她们年纪多大，许多人都仍然怀有强烈的母爱本能。她们非常喜欢每天浇花，我们这

1 原文为 echinacea，跟“the China Sea”，即“中国海”，略有相似。

里选种的是一种拉丁名为 cuthbertsonii 的石斛兰。花期几乎贯穿全年，而且，跟大多数兰花不同的是，这花每天浇水也没问题。我们许多住客都用已故的丈夫、孩子或者别的亲人的名字来称呼这些花。他们经常跟花讲话，爱抚和亲吻花瓣，为花操心，忙东忙西。我们交给他们一些小眼药水瓶子，还有一桶水，我们管这个水叫'爱灵药'。你经常会听到他们说，'妈妈来了，妈妈这就来了'。看他们喂养兰花真的是非常令人感动。"

露丝的眼睛湿润了。我这是哭什么呢？快别傻了，她心里说，这么脆弱真是蠢。他谈的是商业方案，老天爷，是所谓概念设定的幸福。她转身装作是欣赏一排兰花。恢复平静以后，她说："他们一定非常喜欢这里。"

"的确。我们尽量把家里人能考虑到的事情都考虑进去了。"

"家里人没想到的你们也想到了。"

"的确有许多事情要想到。"帕特尔说着，脸上浮现出谦逊的笑容。

"你们有没有碰到过不愿意住在这里的，尤其是刚进来的老人？"

"哦，的确是有的。这个我们早有预料。他们不愿意搬出原有的家，因为家里充满了过去的回忆。他们也不愿意花这个钱，宁愿把钱作为遗产留下来送给孩子们。况且他们不觉得自己衰老——至少没老得动不了，他们是这么说的。我敢说等我们老了，肯定也会说这样的话。"

露丝礼貌地笑了，表示赞同。"恐怕我们得把妈妈骗到这里来。"

"想这种办法的，你肯定不是第一个，"帕特尔说，"人们想各式托词把父母骗到这里来——很多办法都非常巧妙。放在一起够写本书了。"

“比如说什么办法？”露丝问。

“我们这里有几位老人根本不知道住在这里要花钱的。”

“真的吗！”亚特不由叫道，回头向露丝眨眨眼。

“没错。他们这代人的经济观念完全是大萧条时代的。他们认为付房租等于是把钱扔进下水道，相反他们更喜欢住在买来的房子里，房款早就付干净了。”

露丝点头。母亲的房子去年就付完了全部的房款。他们沿着小路继续往前走，进了一座大厅，穿过大厅就是餐厅。

“我们有一位住客九十岁了，原先是位社会学教授，至今头脑非常敏锐，”帕特尔又说，“可他认为他之所以住在这里是因为他的母校出资，请他在这里研究人类衰老现象。还有一位女士，从前是位钢琴教师，她认为自己是受雇每天晚饭后为大家演奏钢琴的。事实上她弹得的确不错。一般我们把账单直接寄给住客的家人，这样一来，他们的父母根本不知道住在这里要花多少钱。”

“这样做合法吗？”露丝问。

“只要子女有财政管理权或者委托书，就绝对合法。有些人用房产抵押贷款，或者卖掉父母的老房子，建立基金来支付这里的费用。不管怎么说，我很了解让老年人接受这种概念的难处，他们根本不会考虑要到这样的地方来居住。不过我跟你保证，只要令堂在这里居住一个月，她一定再也不愿意离开这里了。”

“你有什么绝招吸引他们呢？”露丝开玩笑说，“往菜里下药吗？”

帕特尔误会了她的意思。“事实上，考虑到我们住客的营养摄入要求，我们做菜口味不能太重。我们有一位营养学家，每月为我们制定一份菜谱。许多菜都是低脂、低胆固醇的。我们还有全素菜。每天住客都会收到一份打印出来的菜单。"他从附近的餐桌上拿起一张菜单递过来。

露丝扫了一眼。当天的菜式包括火鸡肉、炖锅金枪鱼，或者是开胃豆腐配色拉、素卷、新鲜水果、果汁冰糕，还有杏仁饼干。突然之间她又想到一个问题：这里没有中国菜。

可她提出这个问题的时候，帕特尔显然早已胸有成竹："我们曾经碰到过这个问题。中国菜、日本菜、犹太教菜式，只要你说得出来。我们有批准做这种业务的餐馆送外卖。我们已经有两位中国住客，每周吃两次外送食物，令堂可以从他们的菜单上挑选菜式。还有，我们有一位中国人厨师。周末早上她煮粥给大家做早饭。我们有几位不是中国人的住客也喜欢吃。"帕特尔又自然地回复到那种演练好的快速语调："抛开精心的营养调配不提，住客都非常喜欢这里的餐馆式服务，铺桌布，有专人服务，就像在很好的饭馆里一样，只是不用付小费，我们也不允许给小费。"露丝点点头。茹灵认为给一块钱当小费就算是了不起的大数目了。

"这里的生活的确是无忧无虑，你我像这般年纪的时候也应该这样生活，您说是吗？"帕特尔看着露丝。他想必是认定露丝是个不好对付的拦路虎。他是怎么看出来的？难道说我眉头紧锁？很显然亚特觉得这个地方棒极了。

露丝决定就当回拦路虎。"这里有没有人情况跟我母亲是一样的？您知道这里有哪位，记忆有问题的吗？"

"可以这么说，人类到了八十五岁往上，开始表现出记忆问题的征兆。而我们这里的住客，平均年龄是八十七岁。"

"我的意思不是一般的记忆问题。如果情况更加……"

“您说的是类似老年痴呆症什么的？”帕特尔一边说，一边引他们进到另一个大房间。“我回头马上回答您的问题。先看这里，这是我们的活动大厅。”

几个人在一个年轻男子的带领下，正在玩猜谜游戏，他们一进来，大家都抬头看他们。露丝注意到，他们大多穿得很整齐。其中一位穿一身粉蓝色长裤套装，戴着珍珠项链和耳环，仿佛在参加复活节盛会。一个鹰钩鼻男子有模有样地戴着顶贝雷帽，抬头冲她眨眨眼睛。她猜这人大概有三十岁，一副粗鲁生意人的样子，很为自己的地位和对太太们的权威感到得意。

“宾果！”一个下巴特别短的女人叫了起来。

“我还没报完数呢，安娜，”年轻人耐心地说，“你最少有五个数字才能赢呢。我们现在才喊了三个。”

“可我不知道。我傻，骂我就是了。”

“不！不！不！”一个包着披肩的女人叫了起来，“这里不许说傻！”

“没错，洛莱塔，”年轻人又说，“我们这里谁都不傻。偶尔有点犯糊涂。这没什么。”

“傻瓜，傻瓜，傻瓜。”安娜压低了嗓门嘟囔着，像在骂人。她坏坏地看着洛莱塔，说：“傻瓜！”

帕特尔见了，丝毫不以为怪。他平静地引露丝和亚特出了门，进了一座电梯。电梯开始上行，他说道：“现在来回答您刚才的问题。这里大多数的住客我们称为‘脆弱的老人’。他们可能会有各种问题，眼睛不好，耳朵不好，或是腿脚不灵便。有的人思想比你我都更敏锐，有的人就比较糊涂，可能是因为老年痴呆症或者别的什么病症导致的。他们常常会忘记服药，因此所有的药物都由我们来发放。可他们总能记得今天是星期几，星期天看电视，星期一采草药，他们记得清清楚楚。他们也许记不得今年是哪年，可是这有什么关系呢？有些时间概念对他们来讲根本毫无意义。”

“我们不妨现在就告诉您，”亚特说，“杨太太以为她是因为家里有氡气泄漏才住到这里来的。”他拿出一份自己编造的公函给帕特尔看。

“这倒是个新办法，”帕特尔颇为赞赏地笑了，“我会把这个记在心里，万一谁家说不动老人住进来，可以借用这个主意。哦，真不错，加利福尼亚州公共安全局提供免费居住。做得很不错，公事公办，还有公章，像法院的传票一样。”他推开一扇门。“这套房子刚刚空出来。”他们一起走进去。房子俯瞰花园，有一间起居室、卧室，还有卫生间，什么家具也没有，散发出新近粉刷的涂料和新地毯的气味。露丝突然想到，帕特尔说这房子“刚刚空出来”意思是说前面一位住客刚去世了。这样一想，这个看似簇新的地方其实够倒霉的，表面光鲜，内里阴暗。

“这是我们最好的套房之一，”帕特尔说，“我们也有比这个小的房间，有的没有起居室，有的看不到海景或者花园，但价钱要便宜一些。这种房间有一间很快就可以空出来了，大概一个月左右吧。”

我的老天！他是希望有个人很快就死掉，居然还说得这么轻松，好像没什么大不了的！露丝觉得自己算是上了套，一心想逃脱。这地方可不善，进来就等死了。妈妈会不会也有同样的感觉呢？在这地方待上一个月她也绝对不会答应，更别提三个月了。

“我们可以免费提供家具，”帕特尔说，“不过通常住客喜欢把自己的家具带进来，把房间搞得比较富有个人气息，像自己家一样。我们也鼓励他们这么做。每个楼层都配备同样的服务人员。一层楼有两个护理人员，分白班夜班。他们的名字住客们都知道。其中有一位甚至能讲中文。”

“粤语还是普通话？”露丝问。

“问得好。”说着，帕特尔取出一个数码录音机，对着机器说：“问问詹妮是说粤语还是普通话。”

“另外，”露丝问，“你们收费是多少？”

帕特尔毫不迟疑地说：“每个月三千二百到三千八百美元，根据房间条件和所需服务要求而定。其中还包括每个月陪伴住客做一次体检。到楼下我可以带您看看具体的日程安排。”

一听到这个数目，露丝不由倒抽一口冷气。“你知道收费标准吗？”她问亚特。亚特点头。费用这么高，她很吃惊，另外也为亚特主动愿意帮妈妈付三个月的费用而惊讶不已。三个月大概要一万两千美元呢。她目瞪口呆地看着亚特。

“这个钱还是值的。”他小声说。

“简直是疯狂。”

他开车送露丝回母亲家的时候，露丝又重复了一遍：“这简直是疯狂。”

亚特回答说：“你不能把这个跟房租比。这里头包括食宿，二十四小时专业护理，洗衣——”

“没错，还有一棵昂贵的兰花！我可不能让你付这个钱，三个月呢，这可不行。”

“这很值得的。”他又说一遍。

露丝长吁一口气，说："听我说，这个钱我出一半，如果她愿意住，我再把钱还给你。"

"这个我们不是早就谈过了吗。不用你一半我一半，也没什么还不还的。我有点积蓄，我想这么做。我这么做并不是以此要挟让你回来跟我一起生活，或者说想摆脱你妈妈什么的。我不是跟你讲条件，不是给你施加压力，逼你做决定。我也没有任何期望，或者附加条件。"

"你这么想我非常感激，但是——"

"这不单是个想法，你就当作是份礼物好了。有的时候你也得学着接受别人的好意，不接受反而会伤害到自己。"

"你什么意思啊？"

"我是说，你想要别人对你付出，证明对方爱你，信任你，对你很忠诚，但你又认为对方不会为你付出。等到人家真的伸手给你了，你又看不到。要不然你就干脆抗拒，拒绝。"

"我没有——"

"你就像生白内障的病人，你很想能够看清楚，但是又不肯动手术，怕是手术失误，你会什么都看不见，彻底失明。所以你宁肯任由病情发展，慢慢失明，也不肯担风险动手术。所以说，你要的答案就摆在你面前，你却看不见。"

"根本不是这么回事。"她抗议。可心里又觉得亚特的话其实不无道理，当然他说的不全对，有些话听来很熟悉，就像她梦里翻腾的海潮。她转过身，问："你一直认为我就是这样？"

"以前没想得这么清楚详细。最近几个月你搬出去了以后，我才认真考虑这个问题。刚开始，我想你说我的话到底有没有道理。我明白过去自己的确是以自我为中心，习惯于凡事先考虑自己。可是渐渐我想清楚了，你总是后考虑自己。这样一来，好像你给了我特权，对你不用负责任。我这么说并不是说这是你的错。可你确实得学会要求回报，对方付出的东西你要紧紧抓住。别尽是推让。别一下子搞得很紧张，把事情复杂化。尽管接受下来好了，要是想客气一下，说句谢谢也就够了。”

露丝脑子里一团乱，思前想后，心潮澎湃，却又无端觉得恐惧。最后终于开口说：“谢谢。”

让露丝吃惊的是，茹灵竟然似乎并不反对住在米拉马庄园。话又说回来了，她干吗要反对呢？茹灵以为反正她只是暂时住住——况且还免费。带茹灵参观米拉马庄园出来，露丝和亚特又带她到附近一家快餐店吃午饭，听听看她有什么反应。

“这么多老人家里都有氡泄漏啊。”茹灵嘟囔了一句，语气很是惊恐。

“其实，好多人不是因为氡泄漏才住在这里的。”亚特说。露丝一听很惊讶，不知亚特这是要搞什么鬼。

“哦，那是他们的房子有别的毛病？”

“什么毛病都没有。他们就是喜欢住在这里。”

茹灵不屑地哼一声。“为什么？”

“这里又舒服，又方便。好多人可以作伴。换句话说，就像坐游轮旅行。”

茹灵立刻浮现出一脸鄙夷之色。“游轮！高灵老是叫我去坐游轮。你太省了，她说我。我不是省，我是穷，我可没钱往海里扔……”

露丝想，亚特这下算是搞砸了。还游轮呢。都怪早几年亚特不肯听妈妈唠叨抱怨，他该知道这个比喻最是不恰当。

“谁坐得起游轮哟？”茹灵发牢骚说。

“好多人觉得住米拉马庄园比住在家里还便宜呢。”亚特说。

茹灵挑起一条眉毛：“怎么个便宜法？”

“一个月一千块左右。”

“一千块！哎呀！太贵了。”

“但是这一千块包括住宿、伙食、看电影、跳舞，各种设施，还有有线电视。这些全都免费。”

茹灵没装有线电视。她总是说要装，可是后来发现安装费太贵，又改了主意。

“也有中文频道吗？”

“有，有好几个中文频道呢。而且不用交物业税。”

一听这话，茹灵马上来了兴致。其实她要交的物业税并不高，州政府制定了法律保护老年人财产，规定老年人交数额比较低的物业税。可是每年茹灵收到税务表的时候，她总是觉得上头的数目大得令人痛心。

亚特接着说：“也不是所有的房间都一千块一个月。你住的这套比较贵是因为这套最好，风景最好，又是顶楼。我们能免费拿到这个房间，全凭运气好。”

“哦，这套最好。”

“第一好的，”亚特又特地强调，“小一点的房间嘛，就要便宜点了……亲爱的，帕特尔先生说多少钱来着？”

露丝毫无防备，大吃一惊，赶紧假装费劲想：“我记得他说七百五十块。”

“我的社会保险金正好七百五！”茹灵得意地说。

亚特又说：“帕特尔先生还说，吃得特别少的人可以享受特别折扣。”

“我吃得很少的。我可不像他们美国人，什么都要大份的。”

“那你可能能享受特别折扣呢。我猜你大概体重不到一百二十磅——”

“不，亚特，”露丝插嘴，“他说的上限是一百磅。”

“我才八十三磅。”

“甭管怎么说吧，”亚特若无其事地说，“像你这样的就可以花跟每个月社会保险金同样的钱住这里第一流的房间。这么一算可不跟免费住一样嘛。”

他们继续吃午饭。露丝看得出，母亲正忙着心算，把所有这些令人无法抗拒的优厚条件加在一起：免费有线电视，大折扣，最好的房子。

茹灵终于又开口了，她得意洋洋地说：“高灵大概会觉得我很有钱才能住在这里。好像坐游轮一样。”

# 第二章

大家一起庆祝高灵的七十七岁生日——其实是八十二岁，可是只有她自己、茹灵，还有露丝知道她的真实年龄。

杨家老少都聚在高灵和艾德蒙萨拉托加的大房子里。高灵姨妈脖子上挂了条假花环，身穿大花图案的姆姆裙，跟聚会的夏威夷主题相配。姨父艾德蒙的夏威夷花衬衫上印满了尤克里里琴的图案。他们两人刚刚结束了去夏威夷群岛的第二十次游轮旅行回来。茹灵、亚特、露丝，还有许多表亲，都坐在后院游泳池边，高灵姨妈非要用夏威夷式的称呼，管后院叫“拉奈”。艾德蒙姨父架起火盆，烤了好多的肋排，足够把大家都吃成消化不良。院里点了许多烧煤气的火炬照明，火炬散发出的热气弄得周围很温暖。但孩子们可不上当。他们觉得池水还是太凉，不肯下去戏水，即兴在草地上踢足球玩，每隔几分钟就得拿根长竿网子把球从池水里捞上来。茹灵直抱怨“到处都是水”。

露丝一直想找机会跟姨妈私下谈谈，见高灵去厨房准备配菜，忙跟了上去。露丝一边帮姨妈剥煮好的鸡蛋，一边听她絮叨：“茶叶蛋的做法是这样的，先抓两把红茶，记住，必须得是红茶，日本式的绿茶就不行，你们这些孩子爱喝的那些健康花草茶更不行。用细纱布把茶叶包起来，口扎紧。

“然后把煮好的鸡蛋跟茶叶一起放到锅里，二十个鸡蛋配半勺酱油，再放六个八角茴香。”高灵一边说，手上不停，又往里面随便加了些盐。很显然她的长寿是遗传使然，跟饮食没多大关系。“煮一个钟头。”她说着，把锅放到炉子上，把火调小。“你小的时候，特别爱吃茶叶蛋。我们管这种蛋叫‘幸运蛋’，所以我和你妈才煮这东西。所有的孩子都最爱吃茶叶蛋。可是有一回，你一口气吃了五个，后来就吐了，吐得我家沙发上到处都是。从那以后，你就不肯吃鸡蛋了，每次你都说不要鸡蛋，再也不吃鸡蛋了。过了一年你还是不肯吃。‘反正我不吃。’可是又过了一年，你又肯吃了。‘茶叶蛋啊？很好吃的。’”

这些事露丝一点印象也没有，她很疑心，是不是高灵姨妈弄混了，说的是自家女儿小时候的事情。难道说姨妈也有点老年痴呆症的症状吗？

她走到冰箱跟前，取出一碗烫过的芹菜，切成条，然后量也不量，随手加了点麻油酱油，一边做事情一边聊天，好像在电视上主持烹饪节目一样熟练自如。

“我一直想将来我要写本书，书名就叫《通往中国的烹饪之路》，你觉得如何？妙不妙？就写些家常菜的做法。或者你要是不太忙，可以帮我写。当然我不是说免费帮我。其实大多数的内容我都想好了，就在我脑袋里，只是需要有人帮我记下来。虽然说我是你姨妈，我还是要付给你钱的。”

露丝可不想鼓励姨妈往这上头想，赶忙转移话题。“当年您跟我妈一起住在育婴堂的时候，也煮过这种蛋吗？”

高灵正在拌菜的手停了下来，她抬起头说：“啊，你妈把这事都告诉你了呀。”然后低头尝了一口芹菜，又多加了些酱油，接着说：“以前啊，她从来不肯跟人说她上的是育婴堂的孤儿学校。”高灵说到这里，忽然停下来，闭上嘴，仿佛自己不小心说多了。

“您是说，因为她是宝姨生的。”

高灵不禁咋舌：“啊，这个她也告诉你了。太好了，我很高兴她肯说这些事。把真相说出来最好。”

“我还知道你和我妈都比我们大家原来以为的年纪要大五岁。而且你真正的生日应该是四个月以前，对不对？”

高灵想一笑置之，却面露尴尬之色。“我一直想坦白。可是你妈有很多顾虑——哎，她怕万一人家知道她不是我亲姐姐，会把她遣送回中国去。又怕艾德温知道她的真实年龄会嫌她老，不肯娶她。再后来她又怕你知道了妈妈原来是私生女，外婆面貌被毁、一直被当作下人看待等等这些事，会觉得羞愧。至于说我？这些年来，我也学了些摩登思想。如今谁还惦记着那些老秘密？未婚妈妈？那不是跟圣母马利亚一样嘛。可你妈妈还是说，不，别说出来，保证谁也别告诉。”

“还有别的人知道吗？艾德蒙姨父知道吗？莎莉和比利他们呢？”

“没人知道，谁也不知道。我跟你妈妈保证过的……当然了，艾德蒙姨父知道。我们夫妻之间没有秘密。我什么都告诉他……当然了，关于我的年龄，他不知道。可我不是有意撒谎。我只是忘了。真的！我觉得自己根本没有七十七。我觉得自己最多六十岁。可是经你这么一说，我还不止七十七呢——我几岁来着？”

“八十二。”

“哇。”一想到这里，高灵姨妈肩膀一耷拉。“八十二岁。好像突然发现银行里存款没有自己想象的多一样。”

“您看上去比实际年龄年轻二十岁，我妈也是。您别担心，我谁也不告诉，跟艾德蒙姨父也不说。您说好笑吧，去年我妈体检的时候，跟医生说她八十二岁。我当时以为她是糊涂了，脑子有问题才数不清自己的年龄。这么一来，我发现她虽然是得了老年痴呆症，可是一直记得自己的真实年龄。她只是忘记了要撒谎。”

“不是撒谎，”高灵纠正她，“是为了保守秘密。”

“跟我说的是一回事。我也是最近读了她写的东西才知道她真实年龄的。”

“她把这个写下来了——年龄什么的？”

“还有好多别的事，她写了这么厚一沓纸，像自传一样的，把所有那些自己不想忘记的事都记下来了。都是些她不能讲出来的事情，她妈妈的事，育婴堂，她前头一位丈夫，还有您的那位。”

高灵姨妈越听越不自在。“她什么时候写的？”

“哦，至少得七八年以前了吧，也许就是她刚开始担心自己记忆力是不是出问题的时候。前一阵子她把手稿给了我。可她全都是用中文写的，所以我一直也没腾出时间来读。就在几个月之前，我请人帮忙把稿子翻译成英文了。”

“为什么不找我翻译呢？”高灵仿佛恼露丝不来麻烦自己，“我是你姨妈，她是我姐姐，虽说不是一母所生，我们还是有血缘关系的亲姐妹。”

其实是露丝很怕妈妈的稿子里有不利于高灵的描写。这时露丝才想到，若真让高灵来翻译，她可能会把谈到自己秘密的部分删掉不翻译，比如说她嫁了个大烟鬼的部分。“我怕给您添麻烦。”露丝说。

姨妈哼了一声。“不给亲戚添麻烦，要他们何用？”

“这话说得是。”

“你知道的，随时给我打电话，想吃中国菜了，我给你做。翻译中文，我也可以帮你。你需要我帮忙照看你妈，问都不用问，只要把她送过来就行。”

“其实，您还记得我们聊过我妈妈将来需要什么样的照料吧？我和亚特去看过一个地方，叫米拉马庄园，是所安养院，地方很不错。他们每天二十四小时有人照应，组织各种活动，还有一位护士帮助他们按时服药——”

高灵眉头紧锁。“你怎么能把妈妈送到养老院去呢？不好，这可不对。”说完，她紧闭双唇，大摇其头。

“这地方不像您想的那样——”

“别送你妈走！要是你没办法照顾你妈，让她到我这里来跟我一起住好了。”

露丝知道，让高灵照顾妈妈，几天姨妈就受不了了。上回茹灵来过以后，高灵说：“差点害我发了心脏病。”可是姨妈觉得自己不关心妈妈，不能照顾妈妈，露丝还是觉得很羞愧，之前对米拉马庄园的种种疑虑一下子浮上心头，对自己的动机也拿不准了。从母亲的安全和健康出发，这的确是最好的解决方案吗？还是说自己只是为了图便宜，把母亲推出去了事？她又疑心自己是不是受了亚特思路的影响，他们两人相处这么久，许多事上她都任由亚特作主，似乎自己的人生都是经由别人，为了别人活的。

“我就是不知道怎么办才好了。”露丝说，自己压抑已久的绝望情绪，一下子从话音里爆发出来，“这种病实在是太吓人了。病情恶化比我想象的快。不能让妈妈一个人待着，她会走着走着就迷路，自己是十分钟以前还是十个钟头以前吃的饭她也分不清。她还不肯一个人洗澡，怕水龙头——”

“我知道，这些我都知道，的确是很困难，叫人伤心。所以我说嘛，你一个人撑不住了，尽管把她送到我这里来。一半时间在我这里，一半时间跟你住，这样会轻松一点。”

露丝垂下了头。“妈妈已经去米拉马庄园看过了，她觉得那地方不错，像是坐游轮旅行。”

高灵不可置信地哼了一声算是回答。

露丝希望得到姨妈的许可。她也察觉到高灵就是要她请求自己许可。多年以来，高灵和茹灵两人一直轮番保护着彼此。露丝抬头望着姨妈的眼睛。“除非您觉得这事可以这么办，不然我绝不一个人拿主意。我想请您去那地方看看再说。您去的时候，我顺便把妈妈写的稿子给您一份。”

这下高灵来了兴致。

露丝又说：“说到这个了，我一直想呢，您和我妈早年在国内结识的那些人，后来都怎么样了？妈妈稿子里只写到自己离开香港，以后的生活只字未提。跟您结婚的那家伙，叫福男的，还有他父亲，他们后来都怎么样了？墨店一直都是他们家的了吗？”

高灵往两边看看，确认附近没有别人听得见她们讲话。“那些人实在是太坏了，”她做了个脸色，“一肚子坏水，你都想象不到。张家儿子毛病多着呢。你妈妈写到没有？”

露丝点头。“他吸鸦片上瘾。”

高灵顿时吃了一惊，刚意识到茹灵把这些事都记下来了。“没错，”她只得承认，“后来福男死了，大概是1960年，可是谁也说不准。大家这么说是因为打那年开始不再收到他的威胁信和电话，逼人家给他钱。”

“艾德蒙姨父知道这个人吗？”

高灵很气恼。“我怎么能跟他说呢？说我结过婚？你姨父肯定会问了，那我们俩的婚姻还算不算数？我这算不算是重婚？我们的孩子算不算是——咳，就跟你妈一样。后来，我就忘了要告诉他，再后来我听说当初的丈夫可能是死了，事情已经过去那么久，不值得再去把这些早该忘记的事情拿出来做解释了。你能理解吧。”

“就跟您的年龄一样。”

“的确。至于说张家爸爸，1950年，共产党打倒地主，把张老板关到牢里，打到他招认，说自己开了多少多少铺子做生意，怎么怎么坑人，还倒卖鸦片。他们宣判他有罪，公开枪决了。”

露丝总的来说是反对死刑的，可是一想到这个人给自己的外婆和母亲造成了多么巨大的痛苦，他的死才叫罪有应得，她脑子里浮现出公开枪决张老板的场面，暗自觉得很痛快。

“人家还没收了他们家的房产，把他老婆赶去扫大街，他的几个儿子全给送到武汉去干苦力。武汉，人称火炉，气候特别炎热，许多人宁愿下油锅也不愿去武汉。我的父母很高兴，因为我们家老早就败落了，不用遭这些罪。”

“还有于修女，潘老师他们呢？你有他们的消息吗？”

“我哥哥跟他们通信——你知道的呀，就是北京的舅舅。他说，于修女官做得很大，当了共产党的高级领导。我不知道她的具体职位，总之跟改造、态度什么的有关系。可是到了“文化大革命”时期，黑白颠倒，一切都乱了套，因为她以前跟传教士一起工作，她又变成了态度不好的坏榜样。造反派们把她关进监狱，她蹲了很长时间，受尽折磨。可是出来以后，她还是很高兴做个共产党人。我想她后来就老死了。”

“那潘老师呢？”

“舅舅说国内有一年举办了一场盛大的活动，表彰那些为北京人的发现做出贡献的中国人。他寄给我的报纸上说，潘开京，就是你妈嫁的那个人，是因为拒绝说出共产党的藏身之处才牺牲的，被追认为革命烈士。他的父亲，就是潘老师，到现场去，代表儿子接受表彰。后来我就不知道潘老师怎么样了。现在肯定也早就死了。真是叫人难过啊。早先我们都像一家人一样，为了彼此，都不惜自我牺牲。本来于修女可以到美国来的，可她把机会让给了我和你妈。所以你妈给你起名纪念于修女。”

“我以为我的名字是纪念露丝·格鲁托芙小姐的呢。”

“是纪念她没错。可是你的中文名字跟于修女一样。于如意。如意，意思就是‘事事遂心愿’。”

露丝很惊讶，也很感激地发现，原来母亲给自己起名字，放了这许多心意在里面。她小的时候，既讨厌自己的英文名字，也不喜欢中文的名字。“露丝”听起来很老派，妈妈念都念不利索，而“如意”听起来就像个男孩名字“路易”，一听就像个欺负人的好勇斗狠之徒。

“你知道不知道你妈妈放弃了自己到美国来的机会，让我先来的？”

“知道一点。”露丝很害怕有一天高灵姨妈会读到妈妈的稿子里写到高灵如何耍手段骗得了来美国的机会。

“我谢过她好多次，可她总是说：‘别说这些了，不然我要生气了。’我多次想回报她，可她总是拒绝接受。我们每年都邀请她一起去夏威夷，她每年都跟我们说她没那么多钱。”

露丝点头。她早就受够了妈妈一天到晚地抱怨这事。

“我每次都对她说，是我请你，你要钱做什么？可她又说她不能让我出钱。那咱们不提这个，我跟她说：‘就用你股票账户上的钱出去玩嘛。’可她不肯要那笔钱，到现在也不肯用。”

“什么股票账户？”

“这个她倒没告诉你？就是你祖父母去世的时候留下来遗产的一半。”

“我以为他们只留了一点点钱给我们。”

“不错，他们这么做确实不对，都是些老观念作祟，搞得你妈很生气。所以她才不肯接受这笔钱。后来我和你艾德蒙姨父说了，甭管老人怎么分，我们决定把遗产对半分，可你妈妈就是不肯接受。很久以前，我们把她的那一半遗产存成短期国债。你妈总是假装不知道，可她偶尔也会说：‘我听说投资股市来钱比较多。’于是我们给她找股票经纪人开了个账户。后来她又说：‘我听说这只股票好，那支不好。’这样我们就告诉股票经纪人买哪个卖哪个。后来她又说：‘我听说自己直接投资更好，不用那么高的代理费。’于是我们就给她办了个股票账户。”

露丝觉得身上一阵凉意。“她说过的这些股票里头，可有IBM、美国钢铁、AT&T、英特尔什么的？”

高灵点头。“艾德蒙姨父没听你妈的话可真是失算。他总是惦记着买这个IPO，那个IPO什么的。”

露丝回忆起母亲曾经多次通过沙盘跟宝姨请教股市行情的事情。

因为一直以为妈妈没有钱玩股票，她从来也没想到过，那些答案竟然关系重大。她一直以为妈妈关心股市行情就跟一般人看肥皂剧一样，纯粹是看热闹。所以，每当妈妈让她从不同股票中选一个，她总是挑名字短的写。她就凭这一点作决定。又或者，果真是这样的吗？冥冥之中有没有人在给她暗示，给她出主意？

“这么说妈妈的股票买得不错？”露丝问道，心跳得厉害。

“比 S&P 好，比你艾德蒙姨父的好——你妈简直是个华尔街天才！她的钱每年都涨了又涨。可她一分钱也不碰。她完全可以多多地坐游轮出去玩，买幢大房子、好多漂亮家具、大汽车。可是她不肯。我想她一直想把钱都留给你……你想不想知道有多少钱？”

露丝摇摇头。这些事情就够她琢磨一阵的了。“晚些您再告诉我吧。”可是露丝并不为母亲有这么多钱而感到惊喜。相反，母亲不允许自己享乐、过好日子，知道了这些让露丝很痛心。当年，出于姐妹之爱，母亲选择留在香港，让高灵先有机会得到自由。可她却不肯接受别人爱的表示。她怎么会变成这样的？都是因为宝姨的自杀吗？

“对了，”露丝终于想到要问，“宝姨真名叫什么？”

“宝姨？”

“就是宝保姆。”

“哦，哦，哦。宝保姆啊！你知道的，只有你妈一个人这么叫她。大家都只是叫她保姆。”

“这有什么区别呢，‘宝保姆’和‘保姆’？”

“‘宝’这个音意思是‘珍贵’‘宝贝’，也可以是‘保护’的‘保’，两个字都是第三声，读出来就是‘baaaooo’。而‘母’意思是‘母亲’，但是‘保姆’这个词里的‘姆’是带女字旁的，意思就是女用人。‘保姆’的意思就是‘看孩子的’。还有‘伯母’，是对长一辈的女性亲人的称呼。我想她的妈妈就是用这种方式来教她说话写字的。这种教法很独特。”

“那她本名叫什么？我妈想不起来了，她一直想啊想的，很难过。”

“我也想不起来……不知道她叫什么。”

露丝心里一沉。这下她永远也没办法知道了。世上根本没人知道她外婆的名字到底叫什么。她生活过，可是没有留下名字，无法将名字与她的面容对应起来，不能归属于某个族姓，她活在这世上的痕迹许多都消失不见了。

“我们都管她叫保姆，”高灵接着说，“因为她的脸，大家还给她起了好多难听的绰号，什么焦木炭，烧火嘴，诸如此类。大家并不是恶意，这些绰号只是玩笑而已……回过头来想想，大家这么做的确不好，非常不好。那样做很不对。”

听到这些露丝很心痛，喉咙直堵得慌，她很想穿越时光，告诉那个女人，告诉她的外婆，你的外孙女关心你，跟你的女儿一样，孙女也想知道你尸骨何在。“仙心村的房子现在还在吗？”露丝问。

“仙心村？……哦，你是说我们的村子啊——我只知道中文名字。”她读出两个中文音节，“仙心。没错，大概翻译成英文就是这样。仙人的心，大概就是这个意思。那房子早就没有了。是我哥哥告诉我的。旱了好多年之后，下了一场大暴雨。沙土都冲下山去，冲到山沟里，山崖不牢靠了嘛，撑着我们家房子的那块地就一点一点坍塌下去了。先是院子后头几间屋地基坍塌，房子陷下去，后来井也塌了，再后来半截院子都没了。房子就这么半截着又过了好几年。后来到了1972年，房子一下子全陷下去，全给土埋了。我哥哥说，我母亲就死在这事上，虽说她早就不住在那里了，房子坍塌对她的打击还是很大。”

“那就是说房子现在还倒在穷途末路上？”

“你刚才说什么？什么末路？”

“就是那条沟。”

高灵又念叨了几个中文字，随即笑了。“没错，我们小的时候的确管那里叫穷途末路。因为我们总是听家里头老人讲，说什么时候悬崖边到了我们房子边上，我们家也就走到穷途末路了，意思是说我们的好运道就完了，我们家就完蛋了。还真给这话说着了！那条沟有好多种叫法。有人叫它作‘天涯海角’，跟你妈在旧金山住的地方‘Land's End’名字是一个意思。有的时候，我的叔叔们开玩笑，管那条沟叫‘磨没没有’。村子里大家一般就管那里叫垃圾坑。那时候，可没有人每星期上门来家里收垃圾，哪有这种事？当然了，那时候一般人家垃圾也不多。骨头啊，坏了的菜啊什么的，都喂了狗喂了猪。旧衣服补一补给小孩子穿，等实在是烂得不能穿了，还要把衣服撕成碎布条，收拾成冬衣里子。鞋也一样，有洞了就补上，底漏了缝起来。这么一来，只有最破最烂、谁也用不到的东西才扔掉。我们小的时候淘气，大人常常吓唬我们要我们听话，说不然就要把我们扔到沟里去——说的好像我们顶顶没用，都是些破烂！后来我们长大些了，想到下面去玩，大人又吓唬我们，说是下面什么都有，什么吓人的——”

“像死尸？”

“死尸，鬼，畜生的鬼魂，日本鬼子，我们怕什么就有什么。”

“那真有人把尸首扔到沟里吗？”

高灵顿了一顿才回答。露丝看得出，姨妈是要整理思绪，逼自己去搜索不愉快的记忆。“那时候跟现在很不一样……你要知道，不是人人都出得起钱办丧事，买坟地。丧事比婚事花费要多十倍呢。问题还不光是花销。有时候，因为别的原因，你就不能给人好好安葬。把尸首扔到沟里的确很不好，可是跟你想象的还不一样，并不是说我们就不关心死者。”

“那宝姨的尸首呢？”

“哎呀。你妈还真是什么都写到了！没错，我母亲当年那么做确实是很不好。她担心那个保姆会施毒咒害我们全家，当时都气疯了。她把尸首扔下去以后，飞过来黑压压像乌云似的一群鸟，都是大鸟，翅膀张开来像雨伞那么大，差点连太阳都挡住了。好多鸟啊，都扑扇着翅膀，等着野狗吃完，才轮到它们。我们家一个用人——”

“老厨子。”

“没错，是老厨子，就是他把尸首扔下去的。他觉得那些鸟都是保姆的灵魂，化成群鬼，非要他好好将自己安葬，否则就要伸出利爪把他抓走。因此他就找了根长棍子，把野狗都赶走，那些鸟仍然在他头顶盘旋，眼看着他把石头堆在尸首上。可是虽说他能做的都做了，我们家还是没能逃脱厄运。”

“您也信这一套？”

高灵停下来想了一想。“我当时肯定是信的。当时我们家里人都信，所以我也信，没想过要问个为什么。何况，老厨子不出两年就死了。”

“那现在您怎么想？”

高灵沉默了好一阵。“现在我的想法是，保姆去世的时候，身后留下了许多悲伤。她的死就像那条沟。任何我们不想要的东西，使我们害怕的东西，都归咎于她了。”

多丽冲进厨房里来。“露丝！露丝！快来！外婆掉到池子里去了，差点淹死。”

露丝跑到后院里，只见亚特抱着茹灵，正从游泳池水较浅的那头沿着台阶上来。茹灵咳嗽不止，还抖个不停。莎丽拿着一沓毛巾从房间里跑出来。“没人看着她吗？”露丝叫起来，情急之下，早把礼貌客气抛到九霄云外了。

茹灵看着露丝，倒仿佛刚刚落水的是女儿而不是自己。“哎呀，真是笨蛋。”

“我们没事，”亚特安慰地对茹灵说，“就是有一点头晕，没受伤。”

“她刚才离我们只有十英尺远，”比利说，“我们谁都没注意，她就走过来，掉进去了。亚特一听见马上一头扎进水里，啤酒什么都没放下呢。”

露丝用毛巾把妈妈包起来，使劲摩擦，帮她促进血液循环。

“我看到她了，就在下面，”茹灵一边咳嗽一边用中文嘟囔着，“她让我帮她从石头下面爬出来。然后地面就变成天空，我一头栽到云彩里，一直往下沉，往下沉。”她还回头指给露丝看刚刚自己看到鬼影的地方。

露丝抬头看母亲手指的方向，却看到了高灵姨妈，姨妈脸色沉重，似乎明白了些什么。

第二天，露丝把母亲留在姨妈家，自己来到母亲家里帮她整理看哪些东西该带到米拉马庄园去。她把母亲卧室里大部分的家具都写入了要带走的物品之列，还有那些茹灵一直舍不得用的毛巾和床单。可是妈妈的画作和笔墨要不要带去呢？也许看到这些会让她想到自己当初头脑敏捷、手脚灵便的日子，相形之下感到难过。但是有一点露丝是肯定的：她不打算把那张塑料安乐椅给妈妈带去。这东西绝对是要扔掉的。她要给妈妈买张新椅子，要比这个好得多的，要那种铺着酒红色真皮椅套的豪华安乐椅。单是这么想想，露丝已经觉得很得意，她眼前浮现出这样的画面：妈妈眼睛里闪着惊喜和感激的光芒，一边伸手试探靠垫够不够软，一边嘟囔着："哎，真软，真不错。"

傍晚，她开车到布鲁诺餐馆去跟亚特碰面。多年以前，他们两个常常在布鲁诺约会，然后共度良宵。餐馆里有隔开的小间，情侣们可以挨在一起坐，亲昵地互相爱抚。

她把车停在街角，看了看表，发觉自己早到了十五分钟。她不想去得太早显得太急色，眼前是当代书店，她信步走了进去，直奔减价书柜台，她去书店常常是这样。荧光绿的标签上写着特价三块九毛八，醒目地贴在书的封面上，这标签就像是死尸脚趾上的牌子一样，宣布这些书的价值就此完结。柜台上多半是些人文书籍、传记，还有些只有五分钟热度的名人揭秘。突然，她的目光落到这样一本书上：《万维网的涅槃：连接意识的更高境界》。泰德，就是《网络性灵》的作者，说的一点都不错。他写的主题流行太快，现在已经过时了，露丝心里一阵幸灾乐祸的窃喜。文学作品的柜台上摆着许多小说，作者多半是些尚未成名的当代作家。她拿起一本薄薄的小书，书本安然地躺在她手掌里，仿佛请求露丝把它带回家，就着床头柔和的灯光细细读它。她又拿起一本，握在手里，草草翻几页，随意地这里停停，那里看看。露丝觉得这些书都很吸引人，就像多棱镜，折射出不同时代、不同人的生活。她还对这些书怀着一种莫名的同情，好像它们是动物庇护所里的小狗，毫无理由地被人遗弃在这里，依然满心希望得到人们的青睐。最后，露丝抱着一包五本书走出了书店。

亚特坐在布鲁诺餐厅的吧台边，餐厅装饰颇有五十年代风貌。“你好像很开心的样子。”亚特说。

“是吗？”露丝马上觉得有点不好意思。最近，总是温迪、吉蒂恩等等别的人告诉露丝说她看上去情绪如何，说她好像很烦，有烦心事，或者是一脸迷惑，面露惊诧之色，如此这般。而每次被人家这么说的时候，露丝总是自己不觉得。很显然她的脸上有所流露，可是自己怎么会意识不到这种种情绪的变化呢？

餐厅的领班把他们两人带到一个小隔间，这里新近装修过，座椅包上了舒适的皮革椅套，像高级俱乐部里的风格。饭店里装饰得很有些怀旧风尚，让人觉得仿佛过去的半个世纪以来，一切都不曾改变过，只除了菜价不停地涨，菜单上也增加了些新式冷盘，像鱼蛋、乌贼什么的。两人翻看菜单的时候，侍者拿来了一瓶香槟，送到他们桌上。

“是我点的，”亚特轻声说，“庆祝咱俩的纪念日……你不记得了吗？裸体瑜伽？你那位同性恋好伙计？我们认识都十年了。”

露丝畅然大笑。她怎么会不记得？侍者倒酒的时候，她轻声答道：“我当初觉得你这个性变态脚丫子倒是长得蛮好看。”

侍者出去了，隔间里只剩下他们两个。亚特举起酒杯，说：“为我们的十周年干杯，虽说中间有些小小问题，我们在一起的大部分时间还是很幸福的，希望我们还能回到那样的幸福中去。”他把手放到露丝腿上，又说：“下回我们该实践一把。”

“什么？”

“裸体瑜伽。”

露丝不由脸热心跳起来。过去几个月一直跟妈妈住在一起，搞得她现在像个黄花大闺女一样羞涩。

“嗨，亲爱的，完了之后去我那里如何？”

闻听此言露丝很是兴奋。

侍者又站到了他们面前，准备帮他们点菜。“我跟这位女士想先来份牡蛎，”亚特说，“我们是头一次约会，想来点最是壮阳补益的菜式。你觉得哪样比较合适？”

“那就点熊本生蚝。”侍者面不改色地答道。

那天晚上，他们并没有立刻做爱，两人躺在床上，亚特拥着她，卧室的窗户开着，两人一起听外面雾角的低鸣。他说：“我们在一起这些年来，我觉得，你很重要的一部分我都不了解。你把秘密藏在心里，让我摸不清楚，就好像我从来没看到过你的裸体，只能想象帘幕后面的你是个什么样子。”

“我并不是有意要隐瞒什么。”话一出口，露丝又疑心是不是真的如此。可是，回过头来再想，世上又有什么人会坦然面对，说出心深处的恐惧和怨尤？果真这么做的话，该有多累。他说的秘密又是什么意思？

“我是想我们两个能更亲密无间。我想知道你有什么期望。不单是对我俩的关系，你的一生，想要得到些什么？什么让你觉得最幸福？现在做的是你真正想做的事吗？”

她不安地笑笑：“这些正是我帮别人编辑改写的那种心灵探索书籍的内容。我能写十个章节来描述如何找到幸福，却从来不知道幸福到底是什么。”

“你为什么总是把我远远地推开？”

露丝像刺猬一样竖起防备。她不喜欢亚特这样说话，仿佛他比露丝更了解她本人。她感到亚特摇晃着自己的手臂。

“对不起，我不该说这些。我不想弄得你很紧张，我只是想了解你。刚才我跟侍者说这是我们第一次约会的时候，从某方面讲，我是认真这么觉得。我想假装刚刚遇见你，我们一见钟情，我想知道你是谁。我爱你，露丝，可我不了解你。我想知道我爱的这个女人到底是谁，仅此而已。”

露丝靠在他的怀里，轻轻地说：“我不知道，我也不知道。有时候我觉得自己只是一双眼睛，一双耳朵，只想弄清楚周围发生了什么，让自己有安全感。我就像有些孩子，生活在枪声四起的环境里，一心想着我不要痛苦，我不想死，我不想看到我身边的人死去，却没有余力看看自己的内心，找寻自己的位置，或者问问自己想要什么。若问我到底想要什么，那就让我知道自己能够要什么吧。”

# 第三章

在亚洲美术馆的第一展厅里，露丝看到唐先生吻妈妈的脸颊，茹灵咯咯笑得像个害羞的中学生，随后两人又牵着手漫步踱进了下一个展厅。

亚特碰碰露丝，弯起手臂示意露丝挽着他。“来，咱们可不能叫他俩比下去了。”他们赶上茹灵二人，发觉他们俩正坐在两排青铜编钟前面，挂编钟的大架子足有十二英尺高，二十五英尺长。

“这就像是给神灵献祭的木琴。”露丝低声说，然后挨着唐先生，也在长椅上坐了下来。

“每座钟有两个不同的音调，”唐先生语音轻柔，讲话却很有权威，“锤子敲击底部跟右侧，音调截然不同。许多乐师一齐敲击，就会发出层次丰富的乐声。最近我在某个活动场合有幸听到过一次中国乐师演奏的编钟乐。”想到那美妙的乐声，他脸上露出了微笑。“我觉得好像是穿越时空回到了三千年以前。我听着那时的人听过的声音，感受着同样的敬畏之情。我想象出那时倾听这乐声的人，我想那是个女人，一个非常美丽的女子。”他捏了捏茹灵的手。“我心里想，也许再过三千年，又会有一个女人听到这乐声，在她的想象中，我大概是位俊朗男子。虽然我们无缘相见，却因为这乐声而心意相连。你说是不是？”他看着茹灵。

“阿弥陀佛。”她答道。

“我跟你妈妈想法很是一样呢。”唐先生对露丝说。露丝笑笑作回应。她发觉，唐先生跟自己从前一样，在翻译茹灵没说出来的话语。可跟露丝当年不同的是，他并不执着于字面上的意思，只把茹灵内心的声音讲出来：她美好的愿望和希冀。

过去的一个月里，茹灵一直住在米拉马庄园，唐先生每星期去探望好几次。星期六下午还带她出去，或是看日场演出，听交响乐团的免费排练，或者只是到植物园去兜兜转转。今天就是他带茹灵来看中国文物展，还特意邀请亚特和露丝也一起来。“我要给你们看些有趣的东西，”他在电话里神秘兮兮地说，“绝对让你们不虚此行。”

单是看到妈妈过的这么快乐，就足以让露丝觉得不虚此行了。快乐，露丝在心里琢磨着这个字眼。直到最近，她都不知道什么才能让母亲快乐。当然，母亲还是不停地怨天尤人。米拉马庄园的饭菜不出所料，果然是“太咸”，饭店式的上菜方式又“太慢，饭端上来都凉了”。而且她还讨厌露丝特地买来的那张安乐椅，露丝只得把原来那张塑料躺椅给她换回来。可是茹灵大部分的担忧和恼火都不见了：楼下的房客不用她管了，不必担心有人会偷她的钱，也不再时时警惕，担心厄运缠身，随时会有祸患发生。也许只是因为她把这些都忘记了？也许爱情使她抛下了烦恼和担忧。又或者是转换了环境，周围种种不再总是提醒她想起过去不愉快的记忆。可她仍然会回忆过去，甚至比从前想得更多，只是现在她常常记取过去一些美好的回忆，比如说，她把唐先生也变成了记忆中的故人。茹灵表现得仿佛她跟唐先生并非一个月前才相识，倒像是早认识了好几辈子一样。“我们俩很久以前就看过，跟这个一模一样的。”大家一起看编钟的时候，茹灵大声说，“唯一不同就是我们现在老了。”

唐先生扶着茹灵站起身，两人随着露丝亚特一起走向展厅中间的又一件展品。“这是中国学者非常珍视的一件文物，”唐先生说，“多数的游客只想看看祭奠用的华丽酒器，或是镶满玉石的陪葬衣裳，但是对一个真正的学者来说，这件才是此行真正的奖赏。”露丝朝展柜里瞥了一眼。乍看之下这件奖赏就像只大炒锅，上头还有字迹。

“这是青铜器中的一件杰作，”唐先生接着说，“更何况，上面刻的字更是意义非凡。这是古代大学问家称颂当时的伟大帝王所作的史诗。这里受称颂的帝王之一就是周王[1]，没错，就是周口店的周——就是令堂当年居住的地方，也是北京人被发掘出来的地方。”

“周口店？”露丝用英文说。

“没错。其实周王并没有在那里住过，但是许多地方都用他的名字命名，就好像美国有好多城镇上都有条华盛顿街，是一样的……来，我们这边走。我想让你们看的东西就在下面一个展厅里。”

很快大家就来到了又一个展示柜跟前。唐先生说：“先别看英语的解说文字，先别看。先说你觉得这是件什么东西？”露丝看到一块象牙色的铲状物件，上面有洞，还有变黑的裂缝。这难道是古人下围棋用的棋盘？或者是件厨具？旁边还有一件更小的东西，是椭圆形的，浅褐色，周围有边，上面没有洞，而是有字迹。她立刻明白了这

1 这里显然作者把“周”当作一位帝王的名字，而没有意识到“周”是朝代的名字，历经西周东周，许多帝王。而前文曾经提到，周口店的名字取自商纣王，两处又不一致。想必生长在美国的作者对中国历史并非十分了解。

是什么，可是不等她开口，就听见母亲用中文说："甲骨。"

见妈妈能记得这么多事情，露丝心里很高兴。她知道，不能指望茹灵记得约定好的时间，或是最近发生的事情。时间地点人物事件，她可能统统不记得。可是每当母亲说起自己的年少时光，露丝总是惊讶于她清晰的条理，其情绪竟跟她文稿里透露出来的无甚差异。在露丝看来，这就意味着母亲通往过去的闸门还没有关闭，只是有少许的岔道和混乱。有时候，茹灵记忆中的时光会跟后来的一些事情混在一起，但那时候的回忆仍然像一个巨大的水库，她可以从中找寻到许多东西，与人分享。细节上有些混乱并无大碍，那段历史，即便是经过了记忆的改变，仍然有着丰富的含义。

最近几个星期里，茹灵好几次回忆起她是如何得到了那枚翠玉戒指的事，前些时候，露丝从母亲的塑料躺椅里才把戒指翻了出来。她用中文告诉露丝说："我们去跳舞厅，你我两个。我们走下楼梯，你把我介绍给艾德温。他的视线落到我身上，就好长时间没有挪开。我看到你笑了，随后你就不见了。你可真是淘气。我知道你当时怎么想的！后来他跟我求婚的时候，把戒指给了我。"露丝猜想介绍父母两人认识的应该是高灵。

这时，露丝听到茹灵用中文对亚特说："我母亲找到过一片这样的甲骨，上面刻着赞美的词句。等我长大了些，她拿得准我已经懂事，知道什么该永志不忘的时候，就把那块甲骨给了我。我是不得已才失去了那块甲骨。"亚特点头听着，仿佛明白茹灵的话，随后茹灵又用英文翻译给唐先生说："我跟他说，这种骨头，我母亲曾经给过我一块。"

"意义非凡哪，"他回答说，"尤其是令堂还是位接骨大夫的女儿。"

“声明远扬呢！”茹灵说。

唐先生点头称是，仿佛他也记得接骨大夫的大名。“远近村庄里的人都去找他看病。令尊因为脚伤求治来到接骨大夫门上，当初他是被马踏所伤。就是这样令尊才结识了令堂，都是因为那匹马的缘故。”

茹灵眼前一片茫然。露丝担心母亲会哭，可是茹灵脸色又明朗起来，她说：“流星。他叫她流星。家母说他在情诗里还写到过这个。”

亚特望着露丝，仿佛问是不是真有此事。他曾经读过茹灵回忆录的部分译文，可他没办法把里头的中文名字跟真人联系起来。露丝低声跟他解释说：“流星就是彗星。我过后再跟你解释。”说完又转向母亲：“我外婆姓什么来着？”露丝知道，现在谈起这件事肯定有点风险，但是眼下妈妈既然已经记起了一个名字，那么也许别的名字也已经浮上她的脑海，只等她说出来了。

母亲只是犹豫了片刻，随即回答：“姓谷。”她严厉地看着露丝，“我跟你说过多少次，你怎么就记不住呢？她的父亲是谷大夫。她是谷大夫的女儿。”

露丝兴奋之极，很想大叫起来，可是转念一想，她发觉母亲说的是“骨头”这个词的中文发音。谷大夫，骨大夫，接骨大夫。亚特抬起眉毛，询问地望着露丝，以为那遗失多年的家族姓氏是不是终于可以找回来了。可是露丝只是说：“我过后再跟你解释。”话音显出情绪很是低落。

“哦。”

唐先生在空中划出字形，问道：“是这个谷，还是这个？”

母亲面露忧色，说：“我不记得了。”

“我也不记得了，”唐先生马上回答，“哦，没关系的。”

亚特马上转换话题，问道："这上面写的字是什么意思？"

"是帝王请示天意的一些问题，"唐先生回答，"比如明天天气如何了，哪一方能赢得战役了，什么时候该播种庄稼了，等等，有点像我们的六点钟新闻，只不过当年不是报告过去发生的事情，而是预报事情会怎样。"

"那答案准不准呢？"

"那谁知道呢？答案就在你看到的这些裂缝里，就是黑点旁边这些。占卜师用烧热的钉子敲骨头，发出咯拉一声响，爆开的裂缝就是天启，他们把答案解释给帝王听。我敢肯定，比较成功的占卜师肯定擅长说出帝王爱听的答案。"

"真是了不起的字谜。"亚特回答。

露丝想到了自己和母亲多年以来使用的沙盘。她也曾费心猜测什么样的字句会让母亲安心，既要安抚妈妈，又不能让她察觉是自己在搞鬼。偶尔她也编出些答案来给自己方便，但是大部分时间她都是尽力地写出母亲想听到的话，写些安慰的话语，说老公想念她，宝姨不生她的气。

"说到谜，"露丝说，"我记得您说北京人的骨头再也没找到过。"

茹灵又振作起来，说："男的女的骨头都有。"

"您说的对，妈妈，是北京女人。我很想知道她后来怎么样了？骨头真的在去天津的路上在铁轨上碾碎了吗？还是说跟着船沉到海底去了？"

唐先生接过话茬："即便是骨头还在，也没人出来说。每隔上几年就能在报上看到点报道。总是什么人死了，或是当年美国士兵的夫人，或是先前的日本军官，台湾或者香港的考古学家。坊间传闻不断，据说在某个木箱子里找到些骨头，跟 1941 年装北京人骨头的箱子一模一样。随即有谣言传出，说那些骨头就是北京人。很快该安排的都安排好了，赎金什么的钱也都交了，结果发现那些其实是牛尾骨，不然就是原骨的复制品，再不然就是还没来得及做检测骨头就又不见了。有一种传言说那个偷骨头的人带着骨头飞往一座小岛，去跟人交易，结果飞机坠毁，葬身大海。”

露丝想起了那些所谓的毒咒，因为鬼魂痛恨自己的遗骨不能保全，所以害使得它们分开的人不得善终。“您认为是怎么回事？”

“我不知道。历史留下了许多的谜团。我们也不知道哪些会永远消失不得解，哪些过若干年又会有线索浮上来。一切都只存在于时间的某个刹那瞬间。这一瞬间也许会存留下来，也许失去，也许又会历经种种神秘事件重新被发现。神秘也是生活中非常美妙的一部分。”唐先生对茹灵微笑道。

“妙极了。”她回答。

他看了一眼手表。“我们来顿美妙的午餐如何？”

“妙极了。”大家同声说。

那天晚上，露丝和亚特躺在床上，露丝自言自语地说起唐先生，觉得很惊讶，他怎么会爱上自己的妈妈。“我能理解的是，他翻译了她的回忆录，所以会对她很好奇。可他是个文化人，懂得诗歌音乐。妈妈跟不上他，而且她的情况只会越来越坏，可能过一阵她连唐先生是谁都不认得了。”

亚特接过她的话说：“她还是个小姑娘的时候他就爱上她了。唐先生不只是要她一时的陪伴，他爱她的一切，包括她的过去、现在和未来。他对她的了解，比许多结婚多年的伴侣还要多。”亚特把露丝搂到身边，又说：“其实，我希望我们俩也能像这样，有一种跨越时间的承诺，跨越过去、现在和未来……像婚姻。”

露丝屏住呼吸。这么长时间以来，她都把这个念头赶出了自己的脑海，这个话题她觉得是禁忌，很危险。

“过去我想过要用房子的部分产权来牵住你，让咱俩建立一定的法律约束，可你一直没答应。”

原来他提出给我部分产权是为了这个？露丝的自我防备心成了一叶障目，使她没能看到亚特的好意。

“这只是我的想法，”亚特有点不知道怎么说才好，“不是给你压力。我就是想知道你是怎么想的。”

露丝贴近他，在他肩头亲了一口，回答说：“这样好极了。”

“那个姓我查出来了，我知道你妈娘家的姓氏了。”电话里传出高灵姨妈兴奋的声音。

“我的天，她姓什么？”

“我先得跟你说说，为了查这个姓，我费了多大的劲。你问了我以后，我写了封信给你北京的舅舅去问他。他也说不上来，可他回信说，他会去找个女人问问，那女人嫁了我们家一个亲戚，她们家人打从你外婆出生就跟她住一个村，现在还住那里。这么打听起来很费了点时间，因为好多知情的人都早死了。但是最后他们总算打听到了一个老太太，当年老太太的爷爷是个走街串巷拍照片的，老太太还留着爷爷当年的老底版。这些老玩意都存在地窖里，所幸没有太多损害。老爷子当年做的记录很详尽，拍照日期、谁付了多少钱、照片上人的名字，都有记录。他们家足有好几千块底版，还有照片。不管怎么说，老太太记得爷爷曾经给她看过一张照片，拍的是个很漂亮的姑娘，戴着顶好看的帽子，领子竖得老高。”

“就是妈妈手上那张宝姨的照片对吗？”

“肯定是那张。老太太说，照片拍了没多久，姑娘就毁了容，父亲也去世了，家破人亡。真是惨哪。村里人都说那姑娘命不好，注定一辈子倒霉——”

露丝再也听不下去了。“她到底姓什么？”

“姓谷。”

“谷？”露丝觉得很失望，查了半天，跟妈妈犯的错误一样。她说：“Gu 不就是‘骨头’的骨吗？老太太肯定是把接骨大夫的‘骨’错当成她们家的姓了。”

“不，不，”高灵说，“这个 Gu 是山谷的谷，跟骨头的骨发音一样，但不是同一个字。第三声的 Gu 有很多汉字：‘古’，‘谷’，还有‘股’，‘瞽’，‘贾’，好多呢。骨头的‘骨’字也可以代表‘性格’，所以我们说‘你骨子里就是如何’，意思就是‘你天性如何如何’。”

露丝以前总觉得中文音节有限，容易产生歧义，可是现在她觉得这种同音多意使得语言非常丰富。试着把这么多同音字连起来：“山谷来的瞽骨大夫帮老谷贾接好了股骨”。

“你肯定她是姓谷？”

“那张照片底版上写着的，没错。”

“那上头写的单是姓还是全名？”

“全名是谷鎏信。”

“流星？”

“流星是‘liu xing’发音是差不多，可是‘xing’是星星，而

‘xin’意思是真实。‘鎏信’的寓意是‘真诚’。但是因为发音相似的关系，不喜欢她的人就管她叫流星。这个名字意思就不大好了。”

“为什么？”

“说起来比较复杂。民间认为看到扫把星是不好的征兆。扫把星其实不是流星，应该是拖着长尾巴，飞过天空，还会回来的那种。”

“彗星？”

“没错，是彗星。彗星预示着罕见的大灾祸要发生。可是有人把彗星跟流星混为一谈，虽说流星不是什么恶兆，人们也觉得它不好。再说，流星的含义也不能说好——一下子就烧没了，今天还有，明天就没了，跟宝姨的命运不无相似啊。”

妈妈确曾写到过这些，露丝记得，妈妈曾经写到过这个。那是茹灵小的时候宝姨讲给她的一个故事——说她抬头望天，看到一颗流星，吃惊得张大了嘴巴，流星落到她嘴里，烧毁了她的脸。

露丝不禁落下泪来。外婆的名字找到了。她叫谷鎏信。她确实曾经生活过，宝姨有她的姓氏家族，茹灵也属于这个家族，露丝也是。这个姓氏始终都在身边，就像山谷的缝隙里藏着一块小小的骨片。在参观博物馆的时候，茹灵已经无意说出了这个姓氏，而宝姨的名字也曾瞬间闪过她的心头，就像流星划过地球的大气层，燃烧着，在露丝心上刻下不可磨灭的印记。

# 尾声

又到了八月十二日，露丝仍然待在她的小书房里，静静地坐着。雾角划破夜空，迎接行船归港。

露丝没有失声。她讲话的能力并不被什么毒咒贼星或者疾病所左右。这一点，现在她非常清楚。可她不需要开口说话。她可以写作。此前，她一直没有一个理由为自己写作，只是为他人作嫁衣，如今，她找到了为自己写作的理由。

外婆的相片就摆在她面前。露丝每天都看看这张照片。从照片里，她能够清楚地从过去看到现在。外婆会不会想象得到，她会有自己这样一个孙女？——她有个爱自己的丈夫，两个非常喜欢自己的女儿，跟老公共有一幢房子，有亲密的朋友，生活中需要担忧的无非是管子漏水、摄入过多的卡路里这些琐事。

露丝记得过去妈妈总是说起死亡，说自己早晚要死于毒咒，或者干脆自杀。直到她开始发病，头脑中那交织着许多痛苦记忆的大网越来越模糊，这种自杀冲动才渐渐消失。可是妈妈仍然记得过去的事情，只是她记忆中的内容在改变。她不再总是回忆那些悲伤的片段，只是记得自己曾经得到很多很多的爱。她记得，当年，自己就是宝保姆活下来的全部理由。

有一天，露丝妈妈给她打电话，声音惊恐又沮丧，像很久以前的她。“如意，”她说得很快，讲的是中文，“你小的时候妈妈好多事都对不住你，我好担心，怕我害你受了好大的委屈。可我记不起自己做了什么事……”

“没什么——”露丝说。

“妈妈就是想对你说，希望你也能忘记那些委屈，就像妈妈，现在已经不记得了。希望你能原谅妈妈，妈妈很抱歉，曾经伤害过你。”

两人挂断电话以后，露丝哭了整整一个钟头，她太高兴了。终究她们母女还来得及原谅对方，也宽恕自己。

露丝望着电话机，脑海里浮现出少女时代的妈妈，还有年青的外婆。就是这些女人造就了她今天的生活，她们就在她骨子里。正是因为她们，露丝才会不停地问，生活中的秩序和混乱都是怎么产生的？是命运或者运气的力量？是靠了自己的意志，还是别人行动的影响？是她们教会了露丝担忧。可她也渐渐明白，这些都是祖上传下来的警示，不是为了吓唬她，而是提醒她不要犯她们当年的错误，要追求更好的生活。她们为的是露丝能摆脱毒咒。

在小书房里，露丝又回到了过去。桌上薄薄的笔记本电脑仿佛又变成了当年的沙盘。露丝又变成了六岁的小姑娘，还是当年的自己，摔断的胳膊已经好了，没受伤的手上拿着一根筷子，准备写下预言的字句。宝保姆来了，跟往常一样，在她身边坐了下来。她的脸很平滑，跟相片里一样美丽。她在一块端砚上磨着墨。

“想想你的本意，”宝保姆说，“省视自己的内心，你想告诉别人些什么。”露丝跟外婆肩并肩一起开始写，文思泉涌，她们合而为一，六岁，十六岁，四十六岁，八十二岁。她们记下发生的一切，发生的原因，带来的影响。她们把过去那些本不该发生的故事写了出来。她们把本该发生的故事、有可能发生的故事都写了出来。她们写下的过去可以改变。毕竟，宝保姆说，过去无非是那些我们选择记住的事情。她们可以选择不再躲避，翻检过去的伤口，感受那时的痛苦，知道一切都会好起来的。她们知道幸福躲藏的地方，幸福并不藏身在某个山洞或是某个国度，而在于爱情，在爱里自由地付出和给予，爱情始终都在。

露丝下笔写作的时候，想起了这些。故事写给她的外婆，她自己，还有那个将成为自己母亲的小女孩。

京权图字：01-2017-2437



图书在版编目（CIP）数据

接骨师之女 /（美）谭恩美（Amy Tan）著；张坤译．-- 北京：外语教学与研究出版社，2017.10
书名原文：The Bonesetter's Daughter
ISBN 978-7-5135-9535-3

Ⅰ．①接… Ⅱ．①谭… ②张… Ⅲ．①长篇小说－美国－现代 Ⅳ．①I712.45

中国版本图书馆 CIP 数据核字（2017）第 256493 号

出 版 人　蔡剑峰
出版统筹　张　颖
责任编辑　孙嘉琪
执行编辑　李佳星　郑树敏
装帧设计　鲁明静
出版发行　外语教学与研究出版社
社　　址　北京市西三环北路 19 号（100089）
网　　址　http://www.fltrp.com
印　　刷　三河市北燕印装有限公司
开　　本　880×1230　1/32
印　　张　12
版　　次　2017 年 11 月第 1 版　2017 年 11 月第 1 次印刷
书　　号　ISBN 978-7-5135-9535-3
定　　价　45.00 元

购书咨询：（010）88819926　电子邮箱：club@fltrp.com
外研书店：https://waiyants.tmall.com
凡印刷、装订质量问题，请联系我社印制部
联系电话：（010）61207896　电子邮箱：zhijian@fltrp.com
凡侵权、盗版书籍线索，请联系我社法律事务部
举报电话：（010）88817519　电子邮箱：banquan@fltrp.com
法律顾问：立方律师事务所　刘旭东律师
　　　　　中咨律师事务所　殷　斌律师
物料号：295350001